EMILY STONE

Jedes Jahr im Winter

Roman

Aus dem Englischen
von Babette Schröder

PENGUIN VERLAG

Die Originalausgabe erschien 2022
unter dem Titel *One Last Gift*
bei Headline Review, London.

MIX
Papier | Fördert gute Waldnutzung
FSC® C014496
FSC
www.fsc.org

Penguin Random House Verlagsgruppe FSC® N001967

1. Auflage 2023

Redaktion: Hanne Hammer
Umschlaggestaltung: Favoritbüro
Covermotive: AKaiser, Kichigin, Songquan Deng, beerlogoff, Here,
Serhii Yevdokymov, paisalphoto / Shutterstock.com
Gesamtherstellung: GGP Media GmbH, Pößneck
Printed in Germany
ISBN 978-3-328-11011-8
www.penguin-verlag.de

Es führt ein Weg von mir zu dir,
nach dem ich stets suche.

Rumi

PROLOG

Als Cassie aufwachte, war es noch dunkel, sie hatte sich die Bettdecke halb über den Kopf gezogen, um sich vor der Kälte zu schützen. Einen Moment lang starrte sie schlaftrunken und verwirrt in die Dunkelheit. Was hatte sie geweckt? Dann ertönte ein lautes Schnarchen aus dem Nachbarbett, und sie warf der unförmigen Gestalt, die neben ihr schlief, einen bösen Blick zu. Dass ihr Bruder *immer* schnarchen musste, war so nervig. Schon eine Million Mal hatte sie ihm gesagt, er solle auf der Seite schlafen. Die Mutter ihrer besten Freundin war Ärztin und meinte, das würde helfen. Cassie seufzte in ihr Kissen. Wenn er weiter so schnarchte, würde sie vielleicht den Mut aufbringen, nachts allein zu schlafen. Er könnte in sein Zimmer auf der anderen Seite des Flurs zurückkehren und unter den leuchtenden Sternen schnarchen, die er an die Decke geklebt hatte. Doch seit dem Tod von Mum und Dad vor fast zwei Jahren hatte sie sich nicht dazu überwinden können.

Erneut gab Tom einen Schnarcher von sich, der Cassie zusammenzucken ließ. Erst da fiel es ihr wieder ein, und ihr Herz machte einen Satz. Sie schlug die Bettdecke zurück und richtete sich auf. Es war *Weihnachten*! Wie hatte sie das auch nur einen Moment lang vergessen können?

Cassie ignorierte die eiskalte Luft, stieg vorsichtig aus dem Bett, um Tom nicht zu wecken, und tappte zum Fenster. Tante Claire sagte zwar, dass es an Weihnachten eigentlich nie richtig schneite, aber vielleicht lag ja doch etwas Schnee. Sie schob die Vorhänge zur Seite und spähte in den kleinen Garten ihrer Tante hinunter. Es war zu dunkel, um etwas zu erkennen, die Welt draußen schlief noch.

Sie drehte sich wieder zu den Betten um, allmählich gewöhnten sich ihre Augen an die Dunkelheit. Am Fußende des Betts hingen keine Weihnachtsstrümpfe, denn Tante Claire hielt nichts von Weihnachtsstrümpfen. Tom hatte schon vor Jahren herausgefunden, dass es keinen Weihnachtsmann gab, und deshalb fand Claire, man sollte die »Scharade« nicht fortsetzen (Cassie wusste nicht genau, was eine »Scharade« war, aber Tom hatte ihr erklärt, das sei Schauspielerei). Dabei hatten ihre Eltern es jedes Jahr getan. Cassies Vorfreude trübte sich ein wenig, als sie an ihre Mutter und ihren Vater dachte, die nicht hier sein würden, um mit ihnen Geschenke auszupacken oder Marshmallows auf Toast zum Frühstück zu machen – eine Weihnachtstradition, die Tante Claire abgeschafft hatte. Sollte sie Tom wecken? Das wäre bestimmt in seinem Sinne, sie könnten sich nach unten schleichen und nach Schokolade suchen, bevor Claire aufstand. Irgendwo gab es bestimmt Süßigkeiten, schön in Folie gewickelt. Eine Nachbarin hatte sie vorbeigebracht – Cassie konnte sich nicht mehr an ihren Namen erinnern, aber sie war richtig alt und roch ein bisschen nach Kakao und Lavendel, und sie hatte gesagt, die Schokolade müsse an den Baum gehängt werden. Es gab sogar einen Baum, obwohl Claire dieses Jahr eigentlich keinen hatte besorgen wollen, aber weil Cassie deshalb geweint hatte und selbst Tom traurig geworden war, hatte sie nachgegeben.

Doch noch während sie überlegte, Tom zu wecken und auf Schokoladenjagd zu gehen, fiel ihr etwas Besseres ein. Sie unterdrückte den Juchzer, der aus ihr herausplatzen wollte, schnappte sich grinsend ihre flauschigen Socken mit den Hasenohren und knotete den rosa Morgenmantel zu, den die Eltern ihr zu Weihnachten geschenkt hatten, bevor sie gestorben waren. Inzwischen war sie aus ihm herausgewachsen, aber ein neuer kam für sie nicht infrage.

So leise wie möglich, schlich Cassie die Treppe hinunter und tastete sich in der Dunkelheit am Geländer entlang. Mit jedem Schritt schlug ihr Herz ein bisschen schneller. Auch wenn sie keine Strümpfe aufhängten oder Mince Pies für den Weihnachtsmann backten wie die anderen in ihrer Klasse, gab es doch eine Sache, die den Weihnachtsmorgen zum *schönsten* Morgen überhaupt machte. Sie tappte ins Wohnzimmer, ließ sich von den gelb, rot und grün leuchtenden Lichterketten am Baum leiten.

Seit sie denken konnte, hatte Tom das jedes Jahr für sie gemacht. Na ja, eigentlich schon vorher, denn an das erste Mal konnte sie sich nicht mehr erinnern. Ihre Mum und ihr Dad hatten ihr jedoch erzählt, es sei seine Idee gewesen, obwohl sie noch ganz klein gewesen waren, und Cassie glaubte ihnen, denn Tom war sehr schlau.

Den ersten Hinweis fand sie unter dem Weihnachtsbaum. Gestern Abend war er noch nicht da gewesen – sie hatte nachgesehen, bevor sie ins Bett gegangen war, also musste er sich in der Nacht hinuntergeschlichen haben, um ihn dort zu deponieren. Sie presste eine Hand auf den Mund, um ein aufgeregtes Kichern zu unterdrücken. Wäre es nicht schön, wenn sie es dieses Jahr ganz alleine schaffte … den Hinweisen zu folgen und am Ende der Schatzsuche ihr Geschenk zu finden, noch bevor Tom aufwachte? Das würde ihn sehr beeindrucken, das wusste sie.

Allein in der Dunkelheit, unter den funkelnden Lichtern des Baumes riss sie den Umschlag auf und begann zu lesen.

KAPITEL EINS

Cassie duckte sich unter dem niedrigen Holzbalken der Tür hindurch und betrat den warmen Pub mit einem Tablett voller Mince Pies. Im Kamin in der Ecke knackten Holzscheite, und es roch nach einer Mischung aus Glühwein, Sherry, Kiefernholz und Käse. Sie steuerte den urigen Tresen an, nickte im Vorbeigehen ein paar Bekannten zu und ließ das Stimmengewirr an sich vorbeirauschen. Sie lächelte – es war Heiligabend, und fast das ganze Dorf war zu dem Event gekommen, das *sie* mit organisiert hatte. Augenscheinlich ging es allen prächtig.

Sie entdeckte Tom, der an einer Wand lehnte und lachend den Kopf zurückwarf, sein blondes Haar hatte fast genau die gleiche Farbe wie ihres. Er hatte sie noch nicht bemerkt und unterhielt sich mit jemandem, der mit dem Rücken zu ihr stand und ein Bier in der Hand hielt. Jemandem mit zotteligem dunkelbraunem Haar, lässiger Körperhaltung und einer schwarzen Jacke, die seine beeindruckenden Schultern zur Geltung brachte. Cassies Lächeln wuchs, und sie versuchte, die Schmetterlinge in ihrem Bauch und das plötzliche Kribbeln auf ihrer Haut zu ignorieren.

Es ist nur Sam, sagte sie sich. Sam, den sie schon ewig kannte. Sam, der beste Freund ihres Bruders. Sie sah noch einmal zu ihm hinüber. Dabei wäre sie fast gestolpert und schaffte es gerade noch, das Tablett mit den Mince Pies auf den alten Eichentresen zu knallen.

»Pass auf, Cassie, Liebes – wir wollen doch nicht, dass deine ganze harte Arbeit auf dem Boden landet!« Linda, die Wirtin des Red House, kam durch die Flügeltür aus der Küche und stellte sich hinter den Tresen. Sie zog ein rot-weißes Geschirrtuch durch die Gürtelschlaufe ihrer Jeans, nahm Cassie die Mince Pies ab und platzierte sie neben der Kaffeemaschine.

»Tut mir leid, Linda«, sagte Cassie schnell und schlüpfte aus ihrer Jacke, »ich weiß, ich bin etwas spät dran, und ich ...«

Linda wischte ihre Entschuldigung mit einer lässigen Handbewegung beiseite. Dabei glänzten ihre vielen Ringe im Licht der Kerzen, die Cassie nachmittags aufgestellt hatte. »Sei nicht albern. Du bist ein Schatz, dass du sie überhaupt gemacht hast. Und wie gut die aussehen, da muss ich mir glatt eine stibitzen, bevor die Meute sich darüber hermacht.« Kaum hatte sie das gesagt, nahm sie sich auch schon ein Gebäckstück, biss hinein und stöhnte übertrieben genüsslich, wie Cassie fand. Ein Krümel klebte an Lindas rotem Lipgloss, und Cassie überlegte, ob sie es ihr sagen sollte. »Hast du die wirklich über Nacht gebacken? Was für Talente doch in dir schlummern, Mädchen – ich muss schon sagen!«

Cassie zuckte bescheiden mit den Schultern und behielt für sich, dass drei Teigportionen im Müll gelandet waren und ihre Tante Claire beim Anblick der schlimm zugerichteten Küche ziemlich schmallippig geworden war. Aber mal ehrlich, was war die Alternative? Linda hatte vorgeschlagen, für die alljährliche Weihnachtsfeier Mince Pies von Sainsbury's zu kaufen, aber Cassie fand, dass die selbst gebackenen einfach besser schmeckten.

Wieder ging die Tür zum Pub auf, und ein kühler Luftzug wehte herein, der bis zum Tresen vordrang. Cassie sah Hazel, seit der Grundschule ihre beste Freundin, in Begleitung ihrer

Mutter hereinkommen. Als Hazel Cassie entdeckte, leuchteten ihre grünen Augen. Mit wenigen langen, eleganten Schritten war sie bei ihr. Cassie warf einen Blick auf Hazels hohe Absätze und versuchte, nicht die Nase zu rümpfen. Wenn sie solche Schuhe trug, sahen sie durch den Größenunterschied immer lächerlich nebeneinander aus – Hazel war so groß, dass sie ein professionelles Model hätte sein können, und Cassie mit ihren eins fünfzig so klein, dass ihr manchmal sogar Kinderkleidung passte. Cassie hatte Hazel gesagt, dass sie wie Pat und Patachon aussahen und versuchen sollten, den Größenunterschied *auszugleichen*, statt ihn noch zu betonen, doch das interessierte Hazel nicht. Sie stand zu ihrer Größe und war überzeugt, sie würde sich eines Tages als nützlich erweisen – und sei es auch nur, um niemanden heiraten zu müssen, der an das oberste Regal kam.

»Frohe Weihnachten!« Hazel umarmte Cassie – wozu sie sich zu ihr hinunterbeugen musste –, dann trat sie einen Schritt zurück, schürzte die Lippen und betrachtete sie. Cassie zwirbelte eine Haarsträhne und steckte sie hinter ihr Ohr. Hazel nickte anerkennend. »Gutes Kleid«, sagte sie enthusiastisch. Cassie durchströmte Erleichterung, und sie bemühte sich sehr, nicht auf den Kopf mit dem zotteligen braunen Haar hinter ihr zu blicken. Obwohl sie sich immer wieder sagte, dass es *nur Sam* war, wusste sie, dass sie das Kleid – schwarz, eng anliegend, mit silbernen Schneeflocken – extra für heute Abend gekauft hatte. Denn, na gut, auch wenn er nur der beste Freund ihres Bruders war, hatte sich etwas verändert, seit er dieses Jahr zum Studieren weggezogen war. Er hatte ihr gefehlt. Mehr als gedacht. Natürlich hatte ihr auch Tom gefehlt, obwohl sie ständig mit ihm telefonierte. Aber dass sie Sam, seine Scherze und seine unkomplizierte Gesellschaft so schnell vermissen würde, hatte sie nicht erwartet. Oder dass ihr Herz bei seinem Anblick höherschlagen würde, wenn er in den Weihnachtsferien nach Hause kam.

Hazel grinste zu Cassie hinunter und warf ihr glattes schwarzes Haar zurück – sie hatte es gefärbt, damit es noch schwärzer aussah, obwohl Cassie ehrlich gesagt keinen Unterschied feststellen konnte. »Komm schon, gehen wir zu den Jungs.«

Linda zwinkerte Cassie zu, die daraufhin leicht errötete. Es war, als wüsste Linda genau, für wen Cassie das Kleid und die Absatzschuhe angezogen hatte. Für wen sie den Eyeliner aufgetragen hatte, der ihre braunen Augen warm statt trüb und langweilig aussehen ließ. Dabei hatte ihr Cassie nichts gesagt, aber Linda erriet solche Dinge. Sie mochte zwar ihre Chefin sein, doch sie war mehr als das. Sie war die Person, auf die Cassie sich hundertprozentig verlassen konnte. In ihrer Jugend hatte sie nach der Schule oft mit Tom im Pub abgehangen und heimlich Chips mit Salz und Essig stibitzt. Als Cassie sechzehn wurde, hatte Linda ihr einen Job gegeben, obwohl Cassie wusste, dass Linda eigentlich keine Hilfe brauchte. Und vorher hatte sie es bei Tom genauso gemacht.

Hazel ging zu Tom und Sam hinüber, und Cassie trippelte auf ihren hohen Absätzen hinter ihr her und bemühte sich, anmutig auszusehen und zugleich mit Hazels langen Schritten mitzuhalten. Tom zog Cassie an sich und legte einen Arm um ihre Schultern. »Hier ist ja mein Mädchen mit ihrer ständigen Begleitung.« Cassie lächelte, und Hazel winkte in die Runde.

»Ich bin niemandes Begleitung, Rivers.« Ehrlich gesagt fühlte sich Cassie viel öfter wie Hazels ständige Begleitung als umgekehrt. Tom grinste, löste den Arm von Cassie und umarmte Hazel kurz und fest. Cassie bemühte sich unterdessen, nicht zu lange in Sams wunderschöne blaue Augen zu sehen. Sie spürte, wie er sie mit seinem Blick abcheckte, während er wie immer lässig dastand, die Daumen in die Gürtelschlaufen seiner Jeans geschoben. Gott, seit wann war sie in seiner Gegenwart so verlegen?

»Wie läuft's an der Uni?«, fragte Hazel.

Tom rümpfte die Nase. »Nervig. Viel zu viel Arbeit dieses Jahr.« Cassie hatte sich schon Toms Gejammer darüber anhören müssen, dass sie im zweiten Studienjahr mehr arbeiten mussten als im ersten. »Für einige von uns jedenfalls«, fügte er hinzu. »Sam scheint das nichts auszumachen.« Sam zuckte mit den Schultern, und Cassie drehte sich zu ihm um, weil sie nun endlich einen Grund hatte, ihn anzusehen. Sie lächelte, und er nickte ihr zu.

»Gut siehst du aus, Cass.« Cassie spürte, wie ihre Wangen warm wurden, und quittierte das Kompliment mit einem angedeuteten Schulterzucken.

Tom verdrehte die Augen. »Das muss sie auch, wenn man bedenkt, wie viel Zeit sie mit diesen verdammten Lockenwicklern verbracht hat.« Cassie errötete noch mehr und hoffte inständig, dass es nicht so sichtbar war, wie es sich anfühlte. Sie warf Tom einen finsteren Blick zu, den dieser jedoch ignorierte.

Hazel kam Cassie zu Hilfe und boxte Tom freundschaftlich gegen den Arm. »Es ist Heiligabend, du Idiot, da macht man sich schick und sieht hübsch aus.«

»Das ist dir gelungen«, sagte Sam und blickte zu Cassie. »Hübsch auszusehen, meine ich.« Dann sah er zu Hazel und fügte schnell hinzu: »Euch beiden.«

Hazel warf Cassie einen kurzen, wissenden Blick zu, den Cassie nicht zu erwidern wagte, obwohl ihr kurz ganz heiß wurde. »Also, Rivers«, sagte Hazel, »ich finde, es wird Zeit, dass du mir einen Begrüßungsdrink spendierst, oder?«

Tom zog die Augenbrauen hoch. »Eigentlich musst du mir doch einen Begrüßungsdrink spendieren, weil ich derjenige bin, der nach Hause kommt, Niagara.« *Niagara.* Den Spitznamen hatten sich Tom und Sam ausgedacht und waren sich dabei unheimlich geistreich vorgekommen – weil die Niagarafälle so hoch waren. Anstatt sich darüber aufzuregen, hatte Hazel den Namen angenommen, und er war irgendwie an ihr hängen geblieben.

Hazel schnaubte. »Nebensache.« Sie stolzierte auf ihren langen Beinen davon, und Tom folgte ihr, sah sich kurz etwas hilflos nach Cassie um und ließ sie dann mit Sam allein. Hätte sie sich doch nur schon beim Hereinkommen etwas zu trinken geholt, dann wüsste sie jetzt, was sie mit ihren Händen anfangen sollte. So hingen sie nutzlos und unbeholfen an ihren Seiten herunter. *Das ist Sam*, sagte sie sich wieder mit Nachdruck. Aber ihr Körper wollte nicht hören. Es war, als ob der Abend, das warme Licht im Pub, der Geruch von Kiefernholz und das knisternde Feuer ihr nur noch bewusster machten, was für Blicke sie sich in den letzten Wochen zugeworfen hatten. Blicke, die vielleicht nichts bedeuteten, aber, na ja …

»Und du bist über Weihnachten bei deiner Mutter, ja?« *Dumme Frage, Cassie.* Sie wusste, dass er bei seiner Mutter wohnte. Herrgott, das konnte sie doch besser.

Sam schien sich daran jedoch nicht zu stören und nickte. »Sie wollte eigentlich heute Abend mitkommen, aber sie muss arbeiten.«

»Schade. Wie geht's ihr?« Sie mochte Sams Mutter – sie war so herzlich.

»Ihr geht's super«, sagte Sam, und der Ausdruck in seinen blauen Augen wurde eine Spur weicher.

»Und … deinem Vater?«, fragte Cassie zögernd.

Sam kniff die Augen zusammen, und der sanfte Ausdruck verschwand augenblicklich. »Keine Ahnung«, sagte er barsch. »Das Letzte, was ich gehört habe, war, dass er in Sri Lanka surft oder so.«

Cassie zwirbelte erneut ihre Haarsträhne und steckte sie sich hinters Ohr. Immer wieder löste sie sich aus ihrer kunstvoll gestylten Frisur, bei der ein Teil des Haars auf dem Kopf festgesteckt war und der Rest offen herabfiel. »Hast du nichts von ihm gehört?«

»Nein, und das will ich auch nicht«, sagte er in einem Ton, der das Thema entschieden beendete, und Cassie wünschte, sie hätte es gar nicht erst angeschnitten. Sie wusste, wie Sam zu seinem Vater stand, aber weil Weihnachten war, hatte sie gedacht … Sie warf einen Blick zum Tresen, wo Hazel und Tom immer noch in der Schlange standen – wie Cassie vorausgesagt hatte, konnte Linda den Andrang allein nicht bewältigen. Cassie hatte ein schlechtes Gewissen – sie hätte darauf bestehen sollen, heute Abend zu arbeiten.

»Egal, wie geht's dir, Cass?«

Cassie sah ihn wieder an und stellte fest, dass die Anspannung aus seinem Gesicht verschwunden war, als wäre sie nie da gewesen – er war wieder der lockere, lässige Sam. »Mir geht's gut«, sagte sie und versuchte, sich seinem lockeren Ton anzupassen. »Ich habe letzte Woche meine Uni-Bewerbungen rausgeschickt.« Sie hatte es nicht so betonen wollen, aber es konnte auch nicht schaden, ihn daran zu erinnern, dass sie nicht viel jünger war als er. Tom und Sam waren zwischen Schule und Uni zwar ein Jahr durch Asien gereist und hatten die Welt gesehen, aber sie war immerhin achtzehn und er auch erst einundzwanzig.

»Ach ja?«

»Ja«, bestätigte sie. »BWL.« Durch die Arbeit mit Linda im Pub war ihr klar geworden, dass sie eines Tages gern ihren eigenen Laden haben würde. Und durch die Organisation der Weihnachtsfeier war sie auf Eventmanagement gekommen – sie habe ein Händchen dafür, hatte Linda gemeint. Doch als Cassie Linda vorgeschlagen hatte, ihr Studium aufzuschieben und für sie als Eventmanagerin zu arbeiten, hatte diese das rundweg abgelehnt. Der Pub brauche keine Eventmanagerin, hatte Linda gesagt, und Cassie solle auch nicht für immer in dieser Stadt und in diesem Pub hängen bleiben. Cassie war anderer Meinung – der Pub gab ihr ebenso wie ihre Heimatstadt ein Gefühl von Geborgenheit, auch wenn das ohne Tom nicht mehr ganz so sehr stimmte.

»Hey, BWL? Wo hast du …« Doch dann brach er ab, weil eine Vierergruppe den Sofatisch frei machte. Rasch griff er nach ihrer Hand, verschränkte seine Finger mit ihren und zog sie hinter sich her, um den Tisch zu besetzen. Sie lachte, weil er sie so hastig mit sich aufs Sofa zog, ohne dabei ihre Hand loszulassen. Sie lächelte noch immer, und er schüttelte den Kopf. »So einen Platz darf man sich doch nicht entgehen lassen, Cass.«

Es war einer der besten Tische, das musste sie ihm lassen. Direkt am knisternden Feuer, und in der Ecke stand der Weihnachtsbaum, den Cassie geschmackvoll in Rot und Gold geschmückt hatte. Auf dem niedrigen Holztisch brannte eine einsame Kerze, um die jetzt die leeren Gläser der anderen Gäste standen. Eine andere Gruppe junger Leute saß auf Hockern an einem der Hochtische neben ihnen, und eines der Mädchen musterte Cassie und Sam mit empörter Miene. Offenbar hatte sie selbst auf den Tisch gehofft. Bei Sam blieb ihr Blick jedoch hängen und wurde etwas neugieriger.

Lachend drehte sich Cassie wieder zu Sam um. Erst jetzt merkte sie, wie dicht er neben ihr saß, sein Bein drückte gegen ihres, seine Hand war immer noch mit ihrer verschränkt. Er streckte die freie Hand aus und strich ihr die lose Haarsträhne hinters Ohr, die sich seiner Berührung fügte und dort blieb, was Cassie selbst nicht geglückt war. Ihr Herz klopfte heftig.

»Du siehst wirklich wunderschön aus«, murmelte Sam, ohne ihren Blick loszulassen, und Cassie fühlte sich wie elektrisiert.

»Ausgezeichnet! Ihr habt einen Platz für uns ergattert.«

Als sie Toms Stimme hörte, zuckte Cassie zusammen, und Sam ließ ihre Hand los. Während Tom und Hazel sich auf dem gegenüberliegenden Sofa niederließen, atmete Cassie langsam aus.

Hazel reichte Cassie einen dunkelroten Ginpunsch mit einem dezenten Kirschduft und schenkte ihr ein kleines Lächeln, als hätte sie alles gesehen. »Habe ich euch bei was unterbrochen?«, fragte sie wie die Unschuld in Person.

Cassie kniff die Augen zusammen, was sie jedoch nicht so streng aussehen ließ wie gehofft. Sie hatte nach Sams Kompliment immer noch das Gefühl zu glühen – jetzt musste sie sich verdammt noch mal zusammenreißen.

»Cassie hat gerade erzählt, dass sie sich an der Uni beworben hat«, antwortete Sam.

»Ja. Für BWL«, bemerkte Tom abfällig, und als Sam fragend die Augenbrauen hob, schüttelte er den Kopf. »Langweilig.«

»Hey!«, rief Cassie.

Tom wandte sich zu ihr um. »Na, das ist es doch. BWL zu studieren, ist alles andere als aufregend, bar jeder Leidenschaft.«

»Es ist eine kluge Entscheidung«, beharrte Cassie und biss die Zähne zusammen. Denn das war es – ganz gleich, was sie am Ende tun wollte, ein Abschluss in BWL verschaffte ihr sicherlich eine gute Grundlage. Gut, es war nicht besonders glamourös oder abenteuerlich – aber sie war ja auch nicht gerade ein glamouröser oder abenteuerlicher Typ. Und genau das war das Problem – zumindest in Toms Augen.

Sie rollte die Schultern nach hinten, um dort eine leichte Anspannung zu lösen, und wandte sich dann an Sam. »Was ist mit dir? Willst du mir erzählen, dass du Jura studierst, weil das deine wahre Leidenschaft ist?« Tom konnte sie nicht damit kommen – er liebte Geologie tatsächlich. Trotzdem machte ihn das nicht zum Nerd, weil er zugleich sportlich, gut aussehend und charmant war. Und im Gegensatz zu ihr hatte er Großes vor. Er wollte in die Fußstapfen ihrer Eltern treten – im Bereich Umweltschutz arbeiten, etwas bewirken. Das war das zweite Problem, gestand Cassie sich ein – ihr Bruder würde wie ihre Eltern etwas Wichtiges und Sinnvolles tun, während sie … Jedenfalls waren ihre Pläne nicht so hochtrabend. Fast hatte sie ein schlechtes Gewissen, weil sie sich dafür begeisterte, Veranstaltungen in ihrem Pub zu organisieren.

»Nein, aber ich werde reich werden, Cass, und dann kann ich tun und lassen, was ich will.« Sam grinste erst sie an und dann Tom, der aus Solidarität zurückgrinste.

»Geld ist nicht alles«, gab Cassie etwas steif zurück, hauptsächlich, weil sie dachte, das müsse sie sagen.

»Nein, aber es hilft ungemein«, sagte Sam, und obwohl er eindeutig versuchte, einen Scherz zu machen, hörte Cassie die unterschwellige Schärfe in seiner Stimme. Sie wusste, wie hart Sams Mutter arbeiten musste und dass Sam in seinem Abschlussjahr mehr Zeit mit seinem Nebenjob als in der Schule verbracht hatte – und *trotzdem* gut genug gewesen war, um in Manchester einen Studienplatz zu bekommen. Sie öffnete den Mund, um etwas zu sagen, es irgendwie zurückzunehmen, doch dann sah sie Linda geradezu im Laufschritt ihren Tisch ansteuern, das Geschirrtuch an ihrem Gürtel wippte im Takt mit ihrem Haar.

Cassie runzelte die Stirn. »Ist alles …?«

»Die Lichterkette ist ausgegangen«, sagte Linda etwas atemlos. »Draußen.« Cassie warf einen Blick auf das Fenster hinter sich: Die Lichterkette, die sie dort angebracht hatte, war tatsächlich erloschen. »Und ich weiß, das ist nicht weiter schlimm, aber ich …«

Cassie hob die Hand und stand auf. »Ich kümmere mich darum.« Sie verstand das. Ganz gleich, wie Linda zu gekauften Mince Pies stand, dieser Pub war ihr Baby, und die Weihnachtsfeier gehörte zu den Höhepunkten des Jahres.

»Danke, Cassie.«

»Ich helfe dir«, erklärte Hazel, stellte ihr dampfendes Getränk auf dem Tisch ab und trat zu Cassie, während Linda zurück zur Bar eilte.

»Und?«, fragte Hazel und hakte sich bei Cassie ein. »Was läuft da mit Sam?«

»Nichts«, sagte Cassie. »Was meinst du?« Ihr Versuch, locker zu klingen, wäre vielleicht überzeugender gewesen, hätte ihre Stimme nicht ein ganz kleines bisschen zu hoch geklungen.

Doch Hazels Mutter Mel, die Hazel im Vorbeigehen abfing, bewahrte sie vor weiteren Fragen. Mel schmollte, was vermuten ließ, dass das Glas Rotwein vor ihr nicht ihr erstes war.

»Du hast noch gar nicht richtig mit mir gesprochen«, sagte Mel zu Hazel. »Komm, dein Vater ist auf dem Klo. Leiste mir fünf Minuten Gesellschaft – es ist schließlich Weihnachten!« Hazel sah zu Cassie und verdrehte die Augen, dann seufzte sie, als wollte sie sagen, dass sie es besser jetzt hinter sich bringen sollte. Cassie nickte – die Lichterkette konnte sie auch allein reparieren. Ehrlich gesagt wäre Hazel sowieso keine große Hilfe gewesen. Als Cassie einmal bei ihr übernachtet hatte, hatte Hazel es weder für nötig gehalten, die kaputte Glühbirne in der Deckenlampe auszuwechseln noch die in der Nachttischlampe und stattdessen ihr Handy benutzt, um sich im dunklen Zimmer zurechtzufinden.

»Wo ist Claire, Cassie?«, fragte Mel.

Cassie zuckte mit den Schultern. »Wahrscheinlich schon im Bett. Sie hat es nicht so mit Weihnachten.« Falls irgend möglich, verkroch sich Claire bei allen gesellschaftlichen Ereignissen im Dorf. Mel gab ein missbilligendes »hmmm« von sich.

Cassie ließ Hazel mit ihrer Mutter zurück und lachte, als Hazel hinter Mels Rücken eine Grimasse schnitt. Sie winkte und machte sich auf den Weg zum Ausgang, spürte jedoch einen kleinen Stich. Hazel hatte wenigstens Eltern, mit denen sie herkommen konnte. Meistens fühlte sie sich der Tatsache gewachsen, dass sie praktisch ein Waisenkind war, aber manchmal brach der Schmerz über den Verlust durch, und Weihnachten war so ein Moment.

Als sie vor die Tür trat, betrachtete sie ihren dampfenden Atem. Es war eine wolkenlose Nacht, und die Sterne funkelten am Himmel. Das Stimmengewirr von drinnen drang gedämpft nach draußen, und Cassie hielt einen Moment inne, blickte nach oben und atmete die kalte Luft ein. Sie stellte sich vor, dass ihre Eltern sie von dort oben beobachteten. Sie gab sich nicht oft der Fantasie hin, dass sie irgendwo »da draußen« waren, aber heute, an Heiligabend, mit den funkelnden Sternen über ihr, schien es, als könnte sie diesen Gedanken zulassen.

Der Moment währte jedoch nicht lange, denn es war verdammt kalt. Sie schlang die Arme um sich und untersuchte die Lichterkette. Es sah so aus, als ob nur ein Teil nicht funktionierte – die Lampen, die über dem zweiten Fenster des Pubs hingen. Vielleicht war nur eine Glühbirne defekt.

Die Tür des Pubs ging auf, und Sam kam mit ihrer Lederjacke in der Hand heraus. Es war nicht gerade ihre wärmste Jacke, aber »warm« war heute Abend auch nicht das entscheidende Kriterium gewesen. Er hielt sie ihr hin. »Ich dachte, die könntest du brauchen.«

»Danke«, sagte sie und zog sie an.

»Und ich habe gesehen, dass Hazel von ihrer Mutter in Beschlag genommen wurde, also wollte ich fragen, ob du Hilfe brauchst, während Tom uns noch eine Runde organisiert.« Er steckte die Hände in die Hosentaschen, wippte ein wenig auf den Fußballen auf und ab und stand in sicherem Abstand zu Cassie.

Sie wandte ihre Aufmerksamkeit wieder der Lichterkette zu und versuchte, den Umstand zu ignorieren, dass nur sie beide hier draußen waren. »Ich glaube, es ist nur eine Glühbirne kaputt.« Sie trat näher heran und untersuchte mit angestrengter Miene die Birnen. »Die Kette ist schon alt«, gab sie zu. »Jemand wollte sie entsorgen, und ich dachte, wir könnten sie hier gebrauchen.«

»Hattest du wieder Mitleid mit unbelebten Gegenständen?«

Sie warf einen Blick über ihre Schulter und sah, wie er sie angrinste. »Ich habe etwas gegen Müll«, sagte sie leicht defensiv. Und ja, gut, sie mochte es auch nicht, wenn alte Dinge weggeworfen oder weggepackt wurden, nur weil sie nicht mehr funkelnagelneu waren. Mit ein bisschen Arbeit konnte man sie wieder zum Strahlen bringen.

Sie machte sich an den Glühbirnen zu schaffen und lächelte, weil Sam sich im Gegensatz zu Tom nicht einmischte und das Problem zu lösen versuchte. Sie entdeckte die Ursache – eine lockere Glühbirne – und drückte sie fest in die Fassung. Die Kette erstrahlte in wunderschönem Weiß. »Et voilà!«, rief sie, klatschte in die Hände und trat zurück, wobei sie gegen Sam stieß. Sie verlor das Gleichgewicht und spürte, wie er die Hände auf ihre Schultern legte, um ihr Halt zu geben.

Langsam drehte sie sich um und legte den Kopf in den Nacken, um sein Gesicht sehen zu können – in seinen Augen schimmerten lauter kleine Lichtreflexe. Seine Hände blieben, wo sie waren, und als sie den Atem anhielt, verstärkte sich sein Griff für einen kurzen Moment, bevor er sie losließ. Sie zwang sich, einen Schritt zurückzutreten, den Duft seines dezenten Aftershaves noch in der Nase.

Sie räusperte sich. »Sollen wir …?« Sie deutete auf den Pub.

Er nickte. »Ja.«

Sie versuchte, die aufsteigende Enttäuschung zu ignorieren. Was genau hatte sie erwartet? *Nein, Cassie, lass uns lieber hier draußen bleiben und rumknutschen?* Sie schnaubte fast, als sie auf den Eingang des Pubs zuging.

»Aber zuerst …« Sie drehte sich zu ihm um und sah, wie er leicht errötete. »Ich, ähm, habe ein Geschenk für dich.« Er griff in seine Jackentasche und holte etwas heraus. Sie ging einen Schritt auf ihn zu und blickte neugierig auf die winzige Pappschachtel in seiner Hand. Schlicht, nicht verpackt. Keine Schleife.

Sie machte einen weiteren Schritt auf ihn zu. Sie hatte nichts für ihn. Manchmal machten sie sich Scherzgeschenke – und ein paar Jahre hatten sie zu viert gewichtelt, aber dieses Jahr hatte keiner etwas gesagt, und sie hatte nicht daran gedacht, ihm etwas zu besorgen. Okay, na gut, das stimmte nicht ganz – sie *hatte* daran gedacht, aber gefürchtet, es könnte komisch aussehen oder dass es ihm unangenehm wäre oder so. Außerdem hatte sie nicht gewusst, was sie ihm schenken sollte, das nicht zu übertrieben war, aber auch nicht so einfallslos wie Socken oder ein Stift.

Er drückte ihr die Schachtel in die Hand, ohne ihr dabei in die Augen zu sehen. »Na, los«, sagte er etwas schroff. »Mach sie auf.«

»Ich habe nichts für dich«, gab sie zu.

Er verdrehte die Augen und lockerte dadurch die kaum merkliche Spannung zwischen ihnen. »Mach sie einfach auf, Cass.«

Sie hob den Deckel der Schachtel an: Darin lag eine Halskette. Sie nahm sie heraus, um sie näher zu betrachten, und die kühle Silberkette streifte ihre ohnehin schon kalten Finger. Als sie den Anhänger sah, stockte ihr der Atem. Es war ein Stein, den sie vor *Monaten* gefunden hatte, als sie in den Sommerferien alle zusammen am Strand gewesen waren. Sie hatte es traurig gefunden, dass niemand die wunderschönen Steine dort beachtete. Sie waren ihr nahezu einsam vorgekommen, und sie hatte die schönsten aufgesammelt und je einen Tom, Sam und Hazel geschenkt.

»Es ist der Stein, den du mir gegeben hast, als …«

»Ich erinnere mich«, murmelte Cassie und stellte verlegen fest, dass sie einen Kloß im Hals hatte. Sie fuhr mit den Fingerspitzen über den Stein.

»Genau.« Sam räusperte sich. »Ich … So ist er schön, oder? So kann er länger … was auch immer.«

Sie blickte zu Sam hoch und sah, wie er sich mit der Hand über den Nacken fuhr und unglaublich verlegen aussah – so verlegen, wie sie ihn noch nie gesehen hatte.

»Ich bin damit in ein Geschäft gegangen, und sie haben eine Halskette daraus gemacht. Es ist albern«, fügte er schnell hinzu, »du musst sie nicht behalten – ich dachte nur …«

»Ich finde sie wunderschön«, sagte sie entschieden, aber mit sanfter Stimme. Sie zögerte einen Moment, stellte sich auf die Zehenspitzen und küsste ihn auf die Wange. So etwas hatte sie noch nie getan, und es fühlte sich sehr erwachsen an, als wäre es der Anfang einer neuen Ära, der Beginn von etwas Neuem. Sie merkte, wie Sam ganz still wurde, und spürte seinen Atem über ihr Ohr streichen. »Danke«, murmelte sie.

Sie blickten sich tief in die Augen, und ihr war, als müsste sie den Atem anhalten, weil er den Moment zerstören könnte. Sie sollte lächeln oder kreischen und die Arme um ihn werfen. Das hatte sie doch schon so oft getan. Aber sie konnte sich nicht dazu durchringen.

»Cassie«, sagte Sam mit heiserer Stimme. Er streckte seine Hand aus, um wieder mit der Haarsträhne zu spielen, und ihr Nacken kribbelte. »Ich …«

»Da seid ihr ja!«

Als Tom nach draußen kam, wandte Cassie sich abrupt von Sam ab.

»Kommt rein. Hazel bewacht den Tisch, und Linda wird uns bald alle nötigen, Weihnachtslieder zu singen – da könnt ihr uns doch nicht im Stich lassen.«

Cassie schnaubte. »Ich höre dich oft genug unter der Dusche singen – ich bin überrascht, dass du kein Solo darbringen willst.« Gemeinsam traten Sam und Cassie zu Tom. Cassie wagte es nicht, Sam anzusehen, sie hielt die Halskette und die Schachtel immer noch in der Hand.

»Bist du eifersüchtig auf meine unglaubliche Gesangsstimme, Streifenhörnchen?«

Cassie rümpfte die Nase über den Spitznamen, den er nur benutzte, wenn er sie ärgern wollte – er bezog sich auf ihre Größe und darauf, dass ihre Vorderzähne in ihrer Kindheit im Verhältnis dazu viel zu groß gewesen waren. Deshalb hatte sie schon genug Komplexe gehabt, auch ohne dass er sie daran erinnerte – aber das schien er nicht zu verstehen.

»Mit deiner piepsigen Streifenhörnchenstimme wirst du uns bestimmt alle bloßstellen.«

»Ich *habe* keine piepsige Streifenhörnchen…«

»Ah, da ist sie ja schon.«

Cassie sah Tom finster an und widerstand dem Drang, ihm wie eine Vierjährige die Zunge herauszustrecken. Sie blickte zu Sam, der eine neutrale Miene bewahrte – fest entschlossen, sich nicht einzumischen. Etwas, das er vermutlich oft genug getan hatte. Eigentlich war er immer auf Toms Seite, das wusste Cassie – schließlich war er zuerst Toms Freund gewesen, bevor er auch ihrer wurde –, aber sie war dankbar, dass er sich Mühe gab, keine Partei zu ergreifen.

»Ach, komm schon«, sagte Tom, legte den Arm um Cassie und zog sie zurück in den warmen Pub. »Sei nicht sauer mit mir, sonst bekommst du morgen nicht deinen ersten Hinweis.«

Sie krauste die Nase, dann seufzte sie und lehnte sich an ihn. »Ich hoffe, es reimt sich, mehr sage ich nicht.«

»Natürlich«, sagte Tom und legte sich dramatisch eine Hand aufs Herz. »Glaubst du, ich will, dass du wieder so einen Koller bekommst wie 2003?«

Sie überging die Stichelei und sagte nur: »Gut. Wenn es sich nicht reimt, ist es keine Schatzsuche.«

»Das sagtest du bereits – mehrfach.«

Cassie sah sich nach Sam um. Er erwiderte ihren Blick, lächelte ihr kurz zu, trat dann an Toms andere Seite und klopfte ihm auf dem Weg zum Tisch auf den Rücken. Als Cassie sich an den Tisch setzte, steckte sie die Halskette und die kleine Schachtel in die Tasche ihrer Lederjacke, bevor sie sie auszog. Sie wollte die Kette noch niemandem zeigen. Später würde sie Hazel davon erzählen, und zweifellos würde Tom es früher oder später herausfinden, aber heute Abend, an Heiligabend, wollte sie sie ganz für sich allein haben.

ZWEI JAHRE SPÄTER

KAPITEL ZWEI

Der Schnee glitzerte unter Cassie im Sonnenlicht. Am strahlend blauen Himmel zogen nur vereinzelt zarte Wolkenfetzen vorbei. Ringsum erstreckten sich Berge, fast beängstigend in ihrem Ausmaß. An einigen Stellen, wo der Schnee geschmolzen oder noch nicht ganz fest war, lugte der graue Fels durch das Weiß. Die umliegenden Kiefern sahen mit ihren weißen Hauben aus wie aus einer Schneekugel, und der kalte, beißende Wind drang durch ihre dicke Skijacke, die an ihr nicht ganz so lässig und modisch aussah wie an dem Modell im Internet.

Cassie konnte die wunderschöne Alpenlandschaft allerdings nicht wirklich genießen, denn Hazel und sie schwebten langsam den Berg hinauf – in einem Sitz, der an kaum mehr als an einem Telefondraht zu hängen schien. Ihre Beine baumelten hilflos in der Luft, und Cassie sorgte sich ständig, ihre Skier könnten ihr von den Füßen fallen und einen ahnungslosen Skifahrer treffen. Sie klammerte sich an dem Sicherheitsbügel fest und dachte an das eine Mal, als Tom sie als Jugendliche auf eine Achterbahn gezwungen hatte – es war furchtbar gewesen. Das schrecklich mulmige Gefühl im Magen und wie sie nach dem Aussteigen durch den Adrenalinstoß fast kollabiert wäre. Und diesmal war es noch schlimmer, denn wenn sie ausstiegen, musste sie den verdammten Berg auch wieder hinunterfahren.

»Bereit?«, fragte Hazel fröhlich und griff nach dem Bügel, woraufhin Cassie ihn noch fester umklammerte. Sie beobachtete, wie Tom und Sam zwei Plätze vor ihnen scheinbar mühelos und anmutig von dem Sessellift in den Schnee glitten.

»Nein«, zischte sie durch zusammengebissene Zähne.

»Doch, das bist du«, sagte Hazel entschieden, schob den Bügel nach oben und zwang Cassie so, ihn loszulassen. »Du musst aussteigen, sonst geht es dir wie Bridget Jones, du drehst eine Schleife und fährst wieder runter. Und das ist noch beängstigender.«

Der Absprungplatz, oder wie auch immer man ihn nennen sollte, kam näher. Cassie schluckte, ihre Kehle war trocken.

»Steh einfach auf, okay? Es ist ganz einfach. Einfacher, als es aussieht, vertrau mir. Okay?«

»Okay«, murmelte Cassie. Schließlich blieb ihr auch nichts anderes übrig, oder? Sie war bisher nur auf einem kleinen Übungshang gefahren, doch dann hatte Hazel verkündet, sie sei jetzt bereit für einen höheren Berg, was sie eindeutig nicht so empfand.

Als ihre Skier den Boden berührten, stand Cassie ohne weiter nachzudenken auf und spürte, wie der Sessellift ihren Kniekehlen einen kleinen Schubs gab. Dann glitt sie mit Hazel zu der Stelle, wo Tom und Sam warteten. Sie stolperte, fiel aber nicht.

Okay, gut. Ein Punkt für sie. Denn beim Aussteigen aus dem Sessellift vor Sam auf die Nase zu fallen, passte nicht zu der selbstsicheren, sexy Person, die sie in diesem Urlaub sein wollte. Denn vielleicht – nur vielleicht – würde diesmal wirklich etwas zwischen ihnen passieren. Vor ihnen lag eine ganze Woche, in der neben den Aktivitäten zu viert vielleicht auch etwas Zeit für Zweisamkeit blieb. Vielleicht – nur vielleicht – würde aus den Blicken und den gelegentlichen Berührungen der letzten zwei Jahre – die immer ein bisschen zu lange dauerten, um nur als freundschaftlich durchzugehen – endlich etwas werden. Doch sie wollte nicht zu hohe Erwartungen an den Urlaub stellen.

Sie fand, dass sie, trotz des blassblauen Ski-Outfits, für das sie sich entschieden hatte, eher wie ein blassblauer Marshmallow aussah oder, in Anbetracht ihrer Größe, wie eine Dreizehnjährige als eine sexy Skifahrerin. Gern hätte sie behauptet, dass niemand beim Skifahren gut aussah, aber Hazel schaffte das problemlos in ihrem lila-schwarzen Outfit, das schwarze Haar bildete einen schönen Kontrast zu dem weißen Schnee. Andererseits war Hazel schon mehrfach mit ihrer Familie Ski gelaufen. Auch Tom und Sam waren schon ein paarmal zusammen gefahren. Nur Cassie hatte noch nie auf Skiern gestanden – Claire war kein Typ für Familienurlaube, und Skifahren war teuer. Und ehrlich gesagt, hatte sie die Vorstellung nie gereizt, sich Bretter unter die Füße zu schnallen und so schnell wie möglich einen Berg hinunterzusausen. Bevor ihre Eltern gestorben waren, waren sie auf Toms Drängen hin einmal in den Skiurlaub gefahren, aber sie war noch zu klein gewesen, um sich daran zu erinnern, deshalb zählte das wohl nicht. Und wie viel konnte sie in dem Alter schon gefahren sein?

Tom schob seine Sonnenbrille auf den blonden Haarschopf hoch, grinste Cassie an, die auf ihn zugefahren kam, und packte ihren Arm, um sie zum Stehen zu bringen. Sie holte tief Luft, worüber er und Sam lachten.

»Mach nicht so ein begeistertes Gesicht, Cass«, sagte Sam, dessen Augen von einer dunklen, teuer aussehenden Sonnenbrille verdeckt waren, »sonst sieht es noch so aus, als hätten wir alle schlechte Laune.«

Sie verdrehte nur die Augen. Teils, weil sie nun oben am Hang standen und überall Skifahrer um sie herumflitzten und sich von den steilen Hängen zu stürzen schienen, wie es ihr vorkam, und ihr Mund so trocken war, dass sie nicht wusste, ob sie überhaupt noch zusammenhängende Sätze herausbekam.

»Na, dann los.« Hazel grinste Tom und Sam an, und ihre grünen Augen funkelten. »Ich wette mit euch beiden um ein Bier, dass ich schneller unten bin.«

Tom schnaubte verächtlich. »Von mir aus, Niagara. Du wirst meinen Schneestaub fressen.«

Hazel legte den Kopf schief. »Nennt man das Schneestaub?«

Tom zuckte mit den Schultern. »Keine Ahnung.« Er sah Cassie an. »Bereit?«

»Nein«, sagte Cassie unverblümt. Hier oben fühlte sie sich wohl, also blieb sie ganz still stehen.

»Doch, das bist du«, wiederholte Hazel, als könnte sie allein durch ihre Willenskraft Cassies Gefühle verändern.

»Bin ich nicht. Wie wäre es, wenn ich hier oben bleibe und wir uns später wieder treffen?«

Hazel stemmte eine Hand in die Hüfte, mit der anderen hielt sie ihre beiden Stöcke fest. »Und wie genau willst du runterkommen?«

»Ich gehe zu Fuß«, schoss Cassie zurück. Das war auf jeden Fall einfacher als Skifahren.

»Den Babyhang hast du doch gut gemeistert«, beharrte Hazel. Obwohl die Bezeichnung »Babyhang« nicht gerade vertrauenerweckend klang. »Und das hier ist eine leichte blaue Piste, das schaffst du schon.« Soweit Cassie das sehen konnte, gab es drei verschiedene Abfahrtsmöglichkeiten, und Hazel deutete auf die Piste, die sie offenbar nehmen wollten. Auf Cassie wirkte sie ganz und gar nicht einfach, sondern steil, und außerdem fuhren bereits eine Menge Leute hinunter – massenhaft Leute, mit denen man zusammenstoßen konnte. Sie spürte jedoch, wie alle drei sie ansahen, und entschied zu schweigen und sich cool und selbstbewusst zu geben, obwohl sie wirklich Angst hatte.

Hazel glitt anmutig zum Start und sah sich um, ob die anderen ihr folgten.

»Du schaffst das, Cassie«, sagte Tom sanft, bewegte sich langsam auf den Rand des Hangs zu und zog sie an ihrer behandschuhten Hand mit. »Das macht Spaß, glaub mir – wenn du unten ankommst, bist du froh, dass du es gemacht hast.«

»Auf drei«, sagte Hazel energisch und warf Cassie einen Blick zu, der keinen Widerspruch duldete, also nickte sie. Tom ließ Cassies Hand los, schob sich die Sonnenbrille auf die Nase und lächelte ihr aufmunternd zu, während er einen Stock in jede Hand nahm. Cassie spürte, dass Sam hinter ihr stand, ihr Körper spürte stets, wo er war.

»Eins, zwei, drei.«

Aber sie schaffte es nicht. Sam, Hazel und Tom stießen sich mit den Stöcken ab, Hazel und Tom fuhren nach links, Sam nach rechts … während Cassie wie angewurzelt stehen blieb. Ihre Beine schienen vergessen zu haben, wie sie den Anweisungen ihres Gehirns Folge leisten konnten.

»Komm schon, Cassie«, murmelte sie sich aufmunternd zu und schaffte es mit einiger Mühe, sich abzustoßen. Sie versuchte, sich daran zu erinnern, was Tom und Hazel ihr vorhin hatten beibringen wollen. Skier parallel und den rechten Fuß belasten, um nach rechts abzubiegen, richtig? Sie versuchte es, spürte, wie sie schneller wurde und sich ihr Herzschlag beschleunigte. Sofort führte sie, um abzubremsen, die Skispitzen zum Schneepflug zusammen, wie Hazel es ihr gezeigt hatte.

»Das sieht gut aus, Cassie!« Sie löste den starren Blick vom Schnee und sah, wie Hazel den Daumen hob. Tom, dessen rote

Skijacke deutlich hervorstach, hatte an der Seite der Piste gewartet, vermutlich, um zu sehen, ob sie ihnen folgte. Nun stieß er sich erneut ab und raste direkt an Hazel vorbei.

»Hey!«, rief diese und beschleunigte ebenfalls. »Das ist nicht fair!« Die beiden wedelten den Hang hinunter und wurden immer schneller, bis sie sie nicht mehr sah.

Na, toll. Einfach toll. Cassie keuchte und versuchte erneut, vorsichtig ein Stück zu fahren. Diesmal schaffte sie es, einige Sekunden lang in Bewegung zu bleiben, bevor sie in Panik geriet und ruckartig zum Stehen kam. Als sie hinter sich ein leises Lachen hörte, fuhr sie herum und sah Sam, das dunkle Haar zerzaust, der marineblaue Skianzug eine Beleidigung für ihr Outfit.

Sie kniff die Augen zusammen. »Wie bist du hinter mir gelandet?« Er sollte doch nicht sehen, wie ungeschickt sie war.

»Ich habe nur kurz die Aussicht bewundert.« Seine Lippen zuckten, als sie sich von ihm abwandte, um auf ihre Skier zu starren, was ihn erneut zum Lachen brachte. »Komm schon, Cass, so schlimm ist es nicht.«

»Du hast leicht reden. Du kannst schließlich Ski fahren.«

»Das kannst du auch«, sagte er leichthin. »Wir können langsam fahren, komm.« Er stieß sich ab und sah hinter sich, um sich zu vergewissern, dass sie ihm folgte. Sie verzog das Gesicht, setzte ihre Skier wieder in Bewegung und versuchte, genau in seiner Spur zu fahren.

»Gut«, lobte er, als sie ihn eingeholt hatte. »Jetzt versuch, die Skier parallel zu halten und in Bögen zu fahren, um das Tempo zu drosseln. Wenn du den ganzen Hang im Schneepflug zurücklegst, bist du am Ende fix und fertig.«

»Wenn ich was?«

»Pass auf, verlagere dein Gewicht.« Sam fuhr wieder los, und Cassie folgte ihm und versuchte, es ihm nachzumachen. Sie fuhren zwei volle Kurven, ohne anzuhalten, und Cassie musste unwillkürlich lächeln. Sie schaffte das!

Sie lächelte Sam an, der darauf gewartet hatte, dass sie zu ihm aufschloss. Er erwiderte ihr Lächeln, die Augen noch immer von der Sonnenbrille verdeckt. Und sie spürte Schmetterlinge im Bauch, wie immer in seiner Gegenwart – und wie bei niemandem sonst, auch nicht bei dem Typen von der Uni, mit dem sie drei Monate lang zusammen gewesen war.

»Okay«, sagte Sam ruhig, als sie bei ihm war. »Jetzt kommen ein paar Buckel, also …«

Cassie runzelte die Stirn. »Ein paar was?«

»Die sind wie Hubbel im Schnee.« Er deutete die Piste hinunter, und Cassie sah kleine Schneehügel, die willkürlich über den nächsten Abschnitt des Hangs verteilt waren. »Versuch, nicht direkt über sie zu fahren, okay?« Cassie war sich nicht sicher, ob sie in dieser Angelegenheit viel zu sagen hatte. Sam schenkte ihr ein beruhigendes Lächeln. »Fahr mir einfach hinterher.«

Er fuhr los, und sie gab sich alle Mühe, ihm zu folgen. Doch nach ein paar weiteren Bögen wendete sie zu früh und sauste den Hang hinunter, direkt auf einen dieser Buckel zu. *Wende*, forderte sie sich auf, aber ihre Beine wollten nicht gehorchen, und der Hügel kam zu schnell. Sie kniff die Augen zusammen und spürte, wie sie direkt über den Buckel sauste. Und es war alles okay! Erleichtert stieß sie die Luft aus. Alles war okay, und es war keine große Sache und … Nein, es war nicht okay. Sie wurde schneller. Sie wurde eindeutig immer schneller. Bevor sie etwas dagegen tun konnte, schoss sie über einen weiteren Buckel und beschleunigte noch mehr.

Nicht schreien. Nicht schreien, nur denken. Ihr Herz pochte wie wild, und ihre Beine fühlten sich schwach an, als sie versuchte, das Gewicht zu verlagern. Und dann stürzte sie, krachte hart mit der Schulter in den Schnee und sah flüchtig die Skier eines anderen Fahrers an ihr vorbeirasen. Sie rollte zur Seite, bevor sie schwer atmend liegen blieb. Als sie versuchte, sich aufzusetzen, merkte sie, dass ihre Hände zitterten. Sie japste nach Luft; es fühlte sich gefährlich nach einem Schluchzen an.

Jemand stoppte neben ihr, und sie blickte auf und blinzelte ins Sonnenlicht. Vor dieser Kulisse sah Sam wie ein verdammter Held aus, er hielt einen ihrer Skier hoch. Sie hatte nicht einmal bemerkt, dass sie das verdammte Ding verloren hatte. »Alles okay?«, fragte Sam.

Sie nickte nur und schluckte. In Wahrheit brannten ihre Augen, und sie verspürte den absurden Drang zu weinen, wie ein Kind, das sich die Knie aufgeschürft hat. Aber sie holte tief Luft und beherrschte sich. Sie war doch nicht verletzt, oder? Zumindest soweit sie das beurteilen konnte. Ein paar blaue Flecken vielleicht, aber das war alles.

Sam beugte sich hinunter und befestigte den Ski wieder an ihrem Fuß. Dabei ruhte seine Hand einen Moment länger als nötig auf ihrer Wade, sie spürte es sogar durch ihre lächerliche Skihose. »Komm, wir schaffen es bis zu der Hütte, die auf halbem Weg nach unten liegt. Da können wir einen Boxenstopp einlegen.«

Sie nickte erneut, griff nach der behandschuhten Hand, die er ihr hinstreckte, und ließ sich von ihm auf die Beine ziehen. Dann fuhren sie ganz langsam weiter die Piste hinunter. Cassie kam sich total idiotisch vor, sie war alles andere als die coole, sexy Person, die sie eigentlich sein wollte – im Gegensatz zu Sam, der aussah wie aus einer Anzeige der blöden *Skiwoche*. So hatte sie sich die Zeit mit ihm allein nicht vorgestellt.

Sam hatte recht – auf halber Strecke der Piste gab es eine Hütte oder ein Restaurant oder so etwas. Sie schnallten die

Skier ab und stapften auf die Terrasse. Es war unmöglich, in Skistiefeln zu gehen, und Cassie war dankbar, als sie eine unbesetzte Bierbank entdeckte, auf der sie sich niederlassen konnte. Ihr taten jetzt schon die Füße weh. Wie hielten die Leute das nur den ganzen Tag aus?

»Ich besorge uns etwas zu trinken, okay?«, bot Sam an. Cassie sah zu ihm hoch, aber er bahnte sich bereits einen Weg durch die Leute in Richtung Hütte.

Sie holte ihr Handy aus der Reißverschlusstasche und war froh, dass sie es in eine Schutzhülle gesteckt hatte, denn vorhin musste sie darübergerollt sein. Sie hatte eine Nachricht bekommen. Hoffentlich von Hazel, die sich dafür entschuldigte, dass sie nicht auf sie gewartet hatte, oder die völlig panisch fragte, wo sie war. Doch sie war von Linda, die wissen wollte, ob es schön sei. Cassie tippte lächelnd eine Antwort – obwohl sie nicht sicher war, ob man es als schön bezeichnen konnte, wenn man mit dem Gesicht im Schnee gelandet war und peinlich schlecht Ski fuhr. Doch jetzt vor der Hütte zu sitzen, *war* schön – die Sonne schien ihr warm ins Gesicht, und das grüne Lametta vor dem Holzgebäude sorgte zusammen mit dem Schnee für eine schöne, weihnachtliche Atmosphäre.

Linda antwortete.

Schick mal ein Foto!

Cassie tat ihr den Gefallen und machte eine Aufnahme vom Panorama. Mit dem strahlend blauen Himmel sahen die Berge wirklich wunderschön aus, das musste sie zugeben.

Wundervoll!, antwortete Linda.

Ich wünschte, du könntest hier sein xxx

Cassie hatte sie eingeladen, aber Linda hatte abgelehnt, sie könne doch nicht mit den »Kindern« fahren, da könne sie nicht mithalten. Doch Cassie vermisste sie. Da sie jetzt an der Uni war, hatte sie Linda seit dem Sommer nicht mehr gesehen. Cassie war klar, dass Linda eigentlich abgesagt hatte, weil sie ihr »Baby«, den Pub, nicht der Obhut eines anderen überlassen wollte.

Sam kam mit zwei Gläsern heißer Schokolade mit Schlagsahne und Marshmallows oben drauf an den Tisch zurück. Lächelnd reichte er ihr eins. »Heiße Weihnachtsschokolade«, sagte er und schwang sein Bein über die Bank, um sich neben sie zu setzen.

Sie legte beide Hände um das Glas, genoss die Wärme, pustete und nahm einen Schluck. Es schmeckte nach echter Schokolade – nicht wie der Instantkakao, den man zu Hause hatte – und nach einem Hauch Zimt.

Sie seufzte zufrieden, und Sam grinste sie an. »Es gibt nichts Besseres, stimmt's?«

Cassies Handy, das auf dem Tisch lag, leuchtete auf, Hazel hatte eine Nachricht in ihrer Ski-WhatsApp-Gruppe gepostet.

Tom und ich nehmen eine schwarze Piste!! Danach gehen wir in eine Hütte unten am Berg – treffen wir euch dort?

Cassie verzog das Gesicht. Das hatte sie kommen sehen, sie hatte Tom, aber auch Hazel gesagt, dass sie alle aufhalten würde, dass es furchtbar würde. Aber hatten sie auf sie gehört? Nein. Beide hatten nur gemeint, sie werde es lernen, und es mache trotzdem Spaß und würde niemanden stören, ihretwegen langsamer zu fahren. Und jetzt das.

Sie blickte auf und sah, dass Sam ebenfalls in seinem Handy scrollte und vermutlich dieselbe Nachricht las. Sie seufzte. »Wenn du willst, kannst du ruhig mit ihnen fahren.« Das musste sie ihm anbieten, auch wenn sie eigentlich nicht allein zurückbleiben wollte – und wie zum Teufel sollte sie den Rest des Hangs ohne ihn hinunterkommen?

Er schüttelte den Kopf und steckte das Handy zurück in die Skijacke. Inzwischen hatte er die Sonnenbrille abgenommen, und das tiefe Blau seiner Augen wirkte hier oben, vor dem blauen Himmel und dem glitzernden Schnee, noch intensiver als sonst. »Nein, lass die mal machen. Ein Wettrennen auf einer schwarzen Piste ist nicht besonders reizvoll.« Sie warf ihm einen skeptischen Blick zu, und er grinste. »Okay, ist es doch, aber hier mit dir zu sitzen, auch.«

Sie sah ihm in die Augen und schenkte ihm ein kleines Lächeln. *Cool und selbstbewusst, Cassie.* Aber sie wusste nicht so recht, wie sie das anstellen sollte. Es war nicht so, als würde sie mit einem der Jungs an der Uni flirten. Sam kannte sie. Er kannte sie praktisch schon ihr ganzes Leben. Bei ihm konnte sie nicht so tun, als wäre sie jemand anderer. Er sah sie weiter an, und sein Grinsen war diesem durchdringenden Blick gewichen, mit dem er sie manchmal ansah – normalerweise wenn er dachte, dass sie es nicht bemerkte. Sie überlegte, was sie sagen sollte, aber nichts schien ihr richtig. Das ging nun schon eine ganze Weile so, beide achteten sorgsam – viel zu sorgsam – darauf, die freundschaftliche Grenze nicht zu überschreiten. Oder vermutlich eher die Grenze von »der Schwester des besten Freundes« zur Freundin.

In der WhatsApp-Gruppe erschien eine weitere Nachricht und rettete sie.

Wie geht es dir, Cassie? Sie war von Tom.

Cassie zog eine Grimasse und tippte. *Wenn ich es heil nach unten schaffe, lasse ich es dich wissen.*

Sofort leuchtete ihr Telefon erneut auf, doch diesmal war es eine Nachricht von Sam. *Es geht ihr gut.*

Cassie sah ihn mit hochgezogenen Augenbrauen an, und er zuckte mit den Schultern. »Stimmt doch.«

Sie ignorierte ihn und tippte eine weitere Nachricht in die Gruppe.

Ich bin gestürzt.

Sie ist wieder aufgestanden.

Sie warf Sam einen vernichtenden Blick zu.

»Bist du doch«, sagte er entschieden. »Es zeugt von mehr Mut, wieder aufzustehen und weiterzufahren, als wenn man auf Anhieb brillant ist. Stimmt doch, oder?«

Das ist die richtige Einstellung, hatte Hazel zurückgeschrieben.

»Und? Wie ist London?«, fragte Cassie in dem Versuch, von sich abzulenken. »Ist es so, wie du gehofft hast?« Er hatte sein Referendariat in einer äußerst angesehenen Londoner Anwaltskanzlei begonnen und teilte sich eine Wohnung mit Tom, der an der UCL einen Master in Nachhaltigkeit machte. Er war fest entschlossen, in die Fußstapfen ihrer Eltern zu treten, auch wenn ihr Einsatz für den Umweltschutz sie das Leben gekostet hatte, als sie auf einer Forschungsreise mit einem kleinen Flugzeug abgestürzt waren. Natürlich hatte Cassie Tom nicht darauf hingewiesen – er wusste es genauso gut wie sie, und sie wollte ihm mit ihren Bedenken nicht verderben, wofür er so leidenschaftlich brannte. Aber sie machte sich Sorgen. Sie befürchtete, dass sein Ehrgeiz und seine Leidenschaft für die Arbeit ihn von ihr wegführen würden – und vielleicht in gefährliche Gegenden.

Sam nickte. »Viel Arbeit, aber gut.« Er lachte. »Um ehrlich zu sein, ist es toll. London ist so gottverdammt glamourös, Cass.« Er legte den Kopf schief. »Wann kommst du Tom und mich besuchen?«

»Bald«, antwortete sie vage und überspielte den kleinen Schreck darüber, dass er sie offenbar einlud. Irgendwann würde sie die beiden vermutlich besuchen, aber Tom war gerade erst hingezogen, er sollte sich erst einmal einleben. »Ich habe gehört, eure Wohnung ist ganz okay?«

Sam rümpfte die Nase. »›Okay‹ ist gut. Es ist eine Bruchbude, aber es ist ja nicht für ewig. Die ersten zwei Jahre in der Kanzlei verdiene ich nicht besonders viel, aber danach geht es aufwärts, und ich werde mir etwas Besseres leisten können.«

Cassie schwieg. Geld war für Sam schon immer äußerst wichtig gewesen. Obwohl sie es verstand, mochte sie das am wenigsten an ihm. Seine Mutter hatte es in seiner Kindheit und Jugend schwer gehabt – vermutlich hatte sein Vater, der kaum da war, nicht viel zu den Finanzen beigetragen. Sie hatten zwar nicht gerade kurz vor der Obdachlosigkeit gestanden, aber seine Mutter kaufte für sich und Sam stets in Sozialkaufhäusern ein, achtete auf die Lebensmittelpreise und all das. Als Sam zu Beginn eines Schuljahrs eine gebrauchte Uniform trug, hatte er sich so geschämt, dass Tom ihn überreden musste, die Uniform mit ihm zu tauschen. Claire hatte natürlich nichts bemerkt – sie versah ihre Pflicht als Erziehungsberechtigte eher nachlässig. Sam war irgendwann darüber hinweggekommen, aber er strebte immer nach mehr. Cassie hoffte, dass er glücklich sein würde, wenn er es geschafft hatte, wenn er genug Geld verdiente, um sich eine schicke Wohnung in London zu mieten und die Kleidung zu kaufen, die er wollte.

»Und bei dir?«, fragte Sam. »Wie ist es in Leeds? Ich habe gehört, du hast einen Typen kennengelernt …?« Er zog die Augenbrauen hoch, und sie musste schmunzeln.

»Ich genieße es«, sagte sie. Und das stimmte. Es gefiel ihr besser an der Uni, als sie gedacht hatte, obwohl das erste Jahr ziemlich turbulent gewesen war. Sie war froh, dass sie eine Campus-Universität gewählt hatte, wo alles an einem Ort war. »Und ja, ich habe jemanden kennengelernt …« Warum wurde sie rot?,

»… aber wir haben uns vor zwei Monaten wieder getrennt.« *Cool und selbstbewusst, Cassie. Cool und selbstbewusst.*

»Ach, das tut mir leid.« Er nippte an seiner heißen Schokolade.

»So siehst du aber nicht aus.« Das stimmte – er lächelte.

Er zuckte mit den Schultern. »Du bist zu jung, um dich zu binden.«

Das war nicht die Antwort, auf die sie gehofft hatte, aber das ließ sie sich nicht anmerken. »Hmmm, ich hab von Tom gehört, dass du diesen Ratschlag selbst beherzigst.«

»Eine ganze Reihe Mädchen«, hatte Tom ihr einmal erzählt. Und sie hatte versucht, nicht eifersüchtig zu sein. Hatte sich gesagt, dass es vielleicht eine »Reihe« und nicht nur eine war, weil auch er keine für eine dauerhafte Beziehung fand. Denn vielleicht verglich er die anderen genauso mit ihr wie sie die Jungs an der Uni mit ihm.

Er legte den Kopf schief. »Hast du etwas dagegen, liebe Cass?«

»Überhaupt nicht«, erwiderte sie etwas steif, »mir tun nur all die gebrochenen Herzen in deinem Schlepptau leid.« Immer schön lustig bleiben. Das konnte sie – so bewegten sie sich auf sicherem Boden.

»Ah, da überschätzt du mich. Vielleicht brechen *sie* ja alle *mir* das Herz?« Er stupste sie neckisch in die Rippen, woraufhin sie ihn wegstieß und ebenfalls in die Seite stupste. Er fing ihre Hand auf, um sie abzuwehren, ließ sie anschließend jedoch nicht los. Seine kühlen Fingerspitzen trieben ein elektrisierendes Kribbeln über ihre Haut, als er mit dem Daumen über ihren Handrücken strich.

Sie räusperte sich, und weil sie ihre Finger mit seinen verschränken wollte, weil sie sich in diesem Moment zu ihm beugen und ihre Lippen auf seine pressen wollte, zog sie ihre Hand sanft aus seiner zurück und strich sich das Haar hinter die Ohren.

»Also«, sagte Sam, trank seine Schokolade aus und ließ sich nicht anmerken, ob er ihre Reaktion registriert hatte. »Willst du noch etwas trinken, oder wollen wir uns den Rest der Piste hinunterwagen?«

Cassie seufzte. »Wenn ich jetzt nicht fahre, traue ich mich wahrscheinlich gar nicht mehr.«

Sam lachte. »Da hast du recht. Dann komm, bezwingen wir den Everest.«

KAPITEL DREI

Nachdem Sam erklärt hatte, es sei zu spät, um noch eine Piste zu bezwingen, schloss er die Tür zur Hütte auf. Seine Ansage hatte sie unglaublich froh gestimmt – auch wenn sie den Verdacht hegte, dass er das nur gesagt hatte, um ihr einen Gefallen zu tun. Natürlich wusste sie, dass sie üben musste, wenn sie besser werden wollte, aber sie wollte gern selbst über das Tempo bestimmen. Offenbar gab es eine grüne Piste – vielleicht würde sie sich einen Skilehrer nehmen und dort fahren, dann war der Druck nicht so groß. Vielleicht würde sie aber auch zugeben, dass Skifahren eindeutig nicht ihr Ding war, und die Hütte, den Kamin und die Bücher genießen, die sie mitgebracht hatte. Als sie hinter Sam in die Hütte trat und das Licht einschaltete, stellte sie sich einen Moment lang vor, dass ihre Eltern noch lebten und sie alle zusammen in den Familienurlaub gefahren wären. Würde nur sie, das Weichei, zu Hause bleiben, während die anderen die Pisten unsicher machten? Oder würden sie und ihr Vater zusammen eine ruhige Kugel schieben? Ihre Mutter war die Mutige gewesen. So wie Tom, der vollkommen furchtlos war.

Sam schloss die Tür hinter Cassie, während sie ihre Skijacke auszog und aufhängte und versuchte, nicht zu sehr auf seine Nähe zu achten. Tom hatte die Heizung hochgestellt, damit sie es bei ihrer Rückkehr gemütlich hatten, und nun umfing sie die Wärme der Hütte. Cassie ging in die Küche, wo die Fußbodenheizung sogar die Fliesen unter ihren jetzt nackten Füßen angenehm wärmte. Das ganze Haus sah aus wie aus einem Prospekt; es erinnerte sie ein wenig an die Hütte in *Liebe braucht keine Ferien*. Sie war ganz mit Holz vertäfelt und hatte diesen herrlich moschusartigen Holzgeruch. Das Wohnzimmer, das direkt neben der Küche lag, hatte ebenfalls einen Holzboden, und neben einem riesigen Kamin aus Stein lag ein weißer, flauschiger Teppich. Davor standen ein großes, kuscheliges Sofa mit weißen Decken und zwei schicke Sessel, dazwischen ein kleiner, hölzerner Couchtisch mit einem Kerzenleuchter. Cassie hatte sich mehr als einmal gefragt, wie Tom für ihr Budget, das durch Hazel und sie definitiv nicht gerade üppig war, ein Haus wie dieses gefunden hatte. Er hatte sich geweigert, ihr den Preis zu nennen, und nur einen bestimmten Betrag von ihr verlangt. Vermutlich übernahm er einen etwas größeren Anteil, um die Kosten zu decken. Es hätte sie nicht überrascht, auch wenn sie ihm derlei Dinge immer wieder auszureden versuchte.

Sam folgte Cassie in die Küche, und sie sah sich nach ihm um. »Soll ich uns einen Glühwein machen?«

»Gern.« Er stutzte. »Meinst du mit ›machen‹ ›aufwärmen‹? Kauft man das Zeug nicht einfach im Laden? Haben wir welchen?«

Cassie verdrehte Augen. »Es gibt bessere Methoden. Und ich habe die Zutaten, keine Sorge.« Sie holte eine Flasche Rotwein, eine Flasche Brandy, ein paar Zimtstangen, ein Netz Orangen, Ahornsirup und Nelken heraus. Das alles hatte sie gestern im Supermarkt besorgt, als sie gleich nach ihrer Ankunft einen gemeinsamen Ausflug gemacht hatten – Tom am Steuer, Hazel und sie auf dem Rücksitz des kleinen Mietwagens.

»Das alles für ein Glas Glühwein?«

Cassie lachte. »Ja. Wenn du Glück hast, gibt es sogar zwei für jeden.«

In der Hütte war es seltsam still, als sie sich daranmachte, die Zutaten in den Topf zu geben und Orangen zu schneiden. Auch wenn sie mit dem Rücken zu Sam stand, spürte sie seinen Blick. Deshalb war sie froh, als er sagte: »Soll ich Musik anmachen?«

»Klar. Etwas Weihnachtliches?«

Er zuckte zustimmend mit den Schultern und ging zu dem Lautsprecher auf dem Tisch neben dem Weihnachtsbaum. Bei ihrer Ankunft hatte Cassie darauf bestanden, dass sie ihn schmückten. Obwohl alle drei behauptet hatten, es sei lächerlich, die vorhandene Dekoration abzunehmen und ihn neu zu putzen, hatte sie den Eindruck, dass es ihnen insgeheim Spaß gemacht hatte. Sie hatte sogar jedem von ihnen einen eigenen Weihnachtsschmuck mitgebracht – etwas Altes, das sie repariert hatte, sodass man es weiterbenutzen konnte. Tom hatte sich natürlich auf keine Farbe festlegen wollen, und nun glänzte der Baum in einer gewagten Kombination aus Rot, Gold, Blau und Silber. Die Geschenke, die sie einander mitgebracht hatten, lagen bereits unter dem Baum, Cassies Umschlag von Tom obenauf – der Hinweis, mit dem ihre Schatzsuche beginnen würde. In den letzten Jahren war die Suche immer abenteuerlicher geworden – die Hinweise beschränkten sich nicht mehr nur auf das Haus, sondern führten sie in die nähere Umgebung. Was er wohl dieses Jahr geplant hatte? Schließlich kannte er die Gegend nicht. Sie bezweifelte jedoch nicht, dass er sich etwas hatte einfallen lassen – er war immer kreativ.

Cassie hörte Mariah Carey von der Playlist, die Sam ausgewählt hatte, und schnitt eine Grimasse. »All I Want For Christmas Is You«. Na ja, so ungefähr.

Sam kam zurück in die Küche und lehnte sich an den Tresen, während sie den Glühwein umrührte. Sie blickte zu ihm hinüber. »Bei Glühwein muss ich immer an Lindas Pub denken«, sagte sie, als wäre das ein Geständnis. Der Duft weckte ihre Sehnsucht nach dem Pub. Sie hatte dort gern gearbeitet, ihr fehlten die lockeren Scherze mit den Gästen – die sie alle kannte, denn in dem Dorf kannte jeder jeden –, sie vermisste Lindas Herumwirbeln, ihre einfache und direkte Art. Cassie kellnerte jetzt in Leeds, um die Studiengebühren bezahlen zu können, aber das war nicht dasselbe. Es war eine Restaurantkette, und es fehlte irgendwie … die Seele.

»Willst du immer noch eines Tages deinen eigenen Laden aufmachen?«, fragte Sam.

Cassie zögerte, dann zuckte sie mit den Schultern. »Ja«, gab sie zu. »Irgendwann. Ich meine, ich muss mich erst hocharbeiten, Erfahrungen sammeln, aber ich möchte ein Eventlokal eröffnen. Vielleicht zusammen mit einem B&B. Dann könnte ich zum Beispiel Hochzeitsfeiern ausrichten, und das Brautpaar und einige Gäste könnten übernachten. Oder ich könnte tolle dreißigste Geburtstage ausrichten. Natürlich auf dem Land, sodass die Leute das Gefühl haben rauszukommen. Ich suche mir ein älteres Haus und richte es her, mache es wieder liebenswert, mache es zu meinem, weißt du, und …« Sie sah ihn wieder an und biss sich auf die Lippe. »Tut mir leid, ich komme ins Schwärmen.«

Er lächelte. »Ich höre dich gern schwärmen. Das zeigt, dass du mit Leidenschaft dabei bist.«

Sie nickte nachdenklich. Vermutlich stimmte das. Doch manchmal kam sie sich dumm vor, weil sie ausgerechnet *dafür* so viel Begeisterung aufbrachte, doch dafür konnte sie schließlich nichts, oder? Sie mochte das Wort nicht: Leidenschaft. Sie musste dabei immer an ihre Eltern denken. Nach ihrem Tod hatten alle gesagt, dass sie wenigstens gestorben waren, weil sie etwas getan hatten, das sie liebten, dem ihre Leidenschaft galt. Cassie hörte auf zu rühren und schöpfte den Glühwein in zwei Becher, reichte Sam den einen, pustete in ihren eigenen und trank einen Schluck. Er war, ihrer Meinung nach, um einiges besser als das gekaufte Zeug, das die anderen besorgen wollten.

Sams Telefon summte, und er zog es aus der Tasche. Cassie beobachtete, wie er die Lippen zu einer schmalen Linie zusammenpresste. »Alles in Ordnung?«, fragte sie automatisch.

Er warf ihr einen Blick zu, sagte aber nichts. Sie kannte diesen Blick. »Dein Vater?«, fragte sie leise.

Er zögerte, dann nickte er. »Woher wusstest du das?«

»Du hast diesen Blick …« Sie schüttelte den Kopf. Vielleicht klang es so, als hätte sie ihn zu viel beobachtet. Vielleicht *hatte* sie ihn aber auch zu viel beobachtet. »Willst du darüber reden?«

»Nicht wirklich.« Er legte sein Handy weg, starrte es finster an, dann seufzte er. »Er sollte Mum und mich nach Silvester besuchen, wenn wir vom Skifahren zurück sind. Aber er hat offenbar abgesagt. Seine neue Freundin braucht ihn anscheinend«, fügte er hinzu.

Cassie hörte den Hauch von Bitterkeit in seiner Stimme. Sie legte ihm tröstend eine Hand auf den Arm und drückte ihn.

»Egal, was soll's.« Er sah sie mit einem schwachen Lächeln an. »Nichts Neues, oder?«

Es war typisch, dass er versuchte, es herunterzuspielen. Doch sie erinnerte sich, wie er sich als Kind immer gefreut hatte, wenn sein Vater übers Wochenende mit ihm hatte wegfahren wollen, und wie sein Vater neun von zehn Malen in letzter Minute abgesagt hatte. Sam hatte dann so getan, als wäre es keine große Sache, und er und Tom hatten das Wochenende auf ihren Fahrrädern verbracht oder am Computer gespielt oder was auch immer. Cassie hatte jedoch schon damals gesehen, wie sehr Sam das verletzte. Ganz gleich, wie viel sie an Claire als Tante auszusetzen hatte, Claire hatte sie wenigstens nie im Stich gelassen – sie war verlässlich, war immer da gewesen, machte nie Versprechungen, die sie nicht halten konnte. Cassie konnte sich nicht wirklich vorstellen, wie es sein musste, wenn man von jemandem so regelmäßig im Stich gelassen wurde.

»Ich mache mir eher Sorgen um meine Mutter«, sagte Sam leise. Cassie zog die Hand von seinem Arm zurück und bemerkte, wie sein Blick zu der Stelle sprang, an der ihre Finger gelegen hatten. »Sie hat sich so darauf gefreut. Dabei empfindet sie nichts mehr für ihn.« Nachdenklich trank er einen Schluck Glühwein. »Glaube ich jedenfalls. Wie lange ist das jetzt her, fast zwanzig Jahre? Aber die Vorstellung, dass wir alle zusammen sind, bedeutet ihr viel – sie hat sich über die Jahre so sehr bemüht, diese Freundschaft mit ihm – oder was immer das ist – aufrechtzuerhalten, auch wenn er das nicht verdient hat. Und jetzt wird sie sich aufregen. Sie hatte ein großes Essen geplant und …« Er brach ab und schüttelte den Kopf.

»Du wirst da sein«, sagte Cassie sanft. Sie wusste nicht, ob das half – es würde ihr sicher nicht das Gefühl nehmen, im Stich gelassen worden zu sein –, aber sie wusste, dass seine Mum dankbar dafür sein würde. Er erwiderte ihren Blick und sah ihr einen Moment lang in die Augen.

»Ja.« Er zuckte mit den Schultern. »Tja. So was passiert wohl, wenn man etwas zusagt, das man nicht halten kann – jemand anderer zahlt den Preis.« Er klang so hart, dass Cassie zusammenzuckte. »Und so was kommt wohl auch dabei heraus, wenn man so einer Zusage Glauben schenkt, wie meine Mutter«, murmelte Sam.

Das schien eine ziemlich düstere Sicht auf die Dinge zu sein, doch sie wusste nicht, was sie darauf antworten sollte – schließlich konnte sie nicht auf einen reichen Erfahrungsschatz zurückgreifen. Linda war anscheinend vor Jahren der Liebe ihres Lebens begegnet, aber sie hatten sich in beiderseitigem Einvernehmen getrennt, weil sie unterschiedliche Dinge im Leben wollten, und nun war sie allein glücklich, wie sie sagte. Claire schien als Single nicht gerade glücklich, aber soweit Cassie sich erinnern konnte, war sie auch noch nie zu einem Date gegangen. Hazels Eltern schienen allerdings glücklich zu sein. Und ihre Eltern – nach allem, was man hörte, waren sie sehr verliebt, glücklich und einander verbunden gewesen.

Sie bemerkte eine Bewegung zu ihrer Rechten und blickte zu den Glasschiebetüren, die in einen kleinen Garten führten. Das Licht von drinnen spiegelte sich in der Scheibe, sodass es fast so aussah, als stünden dort zwei Weihnachtsbäume. Aber sie hatte draußen etwas bemerkt. Einen weißen Wirbel.

»Was ist los?«, fragte Sam und folgte ihrem Blick zu den Türen.

»Ich glaube, es schneit.« Sie beugte sich vor, um sicherzugehen, dann stellte sie ihren Becher ab, lief zur Tür und lachte vergnügt. »Ja, es schneit!« Sie drehte sich zu ihm um. »Sam, sieh nur, es schneit!«

Sam lachte wieder, und als sie das hörte, fühlte sie sich noch leichter. »Du warst den ganzen Tag draußen im Schnee.«

»Ja, aber das hier ist anders, er fällt tatsächlich vom Himmel.«

Sam trat zu ihr an die Glastüren. »Das tut Schnee normalerweise«, bemerkte er trocken.

Sie lachte und knuffte ihn leicht gegen den Arm. »Halt die Klappe.« Sie öffnete die Tür und blickte auf ihre nackten Füße hinunter. Egal. Der Glühwein, die Weihnachtslieder – sie wollte nach draußen und den Moment genießen.

»Du wirst dich erkälten«, warnte Sam. Sie winkte ihm nur

zu, trat hinaus und drehte sich im Kreis. Ja, ihre Füße waren sofort eiskalt, aber das kümmerte sie nicht.

»Streck die Zunge raus«, rief Sam von der Tür her. Sie blieb stehen und sah ihn mit schief gelegtem Kopf an. »Soll man das nicht, wenn es schneit? Die Schneeflocken schmecken oder so?«

Sie streckte ihm die Zunge heraus und fühlte sich herrlich unreif.

Sam lachte, griff nach ihrer Hand und zog sie zu sich, zurück in die heimelige Wärme. »Tom bringt mich um, wenn ich zulasse, dass du dich erkältest.«

»Weißt du, ich bin mir ziemlich sicher, dass es ein Mythos ist, dass man sich eine Erkältung einfängt, wenn einem kalt ist.« Es war wirklich beeindruckend, wie ruhig ihre Stimme klang, denn ihr Puls schien bei seiner Berührung zu rasen.

Er nickte langsam. »Also gut.« Dann trat er ebenfalls hinaus, zog sie zurück in den Schnee und brachte sie zum Lachen.

»Du hast Schneeflocken im Haar«, murmelte er und strich ein paar beiseite, ein Kribbeln überlief ihren Nacken. Dann zog er leicht die Augenbrauen zusammen und strich mit den Fingern über die Silberkette, die sie um den Hals trug – sie hatte sie schon den ganzen Tag getragen.

»Du trägst sie«, stellte er verblüfft fest.

»Natürlich«, erwiderte sie. »Ständig.« Es fühlte sich nicht falsch an, es zuzugeben. Sie trug sie zwar nicht jeden Tag – so besessen war sie denn doch nicht –, aber sie hatte einen Ehrenplatz in ihrem Schmuckkästchen, und sie trug sie zu besonderen Anlässen und jedes Jahr zu Weihnachten. Jedes Mal, wenn sie sie anlegte, war es, als würde die Kette sie mit Sam verbinden, mit jenem Moment vor dem Pub, als sie einfach wusste, dass es nicht nur eine Schwärmerei war, dass ihre Gefühle nicht einseitig waren.

Seine Hand lag immer noch in ihrem Nacken. Als er den Daumen bewegte und ihr über die Wange strich, stockte ihr der Atem, doch sie sah ihm weiter in die Augen. Ihre Hand war ruhig, als sie zu seinem Nacken wanderte. Und warum sollte sie auch nicht ruhig sein? Denn es war richtig, das wusste sie.

Sam zitterte leicht, und sie wusste nicht, ob es an ihrer Berührung lag oder daran, dass ihre Hand kalt war. Einen Moment lang standen sie beide wie festgewachsen da und sahen sich in die Augen. Sie legte fragend den Kopf zur Seite.

Und zur Antwort beugte er sich vor und küsste sie. Sanft, fast wie geflüstert. Als wollte er ihr die Chance lassen zurückzuweichen. Aber das wollte sie nicht. Sie legte ihre Hand um seinen Nacken, zog ihn näher an sich und spürte, wie ihr ganzer Körper kribbelte. Als sie seinen Kuss erwiderte, ließ er die Hände an den Seiten ihres Körpers nach unten gleiten und grub die Fingerspitzen leicht in ihre Taille. Sie küsste ihn auf eine Weise, die ihm sagte, dass es in Ordnung war, dass es richtig war, dass sie seit Jahren wusste, dass es so sein sollte.

KAPITEL VIER

Als sie den Kuss abbrach, tat sie das nicht, weil sie es wollte. Sie hätte ihn die ganze Nacht im Schnee küssen können, aber ihre Füße waren eiskalt, und sie hatte die berechtigte Sorge, dass sie sich Erfrierungen holen könnte, wenn sie nicht bald ins Haus ging, egal, was sie Sam gesagt hatte. Sie atmete schwer, als sie sich voneinander lösten, und war erleichtert, als sie sah, dass es ihm genauso ging.

»Mir ist …«

Sein Mundwinkel zuckte. »Kalt?«

Sie nickte, und er zog eine Augenbraue hoch.

»Ich hab's dir ja gesagt.«

In dem Bemühen, normal und lässig zu sein, schlug sie ihm locker auf den Arm. Um so zu tun, als wäre es keine große Sache, obwohl es das war. Sie ließ sich von ihm ins Haus ziehen und stieß ein leises Zischen aus, als ihre Füße die Wärme der Hütte spürten und ihr signalisierten, wie kalt sie waren.

Sam räusperte sich. »Ich, ähm, geh mal duschen.«

»Okay.« Cassie nickte. »Ich auch.« *Ganz locker, ganz easy.*

Auch wenn sie noch total aufgewühlt war, auch wenn sie gar nicht locker sein wollte.

Sie duschte, zog sich an und versuchte, die Schmetterlinge in ihrem Bauch zu beruhigen – eindeutig ohne Erfolg. Er hatte sie geküsst. Er hatte sie tatsächlich geküsst – und was jetzt? Sie hatte die anderen nicht zurückkommen hören, was bedeutete, dass sie immer noch allein waren. Bevor sie die Treppe hinunterging, warf sie einen Blick in den Spiegel, ihre Wangen waren leicht gerötet, das Haar noch feucht. Sie sollte es föhnen, damit es nicht so strähnig aussah. Doch dann würde man sehen, dass sie sich Mühe gemacht hatte, und was wäre, wenn die anderen zurückkämen, während sie föhnte, und sie die Chance verpasste, zu … Ja, zu was? *Keine Erwartungen, Cassie.* Doch es brachte nichts, sich das zu sagen, schließlich ging es hier um Sam.

Als sie ins Wohnzimmer zurückkam, brannte Feuer im Kamin. Die Flammen züngelten am Holz, Funken sprühten, und es knisterte. Sie sah zu Sam hin, der in der Küche stand. »Du hast Feuer im Kamin gemacht?« Eine überflüssige Frage.

Er erschrak ein wenig, und dass er offensichtlich ebenfalls nervös war, brachte sie zum Schmunzeln. »Ja.«

»Ein Mann mit vielen Talenten.«

Er lachte. »Offensichtlich.« Er hielt zwei Becher hoch, und sie stellte sich mit dem Rücken vor den Kamin – nicht, weil sie die zusätzliche Wärme brauchte, sondern weil es etwas Behagliches und Beruhigendes hatte. »Noch einen Glühwein? Ich will ihn nicht wegschütten.«

»Gern«, sagte sie und versuchte, auf seinen lockeren Ton einzugehen.

Er füllte ihre Becher und kam zu ihr. Die ganze Zeit spürte sie seinen Blick auf sich, die blauen Flammen tanzten in seinen Augen. Ihr Herz schlug schneller, und ihre Fingerspitzen kribbelten vor Aufregung. Doch er machte keine weiteren Anstalten, sie zu berühren, sondern wich sogar ein wenig zurück, nachdem er ihr den Becher gereicht hatte. Aber wer sagte denn, dass der Typ immer den ersten Schritt machen musste?

Sie stellte ihren Becher auf den Kaminsims, griff nach seinem und setzte ihn daneben ab. Mit einem Lächeln versuchte sie zu überspielen, dass die Nerven in ihrem Magen verrücktspielten, und verschränkte ihre Finger mit seinen. Er ließ es geschehen, blickte auf ihre verschränkten Hände und schluckte. »Cassie, ich …«

Doch sie schüttelte den Kopf, weil sie keine Entschuldigung hören wollte oder was auch immer er zu sagen beabsichtigte. Sie stellte sich auf die Zehenspitzen und berührte seine Lippen mit ihren. Während sie zärtlich seine Mundwinkel küsste, spürte sie, wie steif und angespannt er war. Als könnten seine beeindruckenden Muskeln jeden Moment reißen. Seine Lippen bewegten sich nicht, und einen Moment überkamen sie Zweifel, ob sie das alles irgendwie falsch verstanden hatte.

Dann fluchte er leise. Und presste seinen Mund auf ihren, legte die Arme um sie, schob eine Hand in ihr Haar und ließ die andere zu ihrer Hüfte und unter ihr Oberteil wandern. Dort verweilte sie nur kurz auf ihrer Taille, bevor er auf atemberaubende Weise mit den Fingern Kreise auf ihren Körper malte. Sie drängte sich näher an ihn, wollte mehr, und er stöhnte leise. O Gott, so fühlte es sich an, richtig geküsst zu werden, so sollte es sich anfühlen, wenn alles stimmte. Ihr Körper war so unglaublich lebendig, das Feuer hinter ihr war nichts, verglichen mit der Hitze in ihrem Inneren. Sie schob die Hände unter sein T-Shirt, fühlte die harten, straffen Muskeln und wünschte sich, dieser Moment mit ihm würde ewig dauern.

Doch da flog krachend die Haustür auf, Sam machte einen Satz nach hinten, und Cassie vermisste sofort seine Wärme. Sie atmete langsam und zitternd ein, presste automatisch eine Hand auf ihre Lippen und ließ sie sinken, als sie Hazel hörte.

»Das stimmt nicht!« Hazel klang gereizt. »Und außerdem hast du mir den Weg abgeschnitten und …«

»Nebensache, du bist einfach eine schlechte Verliererin, Niagara.«

Sam entfernte sich noch einen weiteren Schritt von Cassie, und sie zog ihr Oberteil zurecht, weil sie fürchtete, es könnte irgendwie verraten, was gerade geschehen war. Dabei war es doch nur ein Kuss, mehr war nicht passiert. Wären sie noch weiter gegangen? Sie versuchte, den Gedanken zu verdrängen, bevor er sich festsetzen konnte, und nahm ihren Glühweinbecher vom Kaminsims, um etwas in den Händen zu haben.

Hazel und Tom traten ins Zimmer. Cassie war heiß. Klar, natürlich war ihr heiß, schließlich stand sie neben dem verdammten Feuer. Sie warf einen Blick auf Hazel. Sicherlich merkte ihre beste Freundin etwas, bestimmt konnte sie ihr Herz bis zu sich hin schlagen hören. Aber Hazel rümpfte nur die Nase über Tom. »Na gut.« Sie seufzte und sah Cassie an. »Er hat gewonnen, aber morgen schlage ich ihn.« Sie zog ihre Jacke aus und warf sie kurzerhand über die Rückenlehne des Sofas. »Aber mein Gott, Cassie, du hättest sehen sollen, wie schnell er war!«

Cassie bemühte sich um einen lockeren Ton, obwohl sie Sams Nähe, der einen Meter von ihr entfernt stand und taktvoll den Blick abwandte, immer noch überdeutlich wahrnahm. »Nein, vielen Dank.« Von den schwarzen Pisten hielt sie sich fern, sie wollte nicht einmal Tom dabei zusehen, wie er sie hinunterfuhr – sie hatte Angst, dass ihm etwas passieren, dass er sich ein Bein brechen könnte oder so. »Ich habe Glühwein gemacht, wenn ihr mögt.«

»Ah, meine kleine Schwester, meine Damen und Herren, eine Heldin.« Tom zwinkerte ihr zu, und sie lächelte, obwohl sie aus dem Augenwinkel eine Reaktion von Sam wahrnahm. War er zusammengezuckt?

»Toll«, sagte Hazel, ging zu dem kleinen Bücherregal auf der gegenüberliegenden Seite der Glastüren und holte ein Brettspiel heraus. »Wir können ›Articulate!‹ spielen, Jungs gegen Mädchen.«

Tom schüttelte mit gespielter Traurigkeit den Kopf. »Du stehst auf Verlieren, stimmt's?«

Hazel verdrehte theatralisch die Augen. »Steht deine neue Freundin auf dieses Ego?«

Sam sah von Tom zu Hazel. »Neue Freundin?«

»Meinst du Amy?«, warf Cassie ein, die das Gefühl hatte, auch etwas zum Gespräch beitragen zu müssen.

Sam runzelte die Stirn. »Ich dachte, du hättest erst zwei Dates mit ihr gehabt.«

Tom seufzte. »Ja, das habe ich den beiden hier auch gesagt.« Er deutete auf Cassie und Hazel. »Es waren zwei Verabredungen – zwei Verabredungen zum Kaffee, wir sind noch nicht einmal bis zum Abendessen gekommen.« Aber Hazel und Cassie wechselten einen Blick, und Cassie wusste, dass Hazel offensichtlich dasselbe aufgefallen war wie ihr – dass sich zwischen Tom und dieser Verlagspraktikantin etwas Ernsthaftes anbahnte, auch wenn er es leugnete. »Und wenn ihr jetzt alle aufhören könntet, mein Liebesleben zu sezieren …« Er nahm sich einen Glühwein und sah zu Cassie hinüber. »Bereit für die zweite Runde morgen?«

Cassie verzog das Gesicht. »Ich weiß nicht, ob Skifahren mein Ding ist.«

»Sie war nicht so schlecht, wie sie euch einreden will«, warf Sam ein.

Cassie verschränkte die Arme, zog die Augenbrauen hoch und zwang sich, so zu tun, als sei nicht geschehen, was gerade geschehen war. Zumindest fürs Erste. »Nicht so schlecht, ja? Du weißt wirklich, wie man Komplimente macht.«

»Habe ich gesagt, nicht so schlecht? Ich meinte brillant. Nächstes Jahr wird sie sicher bei der Olympiade dabei sein.«

Sie nickte. »Das ist schon besser.«

Er lächelte sie an, wirkte fast dankbar. Dankbar, dass sie sich normal verhielt – was bedeutete, dass ihr Versuch, normal zu klingen, funktionierte.

»Na, ich kann es kaum erwarten, deine neuen Fähigkeiten morgen auf der Piste zu bewundern, Streifenhörnchen«, sagte Tom neckend, ging zum Sofa und ließ sich dort nieder, während Hazel das Spielbrett auf dem Tisch aufbaute. »Du wirst uns bestimmt alle alt aussehen lassen.«

Cassie schnaubte und setzte sich auf den Teppich neben Hazel, die sofort mit Tom zu streiten begann, wer das blaue Team sein durfte. Cassie hätte schwören können, dass es keinen der beiden wirklich interessierte, aber sie stritten sich, sobald sich auch nur die geringste Chance dazu bot – Hazel hatte keine Geschwister und Tom als großen Bruder adoptiert.

Cassie riskierte einen Blick auf Sam, der neben Tom auf dem Sofa saß, aber er sah auf das Spielbrett, nicht zu ihr. Sie holte tief Luft. Sie mussten es Tom einfach sagen. Es würde nicht funktionieren, wenn sie es nicht einmal wagten, sich vor ihrem Bruder auch nur anzusehen. Also mussten sie die Wahrheit sagen, Hazel würde sich freuen, und Tom würde damit klarkommen. Alles würde gut. Ganz bestimmt.

KAPITEL FÜNF

Cassie stand vor dem Spiegel in dem Zimmer, das sie sich mit Hazel teilte, und legte vorsichtig Sams Halskette an: der letzte Schliff ihres Outfits, für dessen Wahl sie länger als sonst gebraucht hatte, genau wie fürs Schminken. Es sollte keine Rolle spielen. Sam hatte sie bereits geküsst und ihr gezeigt, was er für sie empfand. Trotzdem wollte sie hübsch aussehen, wenn sie an Heiligabend ausgingen.

Das Klopfen an der Tür ließ sie kurz zusammenzucken. »Herein!«

Sam öffnete die Tür und spähte vorsichtig herein. Seit gestern Abend hatten sie sich kaum gesehen – Tom und Sam hatten einige der anspruchsvolleren Pisten in Angriff genommen, während sie mit Hazel einen eher ruhigen Tag verbracht hatte, überwiegend mit heißer Schokolade und Chips.

»Hey«, sagte sie und lächelte ihn leicht an. Wie war es möglich, dass die Luft zwischen ihnen zu knistern schien, obwohl er auf der anderen Seite des Zimmers stand? Es war, als wäre der ganze Raum aufgewacht. Fühlten andere Menschen genauso? War das normal? Sie hatte jedenfalls noch nie so empfunden.

Er hatte noch immer nichts gesagt, sah sie nur an, die ausdrucksstarken, blauen Augen voller Emotionen, die sie nicht zuordnen konnte. »Was ist los?«, fragte sie. »Gehen wir?«

»Nein, ich …« Er räusperte sich. »Ich bin nur gekommen, um …« Er brach ab und bemerkte, dass sie wieder die Halskette trug, der graue Stein lag ordentlich auf ihrem roten Oberteil. Er richtete den Blick auf den Boden. »Ich bin nur gekommen, um zu sehen, ob wir … eine Minute reden können.«

Reden? Was hatte das zu bedeuten? Sie war beunruhigt, unterdrückte das Gefühl jedoch und versuchte, lässig zu sein. »Klar.« Sie bedeutete ihm weiterzureden. Es konnte doch nichts Schlimmes sein, oder? Es war unvorstellbar, dass er sie geküsst und es nicht so gemeint hatte.

»Ich wollte nur … Ich wollte sichergehen, dass wir uns einig sind.«

Sie ging zu ihm. »Einig?«

»Ja. Du weißt schon, wegen dem Kuss und so.«

Sie legte beide Hände auf seine Brust und spürte seinen Herzschlag. Da. Ein Beweis. »Zwei Küsse, wenn ich mich recht erinnere«, sagte sie mit ruhiger Stimme.

»Richtig«, bestätigte er. »Also, ich …«

»Ich denke, wir sollten es den anderen sagen«, unterbrach sie ihn und ließ ihm keine Gelegenheit, den Satz zu beenden. Sie wusste, dass er sich Sorgen wegen Tom machte – bestimmt ging es darum. Aber wenn sie von Anfang an offen damit umgingen, würde Tom es akzeptieren müssen – und das war besser, als ihn anzulügen. Und Sam würde sich nicht unwohl fühlen, weil er seinen besten Freund hinterging.

Doch Sam runzelte die Stirn. »Was?«

»Ich denke, wir sollten es Tom und Hazel sagen. Sie werden es früher oder später herausfinden, also können wir ihnen auch gleich die Wahrheit sagen.«

»Cassie«, sagte er, und seine Stimme klang flehend. »Es war nur ein Kuss.«

Die Worte taten weh, ihr Körper verspannte sich, und ihre Hände, die noch immer auf seiner Brust lagen, zuckten. Sie sah einen Ausdruck über sein Gesicht huschen – er wirkte gequält, als bereute er die Worte bereits. Und das zu Recht. Denn er wusste genauso gut wie sie, dass es nicht »nur« ein Kuss war. Also schüttelte sie den Kopf. »Zwei Küsse«, sagte sie wieder.

Sie sah ihm fest in die Augen, während sie sprach, um keinen Zweifel zwischen ihnen aufkommen zu lassen. Denn sie wollte sich nicht länger verstellen, wollte nicht, dass sie weiter umeinander herumtanzten. »Ich will das, Sam.« Sie lächelte schwach, obwohl ihr Herz hämmerte, fast, als wollte es sie warnen, es nicht in Gefahr zu bringen. »Du und ich. Ich wollte …« Sie stieß die Luft aus, hob eine Hand, strich mit dem Daumen über seine Wange und seinen Kiefer und legte sie dann in seinen Nacken. Er rührte sich nicht. Sein Körper war völlig bewegungslos, als würde er nicht einmal atmen.

»Es ist richtig«, flüsterte sie. »Ich weiß es.«

Er nahm ihre Hände in seine und drückte sie sanft. »Cassie, ich …«

Aber was auch immer er sagen wollte, sie bekam es nicht zu hören. »Cassie!« Hazels Stimme dröhnte wie ein Nebelhorn aus dem Wohnzimmer. »Komm schon, beeil dich, alle sind fertig zum Aufbruch!«

Cassie verdrehte die Augen, stellte sich auf die Zehenspitzen und küsste ihn auf die Lippen. »Wir reden später, okay?« Sie zog sich von ihm zurück und drehte sich um, um ihr Telefon und ihre Jacke vom Frisiertisch zu nehmen. Dann sah sie ihn wieder an. »Es wird alles gut, Sam«, sagte sie fest. Als ob sie das mit ihren Worten bewirken könnte. »Ich weiß, dass du dir Sorgen wegen Tom machst«, fügte sie leise hinzu. »Aber er wird es verstehen. Am Anfang wird er vielleicht etwas … verwirrt sein …, aber ich glaube wirklich, dass er es verstehen wird.«

Sie klopfte ihm im Vorbeigehen auf den Arm, öffnete die Zimmertür und nickte ihm zu. »Kommst du?« Und als er ihr nach draußen folgte, als sie sich bei ihm einhakte und er nicht zurückschreckte, nahm sie das als gutes Zeichen.

Aus dem Inneren der hölzernen Bar dröhnte wummernde Musik bis zu Cassie und Hazel hinaus, die mit einem Bier in der Hand inmitten einer Menschentraube draußen im Schnee standen. Im Hintergrund waren gerade noch die Umrisse der hoch aufragenden Berge zu erkennen, und auf der einen Seite stand ein riesiger Weihnachtsbaum mit einem Stern auf der Spitze, für dessen Anbringung man eine riesige Leiter gebraucht haben musste.

Hazel betrachtete grinsend die Leute, die sich ringsum unterhielten oder zu tanzen begannen. »Es ist wundervoll hier«, sagte sie zufrieden, und Cassie lachte. Ihr Körper war angespannt. Tom und Sam waren bereits seit einer guten halben Stunde verschwunden und nirgends zu sehen. Sie war albern. Schließlich konnten sie gehen, wohin sie wollten – und sie wusste, dass sie sie nicht hier zurücklassen würden. Aber trotzdem … Das Gespräch mit Sam von vorhin ging ihr nicht aus dem Kopf. Wie er sie angesehen hatte. Sie war sich so sicher gewesen, dass er sich nur wegen Tom Sorgen machte – was sie verstand. Das »Nicht-die-Schwester-Daten« war ein Kodex unter Freunden, oder? Aber wenn sie nun alles falsch verstanden hatte? Ihr Magen zog sich zusammen.

Hazel bemerkte, dass sie sich umsah – schon wieder –, und warf ihr einen listigen Blick zu. »Suchst du jemand Bestimmten?«

Cassie überging es und nippte an ihrem Bier. Sie hatte Hazel noch nicht von dem Kuss – den Küssen – erzählt. Vor allem, weil sie erst mit Tom sprechen wollte – und sich nicht sicher war, ob Hazel die Wahrheit für sich behalten konnte, wenn sie alle so dicht aufeinanderhockten.

Cassie erschrak und stieß einen leisen Fluch aus, als Tom hinter sie trat und einen Arm um ihre Schulter legte. »Ist das nicht toll?«, fragte er und wippte mit dem Kopf im Takt der Musik. »Hier sollten wir jedes Jahr Weihnachten feiern.«

Cassie schnaubte. »Als ob wir uns das leisten könnten.«

Er stieß sie in die Rippen. »Spaßbremse.«

Sie stieß ihn ebenfalls in die Seite. »Träumer.«

»Vielen Dank«, sagte Tom sarkastisch, lachte und drückte ihre Schulter. »Morgen ist der erste Weihnachtstag.«

Cassie sah zu ihm hoch und blinzelte unschuldig. »Ach, tatsächlich? Hatte ich ganz vergessen.«

»He, sei nett, sonst …«

»Keine Schatzsuche für mich.« Sie winkte ab. »Ja, ja, diese Drohung habe ich schon so oft gehört.« Und sie wusste, dass er sie nie wahr machen würde – er hatte genauso viel Spaß daran wie sie. Sie fragte sich, ob er sie draußen im Schnee auf Schatzsuche schicken würde – eine echte weiße Weihnacht.

»Wo ist eigentlich Sam?«, fragte sie und bemühte sich, locker zu klingen. Tom zuckte mit den Schultern, doch sie sah, wie Hazel ihre grünen Augen auf sie richtete. Ihr entging nichts. »Er ist da drüben mit ein paar Mädchen.« Tom deutete nach links, wo der Weihnachtsbaum stand, und Cassie sah schnell in die Richtung. Ihr wurde mulmig. *Mit ein paar Mädchen?*

»Und du wolltest nicht dein Glück versuchen, Rivers?«, fragte Hazel, während Cassie den Blick über die Menge schweifen ließ.

»Ach, du kennst mich doch, ich warte lieber, bis sie zu mir kommen.«

»Natüüüüürlich«, sagte Hazel. »Das hat überhaupt nichts mit einer gewissen Amy zu tun.«

Dort. Sie hatte ihn entdeckt. Den Kopf mit dem zerzausten braunen Haar, die breiten Schultern, die dunkelblaue Skijacke. Ihr Herz machte einen Satz – und schien stehen zu bleiben. Denn er stand da drüben mit ein paar Mädchen. Und er stand dicht neben einem bestimmten Mädchen mit glänzendem, kastanienbraunem Haar. Er strich ihr mit einer Hand über den Arm, trat noch näher an sie heran und senkte den Kopf.

Nein. Cassie atmete tief durch und versuchte, nicht mehr hinzusehen, aber ihr Blick schien wie festgeklebt. Nein. Was tat er da? Wollte er tatsächlich …? Ja. O mein Gott, er küsste sie. Er küsste diese Fremde tatsächlich, nachdem er …

Ihr war übel. Richtig übel. Sie wich zurück … »Bist du …?« Aber Cassie schüttelte den Kopf, drückte Hazel ihr halb volles Bier in die Hand und wandte sich ab. Undeutlich hörte sie Hazel mit fester, kalter Stimme hinter sich sagen: »Ich bin gleich wieder da, Rivers.«

Cassie ging weiter und bahnte sich einen Weg durch die Menge. Sie wusste nicht, wohin sie ging, sie wusste nur, dass sie hier wegmusste. Sie konnte nicht in seiner Nähe sein, konnte nicht zusehen, wie er … O Gott. Das durfte doch nicht wahr sein. Wie konnte er ihr das antun? An Heiligabend? Direkt vor ihren Augen? Das war doch Sam, er war ihr Freund, er war ihr … irgendwas. Und er hatte einfach … Tränen brannten ihr in den Augen, und sie stieß ein ersticktes Schluchzen aus, auch wenn sie versuchte, es zu unterdrücken und sich nicht von ihren Gefühlen übermannen zu lassen.

»Cassie!« Beim Klang seiner Stimme schloss sie die Augen und ging weiter. »Cassie, warte!«

Aber sie wollte nicht warten. Hazel musste ihn geholt haben, ohne sie hätte er nicht einen Gedanken an sie verschwendet.

Sie spürte eine Hand auf ihrem Arm, und bevor sie sie wegstoßen konnte, drehte er sie zu sich herum. Da stand er. Sam starrte sie an, das Gesicht zu einer Grimasse verzogen. »Cassie, es …«

»Nicht«, blaffte sie, und gleichzeitig brach ein Schluchzen aus ihr heraus. »Sag nicht, dass es dir leidtut.« Ihre Stimme klang bitter, vernichtend. Das war gut.

»Aber es tut mir leid«, beharrte er. Er fuhr sich mit beiden Händen durchs Haar, wie immer, wenn er gestresst war. »Ich wollte nicht …«

»Was? Vor meinen Augen mit einer anderen Frau herumknutschen? Nachdem du mich geküsst hast?« Aber es ging nicht um den Kuss – oder nicht nur um den Kuss. Sie hatte ihm doch gesagt, wie viel er ihr bedeutete. Er konnte nicht so tun, als wüsste er das nicht. Sie hatte sich geöffnet, hatte es ihm gestanden, weil sie sich sicher war, dass er dasselbe für sie empfand, und jetzt …

Sie unterdrückte den nächsten Schluchzer und versuchte, ihm den Rücken zuzukehren. Sie konnte das nicht. Sie konnte dieses Gespräch nicht mit ihm führen. »Geh, Sam.«

Er versperrte ihr den Weg, sodass sie nicht an ihm vorbeisehen konnte. »Ich habe versucht, es dir zusagen.« Er klang flehend. »Ich habe versucht, dir zu sagen, dass ich nicht … dass ich nicht …«

»Dass du was nicht?«, blaffte sie. »Mit mir zusammen sein kannst?«

Seine Miene war Antwort genug. Ja. Ja – das hatte er ihr vorhin in ihrem Zimmer sagen wollen. Er hatte keine Bedenken wegen Tom, sondern ihretwegen.

Sie hob das Kinn und versuchte verzweifelt, ihre zitternden Lippen unter Kontrolle zu bekommen. »Dann wolltest du damit eben nur etwas klarstellen, oder was?«

Wieder zuckte er zusammen, leugnete es aber nicht. Und sie spürte, wie etwas in ihr zerbrach, als sie erkannte, dass er es absichtlich getan hatte – um sie zu verletzen, um ihr klarzumachen, dass nichts zwischen ihnen sein würde. Statt mit ihr zu reden, statt ehrlich zu sein und es ihr zu sagen, hatte er sich entschlossen, es ihr zu zeigen.

Sie schob den Schmerz und die verdammte Trauer beiseite und konzentrierte sich ganz auf die Wut. Dann richtete sie sich auf und starrte ungeachtet ihrer Größe auf ihn hinunter. »Okay, dann nimm sie doch, wer auch immer sie ist. Ich bin sicher, zwischen euch besteht eine tiefe, stabile und bedeutsame Verbindung nach nur, oh, fünf Minuten. Was sind schon fünfzehn Jahre an Erinnerungen im Vergleich dazu?«

Einer Eingebung folgend griff sie in ihren Nacken, nestelte an dem Verschluss der Halskette herum und hielt sie ihm hin. »Hier«, sagte sie. »Du kannst sie haben. Ich will sie nicht mehr.« Sie wollte keine Erinnerung behalten – an ihn, an jene Nacht vor dem Pub an Heiligabend, als sie zu dem Schluss gekommen war, dass ihre Gefühle echt waren, dass das zwischen ihnen echt war.

Er wich zurück. »Nein, ich …« Aber sie drückte ihm die Kette in die Hand, sodass er sie nehmen oder fallen lassen musste.

»Du hast deinen Standpunkt sehr deutlich gemacht, Sam. Und ich habe es verstanden, okay?« Sie sprach laut, in diesem Moment war es ihr egal, ob jemand sie hörte, ob Tom sie beobachtete. Aber Sam eindeutig nicht. Er blickte sich suchend um, und Cassie lachte bitter, auch wenn ihr Herz zu zerspringen drohte. »Das ist alles, was dich interessiert, oder? Was Tom denken könnte.« Mit zerknirschter Miene drehte er sich wieder zu ihr um, und einen Moment lang überlegte sie, es Tom zu erzählen, sich an seiner Schulter auszuweinen und sich von ihm trösten zu lassen. Sie könnte die Wut des großen Bruders anstacheln – und damit wahrscheinlich großen Schaden anrichten.

Sie holte tief Luft und stieß sie ganz langsam wieder aus. Nein, das würde sie nicht tun. Dazu würde sie sich nicht hinreißen lassen. Tom liebte Sam – und sie wollte ihn ihrem Bruder nicht nehmen. Sie konnte damit leben, dass sie Freunde waren. Und das war ein Teil des Problems, oder? Er war immer Toms Freund gewesen, nicht ihrer. Also würde sie ihm diese Freundschaft lassen, aber mit ihrer war es vorbei.

»Bis morgen«, sagte Cassie und kratzte den letzten Rest Selbstbeherrschung zusammen, während sie sich von ihm wegdrehte und die Tränen zurückhielt, bis sie außer Sichtweite war. Sie hörte Hazel nach ihr rufen und wusste, dass sie sie einholen würde. Hazel würde mit ihr nach Hause gehen, sie weinen lassen und nicht zu viele Fragen stellen. Und was den morgigen Tag betraf … Nun ja. Darum würde sie sich morgen kümmern.

»Cassie, bitte, warte, rede mit mir, ich …«

Sie drehte sich mit wütendem Blick zu ihm um. »Lass das«, sagte sie scharf. »Entweder hörst du auf, mir hinterherzulaufen, oder ich erzähle Tom alles, was passiert ist.«

Er starrte sie mit einem Gesichtsausdruck an, den sie noch nie bei ihm gesehen hatte. Aber als sie weiterging, als Hazel zu ihr kam und sich bei ihr einhakte, folgte Sam ihr nicht.

Und Cassie beschloss auf der Stelle, dass sie mit Sam Malone fertig war. Endgültig fertig.

FÜNF JAHRE SPÄTER

KAPITEL SECHS

Fast wäre Cassie mit einem kahlköpfigen Mann in einem strahlend blauen Anzug zusammengestoßen, als sie durch die Tür in die protzige Restaurant-Schrägstrich-Bar in Soho stürmte – die Art von Lokal, in die sie von sich aus nie gehen würde, weil ihr alles unverhältnismäßig teuer vorkam. »Tut mir leid«, quiekste sie und versuchte, den nassen Regenschirm aus der Schusslinie des Typen zu bringen, damit er seinen Designeranzug nicht ruinierte. In ihrem hastigen Bemühen, den Schirm zu schließen, hätte sie ihm beinahe auch noch ihren Ellenbogen in die Rippen gerammt. Er warf ihr einen verächtlichen Blick zu und ging um sie herum, um von der Kellnerin seinen Mantel entgegenzunehmen, bevor er hinaus in die Kälte trat und einen Schwall Regen hereinwehen ließ.

Cassie spürte, wie ihre Wangen zu glühen begannen, und gab der Frau ihren Mantel – der trotz des Regenschirms feucht war. Verlegen strich sie ihr rotes Oberteil glatt, das sie über einer schwarzen Röhrenjeans trug. Bevor sie zur U-Bahn geeilt war, hatte sie sich in der Personaltoilette des Hotels eilig umgezogen und ihre Arbeitskleidung noch in der Tasche. Doch jetzt, inmitten dieser piekfeinen Geschäftsleute und dieses übermäßig trendigen Londoner Publikums, drängte sich ihr der Gedanke auf, dass sie wohl besser ein anderes Outfit gewählt hätte. Aber Tom hatte gesagt, dass es nur ein lockerer Drink sein würde.

»Ich bin hier mit meinem Bruder verabredet«, sagte sie zu der Kellnerin, die große goldene Sternenohrringe trug – vielleicht ein Hinweis darauf, dass der zweiwöchige Weihnachtscountdown offiziell begonnen hatte. Vielleicht waren sie aber auch nur ein Versuch, der schwarz-weißen Uniform, die alle hier trugen, etwas Individualität zu verleihen. »Tom Rivers?«

Die Kellnerin nickte, wobei ihre Ohrringe in der stimmungsvollen Beleuchtung glitzerten, und bedeutete Cassie wortlos, ihr zu folgen. Im Hintergrund lief das Weihnachtsalbum von Michael Bublé, was Cassie ein wenig seltsam erschien, da die Musik nicht recht zu der stilvollen Einrichtung des Lokals zu passen schien – zu den Lederbänken, den Holzbalken an der Decke und den Kerzen, die in Glasbehältern an den Seiten des Raums standen.

Cassie entdeckte Tom in einer Sitzecke und zog die Nase kraus, als sie sah, dass Sam tatsächlich mitgekommen war. Sie hatte gehofft, er würde in letzter Minute absagen, aber die beiden hatten die Köpfe zusammengesteckt und waren in ein Gespräch vertieft. Sam fuhr sich mit der Hand durch das dunkle Haar, das bewusst zerzaust war – seit seinem Umzug nach London stylte er es so. Cassie bemühte sich, den finsteren Ausdruck aus ihrem Gesicht zu verbannen, der sich dort ausbreiten wollte.

Tom lehnte sich zurück, trank einen Schluck Bier und sah gerade rechtzeitig herüber, um Cassie zu entdecken. Er lächelte, und um seine Augen bildeten sich Lachfältchen. Seine braunen Augen glichen ihren, waren nur eine Spur heller, wenn man genau hinsah. Als er ihre Hand nahm, sie neben sich in die Sitzecke zog und aufrückte, sodass er zwischen ihr und Sam saß, musste sie ebenfalls lächeln. »Da bist du ja! Ich hab mir schon Sorgen gemacht, dass du nicht herfindest.«

»Ich weiß, tut mir leid«, sagte Cassie schnell, »ich …«

Doch die Kellnerin mit den goldenen Ohrringen fiel ihr ins Wort. »Was möchten Sie trinken?« Cassie bemerkte, dass sie zwar mit ihr sprach, dabei aber Tom ansah – selbst im Winter war seine Haut vom vielen Reisen gebräunt, sein blondes Haar fiel weich um sein Gesicht. Und dann Sam, dessen blaues Hemd oben aufgeknöpft war und dessen Sakko hinter ihm auf einem Holzbalken lag, viel zu nah an der Kerze. Wahrscheinlich hatte er das Hemd absichtlich gewählt, um seine Augen besser zur Geltung zu bringen, dachte Cassie bissig. Trotzdem nahm sie unwillkürlich eine andere Haltung ein, weil ihr bewusst wurde, wie abgerissen und ungepflegt sie im Vergleich dazu aussehen musste. Nicht nur, was ihre Kleidung anging, sondern auch ihr Haar, dem Wind und Regen ordentlich zugesetzt hatten – sie gehörte nicht zu den Menschen, die es schafften, mit einer Windstoßfrisur hinreißend auszusehen. Ihr Haar verfilzte bei schlechtem Wetter und bildete feuchte Knoten. Es war wirklich ungerecht, dass es zwar ebenso blond war wie das von Tom, aber nicht so weich und glatt, sondern drahtig und nur schwer zu bändigen.

»Was möchtest du trinken, Cassie?«, drängte Tom.

»Hm«, sagte Cassie, als der Blick der Kellnerin zu ihr wanderte.

»Der Malbec ist gut.« Sam hob sein Glas und prostete ihr andeutungsweise zu. Ein Glas Rotwein klang zugegebenermaßen sehr verlockend, und es passte zu der Atmosphäre hier, aber sie wollte Sams Empfehlung nicht folgen.

»Ich nehme ein Glas Sauvignon.« Die Kellnerin nickte. »Tja«, sagte Cassie, als die Kellnerin sich entfernte, »ganz schön nobel hier, was?« Sie sah mit leicht hochgezogenen Augenbrauen zu Sam. »Das war doch deine Idee, oder?« Das war typisch für ihn, er suchte sich entweder teure und traditionelle Lokale oder trendige, aufstrebende neue Bars aus. Zweifellos wollte er damit etwas beweisen.

»Ja«, gab Sam unumwunden zu und trank einen Schluck Wein. »Es sei mir erlaubt, dir etwas Kultur näherzubringen, Cass.«

»Ja, es ist zu mir vorgedrungen, dass mit ›Kultur‹ heutzutage nur noch Tischbedienung und schicke Bars gemeint sind.« Sie drehte sich zu Tom um, damit Sam nichts erwidern konnte. »Wie auch immer, entschuldige die Verspätung – Robert hat mich gebeten, nach meiner Schicht noch zu bleiben, um etwas zu klären.« Sam runzelte leicht die Stirn – er hatte eindeutig keine Ahnung, wer Robert war. Und wie auch? Für ihn war sie nur ein Anhängsel von Tom, ein kleines Haustier, das sein bester Freund hin und wieder mitbrachte. Toms kleine Schwester, nichts weiter. Das hatte er ihr vor fünf Jahren überaus deutlich klargemacht und sich seitdem immer mehr von ihr entfernt – was für sie kein Problem war, nachdem er ihr sein wahres Gesicht gezeigt hatte.

Tom hingegen verzog das Gesicht. »Der Typ ist ein Arsch. Ich weiß nicht, warum du noch für ihn arbeitest.«

Cassie ersparte sich die Mühe zu antworten. Tom wusste ganz genau, warum sie immer noch in dem Hotel arbeitete – es war gutes Geld, und Jobs im Veranstaltungsmanagement waren nicht so leicht zu bekommen. Es war ein Schritt auf der Karriereleiter, eine Möglichkeit, sich in der Branche hochzuarbeiten. Gut, es war nicht ganz das, was sie sich erträumt hatte, als sie nach London gekommen war. Der Stil des Ganzen war eher kühl und nüchtern als warm und einladend, aber es war ein anständiger Job, sie war gut darin, und sie war dankbar dafür, Robert hin oder her.

»Du wolltest doch immer etwas Kleineres, oder?«, setzte Tom nach. »Dich selbstständig machen oder so?«

Cassie seufzte. »Das ist nicht so einfach, Tom.« Was er ganz genau wusste – diese Diskussion hatten sie schon oft genug geführt. Um ein eigenes Geschäft zu finanzieren, brauchte man einen Haufen Geld – und Mut, sich auf das Risiko einzulassen, denn es konnte sehr wohl schiefgehen, insbesondere im derzeitigen Klima. »Und viele Leute würden für meinen Job töten.« Das stimmte – etwas, woran Robert sie nur zu gern mindestens einmal am Tag erinnerte. Tom schwieg, warf ihr jedoch einen vielsagenden Blick zu.

Eine andere Kellnerin brachte Cassie ihren Wein, an dem Glas hatte sich bereits Kondenswasser gebildet. Die junge Frau hatte rosige Wangen und strahlte. Schwungvoll stellte sie das Glas auf den Tisch, wobei ihr brünetter Pferdeschwanz, der mit Lametta zusammengebunden war, hin- und herschwang. »So, bitte sehr! Kann ich Ihnen sonst noch etwas bringen?«

Tom schüttelte den Kopf und lächelte, und die Kellnerin strahlte zurück, bei seinem Anblick wurde der Ausdruck in ihren Augen etwas weicher.

»Danke, Schönheit«, sagte Sam und grinste sie an. Sie warf ihm einen Blick zu und errötete, während sich Cassie beherrschen musste, um nicht die Augen zu verdrehen.

Die Kellnerin ging, und Cassie sah, wie sie sich mit leicht gerunzelter Stirn noch einmal nach ihnen umblickte. Sie fragte sich bestimmt, was sie hier mit den beiden objektiv attraktivsten Männern in diesem Laden machte, wo sie selbst so unattraktiv und immer noch vom Regen mitgenommen aussah.

Sie bemerkte, dass sie nicht die Einzige war, die der Kellnerin nachsah, und starrte Sam wütend an. »Hast du nicht eine Verlobte?«, fragte sie scharf. Etwas, das sie immer noch nicht glauben konnte. Sam hatte in seinen Zwanzigern alle möglichen Frauen abgeschleppt, doch dann letztes Jahr diese Frau kennengelernt und sich etwa sechs Monate später mit ihr verlobt.

Er nippte an seinem Rotwein. »Das heißt aber nicht, dass man nicht nett sein darf, Cass.«

»Ach, wirklich?«, fragte Cassie und zog die Augenbrauen hoch. »Hast du deshalb mit der Tochter deines Chefs geschlafen? Um nett zu sein? Das ist superoriginell, das muss ich dir lassen.« Und ein hässlicher, bissiger Teil von ihr dachte, dass das vielleicht der einzige Grund war, warum er sie heiratete – sie bezweifelte nicht, dass er aus Karrieregründen so weit gehen würde. Diesen Gedanken sollte sie jedoch besser beiseiteschieben, da Tom Trauzeuge war und die Hochzeit in dem Hotel stattfinden sollte, in dem sie arbeitete. Tom hatte Sams Verlobter gegenüber offenbar erwähnt, dass Cassie dort Eventmanagerin war, und dann hatte eins zum anderen geführt. Nun musste sie zu ihrem Entsetzen diese ganze blöde Hochzeit organisieren.

»Ja, sie heiratet mich. Offensichtlich stört es sie nicht, dass ich zu anderen Frauen freundlich bin. Was ist dir für eine Laus über die Leber gelaufen?« Er grinste. »Eifersüchtig?«

Sie kniff die Augen zusammen, während sie ein heißes Brennen im Magen spürte. Sie war nicht eifersüchtig, nicht mehr, aber das war ein Schlag unter die Gürtellinie. »Ich hätte mit jeder Frau Mitleid, die das Risiko eingeht, dich zu heiraten.«

Tom seufzte. »Leute, können wir nicht damit aufhören?« Er nahm den Arm von Cassies Schulter. »Das soll doch ein lustiger Abend werden, unser letztes Treffen vor Weihnachten.« Dann stieß er Cassie an, bevor er dramatisch die Arme ausbreitete, beide im Nacken packte und in eine absolut peinliche Gruppenumarmung zog. »Mein bester Freund und meine Lieblingsschwester. Eine große, glückliche Familie.«

Cassie schob ihn weg, konnte sich aber ein kleines Lachen nicht verkneifen. Toms Miene wurde weicher, und Cassie spürte ein vertrautes, liebevolles Ziehen in ihrem Herzen. Tom war es inzwischen gewöhnt, den Vermittler zwischen Sam und Cassie zu spielen. Offenbar wusste er nicht, warum er in letzter Zeit so oft verhindern musste, dass sie sich stritten – davon ging sie jedenfalls aus. Einmal hatte er sie gefragt – warum sie und Sam sich immer zankten –, und sie hatte mit den Schultern gezuckt und ihm geantwortet, dass sie den Menschen nicht besonders möge, der aus ihm geworden sei. Was auch stimmte. Sie hatte mitbekommen, wie oft er Tom versetzt hatte, seit sie in London lebten – seine schicken neuen Freunde gingen auf einmal vor, und er sorgte sich mehr um sein Aussehen oder sein Geld als um die wirklich wichtigen Dinge. Sie hatte mitbekommen, wie er eine Frau nach der anderen abschleppte, ohne sich um deren Gefühle zu scheren. Aus dem Jungen, den sie einst gekannt hatte, war nach und nach ein Mann geworden, den sie nicht mochte und mit dem sie nicht befreundet sein wollte. Also war sie hinter der Barriere geblieben, die sie während dieses blöden Skiurlaubs errichtet hatte, und Sam hatte – aus welchem Grund auch immer – dasselbe getan. In ihrem Gespräch damals hatte Tom ihr gesagt, dass Sam sich in ihrer Gesellschaft anders verhielt. Sie wusste nicht, was das bedeutete, und hatte nicht nachgefragt. Sie hatte gelernt, dass es gefährlich war, sich zu sehr auf Sam Malone einzulassen.

Seufzend lehnte sie den Kopf an Toms Schulter. »Vielleicht bin ich nur wütend, weil ich dich vermissen werde«, sagte sie. »Du musst mich Tag und Nacht per WhatsApp mit Fotos versorgen.«

»Wenn dort kein Funkloch ist«, warf Sam ein. Sie ging nicht darauf ein.

»Es sind doch nur zehn Tage«, sagte Tom lächelnd. »Ich war schon länger weg.«

»Ich weiß.« Sie trank einen Schluck Wein. »Und, kommt Amy auch zu Weihnachten? Ich bestelle morgen das Essen.« Sie wollten Weihnachten gemeinsam in Cassies Wohnung feiern. Hazel fuhr wie jedes Jahr über Weihnachten nach Hause nach Highclere. Sie hatte versucht, Cassie zu überreden, auch nach Hause zu fahren. Claire hatte jedoch kein Interesse mehr daran, Weihnachten mit Tom und Cassie zu feiern, seit sie beide zur Universität gegangen waren, und Linda hatte in den letzten Jahren den Pub für das Weihnachtsessen geöffnet. Sie sagte, es sei die reinste Gelddruckmaschine, deshalb war sie beschäftigt.

Zu Cassies Überraschung reagierte Tom auf ihre Frage etwas verlegen, wich ihrem Blick aus und sah stattdessen in sein Bier. Sie bemerkte, wie Sam ihm einen verstohlenen Blick zuwarf, und runzelte die Stirn. Wollte Tom ihr etwa mitteilen, dass auch Sam Weihnachten mit ihnen verbringen würde? Sie war davon ausgegangen, dass er mit seiner Verlobten feierte, hatte aber nicht weiter nachgefragt, weil sie fürchtete, dass er das als Einladung auffassen könnte.

»Was ist los?«, fragte sie.

Tom räusperte sich, und Sam wandte bewusst den Blick ab. »Also, nun ja …«, begann Tom, »Amy und ich … Wir haben uns getrennt.«

Ihre Verwirrung wuchs. »Was? Warum?« Das konnte sie sich nicht vorstellen. Tom und Amy waren zusammen, seit er nach London gezogen war, und sie schienen sich gut zu verstehen – sie lebten am Stadtrand, Richtung Kent. Sie unternahmen viel gemeinsam, ließen sich aber genug Freiraum, damit jeder auch noch etwas allein unternehmen konnte. Cassie mochte Amy –

sie war warmherzig und freundlich und hatte immer interessante Geschichten über die Bücher zu erzählen, an denen sie im Verlag arbeitete. Cassie hatte angenommen, dass Tom bald in Sams Fußstapfen treten und heiraten würde.

»Es hat einfach nicht funktioniert.« Doch eine leichte Röte kroch an Toms Hals hinauf, ein sicheres Zeichen, dass er nicht ganz die Wahrheit sagte.

»Aber was …?«

»Lass es gut sein, Cass«, sagte Sam leise. Ihr Blick schoss zu ihm, und sie richtete sich auf, um etwas zu entgegnen, aber er schüttelte kaum merklich den Kopf. Sie zögerte. Sein Ton war ausnahmsweise einmal nicht herablassend oder arrogant, und er blickte sie ganz aufrichtig an. So wie früher, als sie sich noch ohne Worte verstanden, bevor sich alles verändert hatte. Also bedrängte sie Tom nicht weiter und versuchte, den kleinen Stich zu ignorieren, dass Sam etwas über Toms Leben wusste, das ihr verborgen war.

»Was ist mit dir?«, fragte Tom, eindeutig bemüht, das Thema zu wechseln. »Triffst du dich im Moment mit jemandem?«

»Nein.«

»Warum nicht?«, fragte Tom – als ob das so einfach wäre, als ob sie sich den richtigen Kerl aus einem Katalog aussuchen könnte.

»Weil ich froh bin, Single zu sein.« Es stimmte – in gewisser Weise. Hazel und sie hatten beschlossen, dass sie als Single besser dran waren als mit dem falschen Mann. Und obwohl sie sich manchmal wünschte, jemanden zu finden, war ihr noch kein Mann begegnet, bei dem sie das Gefühl hatte, sie gehörten zusammen. Und vielleicht war das dumm und romantisch, und sie musste sich einfach mehr anstrengen – aber sie hatte gesehen, was Tom mit Amy hatte. Oder zumindest hatte sie gedacht, es gesehen zu haben. Und ihre Eltern – Linda hatte ihr immer und immer wieder erzählt, wie sehr sie sich geliebt hatten. Warum sollte sie nicht darauf warten? Wenigstens bemühte sie sich mehr als Hazel – sie versuchte, den Jungs eine Chance zu geben, während Hazel es selten über das erste Date hinaus schaffte – oder zweimal auch nur über ein halbes.

Tom seufzte dramatisch. »Du und Hazel, ihr seid die Schlimmsten«, sagte er, als hätte er ihre Gedanken gelesen.

Sie verdrehte die Augen und sah absichtlich nicht zu Sam hin, der etwas zu betont auf sein Glas Malbec starrte, als dass Cassie glauben konnte, er würde nicht zuhören. Und das war gut so. Sollte er doch zuhören – was störte es sie? »Was, weil du es nicht geschafft hast, uns unter die Haube zu bringen?«

Er grinste. »Na klar.«

Sie war erleichtert, als Sam Tom in ein Gespräch darüber verwickelte, wie unglaublich die Andenbesteigung in Patagonien werden würde, und nach einer weiteren Runde beschloss sie aufzubrechen. »Ich muss gehen«, verkündete sie vielleicht etwas lauter als nötig. Zur Bekräftigung stand sie auf und versuchte, nicht zu schwanken. »Ich muss morgen arbeiten und ins Bett, wenn ich zehn Stunden mit Robert überstehen will.«

»Ich komme mit«, sagte Tom, erhob sich ebenfalls und legte ihr eine Hand auf den Arm, um ihr aus der Nische zu helfen. Als Tom und Cassie sich wieder zu Sam umdrehten, blickte dieser auf sein Handy. Sie warteten, dass er ebenfalls aufstand, doch er sah nur hoch und lächelte auf diese überhebliche Art, die Cassie so hasste.

»Ich bleibe noch auf einen Drink«, sagte er. »Es kommen noch ein paar Freunde vorbei.« Er deutete auf sein Handy, und Cassie fragte sich, wann genau er sich mit diesen Freunden verabredet hatte. Hatte er sich schon um interessantere Gesellschaft bemüht, bevor sie überhaupt gesagt hatten, dass sie gehen würden?

»Bleib nicht zu lange«, sagte Tom in gespielt warnendem Ton. »Sonst verpasst du morgen früh noch unseren Flieger.«

Sam grinste. »Auf keinen Fall. Darauf freue ich mich schon seit Monaten.«

Tom klopfte Sam auf den Rücken, während Cassie ihm nur zunickte, als er sie ansah. Seine Augen wirkten im schummrigen Licht der Bar irgendwie blauer, sie leuchteten im Kerzenschein, auch wenn Cassie versuchte, es zu ignorieren.

Cassie ging mit Tom zur U-Bahn-Station Leicester Square. Es waren viele Leute unterwegs, die herumjohlten, lachten oder zu viele Tüten in den Händen hielten, vielleicht weil sie erst heute ihre Weihnachtseinkäufe getätigt hatten. Der Regen hatte sich zu einem leichten Nebel abgeschwächt, doch der Wind war immer noch beißend, und Cassie schob die Hände tief in die Taschen. Der kleine Schwips vom Wein ließ an der frischen Luft etwas nach.

Sie blickte zu Tom hoch. »Wo wohnst du denn momentan?« Vermutlich nicht mehr bei Amy, wenn sie sich getrennt hatten.

»Vorübergehend in einem Airbnb in Nordlondon. Ich habe einen Freund da oben.« Er schenkte ihr ein Lächeln, das wohl beruhigend sein sollte. »Ich brauche nur etwas Abstand. Nach meiner Rückkehr werde ich alles klären.«

Sie traten in die U-Bahn-Station und passierten gemeinsam die Fahrkartenschranke. »Warum hast du mir nichts gesagt, Tom?«

»Weil ich nicht wollte, dass du dir Sorgen machst. Es ist nicht deine Aufgabe, dich um mich zu kümmern.«

»Wir kümmern uns umeinander«, erwiderte sie mit Nachdruck.

Tom lächelte, dann seufzte er. »Und du und Amy, ihr versteht euch gut. Ich wollte euch nicht in eine unangenehme Situation bringen.«

Cassie schüttelte den Kopf. »Du bist mein Bruder. Das steht an erster Stelle, egal, was passiert.« Sie wollte ihn fragen, ob er Amy betrogen hatte, ob er das mit »unangenehmer Situation« meinte. Aber sie war sich nicht sicher, ob sie es überhaupt wissen wollte, und sie mochte ihn nicht drängen, wenn er noch nicht bereit war, es ihr zu erzählen.

Sie blieben am unteren Ende der Rolltreppe stehen, hier trennten sich ihre Wege – sie fuhr in den Süden, er in den Norden. »Hör zu«, sagte Cassie, »ich wünsche dir eine tolle Zeit in Argentinien, aber wenn du irgendwann darüber reden willst – oder über etwas anderes –, weißt du, dass ich für dich da bin, oder?«

»Ja klar.« Er schlang seine Arme um sie. »Ich hab dich lieb, kleine Schwester.«

Sie umarmte ihn ebenfalls. »Du bist einfach nur betrunken und sentimental.«

Er lachte. »Vielleicht ein bisschen. Aber ich hab dich trotzdem lieb.« Er drückte sie fest an sich. »Und du mich auch«, fügte er hinzu.

Sie lachte. »Ja, ich hab dich auch lieb.«

Sie lösten sich voneinander, und Tom salutierte zum Abschied. »Und hey«, sagte er, als er sich in Richtung seines Bahnsteigs entfernte, »warte, bis du erst die Schatzsuche siehst, die ich für dich vorbereitet habe, wenn ich zurückkomme. Dieses Jahr wird sie ganz speziell.« Er zwinkerte ihr übertrieben zu.

»Ich kann es kaum erwarten«, sagte sie und meinte es auch. Ihr Zug fuhr auf dem Bahnsteig in Richtung Süden ein und übertönte das Geräusch von Toms letztem Lachen hinter ihr.

Cassie war es egal, dass manche Leute die Schatzsuche für albern oder kindisch oder was auch immer hielten. Für sie wurde Weihnachten dadurch zu etwas Besonderem. Außerdem war die Schatzsuche nicht nur ihr wichtig – sie wusste, wie gern Tom sie zusammenstellte und wie gern er ihr Gesicht sah, wenn sie das Ziel erreicht hatte. Es war etwas, das sie teilten, ganz gleich, was passierte, und ein Jahr ohne Schatzsuche war für sie undenkbar.

KAPITEL SIEBEN

»Ist der gerade?« Hazel blickte über ihre Schulter zu Cassie, eine Hand noch an dem Stern, den sie auf die Spitze des Weihnachtsbaums gesteckt hatte.

Cassie lachte. »Nein. Nicht einmal annähernd.« Der Stern neigte sich deutlich nach links, was, um fair zu sein, der Neigung des Baums entsprach, der genauso schief war. Hazel runzelte die Stirn und legte den Kopf auf die Seite. »Weiter nach rechts«, wies Cassie sie an. Hazel griff nach dem Stern und schob ihn viel zu weit nach rechts, dann lehnte sie sich zurück, stemmte die Hände in die Hüften und nickte, als sähe es jetzt toll aus. Cassie hätte die Spitze am liebsten selbst gerichtet, aber da sie nur knapp an die ersten zwei Drittel des Weihnachtsbaums kam, gab sie sich geschlagen. »Perfekt.« Es passte zumindest zu dem nicht ganz passenden oberen Drittel des Baums, wo Hazel freie Hand gehabt hatte.

Einen Moment bewunderten sie ihr Werk. Der Baum war in Rot und Gold geputzt, mit Christbaumschmuck, den sie vor drei Jahren gekauft hatten, als sie zusammen nach London gezogen waren – Cassie hatte Baumschmuck aus recyceltem Material entdeckt und die Gelegenheit genutzt, etwas Altes zum Glänzen zu bringen. Im ersten Jahr hatten sie sich bemüht, ihre winzige Wohnung etwas weniger deprimierend zu gestalten und von der Tatsache abzulenken, dass es keine richtige Heizung, sondern nur elektrische Heizkörper gab, deren Betrieb sie sich nicht mehr als etwa eine Stunde am Tag leisten konnten. Inzwischen waren sie in eine schönere Wohnung in Brixton umgezogen. Die Tradition, jedes Jahr gemeinsam einen Baum zu besorgen und die Wohnung weihnachtlich zu schmücken, hatte sich jedoch gehalten.

»Okay, jetzt haben wir uns einen schönen Weihnachtstee verdient«, sagte Hazel und ging zu der offenen Küchenzeile, die direkt ans Wohnzimmer grenzte. Sie reichte Cassie einen Becher über den Tresen.

Cassie pustete in ihren Becher und nahm einen Schluck. »Wie war denn dein Date gestern Abend?«

Hazel zuckte mit den Schultern. »Ganz okay, aber der Kerl hat einfach nicht aufgehört, über seinen Arbeitsweg zu reden. Er hat mir tatsächlich detailliert erklärt, wie lange er an jeder U-Bahn-Station Aufenthalt hat. Und als ich mich dann höflich nach seinem Job erkundigt habe, hat er mir fünfundvierzig Minuten lang erklärt, warum die Arbeit in der Personalvermittlung nicht so einfach sei, wie manche glaubten, und dass er einen Wettbewerb als bester Personalberater des Jahres gewinnen wollte. Es ist ja schön, wenn Menschen ihren Job mögen und ehrgeizig sind – aber fünfundvierzig Minuten ohne Unterbrechung?!«

Bei Hazels entrüstetem Blick zuckten unwillkürlich Cassies Lippen, doch sie nickte ernst.

»Außerdem muss ich mir schon bei der Arbeit anhören, wie alle von ihren langweiligen Jobs reden, das brauche ich nicht auch noch bei Dates.«

Cassies Ansicht nach war Hazels Job alles andere als langweilig – sie arbeitete als Kreative in einer Werbeagentur. Ständig ließ sie sich neue, originelle Methoden einfallen, die Aufmerksamkeit der Leute zu erregen – aber Cassie wusste, was sie meinte. »Also kein zweites Date?«

»Nein.« Hazel stapfte in ihren lächerlichen Flauschsocken, aus denen oben das Horn eines Einhorns herausragte, um die kleine Küchenzeile herum auf die Wohnzimmerseite. »Irgendwie glaube ich nicht, dass er der Richtige ist.« Cassie nahm ihren Becher, und sie stießen darauf an.

Es klingelte an der Tür, und Cassie stellte ihren Tee ab. »Das wird Josh sein«, sagte sie.

Da Hazel etwas näher an der Eingangstür war, ging sie hin, um zu öffnen. Cassie nutzte die Gelegenheit, um das Spiel zu holen, an dem sie gestern bis spät in die Nacht gebastelt hatte, während Hazel nicht die Liebe ihres Lebens getroffen hatte. Das Spiel hatte sie ursprünglich für einen Junggesellinnenabschied erfunden, den das Hotel letztes Jahr ausgerichtet hatte. Da die Frauen sich nicht kannten, hatte die künftige Braut Cassie gebeten, sich ein Kennenlernspiel für alle auszudenken. Cassie hatte sich ziemlich ins Zeug gelegt und ein Spiel mit verschiedenen Kategorien entworfen. Alle Teilnehmerinnen mussten würfeln, je nach gewürfelter Zahl eine Karte ziehen und dann eine Aufgabe erfüllen oder eine Frage zum Thema Junggesellinnenabschied beantworten. Nur Josh hatte es gesehen. Er war total begeistert gewesen und hatte sie angefleht, ein ähnliches Spiel für die »grandiose« Weihnachtsfeier seiner Mutter zu entwerfen. Sie fand jedes Jahr statt, und nachdem seine Schwester letztes Jahr etwas sehr Originelles organisiert hatte, war Josh fest entschlossen, sie zu übertreffen. Cassie war in den letzten beiden Jahren zu dieser Party eingeladen worden, doch da sie beide in der Eventabteilung arbeiteten und Robert sich strikt weigerte, ihnen gleichzeitig freizugeben, hatte sie nicht hingehen können.

Cassie hörte, wie die Wohnungstür geöffnet wurde und Hazel sagte: »Sieh an, wen haben wir denn da.«

»Hallo, du Licht meines Lebens, ich hatte gehofft, dich zu sehen.«

Die zwei plauderten weiter, während Hazel Josh in die Küche führte. Im gedämpften Licht wirkte sein Haar richtig rot statt nur rotblond, wie er behauptete. Er durchquerte den Raum und umarmte Cassie so stürmisch, dass sie beinahe nach hinten gekippt wäre. Josh umarmte einen immer so herzlich. Aber im Moment hatte sie die Hände voller sorgfältig geordneter Karten, die sie am Arbeitscomputer ausgedruckt hatte. »Vorsicht!« Sie wich zurück und zeigte ihm die Karten.

Er klatschte begeistert in die Hände. »Du hast es geschafft!«

»Nein, das ist ein Spiel, das sie für mich gemacht hat«, meldete sich Hazel von hinten. Cassie verdrehte nur die Augen, während Josh eine wegwerfende Geste in ihre Richtung machte. »Weihnachtstee, Josh?«, fragte Hazel.

»Okay, überredet.« Er schlüpfte aus seinem langen, schwarzen Mantel und warf ihn kurzerhand über die Rückenlehne des Sofas. Seine enge Jeans und der übergroße Pullover schienen seine schmale Gestalt noch zu betonen – er beklagte sich oft, dass sie trotz unzähliger Stunden im Fitnessstudio nicht kräftiger wurde.

Cassie legte die Karten auf dem Küchentisch aus und begann, mit Josh die Regeln und Kategorien durchzusprechen. Natürlich hatte sie das Spiel thematisch auf Weihnachten ausgerichtet, und Josh hatte sie gebeten, für jeden Tisch ein eigenes Kartenspiel zu entwerfen. Es gab eine allgemeine Kategorie mit Weihnachtsfragen, eine Kategorie »richtig oder falsch«, eine »Herausforderungskarte« mit einer weihnachtlichen Aufgabe und eine »Hast du schon einmal an Weihnachten …«-Frage.

Als sie fertig war, strahlte Josh Cassie an. »Das. Ist. Wundervoll.« Er umarmte sie erneut, und sie lachte, als er sie hochhob.

»Danke, danke, danke. Du bist eine Göttin. Der Inbegriff von Vollkommenheit. Mein Ein und Alles. Die …« Cassie hob abwehrend die Hand, und Hazel reichte Josh einen Becher Weihnachtstee. »Ja, ich weiß. Ich bin brillant. Du kannst mich zum Dank nach der Arbeit mal auf einen Drink einladen.«

»Du musst ihr mehr als nur einen Drink spendieren«, mischte Hazel sich ein und lehnte sich gegen den Herd. »Sie hat bis vier Uhr morgens daran gearbeitet.«

Cassie warf Hazel einen vorwurfsvollen Blick zu – sie sollte nicht so dick auftragen –, aber Hazel zuckte nur mit den Schultern.

»Fünf Drinks«, sagte Josh sofort.

»Zehn«, konterte Hazel.

»Den besten Champagner.«

»Eine Magnumflasche.«

Hazel und Josh grinsten einander an, als Cassie bemerkte, dass ihr Handy auf dem kleinen Couchtisch in der Mitte des Wohnzimmers aufleuchtete. Sie ging hinüber und ließ Hazel und Josh weiter frotzeln. Sicher schickte Tom ihr noch ein tolles Foto aus Argentinien. Ein Foto ohne Sam, der sich erneut als totaler Arsch geoutet hatte. Denn er hatte tatsächlich verschlafen und den Flug verpasst, nachdem er sich an dem Abend in der Bar noch total betrunken hatte. Und er hatte nicht rechtzeitig einen Ersatzflug bekommen. Am ersten Abend in Argentinien hatte Tom sich über Sam ausgelassen, ein Zeichen dafür, dass er richtig wütend war, denn Tom beschwerte sich selten – oder zumindest nicht bei Cassie und insbesondere nicht über Sam.

Trotzdem schien Tom jetzt eine gute Zeit zu haben. Er hatte einen anderen Alleinreisenden namens Toby kennengelernt und mit ihm alle möglichen Abenteuer erlebt – anders als Cassie, schloss Tom sehr schnell Freundschaften.

Doch es war nicht Toms Nummer, die auf dem Display aufleuchtete. Und es war keine Nachricht – sondern ein Anruf. Ein Werbeanruf vielleicht? Aber es war ein WhatsApp-Anruf – Leute, die Versicherungen oder so etwas verkaufen wollten, riefen doch nicht über WhatsApp an, oder? Zögernd nahm sie das Telefon in die Hand – sie hasste es, ranzugehen, wenn sie nicht wusste, wer anrief. Sie fürchtete, in ein unangenehmes Gespräch verwickelt zu werden. Es war eine ausländische Nummer, doch sie kannte die Länderkennung nicht. Während sie noch überlegte, legte der Anrufer auf.

»Alles okay, Cassie?«, fragte Hazel von der anderen Seite des Raumes.

Sie drehte sich zu ihr um und nickte. »Ja. Jemand hat gerade …« Doch da setzte das Klingeln erneut ein, und das Telefon in ihrer Hand vibrierte. Es musste wohl wichtig sein. Cassie wandte Hazel und Josh den Rücken zu, um abzunehmen, und blickte stattdessen auf den Weihnachtsbaum.

»Hallo?«

»Hallo?«, antwortete eine männliche Stimme. »Spreche ich mit Cassie Rivers?« Der Akzent war britisch und klang sehr vornehm, was sie verwirrte – warum rief ein vornehmer Brite mit einer ausländischen Handynummer sie an?

»Ich … ja«, sagte sie. »Hier ist Cassie. Mit wem spreche ich?« Durch die Verwirrung klang sie etwas barsch.

»Ich …« Sie hörte ihn Luft holen. »Ich heiße Toby und, und ich …«

»Toby?«, fragte Cassie. »Der Toby, der mit Tom unterwegs ist? Was ist passiert?«, fiel sie ihm sofort ins Wort, ohne ihm die Gelegenheit zu geben, ihre erste Frage zu bestätigen oder zu verneinen. »Warum rufst du an? Wo ist Tom?«

Am anderen Ende der Leitung war ein tiefer Atemzug zu hören, und Cassie umklammerte das Telefon. »Dein Bruder … Tom …« Beim Klang seines Namens hämmerte ihr Herz.

»Ist er da?«, fragte Cassie schroff. »Bist du bei ihm?«

Es folgte eine viel zu lange Pause, und Cassie zählte ihre Herzschläge und wartete. »Ich bin bei ihm, ja«, sagte der Mann schließlich, er sprach langsam und vorsichtig. »Aber er ist … Du bist seine Schwester?«

»Ja«, zischte Cassie. »Was ist los?« Sie hörte Hazel und Josh lachen, und es klang falsch, zu laut.

»Ich fürchte, er ist …« Wieder ein tiefer Atemzug. »Er hatte einen Unfall.«

»Einen Unfall?«, fragte Cassie scharf, während sich ihr Magen schmerzhaft verkrampfte. Bilder schossen ihr durch den Kopf: Tom, der vor Schmerzen stöhnend auf einer Trage lag, der in einem Rettungswagen irgendwohin gefahren wurde. Wohin? Wie waren die Krankenhäuser in Argentinien? Gott, sie wusste es nicht. »Tom hatte einen Unfall?«, wiederholte sie. »Was für einen Unfall? Geht es ihm gut? Kann ich mit ihm sprechen?«

Sie bemerkte, dass es in der Wohnung still geworden war, wandte sich von dem Baum mit dem funkelnden Gold ab und sah Hazel stirnrunzelnd auf sie zukommen. »Cassie, was …?« Aber Cassie schüttelte energisch den Kopf, die Wohnung verschwamm um sie herum. Sie musste sich konzentrieren, musste herausfinden, was mit Tom los war, sie musste sich konzentrieren, damit sie die richtigen Fragen stellen, die Versicherung informieren und das Krankenhaus anrufen konnte.

Der Mann – Toby – sprach erneut, und die Worte klangen weit entfernt, es knisterte in der Leitung, obwohl sie vor einem Moment noch klar gewesen war. Ihr Kopf dröhnte, und ihr Atem ging schneller. »Es tut mir so leid, dass ich dir das sagen muss. Aber er ist gestürzt und …« Der Mann holte erneut Luft, aber Cassie konnte nicht atmen. Einen Moment lang schien ihr Herz zwischen zwei Schlägen auszusetzen. Als würde sie an einer Klippe stehen und darauf warten, hinabzustürzen.

»Als wir zu ihm kamen, konnten wir nichts mehr tun. Er ist … Er ist tot.«

KAPITEL ACHT

Trotz ihres Mantels und obwohl Hazel und Linda Cassie in die Mitte genommen hatten, war ihr kalt in der Kirche. Aber im Moment fror sie eigentlich immer, sodass es nicht wirklich einen Unterschied machte. Die Worte des Pfarrers rauschten an ihr vorbei. Sie seien heute hier, um eines wunderbaren Menschen zu gedenken, einer abenteuerlustigen und gütigen Seele, die man sehr vermissen werde. Lindas Hand legte sich fester um Cassies, und Cassie hörte, wie sie ein Schluchzen unterdrückte. Hazel weinte ebenfalls, ihre Schultern bebten, und sie umklammerte eine Packung Taschentücher auf ihrem Schoß.

Cassies eigene Tränen flossen unablässig und geräuschlos, während sie auf ihre Schuhe hinunterblickte, unfähig, den Pfarrer anzusehen und den Sarg, der dort vorn aufgebaut war. Ein schlichter Holzsarg, mit Blumen geschmückt, bei deren Auswahl Cassie geholfen beziehungsweise stumm genickt hatte, wenn Claire und Linda ihr Vorschläge gemacht hatten. Es war nicht zu glauben, dass Tom darin lag, umso mehr, als es ein geschlossener Sarg war. Jeder hätte darin liegen können, abgeschottet von der Welt, bereit, in die Erde hinuntergesenkt zu werden. Aber es war nicht irgendwer – es war Tom. Ihr Bruder lag darin, der Mensch, den sie mehr als jeden anderen liebte, und er war tot.

Cassie holte zaghaft Luft, spürte ein inneres Beben und presste die Lippen zusammen, als die Tränen schneller liefen. Sie erblickte Claire, die neben Linda saß und geradeaus starrte, mit geradem Rücken, das Gesicht angespannt. Es sah jetzt noch grauer und faltiger aus – die letzten zwei Wochen hatten ihren Tribut gefordert. Auch ihr gefärbtes Haar wuchs am Ansatz grau nach, weiße Flecken hoben sich von dem leuchtenden, unechten Rot ab, und ihre braunen Augen blinzelten heftig. Cassie blickte wieder auf ihren Schoß hinunter. Sie konnte Claire oder Linda nicht ansehen, sie konnte sich heute nicht mit dem Kummer der anderen befassen.

Seit jenem Anruf war sie wie betäubt. Der erste Schock hatte sie unvermittelt und heftig getroffen, hatte das Leben aus ihr herausgesaugt und ein schluchzendes Häuflein Elend zurückgelassen. Hazel und Josh hatten nicht gewusst, was sie tun sollten, hatten versucht, sie aufzurichten, damit sie ihnen erklären konnte, was los war, doch sie hatte kein Wort herausgebracht. Und danach hatte sie es einfach nicht wahrhaben wollen. Sie hatte zwar geweint, aber mehr über die Vorstellung, dass Tom tot sein könnte. Denn die nüchterne Tatsache, die harte Realität, dass er wirklich tot war, war bis heute nicht ganz zu ihr durchgedrungen.

»Und jetzt möchte Toms Schwester Cassie ein paar Worte sagen.«

Als sie ihren Namen hörte, zuckte Cassie zusammen und zwang sich aufzublicken und sich auf die Kirche zu konzentrieren. *Möchte*. Das war eine seltsame Formulierung. Sie wollte nicht dort vorn vor allen stehen, wollte nicht, dass sie Zeugen ihres Kummers wurden. Sie wollte überhaupt nicht hier sein. Aber sie stand Tom am nächsten und musste allen zeigen, wie viel er ihr bedeutete. Also erhob sie sich langsam, ließ Lindas Hand los und versuchte, erhobenen Hauptes die wenigen Meter bis zu dem Podium zurückzulegen.

Sie war nur ein paarmal als Kind in dieser Kirche gewesen – sie erinnerte sich vage an Weihnachtsgottesdienste und Christingles, zu denen Linda und nicht Claire sie mitgenommen hatte. Es war jedoch auch die Kirche, in der die Trauerfeier für ihre Eltern stattgefunden hatte, und obwohl Tom nicht gläubig gewesen war, fühlte es sich richtig an, dass die Zeremonie hier abgehalten wurde. Und dass er neben ihnen beerdigt wurde, während sie weiterleben musste.

Als sie den Altar erreichte, atmete Cassie tief durch und drehte sich zu dem Meer aus Gesichtern um. In der Hand hielt sie ein Stück Papier, auf dem sie sich notiert hatte, was sie sagen wollte. Sie hatte versucht, auf wenigen Seiten zusammenzufassen, was für ein Mensch Tom gewesen war und wie viel er ihr bedeutet hatte, und das auf eine Art, die ihm hoffentlich gefallen hätte. Jetzt erschien ihr das alles unzureichend und gestelzt.

Alle sahen sie an, und sie blinzelte ein paarmal, um die Gesichter schärfer zu sehen. Obwohl Weihnachten vorbei war, war die Kirche noch weihnachtlich geschmückt: grünes Lametta an den Geländern links und rechts des Podiums, Lichterketten über ihr, die in dem gedämpften Licht trist wirkten. Weihnachten. Von Trauer überwältigt, hatte sie es in diesem Jahr nur am Rande wahrgenommen, hatte zusammengerollt auf Lindas Sofa in die Leere gestarrt.

Sie legte das Papier auf den Ständer neben sich, ihre Finger zitterten zu sehr, um es ruhig zu halten. »Tom war der wichtigste Mensch in meinem Leben«, sagte sie, und ihre Stimme zitterte bereits. »Er war der beste große Bruder, den man sich wünschen kann. Er war gütig und liebevoll und hat immer auf mich aufgepasst.« Sie atmete langsam ein, ihre Lippen bebten. »Er hat das Beste in mir gesehen. In jedem.« Sie dachte an Sam und dass Tom versucht hatte, auch in ihm das Beste zu sehen. Am Ende hatte sich erwiesen, dass Sam das nicht verdiente. Sam war da. Er, seine Verlobte und seine Mutter saßen ganz vorn auf der linken Seite. Cassie sah auf ihre Notizen, damit ihr Blick nicht dorthin wanderte und ihre Wut die Oberhand gewann.

Sie erzählte eine Geschichte aus ihrer Kindheit, wie Tom ihr aus der Patsche geholfen hatte, als sie vom Fahrrad gefallen war. Wie er Claire angelogen hatte, damit Cassie keinen Ärger bekam, weil sie unerlaubt damit gefahren war. Wie er sie sauber gemacht hatte, um die Beweise zu vernichten. *Erzähl eine Geschichte*, hatte Linda gesagt, als sie eines Abends ratlos auf ein leeres Blatt Papier gestarrt hatte. Und das hatte sie getan, obwohl das Erinnern sie innerlich zerriss. Daran zu denken, dass er sich immer um sie gekümmert hatte und dass sie am Ende nicht da gewesen war, um das Gleiche für ihn zu tun.

Ihre Hände zitterten, während sie sprach, jeder konnte es sehen. Aber das war ihr egal. Warum sollte sie nicht zittern? Warum sollte sie nicht zusammenbrechen?

»Tom hat immer gesagt, ich soll tapfer sein«, fuhr sie fort und war sich nur allzu bewusst, dass sie vielleicht zu leise sprach, um verstanden zu werden. Aber lauter reden konnte sie nicht. »Ich sollte so mutig sein wie er und meine Mutter. Er hat immer versucht, mich aus der Komfortzone herauszuholen.« Sie straffte die Schultern und sah sich im Raum um. »Und ich glaube, in dieser Hinsicht könnten wir uns alle ein Beispiel an ihm nehmen.« In ihrer Kehle bildete sich ein Kloß, doch sie riss sich zusammen, es dauerte ja nicht mehr lange. »Wir alle könnten ein bisschen mutiger sein, könnten es wagen, etwas Aufregendes zu tun, etwas, das uns fordert. Etwas, das vielleicht schwierig ist, aber unser Leben – oder das eines anderen – bereichert.« Selbst wenn es dieser Mut war, dachte Cassie bitter, der ihn am Ende das Leben gekostet hatte.

»Die größte Herausforderung für mich wird die sein, ohne ihn weiterzuleben. Aber er ist der Grund dafür, dass ich es schaffen werde.« Bei dem letzten Wort brach ihre Stimme. Jetzt liefen ihr erneut die Tränen über die Wangen, sie waren nicht mehr aufzuhalten, doch sie zwang sich, den letzten Teil zu sagen. »Denkt an ihn, wenn ihr etwas tut, das euch Mut abverlangt, denkt an Tom, und erweist ihm die Ehre.«

»Das war eine wunderschöne Rede, Cassie, Schatz.« Mel, Hazels Mutter, drückte ihre Schulter, als sie an den Tresen kam, wo Linda, Hazel und Cassie zusammenstanden. Claire hatte zwar angeboten, die Trauerfeier in ihrem Haus auszurichten, aber sie würde demnächst nach Frankreich ziehen. Sie war nur noch nicht dazu gekommen, es Cassie mitzuteilen. Das Haus war bereits halb ausgeräumt, und in den Zimmern, in denen noch Möbel standen, herrschte ein heilloses Chaos, überall standen Kartons herum. Darum hatte Linda vorgeschlagen, die Feier im Pub auszurichten.

»Danke«, sagte Cassie mechanisch. Ihre Stimme, ihre Bewegungen, alles schien wie auf Autopilot zu laufen.

Mel nickte und schien zu verstehen, dass Cassie zu keiner weiteren Unterhaltung fähig war. Sie schenkte ihr ein trauriges Lächeln und ging, wobei sie Hazel über die Schulter strich. Cassie nahm einen Schluck von ihrem Getränk, ohne darauf zu achten, was es war, es schmeckte stark und süß. Sie wollte nur noch die Augen schließen, sich in einem dunklen Raum zusammenrollen und wochenlang nicht mehr herauskommen. Sie stand das alles nur durch, weil sie wusste, dass sie das bald tun konnte. Wenn die Beerdigung vorbei war, konnte sie niemand mehr davon abhalten.

Linda drehte sich um, nahm einer der Kellnerinnen hinter der Theke einen Teller ab und bot Cassie eine von den Mini-

Quiches an. Cassie schüttelte den Kopf. Sie konnte sich nicht vorstellen, etwas zu essen, sie war sich sicher, dass es ihr im Hals stecken bleiben würde. Linda stellte den Teller hinter sich ab, sah Cassie einen Moment lang an und zog sie mit kummervoller Miene fest in ihre Arme. »Ach, meine Cassie. Das ist nicht fair.«

»Nein«, murmelte Cassie an Lindas Hals. »Ist es nicht.«

»Ich weiß, das ist kein Trost, aber du hast mich, okay? Ich bin immer für dich da, egal, was du brauchst.« Sie rückte von ihr ab und wartete, bis Cassie nickte, erst dann ließ sie sie los. Cassie kämpfte gegen die aufsteigende Hitze in ihrer Brust an. Alle wollten sie heute umarmen. Sie wusste, dass sie sie nur trösten wollten, aber jedes Drücken, jede Umarmung brachte sie ein Stückchen näher an den Rand des Zusammenbruchs.

Linda wischte sich über die Augen und strich sich das Haar glatt, wobei die Ringe an ihren Fingern glänzten – sie trug immer noch den Bob, den Cassie aus ihrer Teenagerzeit kannte, nur dass sich inzwischen ein paar graue Strähnen in das brünette Haar geschlichen hatten. Lindas Blick wanderte zu den Wänden des Pubs, wo überall Fotos von Tom hingen. Es war lieb gemeint, aber jedes Mal, wenn Cassie sein lächelndes Gesicht sah, zerriss es sie innerlich.

Mit einem zarten Lächeln betrachtete Linda ein Foto. »Das war bei seiner letzten Schicht hier, bevor er mit Sam nach Manchester gegangen ist«, sagte sie. Hazel drehte sich nach dem Bild um, doch Cassie wusste, auch ohne hinzusehen, welches Foto Linda meinte. Es war die Mittagsschicht an einem Freitag gewesen, und Cassie war erst nach der Schule dazugekommen, als Tom und Sam bereits ziemlich angetrunken waren. »Er wollte mich überreden, eine Flasche meines teuersten Whiskys zu öffnen, nur damit er ihn probieren konnte«, sagte Linda.

»Und, hast du?«, fragte Hazel.

»Ganz sicher nicht.« Linda lächelte wieder. »Er war neunzehn und bestimmt nicht in der Lage, einen guten Whisky zu schätzen. Die Flasche, auf die er es abgesehen hatte, hätte meine Wocheneinnahmen deutlich verringert. Er hat mich jedoch zu einem Deal überredet. Wenn er einen Gast überzeugen könnte, zwei Gläser davon zu bestellen, müsste ich die Flasche öffnen. Das ist ihm allerdings nicht gelungen. Immer wieder hat er seinen Charme spielen lassen, aber ohne Erfolg.« Ein kleines Lächeln umspielte noch immer ihre Lippen. »Er war ein schrecklicher Kellner. Vergaß ständig Bestellungen – vielleicht lag es daran.«

Cassie runzelte die Stirn, und Linda schüttelte den Kopf. »Ich habe ihn trotzdem geliebt.« Sie blickte noch einmal auf das Foto, dann wandte sie sich der Kellnerin hinter dem Tresen zu und deutete auf eine Flasche. Die Kellnerin reichte sie ihr, und Linda hielt sie Cassie und Hazel hin. »Das ist die Marke«, sagte sie. »Sie steht seit gut fünfzehn Jahren auf der Karte, aber nie hat jemand ein Glas bestellt.« Sie öffnete die Flasche, schenkte drei Gläser ein, die die Kellnerin ihr brachte, und reichte Cassie und Hazel je eins. »Auf Tom«, sagte Linda, und alle tranken einen Schluck. Kaum floss die herbe Flüssigkeit ihre Kehle hinunter, musste Cassie husten, und auch wenn Hazel es schaffte, nicht zu husten, tränten ihr die Augen. Fast musste Cassie lächeln.

»Warum Whisky?«, fragte sie.

»David – dein Vater – hat Whisky getrunken«, sagte Linda und blickte wieder zu den Fotos von Tom an der Wand hinter Cassies Kopf. »Und ich habe den Fehler begangen, ihm das zu erzählen.« Das hatte Cassie nicht gewusst – weder von ihrem Vater noch von Tom. Ihr war nicht klar gewesen, dass Tom versucht hatte, ihrem Vater ähnlich zu sein. Natürlich hatte sie gewusst, dass er beruflich in die Fußstapfen ihrer Eltern treten wollte, aber nicht, dass er auf diese Weise eine Verbindung zu ihrem Vater gesucht hatte … Nun, vielleicht hatte sie einfach nur nicht darüber nachgedacht und nicht mit Tom darüber gesprochen. Denn *er* hatte sich stets um *sie* gekümmert, war in vielerlei Hinsicht fast wie ein Elternteil für sie gewesen. Und jetzt war es zu spät. Sie würde nicht mehr erfahren, ob der Verlust ihrer Eltern ihn auf eine Weise beeinflusst hatte, die ihr womöglich nicht bewusst gewesen war.

»Einmal hat er Whisky zu meiner Geburtstagsparty mitgebracht. Erinnerst du dich, Cassie?«, fragte Hazel. Cassie nickte, und Hazel erzählte Linda die Geschichte. Doch Cassie entschuldigte sich unter dem Vorwand, zur Toilette zu müssen, die Erinnerungen waren einfach zu schmerzhaft. Dabei konnte sie ihnen kaum entkommen, denn der ganze verdammte Pub erinnerte sie an Tom.

Auf dem Weg zur Toilette fing sie ein muskulöser Mann ab, dessen Nase aussah, als hätte er sie sich einmal gebrochen. »Cassie Rivers?« Sein Akzent war sehr vornehm, Englisch der alten Schule. Er kam ihr irgendwie bekannt vor, aber sie kannte niemanden, der so sprach. »Ich bin Toby. Toby Jenkins.« Er streckte ihr die Hand hin wie bei einem Geschäftstermin, und Cassie ergriff sie leicht benommen. Gegen seine Hand wirkte ihre zwergenhaft klein, und er drückte sie ein wenig zu fest. »Ich …« Er ließ ihre Hand los. »Ich hab dich angerufen. Ich war dabei, als Tom gestürzt ist. Wir haben einiges zusammen unternommen, weil wir beide allein unterwegs waren, und wir sind zusammen klettern gegangen. Und ich, na ja …«

Er sah sie aus hellen, graugrünen Augen an, aber Cassie war nicht in der Lage, seinen Blick zu erwidern, und schaute stattdessen auf den Boden. »Oh.« Das war alles, was sie zu sagen vermochte. Sie wollte vor diesem Mann fliehen, der bei Toms Sturz und seinem Tod dabei gewesen war.

»Es tut mir sehr leid.« Cassie nickte. »Ich habe die Traueranzeige gesehen und wollte … na ja, ihm die letzte Ehre erweisen.« Er legte ihr seine große Hand auf die Schulter und ließ sie einen Moment lang tröstend dort liegen. Cassie konnte ihn immer noch nicht ansehen. Wo war er gewesen, als Tom gestürzt war? War er nahe genug gewesen, um Toms Gesicht bei dem Aufprall zu sehen?

Er nahm die Hand von ihrer Schulter. Cassie sah auf und öffnete den Mund, um ihm eine Frage zu stellen, um sich mit neuen Bildern von Toms Tod zu quälen. Doch der Mann entfernte sich bereits, und sie hatte nicht die Kraft, ihn zurückzurufen. Vielleicht war es besser, wenn sie nicht noch mehr erfuhr.

Sie sah Claire bei ein paar Damen an einem Ecktisch sitzen, wo sie allein vor sich hin starrte. Cassie zögerte, dann ging sie zu ihr. »Alles okay?«, murmelte sie. Claire zuckte zusammen, fuhr sich mit der Hand durch das rot gefärbte Haar und nickte.

Claires Blick glitt von Cassies Gesicht zu einem Foto von Tom an einem der Holzbalken über ihnen. »Er sah deiner Mutter so ähnlich«, flüsterte sie mit heiserer Stimme. Cassie sagte nichts. Sie wusste, dass er ihrer Mum ähnlich sah – Claires Schwester. Vielleicht war es Claire deshalb so schwergefallen, sich um sie zu kümmern – immer, wenn sie Tom sah, hatte er sie an ihre Schwester erinnert. Vielleicht war sie deshalb nie so für sie da gewesen, wie es Eltern eigentlich sein sollten. Sie hatte sich um sie gekümmert, ja, aber sie war nie sehr herzlich gewesen. Das hatte Cassie nichts ausgemacht. Sie hatte ja Tom gehabt, das hatte ihr genügt. Bei ihm hatte sie sich ausgeheult, wenn sie hingefallen war, er hatte sie getröstet, wenn sie einen Albtraum gehabt hatte. Und jetzt … »Ich hätte nicht gedacht, dass ich das noch einmal durchmachen muss«, sagte Claire, und ihre Stimme brach. »Ich hätte nicht gedacht, dass ich noch jemanden verliere, bevor ich selbst gehe.«

Cassie presste die Lippen aufeinander und nickte. Was sollte sie anderes tun? Sie hatten nie gut über Gefühle sprechen können, und jetzt wusste Cassie nicht, wie sie diese Kluft überbrücken sollte. Anstatt sie einander näherzubringen, trieb die Trauer einen Keil zwischen sie.

»Also«, sagte sie. »Bordeaux?«

»Ja«, erwiderte Claire und atmete zitternd aus. »Es tut mir leid, dass ich es dir nicht früher gesagt habe. Ich wollte es dir und Tom zusammen sagen, sobald das Haus verkauft war. Ich meine, ihr braucht mich nicht mehr. Oder, na ja …« Sie holte tief Luft. »Wenn du mich jetzt brauchst …« Sie hob eine Hand und strich sich das Haar aus dem Gesicht. »Ich meine, ich könnte … Ich weiß auch nicht. Ich meine nur, wenn es dir lieber wäre …«

»Nein«, sagte Cassie schnell. Dann biss sie sich auf die Lippe und hoffte, dass es nicht zu hart geklungen hatte. Sie schätzte das Angebot, aber Claire hatte recht – sie brauchte sie schon lange nicht mehr. »Du solltest nach Frankreich gehen«, sagte sie.

Claire bedachte sie mit einem kurzen Lächeln. »Du könntest mich besuchen.«

»Vielleicht«, antwortete Cassie ausweichend.

Sie verließ Claire und gönnte sich einen Moment allein auf der Toilette, dankbar, dass niemand sonst dort war. Sie spritzte sich etwas Wasser ins Gesicht, ohne sich um ihr Aussehen zu scheren, wollte nur die Kälte auf ihrer Haut spüren.

Als sie herauskam, standen Linda und Hazels Eltern noch am Tresen, und sie ging zu ihnen. Obwohl sie versuchte, nicht nach ihm Ausschau zu halten, sah sie Sam aus dem Augenwinkel auf einem der Sofas am Kamin sitzen, neben ihm seine Verlobte. Sie hieß Jessica, das wusste Cassie aus der Korrespondenz wegen der Hochzeit. Jessica mit dem glänzenden kastanienbraunen Haar und den hohen Wangenknochen.

Der Mann, der sie angesprochen hatte – Toby Jenkins – war bei ihm, eine Hand auf Sams Schulter, so wie er es vorhin bei ihr getan hatte. Er sagte etwas, und Sam nickte und trank einen Schluck Bier, ein paar leere Flaschen standen bereits auf dem Tisch neben ihm. Bei dem Gedanken, dass er sich auf der Beerdigung ihres Bruders betrank, wurde ihr leicht übel, und sie wandte sich ab.

Aber es war zu spät – Sam hatte sie gesehen und war aufgestanden. Schwankend kam er auf Cassie zu und ließ seine Verlobte und Toby auf dem Sofa zurück. Es machte sie richtig wütend. Und dafür war sie dankbar, denn die Wut war leichter zu ertragen als die Trauer oder die Benommenheit.

»Cassie«, hob er an, und sie konnte das Bier in seinem Atem riechen. Er sah furchtbar aus. Seine Krawatte war schmutzig, sein zerzaustes Haar sah aus, als hätte er es seit Tagen nicht mehr gewaschen, und offenbar hatte er sich auch schon länger nicht mehr rasiert. »Alles okay?«

»Nein«, sagte sie kurz, und anstatt etwas hervorzustoßen, was sie bereuen würde, oder eine Szene zu machen, wandte sie sich von ihm ab und ging einen Schritt auf Abstand. Er griff nach ihrem Arm, doch sie schüttelte ihn ab, und er geriet kurz ins Wanken. »Lass mich in Ruhe«, sagte sie entschieden. »Ich will nicht mit dir reden.«

»Ich bin …«

»Betrunken«, beendete Cassie spitz den Satz. »Du bist betrunken.« Und dann konnte sie sich nicht länger beherrschen, so wie sie in seiner Gegenwart nie irgendein Gefühl hatte beherrschen können, und ihr platzte der Kragen. »Ist das dein Ernst? Du betrinkst dich auf der Beerdigung deines besten Freundes? Was zum Teufel ist los mit dir?« Sie atmete zu schwer und war gefährlich nahe daran, in Schluchzen auszubrechen.

Seine blauen Augen verengten sich. »Kein Grund, wütend zu werden«, sagte er, eindeutig bemüht, ruhig und vernünftig zu klingen, doch er lallte. »Ich bin nur …«

»Lass es.« Sie verschränkte abweisend die Arme vor der Brust. »Was auch immer du sagen willst, lass es. Ich will es nicht hören.«

»Warum? Weil du so perfekt bist?« Die Menschen in ihrer Nähe waren still geworden und hörten zu, auch wenn sie vorgaben, es nicht zu tun. »Weil du die Einzige bist, die unter seinem Verlust leidet? Weil du die Einzige bist, die trauert?« Cassies Magen verkrampfte sich, und sie wich weiter zurück, doch er folgte ihr. »Sieh dich um, Cassie, all diese Menschen vermissen ihn. Sie alle.« Dann brach seine Stimme. Fast wäre Cassie weich geworden. Fast wäre die Wut verpufft, die seit Toms Tod unaufhörlich in ihr simmerte. Doch bei seinen nächsten Worten erstarb jedes Mitgefühl schlagartig. »Sei nicht so verdammt selbstsüchtig.«

Irgendwo im Raum schnappte jemand nach Luft, während Cassie und Sam sich anstarrten. Selbstsüchtig? *Selbstsüchtig*? Sie hatte ihren Bruder verloren, weil er abgestürzt war, weil er allein in Argentinien gewesen war und niemand ihm hatte helfen können, und sie war selbstsüchtig? Sie ließ die Hände sinken und ballte sie zu Fäusten. In ihren Augen brannten Tränen, aber sie wollte nicht weinen, nicht jetzt, nicht vor all den Leuten. Also drückte sie, so gut es ging, den Rücken durch und ging wortlos Richtung Ausgang.

Jemand lief hinter ihr her. Sie drehte sich um und erwartete, Hazel zu sehen. Doch es war Jessica mit dem perfekten, kastanienbraunen Haar und dem Porzellanteint. »Es tut mir so leid«, murmelte sie, ihre Stimme hatte einen weichen, irischen Klang. »Er ist nicht …« Sie warf einen Blick auf Sam, der zum Sofa zurückkehrte und wieder nach seinem Bier griff. »Es geht ihm nicht gut.«

»Nein«, brachte Cassie heraus. »Das sehe ich.«

»Wir gehen«, sagte Jessica schnell.

»Gut.« Cassie schloss die Augen. »Tut mir leid.« Sie war sich allerdings nicht sicher, ob es ihr wirklich leidtat – sie wollte nicht, dass er da war. Sie ertrug ihn nicht in ihrer Nähe, denn er war der Grund, dass Tom nicht mehr hier war.

»Mein … mein aufrichtiges Beileid zu deinem Verlust, Cassie.« *Deinem Verlust*. Es klang unangemessen. Als hätte sie etwas verlegt, als wäre er ihr nicht brutal entrissen worden. Cassie beobachtete, wie Jessica zu Sam zurückging, etwas zu ihm sagte, ihn am Arm packte und aus dem Pub führte. Stolpernd lief er hinter ihr her. Sams Mutter war auch da, ihre Augen hatten dasselbe Blau wie seine, aber ihr Haar war heller, ihr Körper und ihr Gesicht waren weicher, runder. Cassie sah, wie ihr Blick zwischen Sam und Cassie hin- und herflog, bevor sie Sam hinterherlief. Natürlich, dachte Cassie. Natürlich lief sie hinter ihrem Sohn her. Er hatte seine Mutter, seine Verlobte, die auf ihn aufpassten. Aber der wichtigste Mensch in Cassies Welt war ihr genommen worden.

Sie wartete ein paar Minuten, um sicher zu sein, dass sie weg waren, dann ging sie nach draußen. Sie brauchte frische Luft, musste fort aus der Wärme, den knisternden Holzscheiten und der Musik entfliehen. Dem Lachen. Tom war tot, und die Leute lachten. Sie atmete die eisige Luft ein, ging zu einem der Biertische und setzte sich. Sie hatte nicht daran gedacht, ihren Mantel mitzunehmen, also saß sie zusammengekauert in ihrem Pullover da, die Arme um sich geschlungen. Sie war nur kurz allein, bevor sich wieder jemand zu ihr gesellte. Diesmal war es Amy – Toms Freundin. Im Gegensatz zu Cassie hatte sie daran gedacht, sich einen Mantel anzuziehen, als sie nach draußen gegangen war.

»Ich habe dich rausgehen sehen …«, sagte sie und setzte sich neben Cassie, »… und wollte nur fragen, ob es dir gut geht.« Cassie sah sie an, und Amy seufzte und rückte das schwarze Stirnband zurecht, mit dem sie ihre Locken gebändigt hatte. »Tut mir leid. Dumme Frage.« Amys sonst so strahlende Augen waren gerötet und geschwollen, ihre Hände umschlossen einen Becher mit einer dampfenden Flüssigkeit, die nach Pfefferminz roch. »Ich konnte keinen Alkohol trinken«, sagte sie, als sie sah, dass Cassie den Becher musterte.

Eine Weile schwiegen sie – das mochte Cassie an Amy, dass sie nie irgendetwas plapperte, nur um die Stille zu füllen. Es dauerte einen Moment, bis Cassie merkte, dass Amy nicht nur schwieg. Sie weinte still vor sich hin, die Tränen liefen ihr über die Nase in den Schoß, und ihre Schultern zitterten, weil sie sich bemühte, still zu sein.

»Oh, Amy.« Sie ging auf sie zu und legte den Arm um sie. Seit es passiert war, war Amy die Erste, die sie zu trösten versuchte, und nicht umgekehrt.

Amy strich sich eine braune Locke hinters Ohr. »Hat er …?« Aber dann verstummte sie und schüttelte den Kopf.

»Was? Hat er was?«

»Ich habe mich nur gefragt, ob er dir etwas erzählt hat, bevor er nach Argentinien gefahren ist? Es tut mir leid«, fuhr sie schnell fort, »ich will dich nicht zwingen, daran zu denken, wenn du es nicht willst. Ich hatte nur zwei Wochen lang nicht mit ihm gesprochen, bevor er abgereist ist, und ich …« Amy brachte den Satz nicht zu Ende, aber Cassie meinte, es verstanden zu haben. Amy hatte Tom geliebt, ganz gleich, was am Ende passiert war, und sie bedauerte, dass sie nicht noch einmal mit ihm gesprochen hatte. Dass es keine perfekten letzten Worte zwischen ihnen gegeben hatte. Cassie ging es genauso. Unzählige Male hatte sie sich die letzte WhatsApp-Nachricht durchgelesen, die sie ihm geschickt hatte.

»Er hat nur gesagt, dass ihr euch getrennt hättet.«

Amy runzelte die Stirn. »Sonst nichts?«

Cassie zögerte, dann schüttelte sie den Kopf. »Tut mir leid.« Sie hätte ihr gern etwas Bedeutenderes gesagt, etwa, dass er ihr erzählt hätte, wie sehr er sie noch immer liebte, irgendetwas, das ihr Trost gespendet hätte. Aber vielleicht konnte sie auch gar nichts trösten. So ging es zumindest ihr. Ihre ganze Welt war zerbrochen, und entgegen der Worte, die sie auf der Beerdigung gesagt hatte, damit Tom stolz auf sie gewesen wäre, glaubte sie nicht, dass sie tapfer genug war, um die nächsten Wochen, Monate, Jahre ohne ihn zu überstehen. Sie hatte den einen Menschen verloren, von dem sie angenommen hatte, dass er immer für sie da sein würde, dass sie sich immer an ihn anlehnen könnte. Und keine Worte der Welt konnten das besser machen.

KAPITEL NEUN

Cassie lag zusammengerollt auf dem Sofa in Lindas Wohnzimmer, eine Decke über sich gezogen, während auf dem kleinen Fernseher in der Ecke irgendeine Nachmittagssendung lief. Cassie achtete nicht weiter darauf, starrte nur dumpf ins Leere und hatte ihre Gefühle abgeschaltet. Vor ihr auf dem kleinen hölzernen Couchtisch stand ein Becher mit kaltem Tee, draußen prasselte der Regen gegen das Fenster, und im Zimmer herrschte eine trübe Atmosphäre. Daran konnten auch die drei Blumenvasen nichts ändern, die im Raum verteilt waren, oder die verschiedenen Gemälde an den cremefarbenen Wänden.

Cassie war nun schon seit zwei Wochen bei Linda. Hazel, die bei ihren Eltern am Ende der Straße wohnte, kam häufig vorbei und hatte Silvester bei ihnen übernachtet, um Cassie Gesellschaft zu leisten. Claire war noch ein paar Tage geblieben, jetzt aber nach Frankreich abgereist, wofür Cassie im Grunde dankbar war – denn es war schwer gewesen, sich vor Claire zusammenzureißen.

Linda tappte in Hausschuhen und einem flauschigen weißen Bademantel ins Wohnzimmer. »Ich gehe mal unter die Dusche, kann ich dir noch was bringen, Cassie, Süße?« Ihr Blick wanderte zu dem Becher mit kaltem Tee.

»Nein, danke.« Cassie zwang sich, Linda anzusehen, und bemühte sich um ein schwaches Lächeln, woraufhin ihre Gesichtsmuskeln schmerzten.

»Später mache ich uns eine schöne Pasta, ja? Worauf hast du Lust?«

»Alles ist toll.« Würde ihre Stimme jetzt für immer so dumpf klingen? Hatte es sich so angefühlt, nachdem ihre Eltern gestorben waren? Es war schrecklich, dass sie sich nicht mehr richtig daran erinnern konnte. Natürlich erinnerte sie sich noch an die Trauer, und manchmal holte sie immer noch alte Fotos von Mum und Dad hervor und wünschte, sie wären noch da. Und dass sie die Chance gehabt hätte, sie richtig kennenzulernen. Aber sie war fünf gewesen, als es passierte, und sie hatte keine richtige Erinnerung an die Zeit unmittelbar danach, mehr ein dunkles Gefühl. Und obwohl ohne Eltern aufzuwachsen, eine Lücke hinterlassen hatte, die ständig schmerzte, fühlte sich der Verlust von Tom anders an. Er war unmittelbarer, akuter.

»Ich habe ein tolles Pesto-Makkaroni-Käse-Rezept. Das reinste Comfort Food – die einzige Art zu kochen, die ich gut beherrsche, wie du weißt.«

»Gern. Danke, Linda.« Sie musste daran denken, dass auch Linda Tom verloren hatte. Sie war nicht die Einzige, die trauerte. Genau wie Sam es ihr bei der Beerdigung vorgeworfen hatte, dachte sie bitter, verdrängte die Erinnerung jedoch. Davon würde sie sich nur noch schlechter fühlen.

Linda zögerte, dann ließ sie sie wieder allein. Cassie hörte die Treppe knarren und wie oben die Dusche angestellt wurde. Morgen musste Linda wieder zur Arbeit. In den letzten zwei Wochen hatte sie eine Vertretung für den Pub organisiert, aber die hörte morgen auf, und dann musste sich Linda wieder um alles kümmern.

Auch Cassie würde bald wieder zur Arbeit gehen müssen, sonst riskierte sie, gefeuert zu werden. Robert hatte ihr ein paar Tage Sonderurlaub gewährt, den sie jetzt mit dem Urlaub kombinierte, den sie bereits für die Weihnachtstage eingereicht hatte – Josh und sie arbeiteten abwechselnd über die Feiertage, und dies war ihr freies Jahr. Aber danach erwartete Robert sie zurück, und er hätte keine Skrupel, sie »freizustellen«, wenn sie es nicht schaffte. Vielleicht war das aber auch gut so. Das Leben ging weiter – sie musste Geld verdienen, ihre Miete zahlen. So gern sie es auch gewollt hätte, Cassie konnte nicht einfach aufhören zu funktionieren, und die Arbeit würde sie zumindest ablenken.

Es läutete an der Tür. Cassie wartete einen Moment, doch von oben war noch das Rauschen der Dusche zu hören, also schlug sie die Decke zurück, ging in den Flur und öffnete die Haustür.

Vor ihr im Regen stand Sam, kaum geschützt durch Lindas kleine Veranda, in der Kälte war sein Atem zu sehen. Cassie trat einen Schritt zurück und zog die übergroße Strickjacke um sich – die Linda ihr geliehen hatte, weil sie so kopflos gepackt hatte.

Sam sah schrecklich aus. Er trug eine verblichene Jeans und einen grauen Pullover, der an seinem sonst so trainierten Körper herunterhing. Aus den Bartstoppeln war ein halber Bart geworden, seit sie ihn das letzte Mal gesehen hatte, und unter den geröteten Augen lagen dunkelgraue Schatten.

»Hazel hat mir erzählt, dass du hier wohnst«, erklärte Sam mit leicht heiserer Stimme.

Cassie konnte ihn nur anstarren, und ihre Hände, mit denen sie weiter die Strickjacke umklammerte, fühlten sich feucht an. Ihr schoss das Bild durch den Kopf, wie er von der Trauerfeier getorkelt war.

Sei nicht so verdammt selbstsüchtig.

Die Worte verletzten sie noch immer, Wut und Schmerz brannten in ihr.

»Was willst du?«, stieß sie hervor.

Er holte tief Luft, sein Brustkorb hob und senkte sich unter dem Pullover. »Ich bin gekommen, um mich zu entschuldigen. Ich hätte das bei der Beerdigung nicht sagen dürfen.« Cassie erstarrte, es war, als könnte er ihre Gedanken lesen. »Ich habe … ich hatte getrunken.«

»Ich weiß«, entgegnete sie knapp, und er verzog das Gesicht.

Er fuhr sich durch das nasse Haar – das nicht mehr kunstvoll zerzaust, sondern einfach nur ungepflegt war. »Ich wusste nicht, wie ich es sonst hätte schaffen sollen … Wie auch immer, das ist keine Entschuldigung. Ich habe es nicht so gemeint. Ich bin nicht gut damit klargekommen – komme nicht gut damit klar –, aber das hätte ich dir nicht zumuten dürfen.« Ehrlichkeit. Das hatte sie nicht von ihm erwartet – schließlich war er noch nie ehrlich zu ihr gewesen.

Cassie zwang sich, ihm in die Augen zu blicken, auch wenn sie lieber woandershin gesehen hätte. Sie wusste, dass sie genauso schlimm aussah wie er – wenn nicht noch schlimmer. Ihre Wangen waren eingefallen, seit Tagen hatte sie sich das Haar nicht mehr gewaschen, ihr Teint war stumpf und grau. Es sollte sie trösten, dass es ihr nicht allein so ging. Dass es jemanden gab, der den Verlust ihres Bruders ebenso schmerzlich betrauerte wie sie. Doch es gelang ihr nicht, so zu empfinden. Sie konnte weder Mitgefühl für ihn aufbringen noch ihre Trauer mit ihm teilen, denn es änderte nichts daran, dass sie ihm die Schuld gab.

»Du hättest dort sein sollen.« Es kam als Flüstern heraus, und Sam runzelte die Stirn.

»Wo?«

»In Argentinien«, sagte Cassie nun mit etwas kräftigerer Stimme. »Du hättest dort sein sollen, mit Tom.«

»Ich weiß.«

»Du hättest es verhindern können.« Jetzt brannten Tränen in ihren Augen, und sie machte sich nicht die Mühe, sie wegzublinzeln. Sie erwartete, dass er sagte, das könnten sie nicht wissen, dass Unfälle passierten, dass es keinen Unterschied gemacht hätte, wenn er da gewesen wäre.

Doch stattdessen nickte er. »Ich weiß«, sagte er wieder mit heiserer Stimme und strich sich erneut durchs Haar. »Mein Gott, Cassie, das weiß ich, und es wird kein Tag vergehen, an dem ich es nicht bereuen werde.« Seine Augen glänzten, als könnte auch er jeden Moment zusammenbrechen.

Sie wich zurück und schüttelte verzweifelt den Kopf. »Ich kann das nicht. Ich kann jetzt nicht mit dir reden.«

Er machte einen Schritt auf sie zu und streckte eine Hand aus, als wollte er sie trösten, aber sie wich noch weiter zurück.

»Nein!« Ihr war bewusst, dass ihre Stimme hoch und verzweifelt klang, aber sie konnte nichts dagegen tun. »Hau ab.«

»Was?«

»Hau ab! Ich will dich nicht sehen. Ich kann dich nicht mehr *sehen*, verstehst du? Wenn du nicht so dumm gewesen wärst, dich dermaßen zu betrinken, so *selbstsüchtig* …«, sie spuckte ihm sein eigenes Wort ins Gesicht, »dann wäre Tom vielleicht noch am Leben. Deshalb will ich, dass du verschwindest. Aus diesem Haus und aus meinem Leben.« Sie ließ ihm keine Gelegenheit zu antworten. Stattdessen griff sie nach der Tür und schlug sie zu, sodass er in die Kälte und den Regen zurückweichen musste, um nicht getroffen zu werden. Kurz bevor die Tür zuging, sah sie sein von Trauer gezeichnetes Gesicht, er war den Tränen nahe. Aber sie wollte kein Mitleid mit ihm haben. Er hatte es nicht anders verdient.

Ihre Schultern zitterten, ihr Atem ging schnell, und sie versuchte, sich zusammenzureißen. Linda kam in ein Handtuch gewickelt die Treppe heruntergerannt, das Haar tropfnass. »Was ist los?« Sie warf einen Blick zur Tür, dann zu Cassie. »Alles okay? Ich habe laute Stimmen gehört.«

»Da war jemand an der Tür. Ich habe ihm gesagt, er soll gehen.« Linda drang nicht weiter in sie, wofür Cassie dankbar war. Sie konnte ihr nicht sagen, dass es Sam gewesen war, denn Linda kannte ihn – auch er hatte als Teenager in ihrem Pub abgehangen.

Auf der Fußmatte neben der Eingangstür lagen ein paar Briefe, und Cassie bückte sich automatisch, um sie aufzuheben. Sie reichte sie Linda und stutzte kurz, als sie sah, dass mehrere von einer Bank dabei waren. Auf einem war ein Stempel. *Dringend.*

»Ist alles in Ordnung, Linda?«

Schnell nahm Linda ihr die Briefe ab und klopfte sie auf ihre Handfläche, um den Stapel zu glätten. »Ja, natürlich, Cassie, Süße. Kein Grund zur Sorge.«

Linda ging wieder nach oben, und Cassie kehrte aufs Sofa und unter die Decke zurück. Ein paar Minuten später war Linda angezogen und stellte ihr einen Becher mit frischem Tee hin. Cassie nahm ihn, dankbar für die Wärme. Erst, als sie einen zweiten Blick auf Linda warf, fiel ihr auf, dass sie etwas in der Hand hielt. Einen Umschlag.

Linda wippte leicht unsicher auf den Fersen hin und her, und Cassie setzte sich aufrechter hin. »Ich habe angefangen, Toms Sachen zu sortieren«, sagte sie sanft, und Cassie spürte einen Stich in ihrem Herzen. Da sie sich dieser Aufgabe selbst nicht gewachsen fühlte, hatte sie Linda darum gebeten. Sie wusste, dass Linda die Wohnung im Norden Londons ausgeräumt und einige Sachen aus Amys Wohnung geholt hatte. Im Moment stand alles in Lindas Büro – recht wenig, was von einem ganzen Leben geblieben war.

Linda hielt ihr den Umschlag hin. »Den habe ich gefunden.«

Cassie betrachtete ihn. In der Mitte stand ihr Name und in der rechten unteren Ecke eine eingekreiste Eins.

Das war ihr erster Hinweis.

Sie setzte den Teebecher ab und griff mit zitternden Fingern nach dem Umschlag. Tom hatte die Schatzsuche vorbereitet, bevor er gestorben war.

Natürlich. Er wäre erst an Heiligabend zurückgekommen, also hatte er alles vorher fertig gemacht. Hieß das, die Hinweise waren irgendwo versteckt und warteten darauf, gefunden zu werden? Warteten auf ein Spiel, das nie stattfinden würde? Sie starrte auf den Umschlag, auf Toms Handschrift. Was hatte er geplant? Etwas Spezielles, hatte er gesagt, als sie ihn das letzte Mal gesehen hatte.

Sie spürte ein Kribbeln unter der Haut. Ein ferner Nachhall der Freude, die sie einst empfunden hatte, wenn sie am Weihnachtstag ihren ersten Hinweis erhalten hatte. Jetzt war es keine Freude, sondern die Erkenntnis, dass ihr etwas von Tom geblieben war, dass er ihr, ohne es zu beabsichtigen, eine Möglichkeit geschaffen hatte, mit ihm verbunden zu bleiben.

Doch das Kribbeln verschwand, als seine Handschrift hinter Tränen verschwamm, und sie legte den Umschlag weg. Sie konnte das nicht. Sie ertrug das nicht: Sie wollte nicht sehen, was er geschrieben hatte, wollte nicht wissen, wohin die Hinweise führten. Denn schließlich war er nicht mehr da, und darum ging es doch – er sollte es gemeinsam mit ihr tun, um die Freude mit ihr zu teilen.

Sie sah zu Linda hoch. »Danke, ich öffne ihn später.«

Und als Linda das Wohnzimmer verließ, um das Abendessen vorzubereiten, rollte sich Cassie unter der Decke zusammen und weinte.

ZWEI MONATE SPÄTER

KAPITEL ZEHN

»Mist«, fluchte Sam und fummelte an seiner Fliege herum. Er versuchte, sie erneut zu binden, aber seine Hände zitterten so sehr, dass es unmöglich war. Er atmete aus und betrachtete sich im Spiegel des eleganten Frisiertischs. Die schwarze Fliege hing lose um den Kragen seines weißen Hemds, das in der maßgeschneiderten schwarzen Hose steckte.

Was zum Teufel trieb er da? Er sollte schon längst fertig sein, vielleicht draußen mit seinem zukünftigen Schwiegervater eine Zigarre rauchen. Stattdessen war er hier, schaffte es nicht, sich fertig anzuziehen, und starrte auf sein blasses Spiegelbild.

Jessica hatte gestern darauf bestanden, dass er sich die Haare schneiden und den Bart abnehmen ließ, dennoch sah er schrecklich aus. Die dunklen Ringe unter seinen Augen zeugten davon, dass er seit Wochen nicht mehr richtig geschlafen hatte. Seit Monaten, wenn er ehrlich war. Er kam auf nicht mehr als vier Stunden am Stück und hatte sich daran gewöhnt, damit auszukommen – wobei der Zustand seines Gehirns zwischen umnebelt und überwach wechselte. Normalerweise war er gut in seinem Job, hatte sich gleich nach dem Studium in einer kleinen, aber feinen Londoner Kanzlei hochgearbeitet. Doch in letzter Zeit war er nicht gut in Form gewesen – er vergaß Dinge, um die Mandanten ihn gebeten hatten, übersah E-Mails und brachte Besprechungstermine durcheinander. Sein Chef meinte, er sei liebeskrank, und schob es auf die Aufregung vor dem großen Tag. Sam war sich jedoch sicher, dass er nur deshalb so viel Verständnis zeigte, weil Sam seine Tochter heiratete.

Niemand auf der Arbeit hatte die Vermutung geäußert, dass das etwas mit dem Tod seines besten Freundes zu tun haben könnte. Die Schonfrist für diese Art an schmerzlichem Verlust schien abgelaufen – er sollte nach vorn schauen und Tom vergessen. Jessica hatte ihn unterstützt, ja, aber den Hochzeitstermin nicht ändern wollen. Da verlief für sie die Grenze. Es sei bereits alles organisiert, hatte sie gesagt, sie würden einen Haufen Geld verlieren, den sie für das Hotel angezahlt hatten. Es täte ihm gut, etwas Positives zu haben, auf das er sich freuen könne, hatte sie gemeint.

Sam stützte sich mit den Händen auf den Frisiertisch – glattes, dunkles Holz, das zu dem holzgetäfelten Zimmer passte. Er verstand, warum Jessica diesen Ort mochte – das Hotel stand für den Lebensstil, den er immer angestrebt hatte und den sich nur der leisten konnte, der über Geld verfügte. Er war längst nicht mehr der kleine Junge, der gebrauchte Kleider trug.

Er versuchte, gleichmäßig zu atmen. Ihm war übel, und das nicht nur von der Aufregung vor der Hochzeit. Er hatte gestern Abend zu viel getrunken, allein in seinem Hotelzimmer, hatte sich eine zweite Flasche Wein vom Zimmerservice bringen lassen. Sein eigener, privater Junggesellenabschied, nachdem er den ursprünglich geplanten abgesagt hatte. Jessica hatte ihn überreden wollen, ihn trotzdem durchzuziehen, aber ohne Tom fühlte es sich nicht richtig an – zumal Tom der Organisator des Ganzen gewesen war.

Sam erinnerte sich, wie er Tom von seiner Verlobung erzählt hatte. Er und Jessica waren mit Tom und Amy auf einen Drink ins Ritz gegangen. Er hatte von Tom einen diesbezüglichen

Kommentar erwartet, aber da Tom es gewohnt war, dass Sam und Jessica *immer in schicke Läden gingen*, hatte er sich nichts dabei gedacht. Jessica hatte allen den Ring gezeigt, den Sam ihr zwar geschenkt, den sie allerdings ausgewählt hatte, nachdem sie bei vier verschiedenen Juwelieren gewesen war. Anschließend waren Jessica und Amy auf die Toilette gegangen und hatten Sam mit Tom allein gelassen.

Tom schüttelte den Kopf und klopfte ihm auf die Schulter. »Hätte nie gedacht, dass du als Erster heiratest, Alter.«

Sam lachte und schüttelte ungläubig den Kopf, während er an seinem Champagner nippte. »Wem sagst du das.« Vor allem, weil Tom schon seit Jahren mit Amy zusammen war und Sam und Jessica erst seit sechs Monaten offiziell ein Paar waren. Doch Jessica hatte ziemlich unmissverständliche Andeutungen gemacht, und er wusste, wenn er ihr keinen Antrag machte, würde sie sich einen anderen suchen. *»Du willst sie also nicht fragen?«*

»Alles zu seiner Zeit, mein Freund.« Tom hob sein Glas zu einem Toast. Dann wurde sein Gesicht ernster, und er blickte hinter Sam in die Richtung, in die die Frauen verschwunden waren. »Ich mag sie«, sagte Tom langsam. »Jessica, meine ich.«

Sam runzelte die Stirn. »Ist da ein leises ›Aber‹ inkludiert?«

Tom schnaubte. »Inkludiert? Du verbringst zu viel Zeit mit diesen Anwaltstypen.«

»Du kennst mich«, sagte Sam trocken.

»Ja, stimmt.« Wieder das ernste Gesicht, das Tom aufsetzte, wenn er etwas Wichtiges zu sagen hatte.

»Raus mit der Sprache. Glaubst du, es geht zu schnell? Denkst du, dass es nicht lange hält?«

Tom zögerte, dann schüttelte er den Kopf. »Ach, nichts. Vergiss es einfach. Wenn du glücklich bist, bin ich es auch.« Er lächelte. »Deine Mutter wird durchdrehen.«

Sam lachte. »Ich weiß.« Sam wusste, wie es sie freuen würde, wenn er »sesshaft wurde«.

Auf Toms Gesicht erschien ein freches Grinsen, das ihn jünger aussehen ließ – mehr wie den jugendlichen Tom, den Sam so gut kannte. Sam kniff die Augen zusammen. »Was ist?«

Tom lachte. »Dein Junggesellenabschied wird der Hammer.«

Sam rieb sich mit den Händen durchs Gesicht. Tom sollte jetzt hier sein. Er hätte ihnen beiden ein Glas Champagner eingeschenkt, mit ihm angestoßen und dafür gesorgt, dass sich alles leicht anfühlte. Sie hätten gelacht und gescherzt, und es wäre ihm nicht so vorgekommen, als müsste er sich dazu überwinden. Tom hätte sich Sams Bedenken angehört und ihn umgestimmt. Tom wusste, wie man sich amüsierte, aber er war auch ein Fels in der Brandung, verlässlich auf die beste Weise, und ohne ihn fühlte sich Sam, als hätte er den Boden unter den Füßen verloren und keinen Halt mehr.

Und es war seine Schuld. Tom war tot, weil Sam nicht da gewesen war, um den Unfall zu verhindern.

Als es an der Tür klopfte, fuhr er zusammen. Hatte Jessica eine der Brautjungfern hochgeschickt, um sich zu vergewissern, dass er bald fertig war? Er hätte es ihr nicht zum Vorwurf gemacht. Er ging zur Tür, öffnete und stand vor seiner Mutter. Bei ihrem Anblick löste sich seine Anspannung ein wenig.

Er beugte sich hinunter, um ihr einen Kuss zu geben. »Du siehst wunderschön aus.« Und das stimmte – ihre Locken waren hochgesteckt, ihre Augen, die seinen so ähnlich waren, von glitzerndem Lidschatten umrahmt, und sie trug ein luftiges, geblümtes Kleid, das ihr gut stand. Es passte zu der »Frühlingshochzeit«, die Jessica sich gewünscht hatte, auch wenn das Wetter an diesem Punkt nicht mitspielte – es war Mitte März und immer noch eisig kalt.

Seine Mutter tätschelte ihm die Hand und kam ins Zimmer. »Mein attraktiver Junge. Was siehst du schick aus.« Sie hatte ein strahlendes Lächeln aufgesetzt, aber Sam bezweifelte, dass es echt war – seine Mutter sah, wie ihn die letzten Monate zermürbt hatten, davon war er überzeugt. Sie streckte die Hand aus und strich seine Hemdsärmel glatt. Das hatte sie auch getan, als er noch ein Schulkind war und sie ihn davon zu überzeugen versucht hatte, dass er gut aussah. Dann griff sie nach der immer noch lose um seinen Hals hängenden Fliege und wies ihn an, sich zu bücken, damit sie sie binden konnte.

»So«, sagte sie und trat einen Schritt zurück. »Jetzt brauchst du nur noch dein Jackett, dann bist du fertig.« Sie nahm es von der Lehne des Frisierstuhls und hielt es ihm hin, sodass er nur noch hineinschlüpfen musste. Es war einfacher, die Bewegungen auszuführen, wenn sie ihn dazu aufforderte. »Ich habe Jessica schon gesehen. Sie sieht umwerfend aus, aber das ist ja keine Überraschung, oder?«

Überhaupt keine Überraschung, dachte Sam. Er bezweifelte nicht, dass Jessica umwerfend aussah – das tat sie immer, egal, was sie trug. Und nach einem Tag im Spa würde sie sich heute bestimmt selbst übertreffen. Aber sie war nicht nur so schön wie ein Filmstar, sondern auch intelligent und witzig. Zudem war sie selbst Anwältin und trat in die Fußstapfen ihres Vaters. Es war riskant gewesen, mit der Tochter des Chefs zu schlafen – obwohl er sich damals darüber kaum Gedanken gemacht hatte –, aber am Ende war es gut ausgegangen. Doch warum bekam er bei dem Gedanken an Jessica Bauchschmerzen, und warum wurde ihm so dermaßen mulmig, dass es bestimmt nichts Gutes bedeutete? War das normal, bevor man vor den Traualtar trat? War es nur der Kater, der sich bemerkbar machte?

»Geht es dir gut, mein Schatz?«

Sam sah seine Mutter an, nickte und ging zur Minibar. Den Alkohol hatte er gestern Abend so gut wie leer getrunken, aber er nahm sich ein Wasser mit Kohlensäure und trank einen Schluck aus der Flasche.

»Nervös?«

Sam nickte erneut. Himmel, anscheinend hatte es ihm die Sprache verschlagen.

Seine Mutter saß am Ende des Himmelbetts, nach der unruhigen Nacht lagen überall noch Decken herum. »Ich erinnere mich noch gut an meinen Hochzeitstag – ich war auch nervös.«

Sam trank einen weiteren Schluck Wasser und beobachtete sie. Er hätte nicht gedacht, dass sie sich gern daran erinnern würde, so wie die Sache ausgegangen war, aber sie lächelte. Ihr Blick war leicht verschleiert, als würde sie an etwas Schönes denken und nicht an den Mann, der sie vor fünfundzwanzig Jahren verlassen hatte.

»Wir haben in einer hübschen kleinen Kirche in Nottingham geheiratet, wo dein Vater herkommt. Ich war so nervös, dass ich mir fast Kaffee über das Hochzeitskleid geschüttet hätte – es war nicht so ausgefallen wie das von Jessica, aber es war trotzdem wunderschön, und der Kaffee hätte es bestimmt ruiniert.« Wieder lächelte sie. »Aber trotz der Aufregung war es ein wunderschöner Tag. Einer der schönsten in meinem Leben.«

Sam verstärkte den Griff um die Wasserflasche. Sie sah vollkommen zufrieden aus, dabei musste sie es doch bereuen, seinen Vater geheiratet zu haben – fünf Jahre später wurden sie geschieden, Sam war damals vier.

Er hörte, wie das Telefon seiner Mutter den Eingang einer neuen Nachricht signalisierte – ihr Telefon war immer auf laut gestellt, weil sie es für unhöflich hielt, eine Nachricht oder einen Anruf zu verpassen, nur weil das Telefon stumm geschaltet war. Sie las die Nachricht, dann sah sie mit undurchdringlicher Miene zu ihm hoch. Er kannte diesen Blick – ihr Pokerface.

»Was ist?«, fragte er scharf.

Sie ließ das Telefon sinken. »Dein Vater.«

»Was ist mit ihm?«

»Er ist … er ist hier.« Immer noch diese verdammt neutrale Miene.

»Hier?«, fragte Sam irritiert. »Was meinst du mit ›hier‹? Er kann nicht hier sein, Mum. Ich habe ihn nicht eingeladen.«

»Ich … Vielleicht habe ich ihm gesagt, wann und wo die Hochzeit stattfindet.«

Er starrte sie an. Ganz sicher nicht. So etwas Dummes konnte sie nicht getan haben.

»Er ist dein Vater, Sam, und er wollte für dich da sein.«

»Das ist ja mal was ganz Neues«, murmelte er. Er begann, auf und ab zu gehen, und fuhr sich mit den Händen durchs Haar. Sein Vater war hier. Verdammt. Was sollte er jetzt machen? »Wie konntest du das tun? Das ist das Letzte, was ich gebrauchen kann, Mum.« Er blieb in der Mitte des Hotelzimmers stehen. »Mein Gott. Warum hast du mir nicht gesagt, dass du es ihm erzählt hast?« Dann wäre er zumindest vorbereitet gewesen, hätte seinem Vater eine Nachricht schicken und ihm unmissverständlich klarmachen können, dass er ihn nicht hier haben wollte.

Seine Mutter biss sich auf die Lippe. »Also, ich war mir nicht sicher, ob er …«

»Ob er kommen würde«, sagte er unverblümt. Seine Mutter schwieg, und Sam schüttelte den Kopf. »Genau.« Selbst seine Mutter, die ewige Optimistin, hatte bezweifelt, dass sein Vater kommen würde, nachdem sie ihn darum gebeten hatte. »Das ist doch genau der Punkt, oder?« Bei seinen Worten zuckte seine

Mutter zusammen, und Sam murmelte automatisch: »Tut mir leid.«

»Wenn du willst, sage ich ihm, dass er wieder gehen soll.« Ihre Stimme klang ruhig, aber er kannte sie gut genug, um ihr die Enttäuschung anzuhören.

»Nein, schon okay«, sagte er kurz. »Ich mach das.« Er war bereits entschlossenen Schrittes auf dem Weg zur Tür. Es fühlte sich gut an, plötzlich etwas zu tun zu haben – sich auf Äußerlichkeiten zu konzentrieren und sich nicht zu sehr mit seinem Innenleben beschäftigen zu müssen.

»Er ist im fünften Stock«, rief seine Mutter hinter ihm her.

Na klar. Natürlich hatte er es geschafft, in die Etage zu gelangen, auf der die Hochzeit stattfand. Wo die Gäste ihn sehen konnten und er Jessica, der er noch nie begegnet war.

Sam fuhr mit dem Aufzug in die fünfte Etage hinunter und spürte, wie es in seinen Fingerspitzen pochte, als er den Korridor entlanglief. Himmel, was hatte sich sein Vater nur dabei gedacht? Wie konnte er es wagen, hier aufzutauchen, als ob er willkommen wäre. Als ob die letzten fünfundzwanzig Jahre vergessen sein könnten, in denen er ihn laufend versetzt hatte oder betrunken aufgekreuzt war? Sam konnte sich nicht einmal mehr daran erinnern, wann er das letzte Mal mit ihm gesprochen hatte.

Er ging am Gobelinsaal vorbei, der bereits für die Trauung hergerichtet war, und warf im Vorbeieilen einen Blick hinein. Als er die ganzen Stühle vor der nussbaumgetäfelten Wand unter dem Kristalllüster sah, erschrak er. Dort würden Jessica und er bald stehen, um sich das Jawort zu geben. *Geh weiter*, sagte er zu sich selbst.

Er fand seinen Vater draußen auf der Terrasse. Sie war lang und schmal, ganz aus Sandstein, und auf der gesamten Länge waren in gleichmäßigen Abständen Terrakottatöpfe mit kleinen Bäumchen verteilt. Sein Vater stand mit dem Rücken zu Sam an einem hohen, runden Holztisch. Er rauchte eine Zigarette und blickte auf die Londoner Skyline mit der Spitze von The Shard und der St Paul's Cathedral als Glanzstücke.

Sam räusperte sich vernehmlich, und sein Vater fuhr herum.

»Sam!« Eilig drückte sein Vater die Zigarette in dem Blumentopf in der Mitte des Tisches aus, hustete und strahlte ihn an, als wäre es eine Freude für beide, einander zu sehen. Er trug einen ziemlich schäbigen grauen Anzug, der ihm nicht wirklich passte und aus den Nähten zu platzen drohte. Seine grauen Augen waren winzig, fast eingefallen, und das wenige Haar so gekämmt, dass es seine beginnende Glatze verbergen sollte. Mein Gott, was würde Jessica denken, wenn sie sah, von was für einem Mann er abstammte?

Sein Vater kam auf ihn zu und schwang verlegen die Arme. »Heute ist also der große Tag«, sagte er und hustete erneut. »Wie fühlst du dich?«

Sam ballte die Hände zu Fäusten und schob sie in die Taschen. Hinter seinem Vater stand eine halb leere Flasche Bier auf dem Tisch. Dann hatte er also schon angefangen. Wo hatte er das her? Soweit er wusste, war die Bar auf dieser Etage noch nicht geöffnet.

Sam holte tief Luft und bemühte sich, ruhig zu bleiben. Eine laute Auseinandersetzung anzufangen, die die Leute nach draußen lockte, war nicht ratsam. »Was machst du hier, Dad?«

»Ich wollte das nicht verpassen!« Die Tatsache, dass er nicht eingeladen war, stand unausgesprochen zwischen ihnen.

Sam schüttelte den Kopf. »Ich will dich hier nicht haben.« Gleich zum Punkt zu kommen, war besser – schneller und einfacher.

»Aber ich …«

»Nein, Dad.« Er spürte, wie Hitze in seiner Brust aufstieg. In diesem Moment vermisste er Tom noch mehr. Tom hätte gewusst, was zu sagen war – er hätte seinen Dad weggeschickt und alles so elegant geregelt, dass es keine Szene gegeben hätte und niemand allzu verärgert gewesen wäre. Er hätte auch ohne lange Erklärungen gewusst, was Sam brauchte – so war es zwischen ihnen gewesen. Auch bei Amy – Sam hatte Tom für die Trennung von Amy nicht verurteilt und ihn nicht zu Erklärungen gedrängt. Er hatte angenommen, dass Tom einfach Zeit brauchte.

»Bitte«, stieß Sam hervor. »Bitte geh.«

Sein Vater fuhr sich mit der Hand über den Kopf. »Gut, wenn du das willst, natürlich. Ich dachte nur, wir könnten vielleicht miteinander reden.« Sam kniff die Augen zusammen, und sein Vater fuhr eilig fort. »Ich wollte sehen, ob es dir gut geht, nachdem, du weißt schon …«

»Was, und dafür hast du dir meinen *Hochzeitstag* ausgesucht? Weil es der perfekte Moment für eine Aussprache ist? Weil ich heute nichts anderes zu tun habe?« Er wandte sich schwer atmend ab, stellte sich an den Rand der Terrasse und stützte die Hände auf die hüfthohe Steinmauer.

»Na ja, ich bekomme nicht viele Einladungen, Sam«, rechtfertigte sich sein Vater.

Sam lachte hohl und blickte immer noch auf die Skyline von London, der Stadt, die er dank Durchhaltevermögen und Entschlossenheit zu seiner Heimat gemacht hatte. »Und natürlich wirfst du das mir vor«, sagte er seufzend. Und es war so offensichtlich, so verdammt vorhersehbar, dass ein Teil seiner Wut verebbte und einem Gefühl von Niedergeschlagenheit wich.

»So habe ich das nicht gemeint«, sagte sein Vater schnell.

»Ach nein? Du findest wohl immer eine Ausrede.«

Einen Moment lang herrschte Schweigen, und Sam hatte keine Lust, es zu füllen.

»Ich gehe«, sagte sein Vater.

»Gut.«

»Ich werde … Gut. Okay. Also dann, herzlichen Glückwunsch und alles.«

Sam hörte die Schritte seines Vaters, hörte das Knarren des Bodens, als er durch die Terrassentüren trat. Erst dann drehte er sich um und sah ihm hinterher. Ein bitteres Gefühl stieg in seiner Kehle hoch. Aber was hätte er sonst tun sollen? Sie würden sich nie aussprechen und Frieden schließen – keine Chance. Hatte seine Mutter das etwa geglaubt? Dass sie sich aussprechen und bei der Hochzeit zusammen lachen und scherzen würden? Sie begriff es nicht. Es hatte keinen Sinn, wenn Sam versuchte, sich mit seinem Vater zu versöhnen – denn nachher würde er nur wieder enttäuscht werden.

Er rieb sich das Gesicht, dann wandte er der Terrasse – und der einsamen Bierflasche – den Rücken zu. Er ging an dem Raum vorbei, der für den Empfang unmittelbar nach der Trauung hergerichtet war – hierher würden die Gäste geleitet werden, sobald Jessica und er offiziell den Bund der Ehe geschlossen hatten. Der Raum hatte weiße Wände, und schwarze Säulen ragten in das Deckengewölbe. Noch ein Kronleuchter – das Hotel schien eine Vorliebe für sie zu haben – und überall Blumen. Mein Gott, es musste einer gigantischen Organisation bedurft haben, das alles zu planen. Davon hatte er nicht viel mitbekommen. Aus den Hochzeitsvorbereitungen hatte er sich weitestgehend herausgehalten – er wusste nicht einmal sicher, wie die Menüfolge für das Abendessen aussah. Jessica hatte allerdings ein ganzes Team um sich gehabt – und seine Hilfe nicht benötigt. Ein Team, das von Cassie angeführt wurde – und bei dem Gedanken an sie schnürte sich seine Brust zusammen.

Er blieb stehen und betrachtete das Treiben in dem Raum, das Durcheinander, das dort herrschte, verglichen mit der Stille im Rest der Etage. Um einen Ecktisch hatte sich eine Menschentraube gebildet, und Sam erschrak, als er Jessica dort entdeckte. Sie hätte gar nicht hier sein sollen – sondern im Spa, umgeben von bewundernden Brautjungfern, wo ihrem Make-up der letzte Schliff verliehen wurde oder was auch immer.

Er wich zurück, beobachtete sie jedoch weiter. Sie sah umwerfend aus, seine Mum hatte recht. Ihr kastanienbraunes Haar war zum Teil hochgesteckt, zum Teil fiel es ihr offen über die Schultern und betonte ihre hohen Wangenknochen. An ihrem Hinterkopf waren weiße Blumen in die Locken gesteckt. Das trägerlose Kleid war hinten geschnürt, eine wundervolle Mischung aus sexy und sittsam. Ihre geröteten Wangen verliehen dem starken Make-up, das sie trug, einen natürlichen Schimmer, während sie mit einer Hotelangestellten diskutierte und wild gestikulierte. Sein Herz begann so heftig zu klopfen, dass es ihm unangenehm war.

Er wich noch einen Schritt zurück, aber zu spät – Jessica drehte sich um und sah ihn in der Tür stehen. Sie lächelte sanft und zog die Augenbrauen hoch. Er wusste, was sie meinte – er sollte nicht dort sein. »Ist alles in Ordnung?«, fragte sie tonlos.

Aber Beth, eine der Brautjungfern, sah ihn ebenfalls und kam herüber, um ihn fortzuscheuchen. Er nahm es dankbar zum Anlass, Jessicas Frage nicht zu beantworten.

Beth gab sich damit zufrieden, dass er ging, und machte kehrt, um Jessica bei den letzten Vorbereitungen zu helfen. Sam warf noch einen Blick über seine Schulter und blieb wie vom Donner gerührt stehen.

Cassie.

Dort, in diesem Zimmer war *Cassie*. Sie stand in einer anderen Ecke als Jessica, sodass er sie zunächst nicht bemerkt hatte. In schwarzem Blazer und schwarzer Hose fiel sie zwischen dem Hotelpersonal gar nicht auf.

Selbstverständlich war sie dabei. Selbstverständlich kümmerte sie sich um die Vorbereitungen und alles. Aber irgendwie hatte er erwartet, dass sie sich nach allem, was sie bei ihrer letzten Begegnung zu ihm gesagt hatte, zumindest heute im Hintergrund halten würde.

Sam blieb wie angewurzelt stehen, als Jessica den Raum durchquerte, um mit Cassie zu sprechen, und nach Cassies Händen griff. Er stellte fest, dass er Cassie beobachtete, nicht Jessica. Ihr blondes Haar war zu einem niedrigen, dünnen Pferdeschwanz zusammengebunden und ihr Gesicht ein wenig blass. Sie trug kein Make-up – auffällig im Vergleich zu Jessicas Aussehen. Sie wirkte … irgendwie zerbrechlich, zu dünn. Und winzig. Warum war ihm bis jetzt nie aufgefallen, wie klein sie war? Er hatte sie nie als »klein« empfunden, weil sie in jedem Raum, den sie betrat, funkelte. Sie erstrahlte, besonders in Toms Nähe. Und vor langer Zeit hatte er sich eingebildet, sie auch in seiner Nähe erstrahlen zu sehen. Bevor er es zerstört hatte – und damit auch ihre Freundschaft. Aber jetzt war da kein Funkeln mehr, die Cassie, die er kannte, war einem winzigen, zerbrechlichen Geschöpf gewichen. Er wäre so froh, wenn er wüsste, wie er das wieder in Ordnung bringen könnte, bei ihrem Anblick tat ihm buchstäblich das Herz weh. Wenn er wüsste, was er ihr sagen könnte, wenn er sie einfach umarmen und ihr versprechen könnte, dass alles gut würde, irgendwie.

Aber der Versuch würde bei ihr nicht gut ankommen. Er konnte einfach nichts tun, und nach dem letzten Mal war er zu feige, ihr noch einmal gegenüberzutreten. Also wandte er sich ab.

Als er zurückkam, war seine Mutter nicht mehr in seinem Zimmer. Wahrscheinlich wollte sie ihm etwas Freiraum lassen. Er ging zum Frisiertisch und zog den Stuhl hervor, um sich darauf niederzulassen und zu warten, bis es so weit war. Doch dann sah er etwas, das ihn erstarren ließ. Das Samtkästchen mit den Eheringen. Es lag in einer Ecke des Tisches. Er erinnerte sich, dass seine Mutter sich darum gekümmert hatte. Offenbar hatte sie es für ihn hiergelassen. Er öffnete die Schachtel und starrte auf die beiden goldenen Ringe. Tom hätte sie ihm bei der Trauung reichen sollen.

Langsam stellte er die Schachtel wieder auf den Tisch und betrachtete sich im Spiegel. Er dachte an Jessica, die dort unten stand und wunderschön aussah. An ihren Vater, seinen Chef, der bereit war, ihn als Schwiegersohn in die Familie aufzunehmen und ihn auf die Übernahme des Familienunternehmens vorzubereiten. Jessica hatte bereits angedeutet, wie sehr sie sich Kinder wünschte, und zweifellos würden sie nicht lange auf sich warten lassen – zwei Kinder, ein gut bezahlter Job, ein Haus in London. Dann dachte er an *seinen* Vater, der sich als Versager erwiesen hatte. An seine Mutter, die ständig von dem Mann enttäuscht worden war, den sie geheiratet hatte.

An Tom, der durch einen Fehler von ihm tot war. Weil Sam es nicht fertiggebracht hatte, seinen Scheiß auf die Reihe zu kriegen. An Cassie, die seinetwegen ihren Bruder verloren hatte.

Himmel, er bekam keine Luft. Keuchend versuchte er, die Fliege um seinen Hals zu lösen. Und in dem Moment wusste er, dass er es nicht konnte.

Er konnte Jessica nicht heiraten.

KAPITEL ELF

Sam griff hastig nach seinen Sachen, die im Hotelzimmer verstreut lagen, und stopfte sie in die braune Reisetasche. Zum Glück hatte er nicht so viel dabei – die Flitterwochen waren für den Sommer geplant und nicht direkt nach der Hochzeit. Er riss sich seine Fliege vom Hals und fühlte sich sofort besser, als er sie außer Sichtweite unten in seiner Tasche verstaut hatte. Als Letztes nahm er sein Handy vom Nachttisch. Dann zögerte er. Was tat er da? Das war verrückt. Es bedeutete das Ende für Jessica und ihn; danach würde es kein Zurück mehr geben. Und er musste sich von seinem Job verabschieden; nachdem er die Tochter des Chefs sitzen gelassen hatte, war seine Zukunft in der Kanzlei gelaufen. Er warf noch einmal einen Blick auf die Eheringe auf dem Frisiertisch und spürte, wie sich seine Brust zusammenzog.

Nein. Er konnte das nicht. Er konnte nicht zum Traualtar schreiten, wenn Tom ihn nicht dabei coachte. Es war ganz furchtbar, sie so zu verlassen. Aber er war ein ganz furchtbarer Mensch, und es war besser, wenn Jessica es jetzt erfuhr – besser, er verschwand aus ihrem Leben, solange es noch möglich war, statt sie später zu enttäuschen wie sein Vater seine Mutter.

Mit leicht zittrigen Fingern von dem Adrenalin, das durch seinen Körper schoss, entsperrte er sein Handy und tippte eine Nachricht.

Ich kann das nicht. Es tut mir so leid. Es ist das Beste so.

Er schickte sie ab, bevor er förmlich aus dem Zimmer floh, und ließ die Ringe auf der Kommode liegen. Jessica konnte sie verkaufen, das Geld zurückbekommen und die Hotelrechnung begleichen. Er verzog das Gesicht zu einer Grimasse. Es würde nicht wiedergutmachen, was er getan hatte. Doch das hielt ihn nicht auf, brachte ihn nicht dazu, umzukehren. Er nahm die Treppe hinunter ins Erdgeschoss – der Aufzug war zu riskant.

Ohne nachzudenken, stürmte er in die Hotellobby, das Blut pulsierte in seinem Kopf, er musste von hier weg. Das war sein einziger Gedanke. Raus hier. Er hielt den Kopf gesenkt, starrte auf den Art-déco-Fußboden und sah nicht zu dem roten, runden Sofa in der Mitte des Empfangsbereichs hin, falls dort jemand saß, den er kannte. Fuck, er trug noch den Smoking. Er kramte in seiner Reisetasche – bekam ein schlechtes Gewissen, als ihm einfiel, dass Jessica ihn für ihn gekauft hatte – und holte ein Sakko heraus, das er zur Tarnung darüberzog.

Auf halbem Weg durch die Empfangshalle, direkt neben dem roten Sofa, hörte Sam ihre Stimme. Er war überrascht, wie schnell er sie erkannte, wie vertraut sie ihm war. Abrupt blieb er stehen. Wie erstarrt, als könnte er allein dadurch, dass er sich bewegte, Aufmerksamkeit auf sich lenken.

»Alles ist vorbereitet und bereit«, sagte Cassie. »Ab hier kann Josh problemlos übernehmen.« Er sah sich verstohlen um und entdeckte sie zu seiner Linken, auf der anderen Seite des Sofas, neben einer riesigen Zimmerpflanze. Sie stand mit dem Rücken zu ihm und sprach mit zwei Männern – einem älteren mit schütterem Haar und einem drahtigen Rotschopf.

»Und ich mach das gern«, sagte der Rotschopf. »Cassie hat mich über alles auf dem Laufenden gehalten.«

Cassie wollte sich also aus dem Staub machen. Genau wie er.

Obwohl es in ihrem Fall verständlich war. Er ging langsam weiter, nahm jeden Schritt ganz bewusst wahr. In der Lobby war es voll gewesen, als er und Jessica gestern eingecheckt hatten – wo waren die ganzen Leute, wenn man sie brauchte, um sich hinter ihnen zu verstecken?

»Also, mir gefällt das nicht, dass Sie gehen.« Vermutlich war das der ältere Mann, aber Sam blickte sich nicht um, um sich zu vergewissern. »Das sind äußerst wichtige Gäste – der Vater der Braut ist der Inhaber einer Londoner Anwaltskanzlei. Hier darf nichts schiefgehen.« Als er daran erinnert wurde, was er hinter sich ließ, verzog Sam das Gesicht. Wie hatte er es nur geschafft, alles derart in den Sand zu setzen?

»Auch wenn es Sie überrascht, habe ich nicht vor, etwas schiefgehen zu lassen«, bemerkte der Rotschopf trocken. »Und was Hochzeiten angeht, bin ich die erste Liga, glauben Sie mir. Sie können sich auf mich verlassen, Sir.« In dem »Sir« lag ein Hauch von Ironie.

»Sie können nicht gehen, Cassie.« Die Aussage war endgültig. »Sie sind die Eventmanagerin, und das hier ist ein Event. Außerdem haben Sie den Kunden akquiriert – und das ist oben nicht unbemerkt geblieben.«

»Gut«, sagte Cassie erschöpft. Sam hätte sich gerne umgedreht, um ihren Gesichtsausdruck zu sehen. Aber er gab dem Drang nicht nach. Die gläserne Doppeltür war direkt vor ihm, bald würde er draußen sein, frei. »Hören Sie, ich bin gleich wieder da, aber ich brauche eine kurze Pause. Bitte. Es ist … Der Mann, der da heiratet, hat meinem Bruder sehr nahegestanden, und ich …«

»Cassie, in den letzten Monaten habe ich viel Nachsicht gezeigt, weil ich von Ihrem Verlust wusste, aber Sie können das nicht ewig als Ausrede benutzen.«

Himmel, was für ein Idiot. Sam spürte, wie sein Beschützerinstinkt für Cassie erwachte, und sein Schritt geriet ins Stocken. Ein Teil von ihm wollte zurückgehen und dem Kerl sagen, dass das keine Ausrede war, dass er offensichtlich keine Ahnung hatte, wovon er sprach, dass er Cassie ihre verdammte Pause gönnen sollte. In ihrer Jugend hatte Sam unzählige Male eingegriffen, wenn Tom nicht in der Nähe gewesen war und jemand Cassie geärgert hatte.

In diesem Moment kam ein älteres Ehepaar durch die Glastüren, und Sam trat zur Seite, um sie vorbeizulassen. Während sie quälend langsam das Gebäude betraten, konnte er es nicht verlassen. Sein Körper verkrampfte. Er hörte nicht, was Cassie antwortete, nahm aber an, dass sie etwas erwidert hatte, denn er hörte, wie der Mann mit nervtötender, nasaler Stimme sagte: »Gut, dann wäre das ja geklärt. Sie haben fünf Minuten, mehr nicht.«

Als die Türen hinter dem älteren Paar zufielen, riskierte Sam einen Blick zurück. Cassie stand nicht mehr bei den beiden Männern, und Sam spürte, wie sich seine Schultern entspannten – sie war weg. Doch dann: »Sam?«

Als er seinen Namen hörte, fuhr sein Kopf automatisch herum. Irgendwie war Cassie plötzlich hinter ihm und kam direkt auf ihn zu.

Mist. *Mist!*

Es hatte keinen Sinn, so zu tun, als hätte er sie nicht gesehen. »Hey, Cass. Wie geht's? Du hast, ähm, einen tollen Job gemacht.« Er bemühte sich, locker zu klingen, als wäre es keine große Sache, von ihr erwischt zu werden, als bräuchte er nur einen Moment frische Luft. Locker bleiben. Aber er hörte, dass es nicht funktionierte: Die Worte klangen zu angestrengt, und ihm war heiß in seinen zwei Jacketts, während sie ihn musterte.

Unwillkürlich warf er einen Blick zurück – hatte Jessica die Nachricht schon erhalten? Würde sie herunterkommen und nach ihm suchen? Himmel, er musste hier weg. Was hatte er sich nur dabei gedacht, so herumzutrödeln?

»Sam«, sie sprach seinen Namen betont aus, bevor sie stutzte. Sie öffnete den Mund, offensichtlich auf der Suche nach Worten – immerhin sahen sie sich zum ersten Mal seit Monaten. Dann schloss sie ihn wieder und blickte zwischen seinem Gesicht und der Tasche in seiner Hand hin und her. Dann in Richtung Ausgang. Sie kniff die Augen zusammen, und das sonst so warme Braun wurde hart. »Was machst du?«

»Ich bin … Nichts, ich bin …« Doch wenn sie ihn so ansah, konnte er nicht denken und zappelte herum – Missbilligung und Empörung zeichneten sich deutlich auf ihrem Gesicht ab. Seine Handflächen kribbelten vor Hitze. Verdammt, warum fiel ihm keine Ausrede ein? Was war ein Grund, dass er mit der Tasche in der Hand aus dem Hotel rannte, immer noch in seinem Smoking?

»Du gehst?« Natürlich rechnete sie bei ihm sofort mit dem Schlimmsten, das war klar. Aber womöglich hatte sie ja recht damit, denn er tat das Schlimmste, oder etwa nicht? Und außerdem hatte sie ihn schon immer durchschaut. Ihr hatte er nie etwas vormachen können, so wie anderen Leuten. Es war also nur logisch, dass sie sofort begriff, was er vorhatte. Das hielt ihn jedoch nicht davon ab, es zu leugnen.

»Nein«, sagte er schnell, »ich bin nur …«

»Doch«, sagte Cassie in bissigem Ton. »Du verlässt Jessica. Jetzt? Du lässt sie ernsthaft am Tag eurer Hochzeit sitzen?« Sie sprach zu laut. O Gott. Wenn sie so weitermachte, würden der Idiot und der Rotschopf sie hören und das ganze verdammte Hotel alarmieren. Er handelte instinktiv, packte sie an der

Schulter, ließ auch nicht los, als sie versuchte, sich ihm zu entwinden, und zog sie durch die Flügeltüren hinaus auf den Bürgersteig.

Er ignorierte ihre Protestlaute und hielt sie weiter fest, während er sich von den weißen Säulen des Hotelgebäudes entfernte und außer Sichtweite und in Sicherheit brachte.

»Lass mich los!« Sie schaffte es, seine Hand abzuschütteln, ihre Augen blitzten.

Er fuhr sich mit der Hand durchs Haar und stellte fest, dass er nicht einmal die Kraft aufbrachte, sie anzulügen. Bald würden es ohnehin alle erfahren.

»Ich kann das nicht durchziehen«, gab er unumwunden zu.

Sie starrte ihn an, als wartete sie darauf, dass er noch etwas sagte. »Ist das dein Ernst? Du willst einfach so abhauen? An deinem Hochzeitstag? Wer macht denn so was?«

»Ich kann sie nicht heiraten.« Seine Stimme hatte jetzt einen flehenden, panischen Unterton – er wollte unbedingt, dass sie das verstand. Auch wenn er wusste, dass sie es nicht verstehen würde – natürlich nicht, wie könnte sie? Wie sollte das irgendjemand verstehen? Aber schon jetzt fühlte sich die Entscheidung unumkehrbar an, er wusste, dass er sie nicht mehr rückgängig machen konnte und wollte.

Ihre braunen Augen glühten wie brennende Kohle. Wieder einmal dachte er an das, was sie an dem Abend bei Linda zu ihm gesagt hatte. *Wenn du nicht so dumm gewesen wärst, so selbstsüchtig, dann wäre Tom vielleicht noch am Leben.* Und sie hatte ja recht, oder nicht? Es war alles seine Schuld. Er hatte zu viel gefeiert, das Wesentliche aus den Augen verloren und seinen besten Freund im Stich gelassen. Wäre er mitgekommen, hätte er den Sturz verhindern können, aber er war nicht da gewesen. Cassie hatte also recht, ihn so anzusehen. Und wenn alle anderen herausfanden, dass er Jessica verlassen hatte, würden sie ihn ebenfalls so ansehen, und auch sie hätten recht mit ihrem Urteil.

Einen Moment lang sah es so aus, als wollte sie ihn zum Bleiben bewegen. Doch dann schüttelte sie den Kopf, und das Feuer in ihren Augen erlosch. »Die Leute haben immer gesagt, du wärst wie Tom«, sagte sie jetzt leise, ihre Stimme kaum mehr als ein Flüstern. »Du und er, die mutigen Jungs, die sich auf Abenteuer begeben. Das Zweigespann.«

Er erinnerte sich daran – jeder in ihrem Dorf hatte es auf die eine oder andere Art gesagt, dann jeder in der Schule, all ihre Lehrer. Linda, seine Mutter, sogar Claire. Auch an der Uni waren sie die Verrückten, die Stunts machten, von denen niemand sonst zu träumen wagte.

»Aber sie haben sich getäuscht. Du bist überhaupt nicht wie Tom. Er war brillant, mutig und freundlich, und du …« Sie spuckte das letzte Wort aus und zog die Schultern hoch. »Du bist ein Feigling – und das warst du schon immer.«

Er zuckte zusammen, widersprach aber nicht. Sie hatte recht – er war ein Feigling. Er war damals feige gewesen, vor all den Jahren, als er vor ihr weggelaufen war, weil ihm die Gefühle nicht gefielen, die sie in ihm auslöste. Weil er nicht riskieren wollte, sich in sie zu verlieben, die Freundschaft mit Tom nicht aufs Spiel setzen und sie nicht verletzen wollte. Und er war noch immer feige, unfähig, sich dem zu stellen, was mit Tom geschehen war, und seinem Anteil daran. Unfähig, eine Hochzeit durchzuziehen, in die er eingewilligt hatte. Und in dem Moment fiel ihm nichts zu seiner Verteidigung ein. So konnte er nur zusehen, wie Cassie sich von ihm abwandte und wegging, so, wie sie es vor fünf Jahren getan hatte, ihr blonder Pferdeschwanz schwang hin und her, die Schultern waren hochgezogen. Von der Zerbrechlichkeit, die er oben gesehen hatte, war nichts mehr zu spüren, sie war ihrer Wut gewichen.

Du bist ein Feigling.

Ja, das war er. Genau wie sein Vater. Er war ein Nichts, und das Beste, was er jetzt tun konnte, war, dafür zu sorgen, dass er niemanden mit sich in den Abgrund riss.

KAPITEL ZWÖLF

Robert blickte über seine Hakennase auf Cassie hinunter, die an ihrem Schreibtisch saß und im Kalender blätterte. Ein Papierkalender, den Josh ihr zu Weihnachten geschenkt hatte, weil er wusste, dass sie viel lieber in einen echten Kalender schrieb als in einen Computerkalender. Er war aus Recyclingpapier, was bewies, wie gut Josh sie kannte.

»Ich weiß nicht, was wir tun können«, sagte Cassie. »Der Gobelinsaal ist an dem Tag bereits ausgebucht. Die anderen Räume sind zu klein für eine Veranstaltung dieser Größe, und wir können nicht …«

»Das ist nicht die Antwort, die ich hören will, Cassie«, entgegnete Robert knapp und lehnte sich näher zu ihr. Sie roch Pfefferminz, was ihr normalerweise nicht unangenehm gewesen wäre, bei ihm aber zu intensiv war. Vor allem in Kombination mit dem leicht feuchten Geruch, den er heute an sich hatte – verständlich vielleicht, angesichts des typischen Nieselregens Anfang April, aber nicht gerade angenehm. Er beobachtete sie aus seinen dunklen Augen über den Computerbildschirm hinweg – aus dieser Nähe konnte sie deutlich den zurückweichenden Haaransatz sehen, den er mit teuren Frisuren und Produkten zu verbergen versuchte.

Das ist nicht die Antwort, die ich hören will. Klar, sie sollte einfach einen zusätzlichen Veranstaltungsraum herbeizaubern. Dabei hatte er sie überhaupt erst in diesen Schlamassel gebracht –

er hatte die Termine durcheinandergebracht und einem Gast gesagt, das Hotel könne auf jeden Fall seinen fünfzigsten Hochzeitstag ausrichten, obwohl die Veranstaltungsräume ausgebucht waren. Nicht, dass sie das je laut sagen würde.

Aus dem Augenwinkel nahm Cassie wahr, wie Josh sie von seinem Schreibtisch auf der anderen Seite des kleinen Büros ansah, aber sie wagte nicht, den Blick zu erwidern. Cassie holte tief Luft und versuchte, sich zu beruhigen, obwohl sich ihr Magen vor Angst verkrampfte. Erneut ging sie die Veranstaltungsliste für das entsprechende Datum durch, aber mit demselben Ergebnis wie beim ersten Mal – sie waren ausgebucht.

»Es tut mir leid, Robert«, versuchte sie es erneut. »Wir könnten sie am Elften unterbringen, denke ich.« Sie blätterte in ihrem Terminkalender.

»Das genügt nicht«, schnauzte er, wandte sich ab und lief in dem kleinen Raum auf und ab. Josh und Cassie waren die einzigen beiden Vollzeitangestellten des Eventteams und teilten sich ein winziges Büro, das für ein Fünf-Sterne-Hotel überraschend trist war. Es hatte mit den schlichten weißen Wänden und dem beigen, leicht ausgefransten Teppich nichts von dem Art-déco-Stil des Hotels und befand sich im Kellergeschoss, weshalb nur wenig natürliches Licht hereinfiel. In den drei Jahren, die sie hier arbeitete, hatte Cassie versucht, das Büro etwas schöner zu gestalten, und ein paar Kakteen gekauft, die Josh Rosie und Jim getauft hatte. Außerdem hatte sie einige Bilder aufgehängt, aber sie konnte nicht leugnen, dass sie wesentlich lieber bei den Veranstaltungen mitwirkte, als hier unten zu sitzen.

»Wir müssen die Geburtstagsfeier der Spaldings verschieben«, fuhr Robert fort.

Cassie runzelte die Stirn. »Aber die Spaldings feiern jedes Jahr hier.«

»Genau. Darum werden sie eher bereit sein, die Feier zu verlegen.«

»Aber …«

»Es reicht, Cassie. Meine Entscheidung steht fest. Diese Hochzeitstagfeier dürfen wir uns nicht entgehen lassen – der Gast ist ein Londoner Bauunternehmer, und wenn es gut läuft, könnte sich das für uns auszahlen. Hier ist Geschäftssinn gefragt.« Er sah ihr noch einmal scharf in die Augen, dann drehte er sich um und entschwand aus dem Raum. »Machen Sie es einfach möglich«, rief er ihr noch zu, bevor er die Tür schloss.

Cassie stöhnte. »Was sollen wir jetzt tun?«

Josh zuckte mit den Schultern. »Da können wir nicht viel tun. Lass es nicht an dich heran – das hat er verbockt, nicht du. Sprich mit den Spaldings, ob sie bereit sind, die Feier zu verlegen – hoffentlich lassen sie sich darauf ein.«

»Leichter gesagt als getan«, murmelte Cassie. »Es ist einfach nicht fair den Spaldings gegenüber. Und sie reisen extra aus Schottland an.«

»Ja, aber – wie gesagt – es ist nicht deine Schuld.«

»Sie werden aber denken, dass es meine Schuld ist, denn Robert wird die Erklärung sicher mir überlassen.«

»Ich werde es ihnen erklären«, sagte Josh lässig. Cassie öffnete den Mund, um etwas zu sagen, aber in dem Moment klingelte das Telefon, und Josh nahm mit seiner sanften Kundenstimme ab. Josh hatte leicht reden – er machte den Job hier nur vorübergehend, um seinen Master in Grafikdesign zu finanzieren, nach dem er zweifellos das Eventgeschäft aufgeben und seinen Traumjob anstreben würde. Aber für Cassie ging es hier um ihre

Karriere. Für sie war es wichtig, was die Gäste von ihr hielten und wie die Veranstaltungen liefen.

»Cassie?« Sie blickte zu Josh hinüber und sah, wie er auf das Telefon in seiner Hand deutete. »Es ist Linda für dich.«

Cassie stutzte. Linda rief sie bei der Arbeit an? Mit einem mulmigen Gefühl nahm sie den Hörer ihres Bürotelefons ab. »Hey, Linda. Ist alles in Ordnung?« Es war schwer, nicht panisch zu klingen; wenn sie jemand anrief, nahm sie neuerdings unwillkürlich das Schlimmste an.

»Hallo, Cassie, Süße, ja, alles okay. Tut mir leid, wenn ich dich erschreckt habe. Ich hatte es auf deinem Handy versucht, aber ich bin nicht durchgekommen.«

»Oh, entschuldige, bei der Arbeit habe ich es auf lautlos gestellt.«

»Vernünftig«, räumte Linda ein. »Und, wie geht's, alles in Ordnung bei dir?« Lindas Stimme klang zu hoch, und Cassie wusste, dass diese Frage nur der Einleitung diente – Linda rief sie nicht ohne Grund bei der Arbeit an.

»Was ist los, Linda?«, fragte sie ohne Umschweife. »Ist etwas passiert?«

»Nun, es ist nur …« Linda zögerte, und Cassie spürte, wie ihr Griff um den Hörer fester wurde. So schlimm konnte es nicht sein. Linda klang nicht am Boden zerstört, nur nervös. Sie versuchte zu atmen und spürte, wie Josh sie von seiner Seite des Büros aus beobachtete. Vielleicht erinnerte er sich auch an das letzte Mal, als sie einen Anruf wie diesen bekommen hatte. »Ich dachte nur, du solltest es wissen …«

»Was sollte ich wissen?« Cassie wollte nicht ungeduldig klingen, aber sie konnte nicht anders.

»Ja, entschuldige. Es geht um den Pub.«

»Um den Pub? Was ist mit dem Pub?«

»Er ist … Ich muss ihn verkaufen.«

»Ihn verkaufen?«, fragte Cassie ungläubig, woraufhin Josh erneut zu ihr hinübersah. Sie gab ihm mit einer Geste zu verstehen, dass sie ihn später aufklären würde.

Damit hatte sie nicht gerechnet. Linda liebte diesen Pub. Er war ihr Baby. Sie hätte sich nie vorstellen können, dass sie ihn verkaufte – und es auch nicht gewollt. Mit dem Pub verband Cassie mehr Erinnerungen als mit Claires Haus. Erinnerungen an ihre Kindheit – und an Tom.

»Ja, tut mir leid, ich kann es nicht so gut erklären.« Linda klang nervös, und das kam sonst nie vor. »Wir hatten einen Rohrbruch, und der Pub stand unter Wasser.«

»Unter Wasser?«, wiederholte Cassie fassungslos.

»Ja. Letzte Woche. Es war ein Albtraum – das Erdgeschoss ist buchstäblich abgesoffen. Ich musste mit Gummistiefeln in die Küche waten, um mich zu vergewissern, dass der Strom abgestellt war.« Linda lachte leise, als wollte sie die Sache herunterspielen, aber Cassie hörte, wie angestrengt es klang.

»Letzte Woche?«, wiederholte Cassie, der klar wurde, dass sie wie ein Echo klang. »Warum hast du nichts gesagt? Ich hatte gestern frei – ich wäre gekommen, um dir zu helfen.«

»Das weiß ich, Süße«, sagte Linda sanft. »Aber ich wollte erst meine Gedanken sortieren, bevor ich dich damit belaste.«

Ihn verkaufen, hatte sie gesagt. Aber … »Aber lässt sich das nicht einfach … reparieren? Erst das Rohr und dann der Bodenbelag? Du musst vielleicht für eine Weile schließen, aber du bekommst den Laden sicher wieder zum Laufen.«

»Nun, die Sache ist die«, sagte Linda langsam, »dass ich mir das nicht leisten kann.« Sie seufzte. »Ach, Cassie, Süße, ich habe einfach nicht das Geld. Ich habe mich gerade so über Wasser gehalten, und ich dachte, wir hätten die Kurve gekriegt, ich könnte es schaffen, aber das … Davon kann ich mich nicht erholen. Ich habe kein Geld für die Renovierung, und ich kann mir nicht noch mehr leihen. Die Bank hat mir bereits eine Aufstellung meiner Schulden geschickt – als ob das nötig wäre.« Cassie erinnerte sich an die Briefe, die sie nach Weihnachten gesehen hatte. Sie hatte sie natürlich vergessen, sie war zu sehr mit anderen Dingen beschäftigt gewesen, aber jetzt sah sie wieder den Vermerk *Dringend* vor sich. »Mir bleibt also eigentlich nichts anderes übrig«, endete Linda.

Cassie drückte ihre freie Hand gegen den Kopf und versuchte zu denken. »Wie viel würde es kosten, den Schaden durch den Rohrbruch zu beheben?«

Linda zögerte. »Ungefähr dreißigtausend, denke ich.«

»Dreißigtausend?«, rief Cassie, woraufhin Josh erneut zu ihr hinübersah. Aber im Ernst – was war mit den verdammten Rohren passiert? »Entschuldige«, sagte sie schnell, wohl wissend, dass ihr entsetzter Ausruf nicht gerade hilfreich war. »Aber hör zu, das ist nicht völlig ausgeschlossen. Selbst wenn du keinen Kredit bekommst, muss es doch eine Möglichkeit geben, so viel Geld aufzutreiben. Wir lassen uns etwas einfallen. Ich helfe dir.«

Linda stockte so lange, dass Cassie begriff, dass da noch etwas war. »Ein Bauunternehmer hat mir ein Angebot für das Haus gemacht.«

»Schon? Du sagtest doch, es sei erst letzte Woche passiert.«

»Ja, aber die schnüffeln schon eine Weile hier herum – sie haben wohl gewusst, dass es mir nicht so gut geht.«

»Nimm das Angebot nicht an, hörst du?«, sagte Cassie schroff.

»Cassie, Süße, ich bin nicht in der Position …«

»Bitte, Linda. Warte einfach … Warte, okay? Gib mir wenigstens Zeit zum … Nachdenken.« Die Bürotür schwang auf, und Robert kam herein. Cassie erschrak. »Tut mir leid, Linda, ich muss Schluss machen«, sagte sie schnell und sah auf den Schreibtisch, als sie Roberts Blick auf sich spürte. »Aber ich rufe dich später zurück.« Sie hörte, wie Josh Robert zu sich rief und versuchte, ihn abzulenken. »Ich kläre das, okay?«

»Ich hoffe, das war kein Privatgespräch, Cassie«, sagte Robert, sobald sie aufgelegt hatte. Cassie schien es sicherer, darauf nicht zu antworten. Robert nahm einen Stift von Joshs Schreibtisch und tippte damit gegen die Rückseite von Joshs Monitor. Voller Widerwillen beobachtete Josh Roberts Hand mit dem Stift.

»Die Schatzsuche zu Ostern«, wollte Robert wissen. »Wie weit sind wir damit?«

Cassie warf Josh einen panischen Blick zu. »Ich bin dran«, sagte Josh leichthin.

Robert hörte kurz auf, mit dem Stift zu tippen, und blickte zu Cassie hinüber. »Aber das machen Sie doch jedes Jahr.« Cassie bemühte sich um eine neutrale Miene.

»Nun«, sagte Josh, »dieses Jahr ist es an mir. Ich bin sicher, alles wird gut gehen.«

Robert wirkte immer noch misstrauisch, setzte jedoch sein Tippen fort. »Gut ist nicht wirklich gut genug. Cassie ist in solchen Dingen besser als Sie.«

»Betrachten Sie es als meine Chance, in meine Rolle hineinzuwachsen«, sagte Josh todernst.

Robert warf ihm einen kurzen Blick zu, dann sah er wieder zu Cassie. »Sie sollten ein Auge darauf haben.«

»Das werde ich«, sagte sie sofort, auch wenn es nicht stimmte. Josh bekam die Schatzsuche hin, da war sie sicher – sie war für Kinder, Herrgott noch mal, und er hatte ihr oft genug dabei zugesehen.

»Gut«, sagte Robert, verließ das Büro und nahm Joshs Stift mit.

Josh sah sie an. »Alles okay?«

Sie nickte. Es war zwar etwas anderes, aber sie musste unwillkürlich an Tom denken, an die Schatzsuchen, die er für sie organisiert hatte, an die, die er sich vor seinem Tod für sie ausgedacht hatte. In den dreieinhalb Monaten, seit sie den ersten Hinweis erhalten hatte, hatte sie es immer noch nicht geschafft, damit zu beginnen, auch wenn sie ständig daran denken musste und sich fragte, was die Hinweise sagten und wohin sie sie führen würden. Was er für sie geplant hatte. Doch das konnte sie Robert nicht erklären. Er erwartete von ihr, dass sie wieder ganz normal funktionierte, und sie tat ihr Bestes, ihm diesen Eindruck zu vermitteln.

»Ich kümmere mich darum«, sagte Josh beschwichtigend. »Mach dir keine Sorgen. Robert kann uns mal – es ist nur eine blöde Schatzsuche.« Er schnitt eine Grimasse. »Ich wollte nicht …«

»Nein. Ich weiß, was du meinst. Und danke.«

Josh zögerte. »Und … Linda?«

Cassie atmete laut aus. »Das ist eine andere Geschichte.« Und sie brachte ihn auf den neuesten Stand.

Als Cassie an diesem Abend nach Hause kam, kochte Hazel gerade das Abendessen, aber dem Qualm und ihrem Fluchen nach zu urteilen, lief es nicht gut. Cassie ging in die Küche und sah eine erstarrte Reismasse in der Pfanne – Hazels Kochkünste waren nicht besser geworden, seit sie mit der Uni fertig waren. Traurig sah sie Cassie an. »Ich habe es versucht.«

»Und darauf kommt es an.«

Hazel hielt eine offene Flasche Weißwein hoch. »Den hatte

ich für das Risotto aufgemacht, doch da ich das vermasselt habe, sollten wir ihn wohl besser trinken, vielleicht schmeckt das Essen dann besser.« Hazel schenkte ihr ein Glas ein, und Cassie nahm es dankend.

»Und?«, fragte Hazel. »Wie läuft es mit Robert?«

»Ganz okay«, log Cassie. »Im Moment ist er sauer, weil ich die Schatzsuche an Ostern nicht organisiere.« Es war nicht dasselbe, sagte sie sich entschieden. Es war nicht dasselbe wie das, was Tom früher gemacht hatte, außerdem war Ostern, nicht Weihnachten.

Hazel beobachtete sie. Etwas zu genau, fand Cassie. »Hast du …« Hazel zögerte und strich sich eine Strähne ihres ebenholzfarbenen Haars hinters Ohr. »Hast du jemals den Hinweis von Tom geöffnet? Den Linda dir gegeben hat?«

Cassie schüttelte den Kopf und blickte auf ihr Risotto, anstatt Hazel anzusehen. »Ich kann mich nicht dazu durchringen.« Einerseits wollte sie es. Wollte wissen, was er geschrieben, was er geplant hatte. Andererseits fürchtete sie sich davor, anschließend in eine Trauerspirale hineinzugeraten.

»Vielleicht solltest du das tun«, sagte Hazel leise. »Es könnte dir helfen …«

»Was? Nach vorn zu schauen?« Cassie versuchte, nicht bitter zu klingen.

»Nein, das nicht. Ich weiß nicht, ob ›nach vorn schauen‹ der richtige Ausdruck dafür ist. Jemanden wie ihn …« Hazel schüttelte traurig den Kopf. »Menschen wie ihn kann man nicht einfach vergessen. Aber es könnte dir bei der Verarbeitung helfen, denke ich. Oder auch nicht.« Sie atmete aus und griff nach ihrem Weinglas. »Du musst das nicht machen. Aber wenn du das willst und mich dabeihaben möchtest, dann bin ich da, okay?«

Den Rest des Risottos aßen sie mehr oder weniger schweigend, und anschließend ging Cassie früh ins Bett. Sie schlief jedoch nicht. Stattdessen nahm sie den Umschlag heraus, den sie in ihrer Nachttischschublade aufbewahrte, damit er im Schlaf neben ihr lag, immer in Reichweite. Sie fuhr mit den Fingerspitzen über den Rand und betrachtete Toms krakelige Handschrift. Sie hatte ihm einmal vorgehalten, die hässlichste Handschrift der Welt zu haben – und er hatte das als Kompliment aufgefasst und behauptet, wenn schon hässlich, dann am besten die hässlichste. Als hätte er eine Art Wettbewerb gewonnen.

Sie überlegte, Hazel zu holen. Aber das erste Mal zu lesen, was er geschrieben hatte, schien ihr ein intimer Moment zu sein.

Und so öffnete sie mit zitternden Fingern den Umschlag. Darin befand sich nicht nur der Hinweis. Da war auch noch etwas anderes, ein kleiner Zettel. Ihr Blick flog zu hastig über die Seite, um die Worte aufzunehmen. Sie holte tief Luft und zwang sich, sie noch einmal langsamer zu lesen.

Frohe Weihnachten, Streifenhörnchen! Bist du aufgeregt? Ich bin aufgeregt. Dieses Jahr wird die Schatzsuche ein ganz besonderer Spaß. Aber damit sich der Wutanfall von 2003 nicht wiederholt, sollte ich dich warnen – dass es dieses Jahr schwieriger werden könnte. Doch du wirst es schon schaffen. Wahrscheinlich. Hoffentlich.

Aber flipp nicht aus, wenn es länger dauert als sonst, okay? Das ist alles Teil meines großen, gemeinen Plans.

Darunter hatte er einen kleinen Cartoon-Mann mit bösen Augen gezeichnet, der die Finger aneinanderstieß, und eine kleine Sprechblase mit »muhahahaha« darin. Cassie schnaubte leise, dann schüttelte sie sich vor Lachen. Es war eine scheußliche

Comiczeichnung. Aber sie wusste, dass Tom darauf genauso stolz gewesen war wie auf seine Handschrift. Sie konnte sich genau vorstellen, wie er sie gezeichnet und den Zettel geschrieben hatte und wie er sie angesehen hätte, wenn sie ihn las. Zweifellos hätte sie ihn böse angefunkelt und wissen wollen, warum es dieses Jahr länger dauern würde – und was ihn dazu veranlasste, sie davor zu warnen. Dann hätte er den Kopf geschüttelt und etwas Nerviges gesagt wie: *Alles zu seiner Zeit, Streifenhörnchen.* Sie konnte tatsächlich hören, wie er es sagte, als wäre er hier bei ihr im Zimmer.

Sie atmete tief durch und legte den Zettel beiseite. Dann griff sie mit hämmerndem Herzen nach dem Hinweis. Dem ersten Hinweis, der die Schatzsuche nach dem allerletzten Geschenk eröffnete, das ihr Bruder ihr machen würde.

KAPITEL DREIZEHN

»Was soll das heißen, du nimmst das Angebot an?«

Cassie hatte entspannt in den Kissen auf ihrem Bett gelehnt, nun fuhr sie erschrocken hoch. Toms Hinweis, den sie gestern Abend geöffnet hatte, flatterte von ihrem Schoß auf die Bettdecke neben sie, und sie fing ihn auf. Seit sie ihn gelesen hatte, ging er ihr immer wieder durch den Kopf. *Diesmal bleiben wir in der Nähe, wagen uns jedoch hoch hinaus* … Er wusste, dass sie Höhen nicht mochte – aber wer mochte die schon? Sie war ziemlich sicher, dass jeder log, der sagte, er habe keine Angst, wenn er von hoch oben auf den Boden hinunterblickte. Ihr Gehirn hatte bei dem Versuch, herauszufinden, wohin Tom sie führen wollte, derart gerattert, dass sie kaum hatte schlafen können. Aber sie versuchte, sich zu konzentrieren und das kurz beiseitezuschieben, weil sie Linda helfen musste.

»Cassie, Süße, ich habe einfach keine andere Wahl«, sagte Linda mit einem Seufzer. Sie klang verschlafen, noch nicht ganz wach – Cassie hatte sie gleich morgens angerufen, und Linda war schon immer eher eine Nachteule gewesen.

»Natürlich hast du eine Wahl. Es gibt immer eine Wahl.« Cassie holte tief Luft. »Hör zu, Linda, es reicht vielleicht nicht ganz, aber ich habe Geld von meinen Eltern geerbt und …«

Die Antwort war nicht überraschend. »Auf keinen Fall, Cassie. Das ist für deine Zukunft, nicht für meine.«

»Aber ich …«

»Nein«, sagte Linda. »Und das ist mein letztes Wort.«

Cassie krauste die Nase, aber sie wusste, wenn Linda einmal eine Entscheidung getroffen hatte, war sie endgültig. Doch während sie darüber nachdachte, wurde ihr klar, dass sie jetzt nicht nur ihr Erbe hatte, sondern auch das von Tom – in seinem Testament hatte er es ihr zugedacht. Es war weniger, als sie erwartet hatte, weniger als ihre Hälfte – doch das war ihr egal. Sie wollte Toms Geld nicht, es würde sich falsch anfühlen, es zu benutzen. Ihr war nur nicht klar gewesen, dass er bereits einen großen Teil seines Anteils ausgegeben hatte, und sie fragte sich einfach, wofür. Warum hatte er ihr nichts davon erzählt?

»In Ordnung«, sagte Cassie. »Wie wäre es, wenn du eine Art Spendenaktion im Dorf veranstaltest?«

»Ich kann das Dorf nicht um Geld bitten, Süße«, gab Linda zurück, und es belastete Cassie, wie erschöpft sie klang.

»Doch, das kannst du! Man würde dir helfen wollen. Wir könnten etwas Musik organisieren, etwas zu essen anbieten, die Leute um Spenden bitten und …«

»Und wo sollen wir das bitte schön machen? Ich kann im Moment niemanden in den Pub lassen – das wäre eine Gefahr für Leib und Leben, sage ich dir, und ich schwöre, da bildet sich bereits Schimmel.« Lindas Stimme brach kaum merklich am Ende des Satzes. Hätte Cassie sie nicht so gut gekannt, hätte sie es überhört, doch der Klang brach Cassie das Herz – Linda liebte diesen Pub. Sie konnte nur ahnen, was es mit ihr machte – tatenlos zusehen zu müssen, wie er unterging. Sie schloss die Faust fester um Toms Hinweis, um dieses kleine Stück Papier, und ihre Fingernägel gruben sich in ihre Handfläche.

»Wir machen es im Rathaus«, sagte Cassie. »Das überlassen sie uns ganz bestimmt umsonst, wenn wir es ihnen erklären.«

Linda schnaubte. »Ich weiß nicht, wie viel Geld uns ein kleines Dorffest einbringen wird, meine Süße.«

»Eben, wir wissen es nicht, oder?«, erwiderte Cassie. »Nicht, ehe wir es versucht haben.«

Linda schwieg.

»Was?«, fragte Cassie. Keine Antwort. »Linda, was ist los?«

Ein Seufzer. »Der Bauunternehmer hat mir bis Ende nächster Woche Zeit gegeben, das Angebot anzunehmen, andernfalls zieht er es zurück.«

»Was? Das können die doch nicht machen! Das ist doch … Erpressung.«

Linda lachte leise. »In der Tat. Aber so läuft das.«

Es war falsch, fand Cassie. Falsch, dass Menschen einen derart unter Druck setzen konnten. »Du darfst ihn nicht irgendwelchen Leuten überlassen«, sagte Cassie in fast flehendem Ton. »Wer weiß, was sie damit anstellen.« Sie konnte den Gedanken nicht ertragen – dass sie ihn abreißen und an seiner Stelle einen beschissenen neuen Wohnblock oder so etwas hinsetzen würden. Lindas Pub war etwas Besonderes, *weil* er alt war. Er hatte eine Geschichte, mit ihm waren Erinnerungen verbunden. Er brauchte Liebe, er musste gepflegt werden – nicht abgerissen.

»Ich will das nicht, Cassie – dieser Pub war mein Leben. Aber wenn so etwas passiert, dann passiert es eben, und manchmal muss man wissen, wenn man verloren hat. Ich führe sowieso einen aussichtslosen Kampf – gegen all diese Ketten. Dorfpubs bringen einfach kein Geld mehr ein.«

Cassie verzog das Gesicht. Sie wusste, dass sich die Zeiten geändert hatten, seit Linda den Pub übernommen hatte, aber der Gedanke gefiel ihr nicht. Sosehr sie auch versuchte, es als unrealistische Träumerei abzutun, hegte sie ganz tief in ihrem Inneren immer noch die Fantasie, einen eigenen Laden auf dem

Land zu eröffnen. Sie wollte nicht, dass Linda aufgab. Es kam ihr wie das endgültige Aus für ihren eigenen Traum vor, als würde es dem vernünftigen Teil ihres Gehirns beweisen, dass es dumm wäre, diesen Weg einzuschlagen.

Linda seufzte, und Cassie konnte sich vorstellen, wie ihr Bob wippte, während sie den Kopf schüttelte. »Ich werde sowieso langsam alt …«

»Du bist nicht …«

»Und diese Geschäftsführer«, ging Linda über Cassies Einwand hinweg, »taugen nie etwas.«

»Weil du ihnen nie eine Chance gibst.« Was stimmte – Linda vertraute niemandem ihren Pub länger als ein paar Tage an.

»Und eine Crowdfunding-Aktion?«, fragte Cassie plötzlich.

»Einer was?«

»Einem Crowdfunding. Es gibt so Websites, auf denen man Details über sein Projekt hochlädt und Leute zum Spenden auffordert.«

»Hmmm, das klingt für mich ein bisschen geldgierig, anderen Leuten das Geld aus der Tasche zu ziehen.«

»Nun, die geben dir kein Geld, wenn sie es nicht wollen – du zwingst niemanden dazu.«

»Trotzdem, ich weiß nicht, was ich davon halte …«

»Du könntest ihnen im Gegenzug auch etwas geben«, fuhr Cassie fort. »Eine Beteiligung am Pub oder so? Ich würde es tun!«, fuhr sie fort und ignorierte Lindas vorhersehbaren Protest. »Wenn der Pub dann viel Geld macht, bekommen sie auch viel, doch darüber hinaus hätten die Spender das Gefühl, Teil von etwas zu sein, verstehst du?«

»Anteile?« So wie sie das sagte, sah Cassie geradezu vor sich, wie Linda bei dem Gedanken, Kontrolle abzugeben, das Gesicht verzog.

»Du müsstest ihnen kein Mitspracherecht einräumen – wie darüber, was du damit machst.«

»Warum sollte jemand dann beteiligt sein wollen?«

Cassie seufzte. »Linda, denk bitte noch einmal darüber nach. Wenn nicht über eine Beteiligung, dann können wir uns etwas anderes einfallen lassen.«

»Gut. Gut, ja, mach ich. Aber in der Zwischenzeit sollten wir über etwas anderes reden, hmm? Wie geht es dir?«

Für den Moment ließ Cassie zu, dass Linda vom Thema ablenkte – aber sie hatte nicht vor, die Sache auf sich beruhen zu lassen. »Mir … na ja, ganz okay, denke ich.« Sie stockte kurz. »Ich habe Toms ersten Hinweis geöffnet.« Sie sah zu dem Zettel auf ihrem Schoß hinunter.

»Ja?« Lindas Stimme änderte sich, wurde kraftvoller. »Was steht darin?« Cassie lächelte ein wenig, wie eindringlich ihre Stimme plötzlich klang. Linda hatte die Schatzsuche immer geliebt. Mehr als einmal hatte Tom Cassie in den Pub geschickt, damit eine strahlende Linda ihr den nächsten Hinweis gab.

Cassie brauchte nicht auf den Zettel zu schauen – sie kannte ihn auswendig.

»Diesmal bleiben wir in der Nähe, wagen uns jedoch hoch hinaus,
ich wollte dich mitnehmen, aber es wurde nichts draus.
Jetzt hoffe ich, dass du mutig alleine kämpfst,
steig in den Himmel und erkunde, was du nicht kennst.«

Linda lachte erfreut. »Wie wundervoll! O mein Gott, die Reime!«

Cassie lächelte wieder. »Ein Jahr hat er mal nicht gereimt, da habe ich einen richtigen Wutanfall bekommen.«

Linda lachte leise. »Ich erinnere mich. Weißt du, dass ich ihm beim Reimen helfen sollte, als er klein war?«

»Wirklich?«

»O ja, er hat nach der Schule oder wenn Claire beschäftigt war, im Pub gesessen – hat Zeiten gewählt, in denen du nicht im Raum oder mit Hazel unterwegs warst –, und wir sind gemeinsam alle möglichen Reimwörter durchgegangen.« Cassie konnte es sich vorstellen: der junge Tom, der am hölzernen Tresen saß, bevor der Pub um achtzehn Uhr wieder öffnete. Das weiche blonde Haar, das ihm über die Augen fiel, während er den Stift über das Papier hielt, die Stirn konzentriert in Falten gelegt. Die Tatsache, dass Tom und bald auch der Pub nicht mehr da waren, stand unausgesprochen zwischen ihnen.

Cassie räusperte sich. »Es gibt auch ein PS.« Das hatte er manchmal gemacht, wenn er dachte, sie könnte zusätzliche Hilfe brauchen.

»Ja?«

»PS: Die Nummer zweiunddreißig mochte ich schon immer. PPS: Wenn du erst mal dort bist – der Nachmittagstee soll exquisit sein. Vor allem, wenn du ihn bei Rose bestellst.«

»Ich kann Toms Stimme hören, wenn du das sagst, weißt du.«

Bei Lindas traurigem Ton schnürte sich Cassie die Kehle zu. »Ich auch«, flüsterte sie und blinzelte die Tränen zurück, die stets nah an der Oberfläche lauerten.

Dann fragte Linda etwas ungläubig: »Er mochte schon immer die Zahl zweiunddreißig?«

Cassie konnte sich ein Lachen nicht verkneifen. »Offenbar.«

»Und?«, fragte Linda aufmunternd. »Hast du es herausgefunden?«

Cassie zögerte. »Ich glaub schon.« *Diesmal bleiben wir in der Nähe, wagen uns jedoch hoch hinaus.* Mitten in der Nacht hatte es klick gemacht, aber dann hatte sie die restlichen schlaflosen Stunden darüber nachgedacht, ob sie richtiglag – allein die Vorstellung, dorthin zu gehen und sich zu irren … nun, das wollte sie sich nicht antun. Aber sie wollte Tom auch nicht enttäuschen. Doch ihr war nichts anderes eingefallen, und es fühlte sich einfach richtig an. *Ich wollte dich mitnehmen* … Sie holte tief Luft. »Ich glaube … Ich glaube, er meint The Shard.«

»The Shard!«, rief Linda. »Wie glamourös.«

Das war genau das Wort, das Cassie benutzt hatte, als sie nach London gekommen war, um Tom zu besuchen. Sie hatte Tom an der London Bridge getroffen, in der Nähe des Hauses, in dem er und Sam damals wohnten. Sie war voller nervöser Vorfreude gewesen – Hazel und sie wollten nach der Uni gemeinsam nach London ziehen, und sie wollte die Stadt kennenlernen, ein Gefühl für sie bekommen. Tom hatte sie am Bahnhof abgeholt – und sehr zu ihrem Leidwesen Sam mitgebracht, denn sie war immer noch verletzt von dem Vorfall beim Skifahren.

Auf dem Weg vom Bahnhof waren sie an The Shard vorbeigekommen, und Cassie war stehen geblieben und hatte hinaufgeschaut. Das Bauwerk schien ihren Eindruck von London in sich zu vereinen – groß, beeindruckend und einschüchternd.

»Eines Tages nehme ich dich mit hinauf«, hatte Tom gesagt und dabei einen Arm um ihre Schultern gelegt. Sie hatte ihn angelächelt, und genau in dem Moment war Sam auf Toms anderer Seite aufgetaucht.

»Bist du sicher, dass du mutig genug bist, Cass? Es ist ziemlich hoch.«

Sie hatte reagiert wie immer, das Kinn in die Luft gereckt, geschwiegen und sich auf kein Gespräch eingelassen – obwohl es wirklich ziemlich hoch aussah. Sie war irgendwie froh, dass Tom nicht vorgeschlagen hatte, gleich hinaufzugehen, denn dann hätte sie vor Sam so tun müssen, als hätte sie keine Angst. Sam war zurückgeblieben, als sie und Tom weitergegangen waren, und hatte sie ein paar Augenblicke später eingeholt. Als Tom ihn ansah, hatte er mit den Schultern gezuckt. »Ich habe gefragt, ob wir jetzt hochgehen können, aber man braucht eine Reservierung.«

»Ein anderes Mal«, hatte Tom gesagt.

Seit sie nach London gezogen war, hatte Tom ein paarmal davon gesprochen, zum The Shard zu fahren. Wie cool es wäre, in eine der Bars zu gehen, so zu tun, als wären sie schicke, reiche Londoner, und mit einem Cocktail in der Hand auf den Rest der Stadt hinunterzublicken. Doch es gehörte zu den Dingen, über die man zwar sprach, die man am Ende aber nie machte.

Und jetzt schickte er sie dorthin, und aufgrund seines Hinweises war klar, dass er sie aus ihrer Komfortzone holen wollte. Er wusste, dass sie Mut aufbringen musste, wenn sie den nächsten Hinweis bekommen wollte. Und das wollte sie. Jetzt, nachdem sie den ersten geöffnet und diese erste Hürde genommen hatte, war sie Feuer und Flamme. Sie musste es richtig machen, musste den nächsten Hinweis finden. Sie wollte der Spur folgen und herausfinden, wohin sie führte. Mehr noch – sie wusste, dass Tom es so gewollt hätte. Er hatte sich so viel Mühe gegeben und alles für sie arrangiert, er hätte gewollt, dass sie es durchzog, egal, was passierte. Also würde sie das auch tun. Sie würde zu The Shard gehen, ohne Rücksicht auf die Höhe, und den nächsten Hinweis finden.

Ihre Entschlossenheit ließ das Feuer, das gestern Abend in ihr entfacht worden war, noch stärker leuchten. Und irgendwo in sich spürte sie ein Echo der kindlichen Aufregung, die diese Schatzsuchen früher in ihr ausgelöst hatten.

KAPITEL VIERZEHN

Cassie stand vor dem spitzen Glasgebäude und atmete tief durch. Es war so hoch. Warum war ihr nie aufgefallen, wie verdammt hoch es war? Daneben kam sie sich winzig vor, vollkommen unbedeutend. The Shard stand majestätisch vor ihr, die Frühlingssonne spiegelte sich in den Glasscheiben. Unten verschwand die Glaspyramide in einem kleineren Glasfundament, dessen Ränder von weißen Steinsäulen gestützt wurden; es sah aus, als stünde ein Teil des Gebäudes auf Stelzen. Misstrauisch beäugte Cassie die Säulen – konnten sie wirklich eine derart massive Glaskonstruktion tragen? Eine, in die sie trotzdem hinauffahren wollte? Bei dem Gedanken schlug ihr das Herz bis zum Hals.

Sie blickte zur Spitze hinauf, die sich vor dem strahlend blauen Himmel abhob – der weitere sonnige Tage versprach. *Eines Tages nehme ich dich da mit hoch.* Im Geiste hörte sie Toms Stimme. Es schien, als würde er sein Versprechen halten, selbst jetzt.

Mit diesem Gedanken kehrte ihre Entschlossenheit zurück, sie straffte die Schultern und ging hinein, um den Aufzug in den zweiunddreißigsten Stock zu nehmen. Nachdem sie ihn erst einmal entschlüsselt hatte, war der Hinweis eindeutig – im zweiunddreißigsten Stock gab es ein Restaurant, The Oblix, und laut Google gehörte der Nachmittagstee zu den Spezialitäten. Sie sah zu, wie ein kleiner Monitor in dem riesigen Aufzug die Etagen anzeigte, während sie nach oben fuhr – unglaublich schnell, wie Cassie fand.

Als sie die dreißigste Etage erreicht hatte, wuchs ihre Nervosität. Sie zog ihre Lederjacke aus und klemmte sie sich unter den Arm. Sportlich-elegant lautete die Kleiderordnung des Restaurants auf Google. Also hatte sie sich für ein hübsches grünes Oberteil über einer schwarzen Jeans entschieden und gehofft, dass ihre schwarzen Pumps als elegant genug durchgingen.

Sie strich sich das Haar glatt, das ihr gerade bis auf die Schultern fiel, und verließ als Einzige den Aufzug. Dann blieb sie abrupt stehen. Im Fahrstuhl hatte sie sich einreden können, dass alles in Ordnung sei, dass sie gar nicht so hoch oben war. Doch jetzt konnte sie sich nichts mehr vormachen. Die Glaswände um sie herum ließen sie schlagartig erkennen, dass sie deutlich höher war als alles andere um sie herum. Und, o Gott, sie konnte nicht hinsehen und hätte die Augen gern fest geschlossen. Doch auch wenn sie den Blick aus dem Fenster mied, hatte sie ein mulmiges Gefühl, und ihr Mund wurde trocken. Warum? Warum hatte Tom ihr das angetan? Am liebsten hätte sie auf der Stelle kehrtgemacht, wäre wieder in den Aufzug gestiegen und mit geschlossenen Augen nach unten gefahren, bis ihre Füße erneut sicheren Boden unter den Füßen hatten.

Aber das konnte sie nicht. Jetzt hatte sie angefangen – und wenn sie es nicht bis zum Ende durchzog, würde sie das ewig bereuen. Also atmete sie langsam und zittrig aus und ging, den Blick fest nach vorne gerichtet, in Richtung Oblix. Am Eingang zum Restaurant blieb sie stehen und nahm das Interieur in sich auf – eine edle, halbrunde Bar mit einer stilvollen Hintergrundbeleuchtung bildete das Herzstück des Raumes; ein paar Gäste saßen auf weißen Barhockern. Hier drinnen war es hell – klar, dachte Cassie bissig. Eine ganze Wand war verglast und bot eine großartige Aussicht über London. Sie riskierte einen flüchtigen Blick. Von hier aus konnte sie die Themse sehen und die Tower Bridge, die die beiden Seiten Londons miteinander verband.

Es erinnerte sie an das eine Mal, als Tom versucht hatte, sie zu einer Fahrt auf dem London Eye zu überreden. Sie hatte sich mit ihm und Amy zum Brunch getroffen, und er war ganz begeistert von der Idee gewesen. Keiner von ihnen war bisher damit gefahren – Londoner, die alle Touristenattraktionen links liegen ließen. Sie hatte sich hartnäckig geweigert. Die Vorstellung, in einem gewaltigen Riesenrad zu sitzen und oben in der Luft herumzuschaukeln, war zu viel für sie gewesen. Sie hatte Tom und Amy gedrängt, zu zweit zu fahren, und vorgegeben, mit einer Freundin verabredet zu sein. Es sei sehr romantisch, wenn die beiden das allein machen würden, hatte sie gesagt – dabei hatte sie sich in ihrer Nähe niemals als fünftes Rad am Wagen gefühlt. Damals hatte sie geglaubt, Tom hätte ihr das abgekauft, aber jetzt, im Nachhinein, war sie davon überzeugt, dass er sie wie immer durchschaut hatte.

Eine Kellnerin mit einem strengen Pferdeschwanz und stark geschminkten Augen kam auf sie zu und lächelte, eindeutig, weil sie das musste, nicht, weil sie das wollte. Cassie trat von einem Fuß auf den anderen. »Ich, ähm, habe einen Tisch reserviert. Cassie Rivers.« Sie war zu nervös gewesen, um einfach so hierherzugehen, nur für den Fall, dass sie keinen Platz bekäme – es war schließlich The Shard. Was vorausschauend von ihr gewesen war – denn nur aufgrund einer Absage hatte sie noch einen Tisch bekommen. Es schien ihr irgendwie schicksalhaft, als hätte es Tom von irgendwoher so arrangiert.

Die Kellnerin führte sie zu ihrem Tisch direkt an der Glaswand. Sie setzte sich und drehte den kleinen braunen Sessel so unauffällig wie möglich von der Glasscheibe weg. Warum hatte man sie direkt an den Rand gesetzt? Wussten die nicht, dass Glas jeden Moment zerspringen konnte? Sie versuchte, die Bilder von einem Absturz zu verdrängen – ihre Handflächen waren ohnehin schon feucht.

Die Kellnerin legte die Speisekarte auf den kleinen runden Holztisch und räumte das zweite Gedeck ab, womit offensichtlich war, dass sie allein essen würde. »Überlegen Sie in Ruhe, was Sie möchten«, sagte sie gelangweilt. Nachdem die Kellnerin gegangen war, fühlte sich Cassie verunsichert und wusste nicht, was sie mit sich anfangen sollte. Sie hätte ein Buch oder etwas anderes mitbringen sollen – niemand fand etwas dabei, wenn man allein an einem Tisch saß und las.

Sie blickte durch die Glasscheibe hinaus. Von hier oben sah London wirklich atemberaubend aus, durch den strahlend blauen Himmel und das Sonnenlicht, das sich in den einzelnen Glasscheiben fing und ihr zuzwinkerte, nur noch mehr. Atemberaubend, ja – aber war es normal, dass sie sich hier auch nach drei Jahren nicht zu Hause fühlte? Sie nahm die Schönheit der Stadt wahr, und sie liebte Teile von ihr, aber in dieser Höhe zu sitzen und auf die Stadt hinunterzublicken … machte ihr auch bewusst, wie anstrengend das Leben hier war. Alles und jeder war ständig in Bewegung. Vielleicht lag es ja nur daran, dass sie momentan erschöpft war und ihr nach Toms Tod alles schwerfiel, aber es belastete sie: mit London Schritt zu halten, in der Tretmühle zu bleiben, ständig um mehr Geld zu kämpfen, damit sie es sich leisten konnte, hier zu leben und sich in der Veranstaltungsbranche hochzuarbeiten.

Noch bevor Cassie die Speisekarte überhaupt in die Hand genommen hatte, kehrte die Kellnerin zurück. »Was darf ich Ihnen bringen?« Sie hatte nichts zum Aufschreiben dabei, anscheinend vertraute sie auf ihre Fähigkeit, sich Cassies Bestellung zu merken.

»Ähm …« Cassie nahm die Speisekarte und legte sie wieder hin. »Ich hätte gern den Nachmittagstee.« Immerhin hatte Tom ihr gesagt, was sie bestellen sollte. Auch wenn es sich lächerlich anfühlte, einen Nachmittagstee für eine Person zu bestellen – und den hochgezogenen Brauen nach zu urteilen, fand die Frau mit den übertrieben geschminkten Augen das auch.

»Okay. Da steht jedoch Verschiedenes zur Auswahl.« Sie deutete auf die Speisekarte, und Cassie blickte skeptisch darauf. Ihrer Meinung nach gab es viel zu viel Auswahl, was die Wahl eher stressig als angenehm machte. Wenn sie jemals einen eigenen Laden haben sollte, würde sie dafür sorgen, dass es eine gute Auswahl gab, aber keine zu große. »Soll ich noch einmal wiederkommen?«

»Nein«, sagte Cassie mit Piepsstimme. »Nein, alles gut. Ich hätte gerne den einfachen Nachmittagstee, keinen Champagner, und normaler Tee ist wunderbar, und, ähm, muss ich die Sandwiches und alles selbst aussuchen?«

»Vielleicht möchten Sie ja eine Auswahl bestellen?«, fragte die Kellnerin wieder in diesem gelangweilten Ton.

»Eine Auswahl«, sagte Cassie entschieden. »Eine Auswahl wäre großartig.«

Die Kellnerin nickte, nahm die Speisekarte und wandte sich zum Gehen.

»Und, äh«, sagte Cassie schnell, bevor sie gehen konnte, »sind Sie Rose?«

Die Frau drehte sich um und runzelte erneut die Augenbrauen – sie waren sorgfältig gezupft. »Nein.«

Klar. Sehr hilfreich. Wirklich überaus hilfreich. »Kennen Sie jemanden namens Rose?«, fragte sie geduldig. »Jemanden, der hier arbeitet, meine ich.«

Die Frau zögerte, bevor sie sagte: »Ja. Dann kennen Sie sie also?«

»Sie, äh, ich glaube, sie kannte meinen Bruder. Tom Rivers.« Wie immer zog sich ihr Herz schmerzhaft zusammen, als sie seinen Namen aussprach. »Sie könnten Sie wohl nicht … holen?«

Die Frau warf ihr einen misstrauischen Blick zu, dann zuckte sie mit den die Schultern. »Okay.«

Die Kellnerin ging und ließ Cassie wieder allein. Sie sah sich im Raum um – offenbar strebte man einen modernen New Yorker Schick an, mit trendigen Sesseln, einem dunklen Boden und niedrigen Decken, vielen gelben Lichtern und goldenen Details über den Raum verteilt. Das Gemurmel der anderen Gäste zog an ihr vorbei. Vor ihr saßen zwei Frauen, die die Köpfe zusammensteckten und sich unterhielten. Die, die Cassie das Gesicht zuwandte, blickte auf und sah, dass Cassie sie beobachtete. Sofort holte Cassie ihr Handy heraus und versuchte, einen beschäftigten Eindruck zu machen.

Schon seit ein paar Tagen überprüfte Cassie wie besessen fast stündlich den Fortschritt ihres Crowdfunding-Projekts. Schließlich hatte sie Linda mit viel Zureden davon überzeugt, sich darauf einzulassen – jeder, der spendete, sollte eine spezielle Treuekarte erhalten, die zu bestimmten Vergünstigungen berechtigte. Josh und Hazel hatten als Erste gespendet. Cassie hatte Hazel dazu überredet, ihrer Mutter davon zu erzählen und die Nachricht im Dorf zu verbreiten, denn ihr war klar, dass Linda es nicht von sich aus tun würde. Außerdem hatte sie es auf Facebook gepostet. Es gab bereits ein paar Spenden, und Cassie versuchte, optimistisch zu bleiben, aber zwanzig Pfund hier und da würden nicht ausreichen, und die Summe in Verbindung mit dem Zeitdruck, den Linda hatte, überforderte sie allmählich.

Dieselbe Kellnerin mit den stark geschminkten Augen brachte ihr eine Kanne Tee und eine Porzellantasse und stellte beides auf den Tisch. Hieß das, Rose war nicht da? Oder weigerte sie sich, mit Cassie zu sprechen?

»Sie ist beschäftigt«, erklärte die Kellnerin, als hätte sie Cassies Gedanken gelesen – oder ihren Gesichtsausdruck gedeutet. »Aber sie hat gesagt, sie kommt gleich.« Cassie fühlte eine Welle der Erleichterung und nickte zum Dank, bevor sie sich einen Tee einschenkte. Das war in Ordnung, das war gut. Sie war auf dem richtigen Weg, und Rose war da – sie würde den nächsten Hinweis bekommen.

Sie hob ihre Teetasse und prostete in die Luft. »Tut mir leid, dass ich so lange gebraucht habe«, sagte sie leise, »aber ich bin hier. Wie du es gewollt hast. Ich wünschte, du wärst hier und könntest es sehen.« Sie trank einen Schluck und spülte den Kloß in ihrem Hals hinunter. Sie durfte nicht weinen, nicht in der Öffentlichkeit.

Cassie stellte die Tasse ab. Sie hatte eine merkwürdige Ähnlichkeit mit dem Porzellan im Pub, in dem Linda den Kaffee nach dem Essen servierte – weiß, mit einem Rand aus dekorativen blauen und violetten Blumen. Es erinnerte sie an die Zeit, als Tom und sie noch klein waren – sie musste etwa acht gewesen sein. Sie war auf der Geburtstagsparty einer Freundin eingeladen gewesen – Simone Simmons hatte die ganze Klasse zum Geburtstagstee eingeladen. Es hatte sich so cool und erwachsen angehört, und Cassie war so aufgeregt gewesen, aber dann war sie krank geworden und hatte nicht hingehen können. Am Montag danach hatte Hazel in der Schule davon geschwärmt, wie vornehm es gewesen sei – sie seien sogar bedient worden –

und wie viele Kuchen und Sandwiches es gegeben habe und dass sie Tee für Erwachsene trinken durften und ein Zauberer da gewesen sei. Cassie hatte sich zusammengerissen, um vor Hazel nicht zu weinen oder neidisch zu sein, aber als sie nach Hause kam, hatte sie sich in ihrem Zimmer eingeschlossen und in ihr Kissen geschluchzt. Es gehörte zu den Dingen, die eigentlich vollkommen unbedeutend waren, aber in dem Moment hatte es sich so wichtig angefühlt.

Tom klopfte an ihre Tür. »Cassie, los, bitte komm raus.«

»Nein. Geh weg.«

»Komm schon.«

»Nein«, sagte sie schluchzend.

»Bitte.« Dann benutzte er seine Überzeugungsstimme und fügte hinzu: »Ich muss dir was zeigen, das dich vielleicht aufheitert.«

Ihre Neugier hatte die Oberhand gewonnen, und sie hatte die Tür geöffnet und war Tom gefolgt – an der Küche vorbei, wo Claire gerade kochte. »Kommt nicht zu spät«, warnte sie Tom. »Morgen ist Schule.« Tom nickte finster und grinste Cassie an, die das nicht verstand – wieso zu spät kommen?

Draußen wartete Sams Mutter, und ihre blauen Augen funkelten, als sie Cassie und Tom sah. »Da seid ihr ja, ihr Süßen. Seid ihr bereit?« Tom zerrte Cassie zum Auto, das immer ein bisschen komisch roch und klang, und schob sie vor sich her auf den Rücksitz. Sam war schon da, grinste und hüpfte aufgeregt auf und ab.

»Hast du es ihr erzählt?«, fragte Sam über Cassies Kopf hinweg, die zwischen ihm und Tom eingequetscht saß.

»Nein, es ist ein Geheimnis.«

»Was ist ein Geheimnis?«, wollte Cassie wissen und verschränkte die Arme, als keiner der beiden etwas sagte und sie sich nur in dieser blöden verschwörerischen Art über ihren Kopf hinweg angrinsten. Aber sie war neugierig und nicht mehr traurig.

Sams Mutter hatte sie vor Lindas Pub abgesetzt, und Tom hatte ihre Hand genommen und sie hineingezogen. Außer ihnen war niemand da – es war erst vier Uhr nachmittags, und der Pub hatte noch nicht geöffnet. Aber am Fenster war ein Tisch für drei Personen gedeckt gewesen. Mit weißem Porzellan und einer Platte mit Sandwiches und Kuchen.

»Siehst du?«, sagte Tom aufgeregt. »Wir haben den Nachmittagstee zu dir gebracht.«

Diesmal nahm Sam ihre Hand, zog sie zum Tisch, und die drei setzten sich.

Linda kam mit einer Kanne Tee in der Hand hinter dem Tresen hervor und trug eine alberne, weiße Schürze mit roten Punkten, in der Cassie sie noch nie gesehen hatte. Sie trat an den Tisch, und Cassie nahm einen Hauch von dem Kaffeeduft wahr, der Linda immer anzuhaften schien.

»Tee, Madam?«, fragte Linda mit vornehmer Stimme. Sie zwinkerte Cassie zu, und Cassie kicherte.

»Cassie Rivers?« Eine Stimme mit einem leichten Essex-Akzent riss Cassie aus ihrer Erinnerung, und beinahe hätte sie ihren Tee verschüttet. Sie blickte auf und sah ein junges Mädchen, das eine dreistöckige Etagere mit Sandwiches, Kuchen und Scones auf den Tisch stellte.

»Entschuldigung, ich … Ja.« Ihr dunkles Haar war zu einem Zopf geflochten, der ihr fast bis zur Taille reichte, und ihre Haut so blass, dass Cassie sich fragte, ob sie jemals Zeit im Freien verbrachte. Dadurch kamen ihre dunklen Augen noch mehr zur Geltung, aus denen sie Cassie skeptisch musterte. Ihre Uniform war anders als die der anderen Kellnerinnen, und Cassie, die sich im Gastgewerbe auskannte, vermutete, dass sie hinter den Kulissen in der Küche arbeitete.

Cassie runzelte die Stirn. »Bist du Rose?«

Das Mädchen nickte, streckte eine Hand aus und hielt Cassie einen Umschlag mit einer Zwei in einer Ecke hin. Mit klopfendem Herzen nahm Cassie ihn ihr ab. Sie hatte recht gehabt. Es war der nächste Hinweis.

»Er hat gesagt, ich soll dir das geben. Ich musste mir deinen Namen merken und alles.«

Cassie sah zu dem Mädchen hoch. »Kanntest du ihn?«

»Nein. Er hat mich dafür bezahlt. Zwanzig Pfund.« Rose trat verlegen von einem Fuß auf den anderen. »Er hat allerdings gesagt, du würdest früher kommen. Um Weihnachten herum.«

Cassie strich mit dem Daumen über den Rand des Umschlags. »Stimmt. Ich wurde aufgehalten.« Sie wollte es nicht laut aussprechen. Jedes Mal, wenn sie die Worte »Er ist gestorben« aussprechen musste, war es, als würde sie die Tatsache, dass er tot war, erneut bekräftigen.

»Also, ähm, dann Wiedersehen.«

Rose wandte sich zum Gehen, aber Cassie hielt sie an der Hand zurück. »Danke«, hauchte sie und spürte Tränen in den Augen brennen. Sie überlegte, ob sie noch etwas sagen sollte, aber ihr fiel nichts ein. Rose nickte mit leicht erschrockenem Blick, befreite sich aus Cassies Griff und ging zurück in die Küche.

Cassie sah ihr einen Moment lang nach, bevor sie sich dem Umschlag zuwandte. Langsam und bewusst atmend öffnete sie ihn. Eine Nachricht und ein Hinweis, wie beim letzten Mal. Cassies Herz sprühte Funken, weil Tom ihr noch etwas zum Lesen hinterlassen hatte, etwas, das sie mit ihm verband. Die Funken wärmten sie, gaben ihr ein Gefühl von Leichtigkeit – etwas, das sie seit seinem Tod für immer verloren geglaubt hatte.

Tada! The Shard! Du wirst mir sicher alles darüber erzählen, sobald du aufhörst, dich darüber zu beklagen, dass ich dich da hinaufgezwungen habe. Und wehe, du hast die ganze Zeit die Augen zugemacht, okay? Aber vor allem zählt der Hinweis! Weißt du noch, wie wir mit Sam zum Rennen gegangen sind? Das hier ist viel cooler – und du musst dich nicht schick anziehen. Das Warten lohnt sich auf jeden Fall …

Lächelnd las Cassie die Nachricht ein zweites Mal und genoss es, im Geiste Toms Stimme zu hören. Sie stockte nur kurz, als sie Sams Namen sah. Seit ihrer Begegnung vor dem Hotel hatte sie nicht mehr mit ihm gesprochen. Sie verspürte kein Verlangen, jemals wieder mit ihm zu sprechen. Und das völlig zu Recht. Er verdiente, was sie ihm an den Kopf geworfen hatte, und sollte sich deshalb schrecklich fühlen.

Sie verscheuchte ihn aus ihren Gedanken, als sie den Hinweis selbst las, und freute sich über das aufgeregte Kribbeln, das ihr so vertraut war.

Die Teams treffen sich an einem Frühlingstage,
aber für eins wird es eine Niederlage.
Es ist wahr, alle sind schlau,
doch so ist es, wenn man gehört zu Blau.
PS: Ich kann kaum glauben, dass du noch nie da warst –
Zeit, das zu ändern und etwas Neues auszuprobieren.
PPS: Das Leben ist nur ein Traum.

Nachdem sie zu Ende gelesen hatte, starrte Cassie auf den kleinen Zettel. *An einem Frühlingstage …* Das war jetzt. Jetzt war Frühling, und Tom hatte erwartet, dass sie Monate brauchen würde, um es herauszufinden. Er hätte es genossen, dabei zuzusehen, wie sie es versuchte, und sie vielleicht immer wieder mit nervigen kleinen Hinweisen geärgert. Das passte gar nicht – normalerweise erledigte sie die Schatzsuche in höchstens ein paar Tagen. *Etwas Spezielles*, hatte er gesagt. Vielleicht gehörte das Warten dazu. Zu seinem großen Plan, wie auch immer der aussah.

Sie las den Hinweis erneut und spürte, wie sich ihr Herzschlag beschleunigte und ihre Fingerspitzen zuckten. Sie konnte nicht still sitzen. Sie wusste nicht, was er meinte, wohin er sie schicken wollte.

Das Leben ist nur ein Traum. Was, zum Teufel, sollte das bedeuten?

Nun wippte sie auch noch mit dem Fuß, Energie durchströmte sie, und die Geräuschkulisse des Restaurants hörte sie nur von fern. Aber egal, wie oft sie den Hinweis las, sie kam nicht auf die Lösung.

An einem Frühlingstage …

Sie würde es herausfinden, sagte sie sich entschieden. Bald – bevor der Frühling vorbei war. Sie würde es herausfinden, weil sie das musste. Und diese Entschlossenheit vermittelte ihr, was sie seit dem Anruf im Dezember nicht mehr verspürt hatte. Ein Gefühl von Hoffnung.

KAPITEL FÜNFZEHN

Sam saß auf die Hände gestützt, die Beine von sich gestreckt, am Bug der Jacht, der frühe Aprilwind blies ihm scharf ins Gesicht. Die Sonne schien, der Himmel war fast wolkenlos, das Meer tiefblau. Es war kalt, ja, aber hell und klar – ein perfekter Tag, um auf dem Wasser zu sein. Er hörte den Lärm, das Geplapper und Gelächter vom Rest der kleinen Gruppe hinter sich, die geschützt vor dem kalten Wind in der Kajüte trank und Karten spielte. Er nahm sein Bier und trank einen Schluck, die Flasche in seiner Hand war eiskalt. Er fröstelte, hätte eine wärmere Jacke einpacken sollen. Doch er hatte nicht wirklich nachgedacht, als er Klamotten in eine Tasche gestopft hatte und überstürzt zum Flughafen aufgebrochen war. Hatte nicht nachgedacht, als er seine Brieftasche geöffnet und die Karte darin gefunden hatte.

Die Karte von Toby Jenkins. Toby Jenkins, der in Argentinien gewesen war, wie Sam es hätte sein sollen. Der Zeit mit Tom verbracht hatte, weil sie beide allein dort gewesen waren, der mit ihm klettern gegangen war. Und er hatte Toms Sturz gesehen, war derjenige gewesen, der angerufen und die Nachricht von seinem Tod überbracht hatte. Toby hatte auf der Beerdigung mit Sam gesprochen. Er hatte ihm ausdrücklich gesagt, dass er ihn jederzeit in New York besuchen und bei ihm wohnen könne.

Sam war sich nicht sicher gewesen, ob Toby das ernst gemeint hatte – so etwas sagte man eben in solchen Situationen –, aber als er vom Flughafen aus angerufen hatte, hatte Toby gesagt, er solle ins Flugzeug steigen und kommen. Und nun war er hier in den Hamptons und segelte auf einer verdammten Jacht, denn Toby besaß hier draußen ein Haus.

Vor ein paar Jahren war er auf einer Jacht gesegelt, als er mit Tom in Kroatien Urlaub gemacht hatte. Sie hatten draußen in der Sonne gesessen, das Meer hatte blau unter ihnen geglitzert. Tom hatte den Besitzer der Jacht, den sie am Abend zuvor in einer Bar kennengelernt hatten, dazu überredet, ihnen das Boot zu einem sehr günstigen Preis zu vermieten. Tom hatte es gesteuert, ohne jegliche Erfahrung zu haben. Aber in seiner unbekümmerten Art hatte er gemeint, das sei kein Problem. Sam erinnerte sich, wie Tom sein Handy herausgeholt und über etwas gelächelt hatte, das auf dem Display erschien.

Sam grinste. »Deinem albernen Grinsen nach zu urteilen, hat Amy dich wohl noch nicht ganz vergessen.«

Tom sah ihn nur mit gerunzelter Stirn an.

»Was?«, fragte Sam, als wäre er die Unschuld in Person. »Es ist nur …« Er suchte nach dem richtigen Wort. »So reizend«, fuhr er hochgestochen fort, »dich so verliebt zu sehen.«

Tom schnaubte und steckte das Handy wieder in die Hosentasche. »Pass auf, eines Tages erwischt es dich auch.«

Damals hatte Sam über die Vorstellung gelacht. Und er war immer noch nicht sicher, ob er das glaubte, ob er bei Nachrichten von Jessica jemals ein so albernes Gesicht gemacht hatte wie Tom. Aber hätte er Jessica einfach so am Tag ihrer Hochzeit sitzen lassen können, wenn er sie auf diese alberne, allumfassende Art geliebt hätte wie Tom allem Anschein nach Amy? Er glaubte es nicht. Er glaubte einfach nicht, dass er so veranlagt war. Er war noch nie in eine Frau so verliebt gewesen, dass er immerzu an sie denken musste und Angst hatte, sie zu verlieren.

Obwohl er sich, wenn er absolut ehrlich zu sich war, eingestehen musste, dass er in diesem verdammten Skiurlaub ganz kurz davor gewesen war. Er hatte auf die einzige Weise darauf reagiert, die er kannte, und das war doch richtig gewesen, oder? Auch wenn der Gedanke an Cassie sich jetzt wie ein Schlag in die Magengrube anfühlte: die Vorstellung – nein, die Tatsache –, dass er sie verloren hatte, genauso wie Tom. Selbst nach dem Vorfall im Skiurlaub, selbst nachdem sie zu ihm auf Distanz gegangen war – wozu er sie schließlich gezwungen hatte –, war er davon ausgegangen, dass sie immer da sein würde, eine feste Größe in seinem Leben. Und jetzt hatte er beide verloren – sie und Tom.

»Da bist du ja, Mr Malone«, rief Toby wie immer mit dröhnender Stimme und kam seitlich am Boot entlang zu ihm. Sam blickte auf, und Toby setzte sich neben ihn, zog die Knie an, stellte sein Bier darauf ab und blickte durch die metallene Reling auf den Ozean vor ihnen. Nachdem sie eine Runde gedreht hatten, waren sie nun auf dem Rückweg, und Sam sah das Grün der Hamptons zu ihrer Linken, zwischen den Bäumen lugten einige der millionenschweren Villen hindurch. Um diese Jahreszeit war es hier ruhig. Was wahrscheinlich der Grund dafür war, dass Toby den Ausflug arrangiert und Sam praktisch gleich nach der Landung hierhergebracht hatte. *Es ist doch sinnlos, so ein Haus zu haben, wenn wir es nie benutzen*, hatte er gesagt.

»Übst du für dein nächstes Shooting?«, fragte Toby, und als Sam fragend die Stirn runzelte, erklärte er es ihm. »Draußen auf einer Jacht zu sitzen und mit trister Miene aufs Meer zu starren, das ist wie aus einem Musikvideo.«

Sam schnaubte leise. »Eine verpasste Karrierechance. Und für die Jacht kann ich nichts«, bemerkte er ostentativ.

»Sie ist ein Prachtstück, nicht?« Toby tätschelte liebevoll das Boot. Er trug eine dunkle Sonnenbrille auf der leicht schiefen Nase, die er sich offenbar in jungen Jahren bei einem Reitunfall gebrochen hatte. Denn natürlich war Toby der Typ, der in seiner Jugend Pferde gehabt hatte. Er war irgendwo auf dem Land aufgewachsen und eine Zeit lang auf ein Internat gegangen. Manchmal hatte seine Familie auch in New York gelebt – er war ein Einzelkind –, und Toby hatte sich in diese Gegend verliebt, wie er sagte, und ein ganzes Jahr hier draußen verbracht.

»Ein schönes Boot«, stimmte Sam zu. Und, meine Güte, dieses Leben – Tobys Leben –, davon hatte er als Kind geträumt. So viel Geld zu haben, dass man tun konnte, was man wollte – von jetzt auf gleich nach New York fliegen, auf einer Jacht segeln, einfach weil man es konnte.

»Du kannst es jederzeit nehmen, solange du hier bist. Wenn du Lust hast, eine Spritztour zu machen oder schlicht mal aus dem Haus zu kommen. Sag einfach Bescheid.« Wie zur Bekräftigung klopfte Toby ihm auf die Schulter. Das machte er oft – ständig klopfte er Sam auf den Rücken oder auf die Schulter.

»Danke, Toby.«

»Gern, mein Freund.«

»Nein, im Ernst.« Sam trank einen Schluck Bier. »Danke für, du weißt schon …« Er deutete mit der Hand auf das Boot, die Umgebung und Toby selbst in seiner dunkelbraunen Burberry-Jacke, die zu drei Vierteln geschlossen war und unter der ein kariertes Hemd hervorlugte. Das wie immer einen Knopf weiter geöffnet war, sodass man seine Brustbehaarung sah. Sam hatte sich schon ein paarmal gefragt, warum Toby seine Hemden so trug, aber es schien ihm unpassend, ihn danach zu fragen. Vielleicht mochte er sein Brusthaar einfach.

Sam stieß die Luft aus. »Einfach … danke.«

»Ist doch selbstverständlich«, sagte Toby wieder mit dieser brillant vornehmen Stimme. »Ich konnte dich doch nicht einfach am Flughafen stranden lassen, oder?« Und er hatte nicht gefragt, warum. Sam hatte ihn angerufen – einen Mann, den er so gut wie nicht kannte –, und Toby hatte, ohne Fragen zu stellen, Ja gesagt, komm und bleib. So hatte Sam ihm nichts von Jessica erzählen müssen. Toby wusste natürlich von Tom. Sie hatten schon ein paarmal über ihn gesprochen. Toby hatte Tom zwar nur ein paar Tage erlebt, aber mit seiner Art hatte Tom in dieser kurzen Zeit einen starken Eindruck bei ihm hinterlassen. Und Sam vermutete, dass das einer der Gründe war, warum Toby ihn so bereitwillig bei sich aufgenommen hatte. Weil er das Gefühl hatte, es Tom irgendwie schuldig zu sein. Und weil er sich einbildete, etwas gutmachen zu müssen, weil er derjenige war, der Tom hatte stürzen sehen. Wobei Toby keinerlei Schuld traf.

»Hör mal«, sagte Toby, »ich fahre in ein paar Tagen nach Brooklyn und dachte, vielleicht magst du ja mitkommen. Wir könnten auch in die Stadt fahren und ein paar Sehenswürdigkeiten abhaken. Was meinst du?«

Sam zögerte, dann zuckte er mit den Schultern. »Klar.« Denn warum – zum Teufel – nicht? Er saß sowieso nur den ganzen Tag in der Villa herum und tat nichts Sinnvolles. »Warum fährst du hin?«

»Oh, ich schreibe für die *New York Times* einen Artikel über ein Jugendzentrum.«

Sam verschluckte sich fast an seinem Bier, und Toby klopfte ihm auf den Rücken. »Was? Du bist Journalist?« Sam überlegte, ob Toby das schon einmal erwähnt hatte. Er glaubte es nicht. Eigentlich wusste er nicht, was Toby genau tat – er schien hauptsächlich durch die Gegend zu gondeln und viel Geld auszugeben.

»Also, eigentlich nicht, aber ich wollte das immer mal ausprobieren, und dem Vater eines Freundes gehört praktisch die Zeitung, also hat er mir den Artikel zugeschoben.«

Er sagte das ohne eine Spur von Ironie, ohne sich darüber im Klaren zu sein, dass die Welt, in der er lebte, anderen völlig fremd war. Und Sam konnte sich ein Lachen nicht verkneifen. Es klang etwas rostig, als hätte sein Körper vergessen, wie man lachte. Aber es war ein Lachen.

Toby schob die Sonnenbrille hoch und blickte Sam aus seinen grauen Augen an. »Was ist?«

Sam lachte noch etwas lauter. »Nun ja … dem Vater deines Freundes gehört die *New York Times*.«

Toby schien verwirrt. »Okay, sie gehört ihm nicht wirklich, aber er …« Er verstummte. »Ah.« Er sah Sam leicht verlegen an. »Reicher-Jungs-Kram?«

Sam grinste. »Reicher-Jungs-Kram«, stimmte er zu.

»Ich fürchte, ich habe mein Kreuz zu tragen.« Er schob sich die Sonnenbrille wieder auf die Nase.

»Kannst du überhaupt schreiben? Also ich meine, weißt du, wie man einen Artikel schreibt?«

Toby zog die schiefe Nase kraus. »Das kann doch nicht so schwer sein, oder?« Er klopfte Sam noch einmal auf die Schulter, dann stand er auf. »Und wenn es totaler Mist ist, werden sie es sicher nicht veröffentlichen, und ich bin zu etwas anderem berufen.«

»Berufen?«

»Na ja, man weiß ja nie. Irgendetwas muss ich doch können, außer Geld auszugeben, Immobilien zu kaufen und zu verreisen.«

»Und Jachten zu segeln«, fügte Sam hinzu. »Vergiss das nicht.«

Toby schüttelte spöttisch den Kopf. »Für dich läuft es doch – du hast einen Beruf, du kannst was. Und ich? Alles, was ich habe, ist mein Geld und mein verwegenes, gutes Aussehen.« Er grinste, und Sam wusste, dass er scherzte, aber er spürte, wie sich sein Magen zusammenzog. Denn er war sich nicht sicher, ob er seinen Beruf noch hatte. Natürlich war sein Job weg, und Jessicas Vater könnte es ihm schwer machen, wieder eine Anstellung als Anwalt zu finden. Aber er hatte Ersparnisse – eine Menge Ersparnisse. Nicht so viel wie Toby, aber in den letzten sechs Jahren hatte er eine ordentliche Summe angespart, weil er nie ohne Geld dasitzen wollte, falls es einmal hart auf hart kam. Zweifellos würde er irgendwann die Wohnung in London veräußern müssen, die er mit Jessica gekauft hatte – und auch das würde Geld bringen. Er versuchte jedoch, nicht zu weit in diese Richtung zu denken – dieses Problem wollte er lieber dem Sam der Zukunft überlassen.

Außerdem hatte er nichts mehr von Jessica gehört. Das wunderte ihn nicht – an ihrer Stelle würde er auch keinen Kontakt zu ihm wollen. So war es deutlich einfacher. Er konnte so tun, als wäre die ganze Sache nicht passiert, als hätte er seine Verlobte nicht sitzen lassen, als wäre er nicht so ein Arsch gewesen.

Toby stand auf, um zurück zu den anderen im Heck des Boots zu gehen, ohne Sam zum Mitkommen zu drängen, ohne zu fragen, warum er hier allein saß. Er mochte in einer anderen Welt als Sam leben, aber er war ein guter Typ. Er schien es irgendwie zu verstehen, ohne dass man es ihm groß erklären musste. Und er teilte stets alles, was er hatte – die Jacht, das Haus, das Abendessen, die Drinks. *Warum soll man das Geld, das man hat, nicht ausgeben, wenn es die Leute glücklich macht*?, hatte er Sam erklärt, als der ihn darauf angesprochen hatte.

»Da seid ihr ja.« Sam warf einen Blick über seine Schulter und sah Sophia, eine dunkelhaarige, kurvige Frau mit goldbrauner Haut und einem schönen Schlafzimmerblick, um die Ecke kommen. Dicht gefolgt von Zoe – groß, spindeldürr, mit aschblondem Haar –, Tobys Freundin. Sam verstand nicht ganz, wie sie als Paar funktionierten: Zoe sprach kaum ein Wort und schien sich vorgenommen zu haben, von buchstäblich nichts beeindruckt zu sein. Das komplette Gegenteil von Toby, so wie Sam ihn in der kurzen Zeit kennengelernt hatte. Aber Gegensätze ziehen sich ja bekanntlich an und so weiter.

»Wir haben euch gesucht«, fügte Sophia unnötigerweise hinzu und schob ihre Unterlippe zu einem Schmollmund vor. Sie trug ein blaues Kleid, unter dem ihre schlanken, goldbraunen Beine zu sehen waren, und eine Jeansjacke – was unmöglich warm genug sein konnte. Sam vermutete, dass sie sich deshalb geschützt vor Wind und Gischt im überdachten Teil der Jacht aufgehalten hatte.

Toby ging zu Zoe und legte einen Arm um sie, während Sophia einen Schritt näher auf Sam zukam und eine Haarsträhne um ihren Finger wickelte. »Kommst du, Sam? Wir wollen Champagner trinken und noch eine Runde drehen, um uns den Sonnenuntergang anzusehen.«

»Ach ja?«, fragte Toby.

»Ja.« Sophia verschränkte die Arme. »Wollen wir.«

»Was, wenn ich anlegen und euch alle rausschmeißen will?«, sagte Toby, um sie zu necken.

Sophia stieß lautstark die Luft aus und sah Zoe an, als wollte sie sagen: *Krieg deinen Freund in den Griff.* Zoe sagte nichts, ihr Blick wirkte gelangweilt. »Du bist nicht allein auf dem Boot, Toby«, sagte Sophia.

Toby lachte, dann grinste er verschmitzt. »Das werden wir ja sehen.« Er packte sie um die Taille und hob sie hoch, als wollte er sie über Bord werfen.

Sie schrie, und Sam sprang sofort mit ausgestreckter Hand auf sie zu, um sie zu packen. Doch dann registrierte sein Gehirn, *wie* sie schrie. Aufgesetzt, leicht genervt. Nicht verängstigt.

Sie schlug Tobys Hand weg. »Das ist nicht lustig.«

Toby lachte und legte seinen Arm wieder um Zoe. »Ach, komm. Ein bisschen lustig ist es schon. Nicht wahr, S…« Nachdenklich sah er zu Sam hinüber. Sam wusste nicht, was sein Gesicht verriet – ob er blass geworden war oder krank aussah –, aber er versuchte, eine möglichst neutrale Miene aufzusetzen, während sein Herz noch immer wie wild hämmerte.

Denn ein anderer Schrei hallte in Sams Kopf wider. Einer, den er schon unzählige Male in seinen Albträumen gehört hatte. Und für einen kurzen Moment war er nicht mehr auf der Jacht gewesen. Er war in den Bergen Patagoniens, wie er sie sich vorstellte, und streckte die Hand aus, um jemanden zu packen, griff jedoch ins Leere.

Toms Schrei, der Schrei, der ihn nachts schweißgebadet aufwachen ließ, hallte noch in ihm nach. Hatte er bei seinem Sturz geschrien? Er hatte nie den Mut gehabt, Toby danach zu fragen.

»Alles klar bei dir, Sam?«, fragte Toby, der ihn immer noch beobachtete.

»Ja.« Seine Stimme klang leicht heiser, also räusperte er sich. »Ja, sorry.« Er sah Sophia an. »Alles okay?« Denn es wäre seltsam, sie jetzt nicht zu fragen, wo er doch aufgesprungen war, um … was zu tun? Sie zu retten? Himmel, er musste sich zusammenreißen.

»Alles okay«, sagte sie und blickte Toby an. Doch ihr Schlafzimmerblick wurde nachdenklich, als sie Sam betrachtete. »Aber vielleicht brauche ich ein bisschen Hilfe, um zurück unter Deck zu kommen, damit *der* da …«, sie warf Toby noch einen warnenden Blick zu, »auf keine dummen Gedanken kommt.«

Toby lachte. »Ganz bestimmt.«

Sophia ließ Sam keine große Wahl, denn sie trat neben ihn und hakte sich bei ihm ein. Er nahm einen Hauch ihres Parfums wahr, einen moschusartigen Duft, unbestreitbar sinnlich. »Komm, Hübscher, lass uns ein bisschen Spaß haben.«

Toby sah Sam über Sophias Kopf hinweg mit hochgezogenen Augenbrauen an und signalisierte ihm, dass er sich eine Ausrede einfallen lassen würde, falls er nicht reingehen wollte. Dort dröhnte jetzt laute Musik, und je mehr Champagner floss, desto lauter wurden die Stimmen. Doch Sophia hatte sich bei ihm eingehakt und presste ihren Körper an seinen. Es war so leicht, in alte Muster zu verfallen. Und wäre es nicht schön, sich nur für eine Weile zu verlieren und zu vergessen, wie sehr sein Leben im Arsch war.

Also erwiderte er schulterzuckend Tobys Blick und ließ sich von Sophia mitziehen. Als man ihm ein Glas Champagner reichte, nahm er es an, ließ sich von der Musik und dem Lachen einlullen. Und als Sophia ihn über den Rand ihres Glases hinweg mit diesem sinnlichen Lächeln ansah, lächelte er zurück.

KAPITEL SECHZEHN

»Hier, bitte sehr.« Ted, einer der dienstältesten Barkeeper in Cassies Hotel, stellte lächelnd zwei schaumige Cappuccini vor Cassie und Amy ab. »Kann ich Ihnen sonst noch etwas bringen?«

»Nein, danke, Ted«, sagte Cassie und zog die Kaffees zu sich heran. »Haben Sie es auf meine Rechnung gesetzt?« Eigentlich lächerlich, dass sie hier nicht einmal kostenlos Kaffee trinken durften.

»Hab ich, und ich habe sogar ein Schokoladenminzbonbon für jede von Ihnen besorgt«, sagte er augenzwinkernd und deutete auf die kleinen, goldumhüllten Pralinen an der Seite der Untertassen.

»Ist der auch ganz sicher koffeinfrei?«, fragte Amy und blickte zwischen den beiden Kaffees hin und her, als könnte sie den einen von dem anderen unterscheiden. Cassie war nicht klar gewesen, dass Amy sich solche Gedanken wegen des Koffeins machte. Vielleicht war das neu. So, wie sie aussah, hatte sie nicht gut geschlafen – sie hatte violette Schatten unter den Augen, und ihr Gesicht war blass. Doch nachdem sie nicht mehr draußen im kalten Aprilregen, sondern im warmen Hotel war, hatten sich ihre Wangen immerhin leicht gerötet.

Es war jetzt eindeutig Frühling, und es war zehn Tage her, dass Cassie Toms Hinweis gelesen hatte: *Die Teams treffen sich an einem Frühlingstag …*

Sie versuchte, die zunehmende Besorgnis zu ignorieren, weil sie es immer noch nicht herausgefunden hatte. Ted lächelte Amy an und schob ihr den Kaffee hin, der bereits vor ihr stand. »Das ist der richtige.« Mit einem kurzen Lächeln für Cassie ließ er sie auf den hohen, roten Hockern am Ende des schicken Holztresens allein und wandte sich einem anderen Gast zu.

Amy griff nach dem Stab aus Schokolade, der in dem Kaffee steckte, und rührte geistesabwesend den Schaum um. Sie wirkte wie ein Schatten ihrer selbst – in sich zusammengesunken und in Leggins und einem Pullover, der aussah, als hätte er einst Tom gehört. Ihre Locken hingen schlaff um ihr herzförmiges Gesicht, ein gelbes Stirnband war der einzige Hinweis auf die alte Amy – die lebhafte junge Frau von früher.

Cassie kannte diesen Zustand. Es war, als lebte man unter einer Glocke. Noch vor Kurzem war es ihr genauso gegangen. Eigentlich ging es ihr immer noch so – aber der Versuch, die Hinweise zu entschlüsseln, gab ihr ein Ziel, eine Ablenkung und einen Grund weiterzumachen – auch wenn sie fürchtete, es nicht rechtzeitig zu schaffen.

»Wie geht es dir, Amy?«, fragte Cassie, als klar war, dass Amy nicht mit dem Gespräch beginnen würde.

»Ich bin …«, Amy stellte ihren Kaffee ab. »O Gott. Ich weiß nicht. Völlig fertig?« Sie lachte sarkastisch, und Cassie verzog mitfühlend das Gesicht. Sie hätte sich früher bei ihr melden sollen, hätte den Kontakt suchen und begreifen müssen, dass Amy vielleicht mit jemandem reden wollte oder musste, der Tom gekannt hatte. Mit jemandem, der auch trauerte. Cassie hatte Hazel und Linda, aber Amy hatte im Grunde niemanden. Niemanden, der Tom genauso gut gekannt hatte. Erst, als Amy sich mit ihr in Verbindung gesetzt hatte, war Cassie das bewusst geworden. Es war unverzeihlich egoistisch von ihr gewesen, fand sie jetzt.

»Und dir?«, fragte Amy und legte ihre Hände um den Kaffee, als versuchte sie verzweifelt, sich daran zu wärmen.

Cassie nahm ihre eigene Tasse in die Hand und ließ ihren Blick durch die Bar schweifen. Keine Spur von Robert. »Ich weiß es auch nicht«, sagte sie. »Ich komme irgendwie zurecht.« Und fast zum ersten Mal seit Toms Tod fühlte sich das nicht wie eine Lüge an.

»Wie läuft es mit der Arbeit?«, fragte Cassie. Sinnloser Small Talk, das war ihr klar, aber sie schienen ihn beide zu brauchen.

»Ganz okay. Ich bin zur Lektorin befördert worden.«

»Wirklich?« Cassie hatte keine Ahnung, was das bedeutete, aber es hörte sich gut an. »Das ist ja toll.«

»Ja.« Amy klang eher müde als begeistert.

»Bedeutet das, dass du zu noch mehr schicken Buchpräsentationen gehen darfst?«

Amy lachte, und ein Hauch von Leichtigkeit kehrte in ihr Gesicht zurück. »Nicht ganz. Außerdem sind die Buchpräsentationen nicht besonders schick, weißt du – in den Buchläden gibt es meistens warmen Weißwein, nicht wie bei dir.« Das Lächeln verblasste langsam. Cassie erinnerte sich, dass Amy Tom bei einer Buchpräsentation kennengelernt hatte. Einer von Toms Freunden hatte ein Buch veröffentlicht, und Tom war zu der Veranstaltung gegangen. Er schien eine unerschöpfliche Menge erfolgreicher Freunde gehabt zu haben, und Cassie hatte sich oft gefragt, bei welchen Gelegenheiten er sie kennenlernte. Allerdings war Tom jemand, der sich in einem Pub mit jemandem unterhielt und im nächsten Moment schon von ihm zu einer Party eingeladen wurde. Seine Energie und Herzlichkeit zogen die Menschen an.

»Also, Amy«, fing Cassie an und bemühte sich um eine freundliche Formulierung, »wolltest du mich, ähm, wegen etwas Bestimmtem treffen?« Es war ihr unangenehm, wie übertrieben förmlich sie klang. Aber sie wollte es wissen. Tom war das Einzige, was sie miteinander verband, und sie war sich sicher, dass er der Grund war, warum Amy sie hatte treffen wollen.

»Also, eigentlich …«

»Cassie?«

Cassie verzog das Gesicht, drehte sich dann jedoch mit neutraler Miene um und sah Robert auf sie zukommen, der sich mit der Hand über den zurückweichenden Haaransatz fuhr. »Was machen Sie da? Ich dachte, Sie wären …« Robert brach ab und warf Amy einen prüfenden Blick zu. Cassie wusste genau, dass er herauszufinden versuchte, ob sie eine potenzielle Kundin war und ob er seinen Charme spielen lassen sollte. Einen Moment lang erwog Cassie zu lügen – zu behaupten, Amy sei ein wichtiger Gast, der hier eine nicht ganz so schicke Buchpräsentation veranstalten wollte. Amy würde wahrscheinlich mitspielen. Doch dann müsste sie nachher Roberts Fragerei ertragen – und das war es nicht wert. Vermutlich konnte sie die Lüge gar nicht aufrechterhalten, ohne ertappt zu werden.

»Das ist Amy«, sagte sie. »Eine Freundin.« Amy nickte höflich, und Roberts Gesichtsausdruck wurde säuerlich. Er öffnete den Mund, zweifellos um ihr zu sagen, dass sie keine Freunde an der Bar treffen durfte – was lächerlich war, denn eine solche Regel existierte nicht. Doch Cassie kam ihm zuvor. »Ich ziehe die Zeit von meiner Mittagspause ab«, erklärte sie mit Bestimmtheit. Er musterte sie skeptisch. Normalerweise trat sie nicht so entschieden auf und zeigte kein Rückgrat. Vielleicht lag es daran, dass sie vor Amy nicht schwach und jämmerlich wirken wollte. Vielleicht daran, dass er ihr in letzter Zeit immer mehr zusetzte. Oder daran, dass sie sich überfordert fühlte. Nicht allein, dass die Hälfte ihrer Gedanken ständig um Toms Hinweis kreiste, während sie versuchte, Robert bei Laune zu halten, sie machte sich auch Sorgen um das Schicksal von Lindas Pub.

Und Robert hatte es nicht interessiert, als sie versucht hatte, ihm das mit dem Pub zu erklären. Er hatte sich geweigert, ihr kurzfristig ein paar Tage Urlaub zu geben, damit sie bei Linda sein konnte, und als sie versucht hatte, mit ihm zu reden, war er ihr über den Mund gefahren. *Es ist nur ein Pub, Cassie. Es gibt Schlimmeres*. Und ja, gut, vielleicht stimmte das, aber es bedeutete ihr trotzdem etwas.

»Wir sehen uns dann in der Mittagspause«, sagte er schließlich, und Cassie hörte die unausgesprochene Drohung – dass er nach ihr sehen und dafür sorgen würde, dass sie die Mittagspause zum Ausgleich durcharbeitete.

Als Robert sich entfernte, verdrehte sie die Augen. »Tut mir leid«, meinte sie seufzend.

»Sei nicht albern.« Amy zögerte. »Dann muss ich dich wohl nicht fragen, wie es mit der Arbeit läuft …?«

»Ach, das ist schon okay«, sagte sie und versuchte, Amy zuliebe etwas fröhlicher zu klingen. »Robert ist vielleicht ein Idiot, aber ich mag meine Arbeit.« Das stimmte. Auch wenn ihr das Hotel momentan etwas einengend vorkam, liebte sie die Veranstaltungen, die Organisation, das Gefühl, wenn alles klappte. Sie liebte den Ausdruck auf den Gesichtern der Leute, wenn die Veranstaltung genau so ablief, wie sie es sich vorgestellt hatten – oder noch besser. Zu wissen, dass sie an diesem Tag zu ihrem Glück beigetragen hatte, so gering ihr Beitrag auch gewesen sein mochte. Es wäre Cassie peinlich, irgendetwas davon laut zuzugeben – sie hatte es nicht einmal Tom erzählt, nicht mit so vielen Worten. Und jetzt konnte sie es nicht mehr.

Sie merkte, dass Amy sie beobachtete, ihr Blick war überaus verständnisvoll, als wüsste sie genau, woran Cassie dachte. Also drückte sie ihren Rücken durch. »Entschuldige, wo waren wir, als wir so rüde unterbrochen wurden?«

»Oh.« Amy blickte auf ihren Kaffee, dann wieder zu Cassie. »Ach, ich wollte nur … Ich wollte dich wohl einfach nur sehen.« Sie schenkte ihr ein schwaches Lächeln, das so gar nicht zu dem verruchten Grinsen passte, an das Cassie sich erinnerte, als Tom sie ihr zum ersten Mal vorgestellt hatte.

Sie hatten sich in Gordon's Weinbar in der Nähe des Embankment getroffen, und Amy war zu spät gekommen. Sie war an den Tisch gekommen, an dem Cassie und Tom im Freien standen und sich unterhielten, und hatte sich überschwänglich entschuldigt, bevor sie Cassie die Hand geschüttelt und ihr gesagt hatte, wie schön es sei, sie kennenzulernen. »Natürlich weiß ich schon alles über dich. Komm, holen wir uns einen Wein. Magst du Wein? Wenn nicht, ist das okay, wir können trotzdem Freundinnen sein, aber ich hole mir einen Wein.«

»Amy«, hatte Tom mit leicht warnendem Unterton gesagt, woraufhin Amy die Augen verdreht hatte.

»Entspann dich, ich bin nett zu ihr.« Amy und Tom hatten einen Blick gewechselt, und Cassie hatte gesehen, wie Toms Miene weich geworden war. Er hatte nur Augen für Amy gehabt, als wären sie ganz allein auf der Welt. Und da war sie zu dem Schluss gekommen, dass Tom die Richtige gefunden hatte. Doch wie es schien, hatte sie sich am Ende getäuscht, genauso wie sie sich vor all den Jahren bei sich selbst getäuscht hatte.

»Es tut mir leid.« Cassie nahm Amys Hand. »Ich hätte anrufen müssen.«

»Nein«, sagte Amy fest. »Hättest du nicht. Ich …« Aber sie schüttelte den Kopf, sodass ihre Locken wippten, und presste die zitternden Lippen aufeinander. »Tut mir leid«, flüsterte sie.

»Das muss es nicht.« Cassie drückte Amys Hand.

Einen Moment lang sagte keine von ihnen etwas, Amys Blick war fest auf ihren Cappuccino gerichtet, während sie offensichtlich um ihre Fassung rang.

»Ich habe mit Toms Schatzsuche angefangen, weißt du«, hörte Cassie sich sagen, weil sie Amy mit etwas ablenken wollte. Amy kannte die alljährliche Tradition der Schatzsuche bereits – sie hatten darüber gesprochen, als sie einmal zu dritt bei Tom gewesen waren, und Amy hatte es toll gefunden. Cassie hatte ein paar von Toms Kinderreimen zitiert, und Amy war entzückt gewesen. »Ich liebe einen Dichter!«, hatte sie erklärt.

Es war das erste Mal, dass Cassie einen der beiden einfach so von »Liebe« hatte reden hören, und sie war zusammengezuckt, doch Tom hatte nur gegrinst und ein Kissen nach Amy geworfen. »Wart es ab, bald schreibe ich dir Sonette.«

»Oh, bitte, ich kann sie gern lektorieren.«

»Wirklich?«, fragte Amy jetzt. »Das hatte ich ganz vergessen. Aber er hat daran gearbeitet, glaube ich, bevor wir …« Sie schüttelte den Kopf. »Wie läuft es?«

»Bis jetzt habe ich erst einen Hinweis entschlüsselt«, gab Cassie zu. »Beim nächsten komme ich irgendwie nicht weiter.«

»Wie lautet er?«

Cassie hatte ein Foto von dem Hinweis gemacht, und obwohl sie es nicht brauchte, weil sie ihn auswendig konnte, holte sie ihr Handy heraus und las ihn ab.

Die Teams treffen sich an einem Frühlingstage,
aber für eins wird es eine Niederlage,
Es ist wahr, alle sind schlau,

doch so ist es, wenn man gehört zu Blau.
PS: Ich kann kaum glauben, dass du noch nie da warst
- Zeit, das zu ändern und etwas Neues auszuprobieren.
PPS: Das Leben ist nur ein Traum.

Amy runzelte nachdenklich die Stirn. »Also geht es um irgendeinen Sport?«

»Ich glaube schon«, sagte Cassie langsam. »Das Wort ›Niederlage‹ hatte sie zunächst an Boxen denken lassen, aber irgendwie konnte sie Boxen nicht mit ihrem Bruder in Verbindung bringen – das war einfach nicht sein Ding. Außerdem ging es wohl um einen Mannschaftssport, sofern ihr nichts entgangen war. Für sie stand lediglich fest, dass das Ereignis im Frühling stattfand und dass es Teams gab – was, wie Amy sagte, auf Sport hindeutete. Sie hatte Football gegoogelt, weil das am naheliegendsten schien – Tom und Sam hatten in der Schule Football gespielt, und sie war noch nie bei einem Footballspiel gewesen. Doch im Frühling gab es jede Menge Spiele, und sie hatte keine Ahnung, welches gemeint sein könnte. Danach hatte sie alles ausprobiert – Rugby, Hockey, Kricket. Aber nichts war ihr als großes Ereignis ins Auge gesprungen – ein Ereignis, von dem Tom angenommen haben musste, dass sie es kannte.

»Blau«, sagte Amy und klopfte mit den Fingernägeln gegen ihre Tasse. »Wie der zweite Platz? Heißt es nicht Rot für den ersten und Blau für den zweiten Platz?«

Cassie runzelte die Stirn – daran hatte sie noch nicht gedacht. Sollte sie nach einem Team suchen, das immer den zweiten Platz belegte oder so? Einen Versuch war es auf jeden Fall wert – solange sie nicht zu spät dran war. Das Gefühl, dass die Zeit verging – der Frühling verging –, belastete sie, auch wenn sie versuchte, es vor Amy zu verbergen.

»Ich denke, du schaffst das«, sagte Amy zuversichtlich. »Du hast doch noch nie eine Schatzsuche nicht zu Ende gebracht, oder?«

»Nein, aber bis jetzt war Tom auch immer da und hat mir geholfen, wenn ich nicht weiterkam.« Daraufhin schwiegen beide. Was würde er jetzt tun, wenn er hier wäre? Würde er mit Amy reden? Wäre er wieder mit ihr zusammen? Oder wären sie immer noch getrennt? Hätte er ihr bei diesem Hinweis geholfen oder ihr herablassend irgendwelche Tipps gegeben und sie sich abstrampeln lassen?

Es war nicht fair. Es war nicht fair, dass sie nie die Antwort auf diese Fragen erfahren würde, dass die Zukunft ihres Bruders einfach so vorbei war.

Sie schloss die Augen, weil Tränen darin brannten, als ihr Telefon auf dem Tisch summte. Sie zog es automatisch zu sich heran und sah, dass es ein Crowdfunding-Alarm war. Die Erinnerung daran, dass sie es nicht geschafft hatte, den Pub zu retten, lastete schwer auf ihr. Linda hatte recht gehabt. Es war nicht einfach, so viel Geld zusammenzubekommen. Nicht, dass Linda ihr deswegen ein schlechtes Gewissen gemacht hätte. Du hast es versucht, hatte sie gesagt, als sie das letzte Mal miteinander gesprochen hatten. Versucht, dachte Cassie – und versagt.

»Die Sache ist die«, erklärte sie Amy, als sie ihr Handy entsperrte. »Linda, unsere Freundin, verliert gerade ihren Pub, und ich versuche, Geld zu sammeln, damit sie …« Doch dann verstummte sie, die Worte blieben ihr im Hals stecken. Denn dies war nicht nur eine weitere kleine, gut gemeinte Spende von einem Freund oder Familienmitglied.

Jemand hatte gerade zehntausend Pfund gespendet.

»O mein Gott!«, kreischte Cassie und sprang auf, setzte sich aber sofort wieder hin, ihr ganzer Körper war in Aufruhr, und sie konnte nicht still sitzen.

»Was ist los?«, fragte Amy erschrocken. »Was hast du?«

»Jemand hat gerade …« Sie schüttelte den Kopf, unfähig, es zu sagen, und drehte ihr Telefon zu Amy hin, damit sie es selbst sah.

Amy stieß einen leisen Pfiff aus. »Das ist ja ein Haufen Geld.«

»Ich weiß.« Plötzlich schoss Adrenalin durch Cassies Körper, und sie konnte nicht mehr klar denken. »O mein Gott, Amy, ich weiß, und ich glaube, das reicht. Alles zusammen ist es genug, glaube ich.« Sie sprang wieder auf. »Amy, es reicht, um den Pub zu retten!«

Zu ihrer Freude stieg Amy sofort mit ein. »Unglaublich! Das ist der Pub bei deinem alten Haus, richtig?«

»Ja«, bestätigte Cassie und nickte ehrfürchtig. »Genau.«

»Von wem ist die Spende? Wer hat so viel Geld gegeben?«

Cassie blickte stirnrunzelnd auf ihr Telefon. Aber es war kein Name angegeben, es gab keine Nachricht. Verwirrt sah sie wieder zu Amy. »Ich habe absolut keine Ahnung.«

KAPITEL SIEBZEHN

Als Sam aufwachte, war es noch dunkel, und er brauchte einen Moment, bis ihm wieder einfiel, wo er sich befand; das Zimmer in Tobys Haus war ihm noch fremd. Es war still – was auffällig war, denn als er eingeschlafen war, hatte aus dem Wohnzimmer laute Musik gedröhnt. Toby hatte nach dem Jachttörn noch alle zu sich eingeladen. Sams Kopf dröhnte. Vermutlich war er davon aufgewacht. Gott, er hatte gestern Abend zu viel getrunken. Am Ende war es ihm leichtgefallen mitzumachen, sich von der Party mitreißen zu lassen.

Neben ihm auf dem Doppelbett regte sich Sophia, die Decke bis zur Taille hochgezogen, sodass der Rest ihrer sinnlichen Kurven zu sehen war. Sich auf sie einzulassen, war ebenfalls ganz einfach gewesen. Auf ihr Flirten einzugehen, sie zu küssen, sich von ihr an die Hand nehmen und auf sein Zimmer führen zu lassen. Es war leicht, in alte Gewohnheiten zurückzufallen, sich an den Tanz zu erinnern, dessen Schritte er so gut beherrscht hatte, bevor er mit Jessica zusammengekommen war.

Da er sich neben Sophia auf dem Bett seltsam beengt fühlte, schlug er die Decke zurück, schlüpfte, so leise er konnte, in die Kleidung von gestern Abend und tappte aus dem Zimmer, wobei er sein Telefon vom Nachttisch mitnahm.

Er ging in die Küche und durch die Schiebetüren nach draußen. Es war nachts verdammt kalt hier, vor allem ohne Mantel.

Sam holte tief Luft, ging über den perfekt gemähten Rasen (Sam wusste nicht, wer ihn mähte – Toby hatte er jedenfalls noch nicht dabei gesehen) und zu dem unfassbar großen Pool am Ende des Gartens. Dort setzte er sich auf den erstbesten Liegestuhl und blickte auf das Wasser. Heute Nacht war nur eine kleine, halb von Wolken verdeckte Mondsichel zu sehen, aber das Mondlicht spiegelte sich auf seltsam beruhigende Weise darin.

Er sah auf seinem Handy nach der Uhrzeit und rechnete kurz den Zeitunterschied aus. In England war es jetzt Morgen, sicher war seine Mutter schon auf den Beinen und trank eine Tasse Tee. Er rief sie an, und sie nahm sofort ab.

»Sam?«

»Hey, Mum. Tut mir leid, dass ich deinen Anruf gestern verpasst habe.« Er hatte den Anruf nicht bemerkt, sein Telefon war auf lautlos gestellt gewesen und hatte irgendwo gelegen.

»Schon in Ordnung. Wie geht es dir, Schatz?«

»Ganz gut. Ich bin noch in den Hamptons. Es ist schön«, fügte er ihr zuliebe hinzu. »Ich sitze gerade am Pool.«

»Oooh, wie schick.« Er hörte ihr an, dass sie sich bemühte, unbeschwert zu klingen. »Und geht es dir … gut? Ich habe mir Sorgen um dich gemacht, so ganz allein da drüben.«

»Ich bin nicht allein«, sagte er beruhigend. »Ich wohne bei Freunden.« Er hatte ein bisschen geschwindelt und ihr erzählt, Toby sei ein Freund von der Uni und nicht ein zufälliger Bekannter, den er auf Toms Beerdigung kennengelernt hatte. Letzteres hätte sie nur beunruhigt.

»Klar. Aber, na ja. Du weißt, was ich meine.«

»Ja«, sagte er, weil das einfacher war, als mit ihr zu diskutieren. Er strich sich mit der Hand über den Kopf, der noch immer heftig pochte.

»Und hast du mit … jemandem … zu Hause gesprochen?« Es war klar, dass sie Jessica meinte, aber nicht direkt fragen wollte, um ihn nicht zu bedrängen.

»Noch nicht. Ich brauche etwas Abstand, um mir über einiges klar zu werden.« Eine schwache Ausrede, aber so war es. Er erinnerte sich an den letzten Nachrichtenaustausch mit Jessica. Nachdem er hastig ein paar Sachen aus ihrer gemeinsamen Wohnung geholt hatte, hatte er auf dem Weg zum Flughafen eine Nachricht von ihr erhalten. Sie bestand nur aus einem Wort: *Warum?*

Er hatte nicht gewusst, was er antworten sollte, außer *Es tut mir leid*. Die Gründe für das Warum waren zu umfangreich, zu verworren, um sie in einer Nachricht zu erklären. Danach hatte sie sich nicht mehr gemeldet. Er hatte sich vorgestellt, wie sie wütete und weinte, und gewusst, dass er nichts sagen konnte, um irgendetwas besser zu machen.

Seine Mutter zögerte einen Moment, und Sam hörte im Hintergrund leise den Fernseher laufen. »Dein Vater hat versucht, dich zu erreichen, weißt du.«

Sam spürte, wie sich sein Rückgrat versteifte, zwang sich aber, ruhig zu sprechen. »Ich weiß.« Er hatte die verpassten Anrufe schließlich gesehen. Und jetzt zog sein Vater anscheinend noch seine Mutter da hinein. »Ich will nicht mit ihm reden.« Es kam ihm eigentlich überflüssig vor, das zu sagen.

Seine Mutter seufzte. »An diesem Groll festzuhalten, tut dir nicht gut, Sam. Er frisst dich nur auf und macht dich bitter.« Darauf erwiderte er nichts. Was war die Alternative? Es gut sein zu lassen, so wie sie, und ständig enttäuscht zu werden? Das war auch nicht besser. Er wusste nicht, wie sie das schaffte, wie sie ihre positive Einstellung behielt, die sie wie ein Licht mit sich herumtrug. Ihm wurde jedoch klar, dass er ihr dafür dankbar war – sie war immer optimistisch, war es schon ihr ganzes Leben lang gewesen, und in diesem Moment überwältigte ihn dieser Gedanke. Denn was hatte sie dafür bekommen? Einen Ehemann, der sie im Stich gelassen hatte, und einen Sohn, der sich als ebenso ein Versager wie sein Vater entpuppte. Sie hatte etwas Besseres verdient als sie beide. Es kam ihm wie eine Selffulfilling Prophecy vor. Bei dem Versuch, nicht wie sein Vater zu sein und die Leute nicht zu enttäuschen, wurde er genau wie er. Er machte kaum Versprechungen, sagte den Leuten, dass auf ihn kein Verlass sei, und enttäuschte sie am Ende doch. Wie Jessica. Und wie Cassie.

»Du solltest versuchen, nicht zu streng mit ihm zu sein«, fuhr seine Mutter in sanftem Ton fort. »Er ist kein schlechter Mensch, er hat nur ein paar schlechte Entscheidungen getroffen. Darum ist er so geworden, wie er jetzt ist. Aber er liebt dich.«

»Ja, aber er hat eine komische Art, das zu zeigen«, murmelte Sam.

»Ich glaube, dein Vater hat im Leben nie den richtigen Weg gefunden, oder besser gesagt, *seinen* Weg. Er ist immer wieder ein bisschen von der Spur abgekommen.« Sam runzelte die Stirn und versuchte, der Analogie zu folgen. »Ich war nicht die Richtige für ihn«, fuhr sie fort. »Ich habe nicht zu ihm gepasst.« Und er darum auch nicht, dachte Sam. »Das habe ich inzwischen akzeptiert. Aber dein Vater ist seitdem auf der Suche nach etwas, das ihm Halt gibt, und ich glaube nicht, dass er es je gefunden hat.«

»Vielleicht hat er sich nicht genug angestrengt.« Sam versuchte, nicht anklagend zu klingen … doch vergeblich.

»Ja, vielleicht.«

»Und vielleicht«, sagte Sam mit zusammengebissenen Zähnen, »hätte er sich darüber klar werden müssen, dass er keine

Familie wollte, bevor er geheiratet und ein Kind bekommen hat.«

»Vielleicht«, stimmte seine Mutter seufzend zu. »Aber das Leben ist voller Vielleichts, und wenn man sich zu sehr darauf konzentriert, vergisst man, einfach zu leben. Und du hast gesehen, mein Schatz, was passiert, wenn du dich zu etwas zwingst, bei dem dein Herz nicht dabei ist.« Sam spürte ein unangenehmes Kribbeln im Bauch. Zum ersten Mal deutete sie an, dass er Jessica etwas Ähnliches angetan hatte wie sein Vater ihr. Das widerstrebte ihm zutiefst. Aber sie verurteilte ihn dafür nicht. Und vielleicht war es gerade diese nervtötende Weigerung, über seinen Vater zu urteilen oder ihn zu verurteilen, die es Sam leicht machte, mit ihr zu reden. Weil er wusste, dass sie zweifelhafte Entscheidungen verstehen oder zumindest akzeptieren konnte, schloss er sie nicht wie andere Menschen aus seinem Leben aus.

»Es tut mir leid, Mum«, sagte er, und seine Kehle wurde eng. »Mit Dad … Ich kann das einfach nicht. Und alles andere tut mir auch leid.«

»Du brauchst dich nicht bei mir zu entschuldigen, mein Schatz.«

Er beschloss, ihr etwas Gutes zu tun. Ihr einen Aufenthalt in einem Spa oder so etwas zu schenken, um ihr seine Zuneigung zu zeigen, auch wenn er ein mieser Sohn war. Aber für den Moment ließ er es dabei bewenden. »Wie läuft es bei dir?«, fragte er.

»Oh, alles beim Alten. Hast du von Lindas Pub gehört?«

»Nein, was ist damit?«

»Sie muss ihn verkaufen. Es hat eine Überschwemmung gegeben, und sie kann es sich nicht leisten, ihn zu behalten.« Sie seufzte. »Ohne den Pub wird das Dorf nicht mehr dasselbe sein. Das ist ganz schön traurig.«

»Das ist …« Sam rieb sich mit einer Hand über den Nacken. »Ja. Ja, das ist traurig.« Er dachte daran, wie oft er und Tom als Kinder dort gewesen waren, um ihre Hausaufgaben zu machen oder herumzualbern. Später als Teenager hatte Sam dort gewartet, dass Toms Schicht zu Ende war. Und als Claire sich nicht genug um Tom und Cassie gekümmert hatte, war Linda wie eine Mutter für die beiden gewesen, der Pub war ihr zweites Zuhause. Er erinnerte sich gut, wie er mit Tom dort gesessen und Karten gespielt hatte, als es regnete und ihnen langweilig war. Cassie hatte gearbeitet – wie alt war sie da, sechzehn? Sie hatte eben erst dort angefangen, und ihr war deutlich anzusehen gewesen, wie stolz sie darauf war. Tom hatte ihn gerade bei einer Runde *Trumpf* geschlagen und sich deshalb über ihn lustig gemacht, als Cassie mit der Mittagsschicht fertig gewesen war. Ihre Wangen waren gerötet, sie hatte das Haar auf dem Kopf zu einem Knoten zusammengebunden und eine schwarze Kellnerinnenuniform getragen. Sie strotzte nur so vor Energie. Cassie hatte gemeint, Tom sei derjenige, der vor Leben und Energie strotzte – aber sie irrte sich. Sie war genauso, nur bei anderen Dingen.

»Was macht ihr zwei da?«

Tom verdrehte die Augen. »Wonach sieht es denn aus, Streifenhörnchen?«

»Darf ich mitspielen?«

Tom zögerte und sah Sam fragend an. Das tat er nur, um sie zu ärgern.

»Hmmm, ich weiß nicht so recht«, sagte Sam, »›Trumpf‹ ist eher ein Spiel für zwei Personen, meinst du nicht auch?«, fragte er Tom, der ernst nickte.

»Ja, ich glaube auch.«

»Okay«, sagte Cassie. »Ihr könnt mich mal.« Und damit machte sie auf dem Absatz kehrt.

Tom grinste Sam an, und obwohl er wusste, dass Tom sie zurückrufen würde, knickte Sam als Erster ein. Kaum hatte sie einen Schritt gemacht, sagte er: »Ach, komm schon, Cass, du weißt, dass wir nur Spaß machen. Setz dich.« Er zog einen Stuhl für sie heraus, und Cassie beäugte ihn misstrauisch. Offensichtlich überlegte sie, ob sie sich die Neckereien gefallen lassen wollte oder nicht. »Komm schon«, drängte er. »Ich lass dich auch die erste Runde gewinnen.«

Tom schnaubte. »Du musst sie nicht gewinnen lassen, Alter, sie wird dich fertigmachen.« Und Tom hatte – wie immer – recht gehabt.

Sams Kopf pochte wieder. »Ich muss Schluss machen, Mum, tut mir leid – hier ist es noch Nacht.«

»In Ordnung, Schatz. Bis bald – bitte melde dich, ja? Ich hab dich lieb.«

»Ich dich auch.«

Er legte auf und starrte in das fahle Mondlicht. Im Geiste sah er Cassies Gesicht vor sich, das er nie ganz verdrängen konnte, obwohl er sich immer gesagt hatte, dass sie tabu war. Obwohl er die Mauer akzeptierte, die sie zwischen ihnen errichtet hatte, und sich einredete, dass es besser so war. Obwohl er zu leugnen versuchte, wie sehr er sie vermisste – ihre unkomplizierten Gespräche, die Freundschaft, die Tatsache, dass er ihr nichts erklären musste, weil sie ihn einfach immer verstand.

Unwillkürlich öffnete er ihre Facebook-Seite und hoffte, einen Beweis dafür zu finden, dass es ihr gut ging. Das Erste, was er dort sah, war ein Crowdfunding-Aufruf. *Rettet unseren Pub!* Sein Herz schlug heftig. Lindas Pub. Er klickte sich durch. Dreißig Riesen mussten sie zusammenbekommen – sie waren bei knapp zwanzig und hatten noch zwei Tage Zeit. Ziemlich gut, dachte er. Aber offensichtlich nicht gut genug. Er starrte auf das Foto des Pubs, das Cassie auf die Seite gestellt hatte.

Wer würde ihn Linda abkaufen? Wahrscheinlich ein Bauunternehmer. In diesem Fall würde er abgerissen werden und einem seelenlosen Wohnblock oder etwas Ähnlichem weichen müssen. Er kannte solche Leute, hatte mit ihnen gearbeitet. Und Cassie … Erneut blitzte ihr Gesicht in seinem Kopf auf, strahlende, braune Augen, goldenes Haar. Sie würde es furchtbar finden. Ganz schrecklich.

Ihm schoss eine Idee durch den Kopf. Cassie war das Wichtigste in Toms Leben gewesen. Er konnte mit nichts wiedergutmachen, dass er nicht in Argentinien gewesen war, als er es hätte sein sollen. Aber er konnte es zumindest ansatzweise versuchen, indem er Cassie, Toms kleiner Schwester, half. Und die Gelegenheit dazu war hier vor seiner Nase. Er konnte Cassie dabei unterstützen, etwas zu retten, das ihr am Herzen lag.

Es war eine spontane Entscheidung: Er würde einen Großteil seiner Ersparnisse nehmen und den Rest des Geldes spenden, den Cassie brauchte. Wen interessierten schon Ersparnisse? Hier konnte er etwas bewirken, er konnte Cassie helfen, trotz einer schrecklichen Tragödie glücklich zu sein. Er würde noch mehr Geld verdienen. Und es hatte sich ohnehin herausgestellt, dass es keine Rolle spielte, oder? Er hatte über Jahre Geld zusammengespart, immer fest entschlossen, noch mehr zu verdienen, um ein unbekanntes Ziel zu erreichen. Doch jetzt würde er alles sofort weggeben, wenn er Tom dafür zurückbekäme.

Also ja, er würde es Cassie und dem Pub spenden. Doch als auf der Seite nach seinem Namen gefragt wurde, zögerte er. Möglicherweise würde Cassie das Geld nicht annehmen, wenn sie wusste, dass es von ihm kam. Und vielleicht wollte er auch gar nicht, dass sie es erfuhr, nach dem, was sie bei ihrer letzten Begegnung zu ihm gesagt hatte. Sie sollte nicht denken, er hätte irgendwelche Hintergedanken, und er wollte keine Fragen nach dem Warum beantworten müssen. Also kreuzte er stattdessen das Kästchen »Anonym« an.

KAPITEL ACHTZEHN

Als Sam zum zweiten Mal aufwachte, lächelte Sophia ihn von ihrem Kissen aus an, durch einen Spalt zwischen den Vorhängen schien die Sonne auf ihr Gesicht. Sie sah erschreckend frisch aus, die Augen strahlend, die Lippen glänzend. »Hey, Hübscher«, sagte sie.

»Hey, du.« Im Gegensatz zu ihrer Stimme klang seine noch heiser vom Schlaf.

»Letzte Nacht hat Spaß gemacht.« Sie streckte die Hand aus und ließ die Fingerspitzen über seinen nackten Arm tanzen.

»Ja.« Und es hatte ein paar gute Momente gegeben, auch wenn er sich nicht ganz sicher war, ob es eine gute Idee gewesen war.

Er setzte sich auf. »Sorry. Ich muss unter die Dusche.« Er küsste sie auf den Scheitel, bevor er ins Bad ging, weil er wusste, dass sie so etwas erwartete. Als er sich auf dem Waschbecken abstützte und sich im Spiegel ansah, verzog er das Gesicht. Wollte sie jetzt mehr von ihm? Aber er hatte ihr doch nichts versprochen, oder? Und sie hatte den ersten Schritt gemacht, auch wenn er nur allzu bereitwillig darauf eingegangen war. Tom hatte ihn immer damit aufgezogen. Und dann fiel ihm ein, wie Tom in dem winzigen Zimmer ihres Erstsemesterwohnheims auf seinem schmalen Bett gesessen und den blonden Schopf geschüttelt hatte.

»Die Mädchen werfen sich dir buchstäblich an den Hals, stimmt's, Malone?«

»Nur kein Neid, Grün steht dir nicht.«

Tom hatte nie Probleme mit Frauen gehabt – sie standen quasi Schlange bei ihm, aber er hatte nur eine Freundin an der Uni, und dann hatte er Amy kennengelernt, das war's.

»Pff, mir doch egal, nichts, das sich zu behalten lohnt, ist leicht zu haben«, antwortete Tom.

»Hast du nebenbei einen Philosophiekurs belegt, von dem ich nichts weiß?«

Tom warf einen Stift nach Sam, der ihn am Arm traf.

Er lächelte ein wenig bei der Erinnerung.

Als er unter der Dusche die Temperatur so weit aufdrehte, dass seine Haut unter dem heißen Wasser kribbelte, wurde ihm die ganze Tragweite seiner Entscheidung von letzter Nacht bewusst. Cassie. Der Pub. Seine Ersparnisse.

Mist.

Er hatte aus einer Laune heraus gehandelt und die Sache nicht durchdacht, war von dem Bedürfnis überwältigt worden, etwas für Tom zu tun.

Aber würde er es jetzt, nach nüchterner Prüfung, rückgängig machen, wenn er könnte? Nein, entschied er. Nein – er war froh, dass er es getan hatte –, wenn Cassie dadurch etwas behalten konnte, an dem ihr Herz hing. Wenn er Tom dadurch auch nur ein bisschen ehren konnte, dann hatte er die richtige Entscheidung getroffen. Aber nun musste er verdammt noch mal überlegen, was er als Nächstes tun wollte. Etwas Geld hatte er zwar noch, aber das würde nicht ewig reichen.

Als er zurückkam, war Sophia bereits aufgestanden. Alle waren in der Küche versammelt, wo Kaffee und Eier auf der Frühstückstheke standen. Wahrscheinlich Tobys Werk. Dafür, dass es in seiner Kindheit wohl einen Koch im Haus gegeben hatte, fand sich der Kerl erstaunlich gut in der Küche zurecht.

Toby stand vor den Holzschränken und hielt fragend einen Becher hoch, als Sam sich an den Frühstückstresen aus Granit setzte. Sam nickte, und Toby reichte ihm den Becher mit frisch gebrühtem Kaffee.

»Gute Nacht gehabt?«, fragte Toby und grinste.

Sam verdrehte nur die Augen und nippte an dem schwarzen, leicht bitteren Kaffee. Zum Glück sagte Toby nichts weiter. Am Ende der Frühstückstheke lehnte Sophia und unterhielt sich intensiv mit Zoe – wobei Sophia den größten Teil des Gesprächs bestritt. Beide trugen schwarze Seidenmorgenmäntel, als hätten sie sich abgesprochen. Die anderen von gestern Abend – an die meisten Namen konnte Sam sich nicht erinnern – schienen nicht mehr da zu sein, obwohl das Haus für dreimal so viele Platz hatte. Es verfügte über acht Schlafzimmer, ein Riesenwohnzimmer, ein separates »Filmzimmer« mit einer derart großen Leinwand, dass es durchaus als Privatkino durchgehen konnte, und zwei Whirlpools, von dem Pool ganz zu schweigen. Die Küche war eigentlich noch das Normalste. Stylish, modern und hell, ja – aber relativ klein, nicht zu vergleichen mit dem Luxus im Rest des Hauses. Vielleicht war nicht vorgesehen gewesen, dass man dort viel Zeit verbrachte. Das Kochen sollten wohl andere für einen erledigen.

Sam tippte mit den Fingern gegen seinen Becher. »Toby, hast du zufälligerweise eine Idee, wie man hier draußen an einen Job kommt?«

Toby lehnte sich von der anderen Seite an den Frühstückstresen und öffnete den Mund, um etwas zu sagen, doch da meldete sich Zoe vom Ende der Theke. Offenbar verfolgte sie die Gespräche um sie herum, auch wenn sie normalerweise nichts dazu beitrug. »Wozu brauchst du einen Job?«, fragte sie mit skeptischer Miene, als wäre die Vorstellung skandalös.

»Ja, bist du nicht im Urlaub hier?«, fügte Sophia hinzu und warf ihr dunkles Haar über die Schulter.

»Ich …« War er das? Vermutlich, denn er konnte ja nicht für immer herziehen, oder? Aber er hatte noch nicht viel darüber nachgedacht, wie es weitergehen sollte. Er versuchte einfach nur, Tag für Tag, Woche für Woche zu überstehen.

»Lasst ihn in Ruhe, ja?«, sagte Toby kopfschüttelnd zu den Frauen, dann wandte er sich wieder an Sam. »Ich weiß nicht recht, wie man das organisieren könnte, mein Freund, aber ich kann mit ein paar Leuten sprechen und die Fühler ausstrecken, wenn du willst. Mach dir nicht zu viele Gedanken um das Geld, wenn das deine Sorge ist. Du weißt, ich freu mich, wenn du bei mir wohnst.«

»Danke, aber ich will nur … weißt du, meinen Beitrag leisten.«

»Ja, klar«, sagte Toby lässig. »Das verstehe ich.« Er grinste – ein spontanes, lockeres Grinsen. »Du hast keine Lust auf Journalismus, oder?«

Sam lachte ein wenig. »Das überlasse ich wohl lieber dir.«

»Ist dein Freund nicht bei einem Kletterunfall gestorben?«, fragte Zoe. Sam zuckte zusammen, weil sie es so beiläufig einwarf, während Toby in warnendem Ton »Zoe« sagte.

Zoe strich sich das Haar zurück. »Ich dachte, er könnte einen persönlichen Artikel für eine Zeitung schreiben, das ist alles. Ich versuche nur zu helfen.« Sie sah Toby anklagend an. »Du hast von Journalismus angefangen.«

»Sorry«, erwiderte Toby beschwichtigend. »Das weiß ich.« Als Zoe und Sophia sich wieder ihrem eigenen Gespräch zuwandten, sagte Toby lautlos »Tut mir leid« zu Sam. Dieser versuchte, lässig mit den Schultern zu zucken, was ihm jedoch nicht recht gelang.

In der Tasche seiner Jeans – Sam war der Einzige, der richtig angezogen war, wie er erst jetzt feststellte – summte sein Telefon, und er holte es heraus. Eine Nachricht von der Crowdfunding-Plattform. Cassie Rivers hatte ihm eine Nachricht geschickt.

Sein Herz machte einen Satz. Er hatte doch anonym gespendet, oder etwa nicht? Doch, er war sich sicher.

Wer auch immer Sie sind, ich danke Ihnen. Das ist so unglaublich großzügig von Ihnen, es ist einfach unbeschreiblich, was das für Linda und mich bedeutet. Ihre Spende hat uns gerettet.

Na, also. Die Spende hatte sie gerettet. Er hatte etwas Positives getan, für Tom, für Cassie.

Er schrieb zurück. *Gern geschehen.*

Ihre Antwort kam sofort. *Wenn Sie mir die Frage gestatten, was hat Sie zu der Spende veranlasst?*

Es war vorsichtig formuliert – sie wollte offenbar wissen, wer zum Teufel er war, und hatte zu viel Taktgefühl, um unverblümt zu fragen. Was ihn zu der Spende veranlasst hatte …? Was sollte er darauf antworten? *Ich war ein Freund von Tom*, schrieb er und löschte es wieder. Es könnte zu offensichtlich sein, außerdem würde es zu einem Gespräch über Tom führen, und dazu war er noch nicht bereit.

Ich weiß den Wert lokaler Unternehmen zu schätzen. Als Anwalt habe ich zu oft der anderen Seite geholfen. Ich fand es an der Zeit, etwas zurückzugeben.

Das stimmte, in gewisser Weise – durch seine Arbeit im Gesellschaftsrecht hatte er oft den Leuten mit dem meisten Geld geholfen und war mindestens zweimal in einem Team mit an der Vernichtung eines kleinen Unternehmens beteiligt gewesen. Es war eine Grauzone für ihn. Nichts, was er gern tat, aber das hatte er verdrängt – schließlich wandten die Leute sich nur an sie, wenn etwas juristisch geklärt werden musste. Er machte also nur seinen Job. Das hier war etwas anderes – Linda verkaufte vermutlich, weil der Pub pleite war, nicht, weil sie verklagt wurde, aber trotzdem war das eine Gelegenheit, etwas zu retten, statt es niederzureißen. Wenn er es so hindrehte, erzählte er Cassie keine Lüge.

»Alles in Ordnung, Sam?« Toby sah ihn an, als hätte er mit ihm gesprochen und erwartete eine Antwort.

»Ja. Sorry, ja.«

»Ich hab gerade gesagt, du könntest vielleicht …«

Aber er konnte sich nicht auf Tobys Worte konzentrieren, dachte stattdessen an Cassie. Vielleicht lächelte sie jetzt, vielleicht war etwas von diesem Leuchten in ihre Augen zurückgekehrt, da sie es geschafft hatte. Dieses Leuchten fehlte ihm. Nicht erst seit Toms Tod, sondern schon länger. Früher war er Teil davon gewesen – ein Grund dafür gewesen. Früher konnte er sie zum Lachen bringen, und sie hatte ihn dabei auf diese warme Art angesehen. Eine solche Zuversicht und Sicherheit hatten darin gelegen, dass es fast unerträglich gewesen war. Er hatte nur die eine Möglichkeit gesehen, dieses aufkeimende Gefühl zwischen ihnen zu zerstören, damit er nichts kaputt machen konnte – denn wenn er dem nachgegeben, wenn er sich auf Cassie eingelassen hätte, hätte er es vergeigt, früher oder später, das wusste er – und das wäre für beide noch viel schlimmer gewesen. Er war davon überzeugt, dass er sie am Ende verloren hätte.

Aber jetzt hatte er sie trotzdem verloren. Damals, weil er sie verraten hatte, und jetzt, weil er Tom verraten hatte. Und ein winziger, egoistischer Teil in ihm wusste, dass sein Herz beim Anblick ihres Namens nicht schneller geschlagen hatte, weil er fürchtete, sie könnte herausgefunden haben, wer der Spender war. Und auch nicht wegen der Erinnerung an Tom. Der Grund war der, dass er durch seine Hilfe bei der Rettung des Pubs irgendwie noch ein bisschen an ihrem Leben teilhatte – auch wenn sie das nie erfahren würde.

KAPITEL NEUNZEHN

Cassie klopfte neben der Tastatur mit den Fingerspitzen auf den Schreibtisch, während sie die Google-Liste durchging. Jedes Klopfen fühlte sich an wie das Ticken einer Uhr. Der Countdown bis zum Ende des Frühlings – der die Sekunden herunterzählte, während sie immer noch an Toms Hinweis herumrätselte.

Nein. Hör auf, sagte sie sich. Mit Panik war niemandem geholfen. Sie musste sich konzentrieren, darüber nachdenken. Aber im Moment musste sie auch arbeiten. Also wechselte sie den Tab, weg von der Liste der »Frühlingsevents« zu einer Essensliste.

»Was hältst du von Passionsfrucht?«

»Hm?« Josh blickte von seinem Schreibtisch auf, wo er gerade etwas auf einen Block zeichnete. Sein Computerbildschirm war dunkel, da ungenutzt. »Keine Ahnung. Ich weiß nicht, ob ich überhaupt eine Meinung zu Passionsfrucht habe.«

»Als Kuchengeschmack«, erklärte Cassie. »Für diesen achtzigsten Geburtstag«, fügte sie hinzu.

»Verstehe.« Josh widmete sich wieder seiner Zeichnung. Cassie konnte von ihrem Platz aus nicht erkennen, was er da machte, doch sie war sich zu neunzig Prozent sicher, dass es nichts mit der Arbeit zu tun hatte. Vielleicht eine Hausarbeit für seinen Masterabschluss. »Die Ps.«

»Genau.« Cassie scrollte durch andere mögliche Geschmacksrichtungen mit »P« und kam zu dem Schluss, dass Passionsfrucht immer noch ganz oben auf ihrer Liste stand. Es war der Geburtstag einer Frau namens Pauline, und die Tochter, die die Veranstaltung gebucht hatte, wollte, dass in allem ein P vorkam. Buchstäblich in allem. Das Essen, die Getränke, der Kuchen, die Dekoration und die ausgewählten Lieder mussten mit einem P beginnen. Beim Essen war Cassie das gelungen, indem sie Zutaten kombiniert und darauf geachtet hatte, dass das »P« am Anfang stand. Portulaksalat mit Ziegenkäse. Pastinaken-Apfel-Suppe. Parmesankruste an geröstetem Blumenkohl.

»Tee?«, fragte Josh, schob seine Zeichnung beiseite und stand auf. Das tat er, wenn ihm langweilig war – er stand etwa alle zehn Minuten auf, um Tee zu holen, und dann alle dreißig, um die Toilette zu gehen.

Cassie nickte geistesabwesend. »Gern.«

Als Josh aus dem Zimmer war, blickte sie auf ihr Handy und entdeckte eine Nachricht von Linda.

Treffen mit den Anwälten am Montag x

Cassie spürte ein leichtes Nervenflattern. Noch bevor die letzte Spende eingegangen war, hatte der Verkaufsprozess bereits begonnen, und jetzt musste Linda sich mit den zuständigen Anwälten treffen, um von dem Verkauf zurückzutreten. Vermutlich würden sie am Montag wissen, ob das überhaupt noch möglich war. Cassie versuchte, optimistisch zu bleiben. Es würde schon gut gehen. Sie konnten Linda nicht zwingen, die letzte Phase des Verkaufs durchzuziehen, doch Cassie kannte sich mit der rechtlichen Seite nicht aus.

Linda war sprachlos gewesen, als Cassie ihr die Neuigkeit vor ein paar Tagen am Telefon überbracht hatte. Sie hatte Cassie mehrmals gebeten, es zu wiederholen. Dann hatten sie beide geweint. Frisch motiviert durch die Nachricht, dass sie ihr Baby doch behalten durfte, hatte Linda alle möglichen Ideen aufgezählt, wie der Pub erfolgreich weitergeführt werden könnte. Sie wollte den Pub eines Tages in gutem Zustand in andere Hände übergeben. Ihr war klar geworden, wie schrecklich es gewesen wäre, ihn aufgeben zu müssen, ohne über sein weiteres Schicksal bestimmen zu können.

Dann hatten sie darüber spekuliert, wer der anonyme Spender wohl war.

Nachdem sie eine E-Mail mit dem Vorschlag für einen Passionsfruchtkuchen an Paulines Tochter geschickt hatte, öffnete Cassie das Crowdfunding-Konto und las aufs Neue die Nachricht.

Ich weiß den Wert lokaler Unternehmen zu schätzen. Als Anwalt habe ich zu oft der anderen Seite geholfen. Ich fand es an der Zeit, etwas zurückzugeben.

Die Bürotür ging auf, aus dem Kellergang fiel künstliches Licht herein, und Josh trat ein. Er kam zu ihr, stellte den Tee vor ihr ab und blickte über ihre Schulter auf den Computermonitor. »Hmm, also keine neuen Hinweise darauf, wer es ist?«

Cassie schüttelte den Kopf.

»Vielleicht ist es Jeff Bezos«, schlug Josh vor und ging zu seinem Schreibtisch zurück.

Cassie schnaubte. »Weil er so ein Menschenfreund ist? Und großes Interesse hat, einen Pub zu retten, in dem er noch nie war, von dem er noch nie gehört hat und der ihm nichts bedeutet?«

»Man kann nie wissen.«

»Soll ich ihn anrufen und fragen?«

Josh grinste. »Ja. Bitte mach das.«

»Es sollte keine Rolle spielen«, sagte sie, mehr zu sich selbst als zu Josh. »Warum kann ich mich nicht einfach freuen? Es sollte mir egal sein, wer dahintersteckt.«

»Aber so sind wir eben, wir Menschen, nicht wahr?«

»Ich möchte nur wissen, wem ich das zu verdanken habe.« Aber es war mehr als das. Sie traute der Sache nicht. Sie glaubte irgendwie nicht, dass ein Anonymus ihnen einen derart großen Batzen Geld geschenkt hatte. Wenn es nun jemand war, der später etwas dafür haben wollte? Und wenn schon, versuchte sie sich einzureden – sie hatte nichts versprochen. Es gab keinen Vertrag, es war eine Spende. Aber das bedeutete noch nicht, dass sie schon aufgeben würde.

Sie tippte eine Antwort. *Ich würde Sie gern über die Fortschritte auf dem Laufenden halten. Ihnen vielleicht ein paar Rabattcodes geben, sobald alles wieder läuft.* Linda würde sicher nichts dagegen haben. Sie wollte genauso gern wissen, wer dahintersteckte, wie sie. *Gibt es eine E-Mail-Adresse, über die ich Sie erreichen kann?* Sie trommelte ungeduldig mit den Fingern, während sie auf eine Antwort wartete. *Ich würde gern wissen, wie es weitergeht. Posten Sie Updates auf dieser Seite?*

Cassie schnitt eine Grimasse. Bestimmt würden sie das tun: für alle, nicht nur für den geheimnisvollen Spender – für all die Menschen, die etwas gegeben hatten, groß oder klein. Er war ihrer versteckten Frage nach einem Namen also geschickt ausgewichen. *Das werde ich tun. Linda auch. Kennen Sie Linda?*

Diesmal ließ die Antwort etwas länger auf sich warten. *Nein. Aber ich hatte beruflich mit Pubs zu tun, und, wie schon gesagt, mir gefällt der lokale Bezug.*

Nun, das war keine große Hilfe. Vielleicht war er wirklich nur zufällig auf die Seite gestoßen und wollte etwas Gutes tun. Sie starrte ein paar Sekunden lang auf das Display, wusste aber nicht, was sie noch sagen konnte. Stattdessen sah sie sich wieder den zweiten Hinweis von Tom an – aus irgendeinem Grund dachte sie, sie könnte ihn eher entschlüsseln, wenn sie die Worte las, statt sie nur im Kopf durchzugehen. Ihr Magen krampfte. Was sollte sie tun, wenn sie es nicht rechtzeitig herausfand? Wenn sie den Frühlingstag verpasste, den er im Sinn gehabt hatte, und der Hinweis verfiel, für immer verloren war? Sie würde das Geschenk nicht bekommen, aber was noch wichtiger war, sie würde den Weg nicht zu Ende gehen können, den ihr Bruder für sie vorgesehen hatte. Und das musste sie. Sie musste weitermachen, sie brauchte die Nachrichten von Tom. Sie gaben ihr das Gefühl, dass er für sie nicht wirklich verloren war.

»Was ist denn jetzt los?«, fragte Josh, der viel zu sehr darauf achtete, was sie tat – noch ein Zeichen dafür, dass ihm langweilig war.

»Es geht um meinen nächsten Hinweis. Von Tom.« Sie schüttelte leicht verzweifelt den Kopf. »Ich krieg das nicht hin, Josh. Ich finde es nicht heraus.«

»Okay. Ist okay.« Er kam zu ihrem Schreibtisch zurück und beugte sich über ihre Schulter, um den Hinweis auf ihrem Telefon zu lesen. »Nun, ein ›Blauer‹ zu sein, ist doch so ein Oxbridge-Ding, oder? Bei den dortigen Sportmannschaften.«

Cassie starrte ihn an. »Wirklich?«

»Ziemlich sicher, ja. Meine Schwester war in Cambridge«, fügte er achselzuckend hinzu.

Cassie blickte auf ihr Telefon und las den Hinweis noch einmal.

Die Teams treffen sich an einem Frühlingstage,
aber für eins wird es eine Niederlage,
Es ist wahr, alle sind schlau,
Doch so ist es, wenn man gehört zu Blau.

Ihr Herz machte einen kleinen Satz, und ihre Fingerspitzen kribbelten vor Aufregung. »Moment, Josh, das könnte es sein! Es ist Oxford gegen Cambridge, es ist …« Sie brach ab und starrte auf das letzte »PS« des Hinweises. *Das Leben ist nur ein Traum.*

Eine tief vergrabene Erinnerung stieg undeutlich in ihr empor. Die Stimme ihrer Mutter, die eine Melodie summte, während sie Cassie über das Haar streichelte, damit diese einschlief. *Row, row, row your boat …*

Sie blinzelte, und die Erinnerung verblasste. »Josh.«

»Cassie.«

»Es ist die Regatta.« Sie grinste und stieß eine Faust in die Luft. »Es ist die Ruderregatta Oxford-Cambridge, Josh, da soll ich hinfahren! Und das passt, denn ich war noch nie dort, und er wollte, dass ich etwas Neues kennenlerne!«

»Wirklich, du warst noch nie dort? Ich schon – das macht Spaß, meine Schwester hat mich vor drei Jahren mitgeschleppt …«

»Darum geht es nicht, Josh!«

»Klar, tut mir leid. Aber das ist großartig! Klatsch ab, du hast es geschafft!« Er hielt die Hand hoch, und sie klatschte ihn grinsend ab. Sie hatte es geschafft! Aber dann befiel sie erneut Panik.

»Moment, aber wann ist die Regatta, Josh? Wann findet sie statt?« O Gott, vielleicht hatte sie schon stattgefunden? Sie tippte wie verrückt in die Tastatur, gab die Frage bei Google ein und seufzte erleichtert, als sie das diesjährige Datum sah.

»Okay«, sagte Josh lächelnd, »sieht ganz so aus, als wüssten wir, was wir nächstes Wochenende machen.«

Nächstes Wochenende. Gerade noch rechtzeitig. Dann runzelte sie die Stirn. »Moment – wir?«

»Ja. Du sollst doch nicht die Einzige sein, die Spaß hat. Ich will aus nächster Nähe erleben, wie das Ganze abläuft, und werde dich auf jeden Fall zu deiner ersten Ruderregatta begleiten.«

Cassie schüttelte den Kopf. »Robert wird uns unter keinen Umständen beiden freigeben.«

»Keine Sorge, liebste Cassie«, sagte Josh mit einem wissenden Lächeln. »Ich habe einen Plan.«

KAPITEL ZWANZIG

Cassie stand mit Hazel vor dem Pimm's-Zelt in den Furnival Gardens, Hammersmith. Hazel hatte darauf bestanden, dass sie sich die Regatta von hier aus ansahen. Als Cassie sie nach dem Grund gefragt hatte, hatte sie nur gesagt, sie habe es gegoogelt, von hier habe man die beste Aussicht. Sie hatte sogar einen Termin verlegt, um mitkommen zu können, und vor sich hin gemurmelt, sie könne nicht glauben, dass sie es vergessen habe. Cassie war gar nicht bewusst gewesen, dass Hazel sich so für die Ruderregatta interessierte. Sie standen auf der Wiese, überall waren Leute, die Pubs in der Umgebung quollen über, der ganze Ort stand kopf. Der Tag war perfekt – der Himmel strahlend blau mit malerischen Schäfchenwolken, die Sonne schien mit voller Kraft, als würde auch sie gespannt zusehen. Für kurze Hosen und T-Shirts, die einige Leute trugen, war es eigentlich noch nicht warm genug, aber Cassie konnte das Gefühl nachvollziehen.

»Wo ist er?«, fragte Cassie und sprang vor dem rot-weißen Zelt auf und ab. »Wir werden es noch verpassen!«

»Ich bin sicher, er kommt jeden Moment«, sagte Hazel beruhigend.

»Aber sieh doch!« Sie deutete auf die nächstgelegene Leinwand, auf der die die Regatta verfolgen konnten, die nicht nah genug an die Themse herankamen. Dort waren jetzt die beiden langen gelben Boote mit den jeweils acht Ruderern zu sehen, eine Mannschaft in Dunkelblau, die andere in Enteneiblau.

Josh kam aus dem Zelt, in den Händen drei Becher Pimm's. »Sorry«, sagte er und verteilte die Getränke, »da war eine Schlange. Egal, kommt, machen wir ein Foto!« Er holte sein Handy heraus, positionierte sie alle drei so, dass sie mit dem Rücken zur Themse standen – die größtenteils von der Menschenmenge verdeckt war – und knipste.

»Das wirst du doch wohl nicht etwa auf Instagram posten, oder?«, fragte Cassie – Josh war ein großer Fan von Instagram. »Dort wird Robert es sehen.«

Josh tätschelte Cassies Hand. »Du tust so, als wäre ich ein Anfänger.«

Sein »Plan«, um sicherzustellen, dass sie beide den Tag freibekamen, hatte folgendermaßen ausgesehen: Er hatte Robert überredet, Cassie das Wochenende freizugeben. Es sei ein ruhiges Wochenende mit wenigen Veranstaltungen, und sonst sei Cassie am Montag und Dienstag nicht da, um sich um die zahlreichen Anliegen von Paulines Tochter zu kümmern; der Geburtstag stand kurz bevor. Nachdem sich Robert darauf eingelassen hatte, hatte er sich gestern Mittag das fettigste Imbissessen geholt, das er finden konnte, es vor Roberts Augen vertilgt, am Ende des Tages über Magenschmerzen geklagt – und prompt, wie sich heute herausgestellt hatte, eine Lebensmittelvergiftung bekommen. Skrupel hatte er dabei offenbar nicht, denn es bedeutete, dass Robert ausnahmsweise die Laufereien selbst übernehmen musste, und es war wirklich ein ruhiges Wochenende.

»Kommt schon«, sagte Hazel. »Hattest du nicht Angst, dass wir es verpassen? Wenn wir es live sehen wollen, müssen wir uns durch die Menge kämpfen.« Sie deutete auf die Menschen, die sich an die Steinmauer drängten und auf die Themse hinunterblickten. Cassie nickte, ihr Herz hämmerte. Sie hatte keine Ahnung, wonach sie suchte. Es gab keinen zusätzlichen Hinweis, keinen Namen einer Person, nach der sie fragen sollte. Sollte sie etwa die ganze Themse absuchen, um vielleicht etwas zu finden? Tom hatte gewusst, dass sie sich so fühlen würde. Aber aus seiner Nachricht ging hervor, dass er eigentlich geplant hatte, dabei zu sein. Kurz schloss sich eine Faust um ihr Herz, weil er nicht hier war.

»Und los geht's«, tönte es aus dem Lautsprecher, und Cassie schrie auf. Beinahe hätte sie ihren Pimm's fallen lassen.

»Kommt schon!«, sagte Hazel. Die drei hielten sich an den Händen – Hazel vorneweg, weil sie aufgrund ihrer Körpergröße im Vorteil war, wenn sie sich durch die Menschenmenge schlängelte. Mit viel Rempeleien, »Sorry« und »Entschuldigung« schafften sie es bis nach vorn, direkt an die kleine Steinmauer, die Hammersmith Bridge zu ihrer Linken. Unter ihnen erstreckte sich die Themse, der Fluss plätscherte sanft ans Ufer, glitzerte in der Sonne und täuschte über die trübe dunkle Brühe hinweg.

»Ich kann sie nicht sehen!« Cassies Stimme klang etwas zu hoch.

Hazel ging in die Hocke, vermutlich um den Leuten hinter ihr nicht die Sicht zu versperren. »Ich glaube nicht, dass wir sie schon sehen sollten.«

Dann kamen sie in Sicht, zwei lange gelbe Boote, deren Ruder sich synchron bewegten. Das eine Boot zog gerade an dem anderen vorbei, und Cassie hielt den Atem an.

Dann erinnerte sie sich an ein anderes Mal, als sie die Regatta gesehen hatte – das einzige Mal, soweit sie sich erinnern konnte. Das hatte sie fast vergessen. Sie hatte in Claires kleinem Wohnzimmer hinter Hazel auf dem Boden gesessen, beide auf Kissen.

Tom und Sam saßen auf Kissen neben ihnen, alle vier den Blick auf den Fernseher gerichtet, wo die Regatta live übertragen wurde. Sie taten so, als säßen sie selbst in Booten.

Tom hatte die Ruder herausgeholt, die Claire oben im Gästezimmer aufbewahrte. Um an sie heranzukommen, musste er sich auf einen Stuhl stellen, und Sam hatte Wache gehalten, um sicherzugehen, dass Claire sie nicht erwischte. So hatte nun jedes Team – Hazel und sie gegen Tom und Sam – je ein Ruder.

»Wir gewinnen!«, brüllte Tom.

»Nein!«, protestierte Hazel. »Wir wissen nicht, wer gewinnt, wir bewegen uns ja gar nicht!«

»Wir rudern aber schneller«, erklärte Tom grinsend.

Cassie runzelte die Stirn und bewegte immer noch die Arme, um mit Hazel zu rudern. »Ich wusste nicht, dass es ein Rennen ist.«

»Es ist immer ein Wettrennen«, erklärte ihr Sam.

»Cassie, konzentrier dich!«, blaffte Hazel. »Wir müssen gewinnen.« Keiner von ihnen achtete jetzt noch auf die echte Regatta.

»Im Leben nicht!«, erklärte Tom. »Wir sind die Sieger – da vorn ist die Ziellinie!«

Die Wohnzimmertür schwang auf, und alle vier hörten auf zu rudern, als Claire eintrat. Sie erblasste ein wenig, sodass ihr rot gefärbtes Haar umso stärker leuchtete. »Was macht ihr da?«, fragte sie mit ein wenig heiserer Stimme. Sie fuhr sich mit der Hand zum Hals und starrte auf die Ruder, dann auf den Fernseher. Cassie machte sich klein – sie wusste nicht, warum, aber Claire war nicht glücklich über das, was sie hier taten.

Claire beugte sich hinunter und riss ihnen die Ruder weg. »Das ist kein Spielzeug«, schnauzte sie. »Habt ihr gehört? Ihr spielt nie wieder damit.« Alle sahen sie nur an. Sie schnappte sich die Fernbedienung und schaltete den Fernseher aus. »Es ist ein schöner Tag – geht nach draußen zum Spielen.« Sie nahm die Fernbedienung mit, damit sie den

Fernseher nicht wieder einschalten konnten, und schloss die Tür hinter sich.

Die vier starrten sich entgeistert an. Claire konnte nie viel mit ihren Spielen anfangen, aber das hier schien selbst für ihre Verhältnisse etwas extrem. Dann stand Tom auf. »Kommt. Wir spielen draußen.«

»Was spielen?«, fragte Hazel misstrauisch.

»Das! Wir können etwas anderes als Ruder benutzen.«

»Du schummelst nur wieder.«

»Das ist kein Schummeln, Hazel.«

Hazel verschränkte die Arme.

»Gut, du kannst ja in meinem Team sein – dann kann ich nicht schummeln.«

Das schien Hazel zu beschwichtigen, doch Cassie folgte ihnen mit skeptischer Miene nach draußen. Sie wollte keine Spielverderberin sein, aber Hazel sollte mit ihr spielen, nicht mit Tom. Es war nicht fair, dass ihre beste Freundin sie so einfach abservierte, vielleicht wollte sie dann gar nicht mitspielen – die drei sollten spielen, sie würde nur zusehen.

Als sie an die Hintertür kam, wartete Sam dort schon auf sie. »Ist okay, Cass, du kannst in meinem Team sein.« Er hielt ihr die Hand hin, und sie ergriff sie etwas widerwillig und ließ sich von ihm in den Garten ziehen.

»Wer ist vorn?«, fragte eine erwachsene Hazel in der Gegenwart. Cassie erschrak. Was schwelgte sie in Erinnerungen? Sie sollte sich doch konzentrieren!

»Das hellblaue Team«, sagte Josh.

»Ja, das weiß ich, danke – welches Team ist hellblau?«

»Cambridge, glaube ich.«

»Glaubst du? Hat deine Schwester nicht in Cambridge studiert?«

»Ja, aber das heißt doch nicht, dass ich die verdammten Ruderfarben kenne.«

Cassie beobachtete die beiden Boote und spürte ihr Herz klopfen. Sie beugte sich vor, stützte die Hände auf die Steinmauer und versuchte, einen besseren Blick zu bekommen. Das hellblaue Boot war eindeutig vorn. Aber das half ihr nicht weiter, oder? Es war ihr egal, wer gewann, sie wollte nur den nächsten Hinweis finden, und hier brachte sie nichts weiter. Hinter ihr drängelte jemand, um einen besseren Blick zu haben, und sie wurde weiter an die Wand gedrückt.

»Ähm, Cassie?« Joshs Stimme klang ein wenig zögerlich.

Cassie blickte zu ihm hinüber. »Was ist?«

»Hast du das gesehen …?« Stumm drehte er sie so, dass sie auf die Hammersmith Bridge blicken konnte. Dort war eine Reihe von Werbeplakaten zu sehen, die vermutlich für heute aufgestellt worden waren.

»Was?« Sie runzelte die Stirn und starrte auf eine Werbung für Nike-Turnschuhe. »Was denn?«

»Ich sehe es!«, kreischte Hazel, klatschte in die Hände und richtete sich zu ihrer vollen Größe auf, woraufhin die Leute um sie herum zu murren begannen. »Gleich links, Cassie.«

Cassie drehte den Kopf nach links und suchte verzweifelt, was die beiden so in Aufregung versetzte. Und dann sah sie es. Ein Banner, klein im Vergleich zu den anderen, in kräftigem Blau. Darauf stand ihr Name. *Cassie Rivers*. Ganz oben auf dem Banner.

Ihr Herz setzte aus, und sie hielt die Luft an. Es war von Tom. Es war, als ob Tom dort wäre, ihren Namen rief und versuchte, ihre Aufmerksamkeit zu bekommen. Und unter ihrem Namen stand der nächste Hinweis.

Es kann kalt und nass sein, das ist wahr,
und auch voller Schafe, war dir das klar?

Du findest es gleich hinter der Grenze
das kleine Gasthaus, an das ich denke.

»O mein Gott«, flüsterte sie. »O mein Gott! Leute, was soll ich nur …« Sie schnappte sich ihr Handy und machte ein Foto davon. Dann knipste sie sicherheitshalber noch ein paar mehr. Ihr Gesicht glühte, und sie hätte gleichzeitig weinen und lachen mögen. Um sie herum schrien alle, als die Boote direkt unter ihr vorbeifuhren, und erhitzte Körper drängten sich um sie. Aber sie achtete nicht auf die Boote. Sie starrte auf das Plakat, auf dem ihr Name stand. Das Schild, das Tom nur für sie aufgestellt hatte.

Das war Wahnsinn. Tom war wahnsinnig. Wie um alles in der Welt hatte er sicher sein können, dass sie das sehen würde?

Er hatte dabei sein wollen, erinnerte sie sich wieder. Also nahm sie an, dass er dafür gesorgt hätte, sie genau richtig zu positionieren. Aber wenn Hazel nicht darauf bestanden hätte, dass sie von hier aus zusahen …

Sie las den Hinweis erneut, und ihr drehte sich der Magen um. Es reichte nicht. Es reichte nicht, um weiterzumachen. Er musste geplant haben, ihr den Rest persönlich mitzuteilen. Und jetzt … Sie drehte sich um und sah Hazel und Josh an. »Ich weiß nicht …«

Hazel griff nach Cassies Hand. Sie ignorierte das »Kannst du dich etwas kleiner machen?«, das von hinten kam. »Entspann dich. Atme tief durch.« Sie kramte etwas aus ihrer Jackentasche hervor. Einen Umschlag.

»Du hast ihn?«, flüsterte Cassie. »Woher?«

Hazel lächelte schwach. »Er hat mich bei dem Plakat um Hilfe gebeten.« Sie hielt inne. »Ich wusste nicht, ob du die Schatzsuche durchziehen würdest, und wollte dich nicht drängen, falls du es nicht gewollt hättest, aber … Na ja, er hat gesagt, als Gegenleistung für meine Hilfe dürfte ich mitmachen.« Wieder dieses Lächeln, mit einem Hauch von Traurigkeit. »Ich habe mich bei ihm beschwert, dass ich ihm helfe und nichts dafür bekomme. Also hat er gesagt, ich könne mitmachen.« Das konnte Cassie sich gut vorstellen; es passte zu ihren Frotzeleien – sie hatten mehr an geschwisterlichem Geplänkel, als es zwischen Cassie und Tom je gegeben hatte.

»Du hast ihn die ganze Zeit gehabt?«

»Ich musste ihm versprechen, ihn dir nicht zu geben, bevor du den Hinweis selbst gefunden hast«, sagte Hazel so sanft, dass Cassies Augen brannten. Sie streckte die Hand aus und nahm Hazel den Umschlag ab. Und im Grunde war sie froh, dass Hazel ihn ihr erst jetzt gegeben hatte. Wenn sie sich nicht an den von Tom geplanten Ablauf der Schatzsuche gehalten hätte, hätte sie das Gefühl gehabt, ihn zu enttäuschen.

»Wenn Sie nicht zuschauen wollen, könnten Sie dann bitte zur Seite gehen?«, fragte ein Mann mit leicht ergrautem Haar links von ihnen. Er bemühte sich ganz offensichtlich, höflich zu sein, machte dabei aber ein ziemlich mürrisches Gesicht.

Cassie stieß die Luft aus. »Ja, vielleicht sollten wir …« Die drei kämpften sich aus der Menge heraus und gingen zurück zum Hauptpark.

»Ich kann immer noch nicht glauben, dass du eingeweiht warst«, sagte Cassie, als sie die Rasenfläche erreichten und den Blick auf die echte Themse gegen den auf die Leinwände eintauschten. Josh trat etwas unbehaglich von einem Fuß auf den anderen – womöglich hatte er das Gefühl, in diesem Moment zu stören.

Hazel schüttelte den Kopf und schwang ihr schwarzes Haar. »Ich kann nicht glauben, dass ich dich das fast hätte verpassen lassen. Die verdammte Regatta, ich hätte mir das Datum merken sollen.«

Cassie blickte auf den Umschlag in ihren Händen und merkte, dass Hazel und Josh einen Blick wechselten. »Zeit für einen weiteren Pimm's, was meint ihr?«, fragte Josh.

»Ja, ich denke schon. Cassie, willst du hier warten?«

Sie nickte. Sie wollten ihr anscheinend Zeit geben, in Ruhe den nächsten Hinweis zu lesen. Und so öffnete sie ihn, während die zwei sich entfernten.

Na, siehst du! Etwas Neues auszuprobieren, ist nicht so schlecht, stimmt's, Streifenhörnchen? Und ich schätze, die meisten dieser Oxbridge-Typen haben das Rudern erst an der Uni ausprobiert …

Apropos Oxbridge … Ich habe dir das nie erzählt, aber ich hatte mich in Oxford beworben. Und ich bin angenommen worden. Ich kann förmlich hören, wie du mich anschreist, weil ich es dir nicht erzählt habe. So kannst du dich wenigstens erst mal allein darüber aufregen und wirst dich beruhigt haben, wenn du mich siehst. Aber der Punkt ist – ich bin nicht gegangen, weil ich Angst hatte, Cassie. Es kam mir zu nobel und abgehoben vor, und ich wollte nicht ohne Sam hingehen. Ich bereue es nicht – ehrlich nicht, ich hatte eine tolle Zeit in Manchester und würde mich immer wieder so entscheiden. Aber ich gebe dir hier eine Weisheit weiter – ich möchte nicht, dass du auch so wirst und Angst hast, etwas Neues oder anderes auszuprobieren …

Cassie runzelte die Stirn. Er war in Oxford angenommen worden? Wie – wie hatte er ihr das nur die ganze Zeit verheimlichen können? Sie dachte, sie hätten einander alles erzählt. *Sie* hätte es ihm erzählt. Er wusste alles über ihr Leben. Okay – alles, außer vielleicht, was sie einmal für Sam empfunden hatte. Aber das war etwas anderes. Diese Information musste sie erst noch verdauen. Sie las weiter.

Wusstest du übrigens, dass Mum früher gerudert hat? Ich wusste es nicht. Ich habe es erst vor Kurzem herausgefunden, als ich mir über den passenden Hinweis den Kopf zerbrochen habe (der ist doch toll, findest du nicht?) und mich an die Ruder bei Claire erinnert habe. Also habe ich sie danach gefragt – anscheinend war Mum im Team. Schade, dass keiner von uns dieses Gen geerbt hat, oder? Ich hätte toll ausgesehen in diesem Ruder-Lycra.

Cassie hielt erneut inne und dachte daran, wie Claire ihnen die Ruder weggenommen hatte. Vielleicht waren es die Ruder von Cassies Mutter gewesen? Falls nicht, waren sie zumindest eine Erinnerung an ihre Mutter, an ein Hobby von ihr. Vielleicht hatte sie deshalb an dem Tag so harsch reagiert und nicht, weil sie damit gespielt hatten. Man vergaß mitunter, dass nicht nur sie ihre Eltern, sondern auch Claire ihre Schwester verloren hatte.

Wie auch immer, falls du zusätzliche Hilfe brauchst – denn ich weiß, das ist eine meiner kreativeren Ideen – sind hier deine PS:
An deiner Stelle würde ich nach Westen fahren.
Ich fand schon immer, dass »Von Pubs und Männern« ein guter Name für ein B&B wäre, findest du nicht auch?
Vielleicht wäre es auch schön, wenn Linda mitkäme.

KAPITEL EINUNDZWANZIG

Sam konnte nicht fassen, wie kalt es den ganzen April über in New York war. Er saß mit hochgezogenen Schultern auf einer Bank und starrte auf sein Handy, während er vor dem Jugendzentrum auf Toby wartete. Der graue Himmel sah bedrohlich nach Regen aus. Sie wollten sich hier treffen und nach dem Besuch des Jugendzentrums die Wunder von Brooklyn erkunden. Toby hatte auch hier eine Wohnung – gemietet, kein Eigentum, aber trotzdem –, und sie wollten ein paar Tage bleiben. Da Toby gestern Abend bei einem Freund auf Long Island übernachtet hatte, war Sam allein hergekommen und nun zu früh dran, weil er gedacht hatte, dass er vom Haus in den Hamptons aus länger brauchen würde.

Noch einmal las er die Nachricht von Cassie – wieder einmal. Da auf der Website keine Updates standen, war er beunruhigt gewesen und hatte sich nach dem Stand der Dinge erkundigt – gab es etwa Probleme?

Am Montag findet ein Treffen mit den Anwälten statt. Ich werde Sie wissen lassen, wie es gelaufen ist!

Er sollte sich zu erkennen geben. Er hatte immer noch ein schlechtes Gewissen, weil er bewusst gelogen hatte, er würde Linda nicht kennen. Doch er war in Panik geraten und hatte nicht gewusst, was er antworten sollte – denn wenn er zugegeben hätte, sie zu kennen, wäre alles nur noch schwieriger geworden, oder?

Er würde ihr sagen, dass er es war, damit er nicht mehr das Gefühl hatte, sie zu täuschen. Er rief sogar ihre Nummer auf und wählte.

»Hallo?« Ihre Stimme klang ein wenig kühl, distanziert. Natürlich. Vermutlich hatte sie seinen Namen auf dem Display gelesen, und was sie von ihm hielt, hatte sie ihm schließlich deutlich zu verstehen gegeben. Er spürte, wie sich seine Kehle zuschnürte. Er konnte das nicht.

Also legte er auf und kam sich wie ein totaler Feigling vor. Aber er konnte es ihr nicht einfach erklären. Das würde zu seltsam klingen, und sie würde wissen wollen, warum er es ihr nicht gleich gesagt hatte. Außerdem wollte er die Tür offenhalten, um ihr notfalls noch mal mit dem Pub helfen zu können. Okay, es war unwahrscheinlich, dass er ihr erneut finanziell helfen konnte. Er wollte aber nicht, dass sie ihm das Geld zurückgab, wenn sie herausfand, dass es von ihm stammte. Er glaubte nicht, dass sie das wirklich tun würde – so kleinlich war sie nicht –, aber es war besser, es nicht zu riskieren.

Auf seinem Telefon leuchtete eine eingehende Nachricht auf, und er erschrak. Aber sie war nicht von Cassie.

Können wir reden?

Jessica. Shit. Trotz des kühlen Tages lief ihm der Schweiß den Nacken hinunter.

»Alles klar, Mr Malone?« Eine Hand klopfte ihm auf den Rücken, und Sam hätte beinahe das Telefon fallen lassen. Er blickte auf, und vor ihm stand Toby im Burberry-Mantel. »Tut mir leid, dass du warten musstest, bist du schon lange hier?«

»Nein, schon okay«, sagte Sam ausweichend. Er stand auf und folgte Toby zu einem etwas heruntergekommenen Gebäude – roter Backstein und ein bisschen wie ein Gefängnis, in der Luft hing der Geruch von Marihuana. »Bist du sicher, dass sie nichts dagegen haben, wenn ich mitkomme? Ich kann auch einfach hier draußen warten.«

»Sei nicht albern, es ist eiskalt. Es wird nur ein kurzer Rundgang – ich stelle lediglich ein paar Fragen. Der Redakteur hat mir im Grunde schon gesagt, was ich schreiben soll, ein Kinderspiel.«

»Okay.« Sam folgte Toby hinein und sah sich in dem Raum um, vermutlich so etwas wie ein Empfang, denn am Eingang stand ein Schreibtisch. Er erinnerte an das Wartezimmer eines Arztes, nur ohne die Stühle, und überall an den weißen Wänden hingen Plakate, offensichtlich um den Raum zu verschönern.

»Hallo, hallo.« Eine Frau kam durch eine Tür auf der rechten Seite gestürmt und lächelte die beiden höflich an. »Ich bin Sheila.« Ihr Akzent war typisch für New York, ihr Gesicht offen und freundlich, das dunkle, drahtige Haar zu einem nüchternen Dutt zurückgebunden. Trotz des Lächelns hatten ihre dunkelbraunen Augen etwas Prüfendes. Sam schätzte sie auf Ende vierzig. »Sind Sie die Journalisten?«

»Das wäre dann ich«, sagte Toby charmant, trat ein und drückte ihr fest die Hand.

»O ja, hallo.« Sheila schüttelte Toby die Hand und musterte Sam skeptisch aus dem Augenwinkel, als fragte sie sich, was er hier zu suchen hatte. Aber nachdem sie ihn einen Moment lang taxiert hatte, schien Sam eine Art Test bestanden zu haben, und die Frau lächelte wieder. »Kommen Sie, ich führe Sie herum«, sagte sie und ging auf die Tür zu, aus der sie gerade gekommen war. Sie sprach ziemlich schnell und war schwer zu verstehen, was gleichzeitig etwas eigentümlich Beruhigendes hatte.

»Wir haben hier eine bunte Mischung von Jugendlichen«, erklärte sie. »Obdachlose Teenager, Ausreißer. Manche kommen her, weil sie nicht wissen, wohin sie sonst gehen sollen. Wir fragen sie nicht nach ihrer Geschichte, es sei denn, sie wollen darüber sprechen. Wir haben die ganze Woche über geöffnet – es gibt zwar keine Betten oder Schlafplätze, aber sie können sich tagsüber hier aufhalten. Hier sind sie immer willkommen und werden freundlich aufgenommen, es werden keine Forderungen oder Fragen gestellt.«

Sie führte sie in einen helleren Raum, dessen Wände pastellgrün gestrichen waren. Er wirkte offen und freundlich – in einer Ecke standen Sofas um einen Fernseher herum, in der Mitte befand sich ein Billardtisch, daneben eine Tischtennisplatte. In einer anderen Ecke gab es ein Regal voller Bücher und Brettspiele, die recht unbenutzt aussahen. Als sie weiter in den Raum hineingingen, spürte Sam die Blicke einiger Teenager auf sich – warum waren Teenager immer voreingenommener als Erwachsene? War das eine Hormonsache?

»Vor ein paar Monaten haben wir eine große Spendenaktion veranstaltet, dadurch konnten wir einiges umbauen. Wir wollten einen Ort schaffen, an den die Jugendlichen gern kommen, an dem sie sich wohlfühlen.« Sie schenkte beiden ein Lächeln, während Toby zustimmend nickte und anerkennende, beeindruckte Laute von sich gab: »Ausgezeichnet, ja …« Sheila zog unauffällig die Augenbrauen hoch, und Sam fragte sich, ob sie irgendwie spürte, dass er kein echter Journalist war.

»Das hier nennen wir den ›Chill-Raum‹«, sagte sie, wobei die Anführungszeichen in ihrem Tonfall deutlich zu hören waren, »aber ich glaube, viele kommen wegen des nächsten Raums – seit wir den eingerichtet haben, sind die Besucherzahlen auf jeden Fall gestiegen.«

Sheila führte sie durch eine zweite Tür und machte eine ausladende Handbewegung. Sam musste zugeben, dass er für ein Jugendzentrum ziemlich beeindruckend war. Der Raum sah aus wie ein überdachtes Sportzentrum, allerdings in kleinem Maßstab. Es gab einen Basketballkorb, auf den ein Jugendlicher Bälle warf. In der Ecke stand ein Trampolin mit einer Art Hängevorrichtung, vermutlich für Sprünge oder Ähnliches; und es gab diese Gymnastikbänder, die viel stabiler sind, als sie aussehen. Und eine Kletterwand.

Ein Bild von Tom, der einen Felsen hinunterstürzte, der viel höher war als die bunte Attrappe, drängte sich in Sams Kopf. Er holte tief Luft und verdrängte es. Sheila und Toby gingen weiter, Sheila erklärte immer noch, wie hier alles funktionierte, und Sam wippte auf den Fersen und ließ den Blick durch den Raum schweifen. Ein Junge erklomm die Kletterwand; auf halber Höhe hielt er mit bleichem Gesicht und leicht zitternden Armen inne. Ein magerer Junge, vielleicht fünfzehn, mit etwas fettigem, schwarzem Haar. Sam zögerte, dann ging er zu ihm hinüber.

»Du musst die Beine mehr einsetzen«, sagte er. »Sie sind stärker als deine Arme.«

Da fiel ihm ein, dass Tom fast genau das Gleiche zu ihm gesagt hatte, als Sam zum ersten Mal mit ihm zum Bouldern gegangen war. Claire hatte sie zu dem Sportzentrum gefahren und dort gewartet, bis sie fertig waren. Tom war schon ein paarmal dort gewesen und fand es toll, aber Sam war nervös. Sie mussten ungefähr elf gewesen sein, und Sam erinnerte sich, wie seine Arme oben an der Wand gezittert hatten. Er hatte nach unten geblickt, und der Boden schien viel weiter weg zu sein als erwartet.

Tom war neben ihm, die Haare fielen ihm in die Augen, und er grinste. »Macht Spaß, oder?« Keine Spur von Angst, als er an der Wand hing.

»Ja.« Sam dachte, er hätte das Zittern in seiner Stimme gut überspielt, aber Tom legte den Kopf schief. Sam blickte erneut nach unten und schluckte.

»Nein«, sagte Tom immer noch in fröhlichem Ton. »Nicht nach unten schauen.« Er hielt inne und überlegte. »Wobei das auch egal ist. Es gibt Matten, und es ist nicht sehr hoch. Sieh mal.« Und dann ließ er sich buchstäblich rückwärts von der Wand fallen und landete mit einem dumpfen Aufprall lachend auf der dicken, blauen Matte.

Sam lachte auf, zögerte kurz und machte es Tom mit klopfendem Herzen nach. Er landete direkt neben ihm, und Tom johlte. Dann lachten sie so, wie nur Kinder lachen können, sie konnten einfach nicht mehr aufhören. Am Ende hatte Sam vergessen, dass er Angst gehabt hatte, war zu seiner Mutter nach Hause gekommen und hatte erklärt, dass er von Beruf Kletterer werden wollte. Sie hatte zustimmend gebrummt, während sie Fischstäbchen und Pommes frites zubereitete.

Zurück in der Gegenwart, starrte der Junge an der Wand auf ihn herab und sagte nichts. Doch er konnte die Anspannung in seinem Körper sehen und sich vage an seine eigene Angst erinnern.

Sam zuckte mit den Schultern und sprach in lockerem Ton mit ihm. Keine große Sache. »Ich würde den Griff etwas lockern. Wenn du dich nur mit den Fingerspitzen festhältst, wird es schwierig.« Das hatte man Tom und ihm in einem einwöchigen Kletterurlaub erklärt, für den seine Mutter lange gespart hatte. Der Junge warf ihm einen misstrauischen Blick zu, kletterte jedoch weiter und schien sich Sams Bemerkungen zu Herzen zu nehmen, bis er den oberen Teil der Wand erreicht hatte. Dann begann er, ohne etwas zu sagen oder sich darüber zu freuen, dass er es bis nach oben geschafft hatte, langsam und vorsichtig den Abstieg. Der Abstieg war nicht immer einfacher als der Aufstieg. Auf halber Höhe blickte der Junge auf den Boden und runzelte die Stirn. »Hey«, sagte Sam und stieß sich von der Wand ab, an der er gelehnt hatte. »Ist schon okay, mach einfach weiter.«

Der Junge musterte Sam erneut mit misstrauischem Blick, kletterte aber weiter, bis er den Boden erreicht hatte. »Gut gemacht.«

Erneut musterte ihn der Junge skeptisch, diesmal wirkte es allerdings so, als müsste er sich beherrschen, nicht zu lächeln. »Es ist das erste Mal, dass ich es bis ganz nach oben und wieder runter geschafft habe«, sagte er, und seine Stimme klang sanfter, als Sam erwartet hatte.

Sam schob die Hände in die Taschen seiner Jeans. »Ja?«

Der Junge nickte. »Ja.«

Toby trat hinter ihn und klopfte ihm auf die Schulter. »Bist du fertig?«

Als Sheila zu ihnen kam, schlich der Junge sich davon. »Das ist Liam«, sagte sie, als sie den Jungen weggehen sah. »Er spricht nicht mit vielen Leuten.« Sie warf Sam einen fragenden Blick zu, und er zuckte mit den Schultern.

Als sie den Empfangsbereich erreichten, nahm Sheila ein Faltblatt vom Schreibtisch und reichte es Toby. »Ich weiß nicht, ob Sie das in den Artikel einbauen können, aber wir suchen gerade Personal.«

»Oh, auf jeden Fall«, sagte Toby mit der Zuversicht von jemandem, der keine Ahnung hat, wovon er spricht.

»Sie suchen Personal?«, fragte Sam.

Sheila warf ihm einen abwägenden Blick zu. »Ja.« Sie reichte ihm ein zweites Faltblatt, das er automatisch nahm. Wie es wohl sein mochte, in einer solchen Einrichtung zu arbeiten? »Es wird natürlich lausig bezahlt, und es ist eine Teilzeitstelle, aber wenn Sie jemanden kennen, soll derjenige sich bei uns melden.«

Toby und Sam versicherten ihr beide, dass sie das tun würden, und Sheila führte sie hinaus, wobei Toby sich überschwänglich bei ihr bedankte. Als sie das Jugendzentrum verließen und zu einer Art Bar gingen, die Toby ausprobieren wollte, las Sam den Flyer noch einmal. Es war verrückt. Völlig lächerlich, so etwas in Erwägung zu ziehen. Aber irgendwie weckte die Vorstellung auch eine leise Hoffnung in ihm. Der Gedanke, etwas zu versuchen, das ein bisschen anders war. Und diese Hoffnung ließ ihn glauben, dass es vielleicht – ganz vielleicht – einen Ausweg aus diesem Loch für ihn geben könnte.

KAPITEL ZWEIUNDZWANZIG

Cassie betrat Lindas Pub, und als sie den hölzernen Tresen, die Balken und den Kamin in der Ecke betrachtete, in dem jetzt kein Feuer brannte, spürte sie diese vertraute, wehmütige Nostalgie. Sie versuchte, nicht an das letzte Mal zu denken, als sie vor fast fünf Monaten hier gewesen war. Dennoch stieg die Erinnerung an Toms Beerdigung in ihr auf, und sie atmete tief durch und ließ die Trauer zu.

Diesmal war sie jedoch nicht zu einer Trauerfeier gekommen – sondern um Linda abzuholen, um zusammen mit ihr den nächsten Hinweis zu finden, wie Tom es gewollt hatte. In Wales. Jenseits der Grenze, im Westen. Sie hatte es herausgefunden – Tom schickte sie nach Wales.

Linda kam aus der Küchentür gerannt, das rot-weiße Geschirrtuch in den Bund der Jeans gesteckt. »Oh, Cassie, Süße!« Sie stürmte auf sie zu und umarmte sie, und Cassie roch den vertrauten Kaffeeduft. »Es ist so lange her.« Sie trat zurück, hielt Cassie auf Armeslänge von sich und musterte sie eingehend von oben bis unten. »Du siehst dünn aus. Isst du auch anständig?«

Cassie drückte Lindas Arm. »Mir geht's gut«, sagte sie. »Wie läuft es hier?«

»Oh, gut, es läuft gut – und das habe ich dir zu verdanken, dass ich noch hier bin und den Pub weiterführen kann.« Sie zog Cassie erneut in die Arme, und während Cassie die Umarmung erwiderte, konnte sie sich des Gedankens nicht erwehren, dass es eigentlich nicht ihr Verdienst war, dass es den Pub noch gab, sondern das des rätselhaften Spenders.

In diesem Moment kam eine Frau aus der Küche. Sie hatte braunes Haar mit blonden Strähnchen, trug eine schicke schwarze Hose und ein blau-schwarz kariertes Hemd. »Linda, wir haben noch ein paar von diesen Mousse-au-Chocolat-Gläsern übrig, darf ich sie zum Abendessen als Tagesangebot auf die Karte setzen?«

Linda wedelte mit der Hand. »Ja, ja. Jetzt komm, ich stelle dir Cassie vor.« Cassie lächelte die Frau an, die auf sie zukam und ihr die Hand hinhielt.

»Ich bin Katie.«

»Meine neue Geschäftsführerin«, sagte Linda, und Cassie zog vor Überraschung unwillkürlich die Augenbrauen hoch und versuchte, es mit einem weiteren Lächeln zu verbergen.

»Freut mich, dich kennenzulernen, Katie«, sagte Cassie höflich.

Katie hatte eine herzliche Ausstrahlung, und Cassie konnte sich gut vorstellen, dass sie bei den Gästen hier sehr gut ankommen würde. »Gleichfalls. Ich habe schon so viel von dir gehört.«

»Katie, hast du die Reservierungen für heute Abend noch mal überprüft?«

Katie nickte schnell, wie ein Vogel. »Ja.«

»Und hast du …«

»Linda«, sagte Cassie in leicht drängendem Ton. Sie verstand sie ja – ehrlich –, aber sie wollte auch unbedingt aufbrechen, um den Hinweis zu finden.

Linda blickte Cassie an. »In Ordnung, in Ordnung«, sagte sie schnell. »Wir sind dann weg. Okay, Katie? Bitte ruf mich an, wenn es irgendwelche Probleme gibt.«

»Mach ich. Aber ich verspreche dir, es wird keine geben!«, sagte Katie fröhlich.

Als Linda den Mund öffnete, um noch etwas zu sagen, hakte Cassie sie unter und zog sie entschlossen in Richtung Ausgang. Auf dem Weg zu dem Wagen, den sie für ihre Tour gemietet hatte, warf sie Linda einen vielsagenden Blick zu. »Eine neue Geschäftsführerin also?«

Linda verzog das Gesicht. »Ja, nun, wir werden sehen, wie sie sich heute Abend und morgen macht, danach entscheide ich mich.«

»Heißt das, es gibt keine Probleme mehr mit den Anwälten?«, fragte Cassie, als sie auf den Fahrersitz des kleinen roten Kia rutschte.

»Nun ja …« Cassie warf Linda einen Blick zu, und Linda seufzte. »Anscheinend wurde bereits eine Anzahlung geleistet, und darum weiß ich nicht, wo wir rechtlich gesehen stehen.«

»Wie bitte?«, fragte Cassie scharf. »Das ist …« Dann verstummte sie. Sie hatte eine Idee. »Was, wenn ich jemanden kenne?«, fragte sie langsam. »Jemanden, der helfen könnte?«

»Wer? Sam?«

»Nein, nicht Sam.« Sie tat ihr Bestes, um nicht an Sam zu denken, zumal es ihr gerade erst wieder besser ging und der Gedanke an ihn kontraproduktiv war. Obwohl er sie neulich angerufen hatte – angerufen und aufgelegt, ohne etwas zu sagen. Sie hatte ihn nicht zurückgerufen, aber sie fragte sich, was er gewollt hatte. »Unseren geheimnisvollen Spender.«

»Nun, ich nehme an, wenn du …« Linda schlug sich mit der Hand an die Stirn. »Moment, ich habe meine Tasche vergessen. Ich bin sofort wieder da, okay?« Schon war sie aus dem Wagen gesprungen und lief über den Kiesparkplatz zurück zum Pub.

Cassie nutzte die Gelegenheit, um die Crowdfunding-Seite zu öffnen und eine Nachricht zu schreiben.

Es gibt Probleme mit den Anwälten – und Sie sagten, Sie waren früher Anwalt. Haben Sie irgendwelche Erfahrungen mit Immobilienrecht? Wenn ja, könnte ich Ihnen vielleicht ein paar Fragen stellen?

Sicher, okay.

Sie zögerte, entschied sich dann aber, es zu versuchen. *Eine E-Mail-Adresse wäre toll, wenn es Ihnen nichts ausmacht?* Schließlich konnte sie nicht weiter die Seite benutzen, oder?

Okay. Sie können mich unter sminnnewyork@hotmail.com erreichen.

Cassie stutzte. Sie war überrascht, dass er seine E-Mail-Adresse jetzt so einfach preisgab, und triumphierte. Allerdings nur kurz, denn als sie die Adresse noch einmal las, stellte sie fest: kein Name.

Doch das war besser als nichts, und sie schickte eine Liste mit den ersten Fragen, die ihr in den Sinn kamen, und erhielt fast sofort eine Antwort.

Also nur ein paar schnelle, einfache Fragen?

Tut mir leid! Ich wollte Sie nicht überfallen.

Kein Problem – ich sehe es mir an und melde mich später.

Herzlichen Dank. Und weil dieser Fremde so nett war, hatte sie das Bedürfnis, sich zu rechtfertigen. *Es ist nur so, dass wir dank Ihnen das Geld haben, und ich möchte nicht, dass alles durch irgendeinen dummem Juristenkram ruiniert wird.*

Ich habe Juristenkram auch immer für ziemlich dumm gehalten.

Cassies Lippen zuckten. *Nicht alles ist dumm. Manche Gesetze gibt es vermutlich aus gutem Grund.*

Sie meinen das Gesetz, dass man niemanden umbringen darf? So etwas in der Art?

Nun verzogen sich ihre Lippen zu einem Lächeln. *Ja, das ist die Art von Juristenkram, die wahrscheinlich nicht dumm ist.*

Oder zum Beispiel das Gesetz gegen den Verzehr von Mince Pies am ersten Weihnachtstag.

Cassie schnaubte laut. *Das ist kein Gesetz.*

Im Jahr 1644 war es eins.

Sie nehmen mich auf den Arm.

Nein – in jenem Jahr fiel der erste Weihnachtstag auf einen gesetzlich vorgeschriebenen Fastentag.

So etwas lernt man im Jurastudium, ja?

Klar – wir müssen jedes einzelne Gesetz, das es je gab, auswendig lernen.

Das haben Sie gegoogelt, oder?

Schuldig im Sinne der Anklage.

Cassie lachte, als Linda wieder ins Auto stieg.

Linda sah sie erstaunt an. »Was ist?«

»Nichts«, sagte Cassie etwas zu schnell. »Gut – nächster Halt Wales?«

Linda legte ihre Handtasche in ihren Schoß. »Genau. Wales, wir kommen.«

»Das muss es sein«, sagte Cassie, als sie dem Navi folgte und rechts in eine gewundene, asphaltierte Einfahrt abbog. Ein Schild mit der Aufschrift »Von Pubs und Männern« war gerade noch zu erkennen. Die schwarze Schrift auf dem Holzschild war verblasst, das »Pub« halb abgerieben. Cassies Internetrecherchen zufolge handelte es sich auch eher um ein B&B. Anscheinend hatte es hier früher einen Pub gegeben, und man hatte sich nicht die Mühe gemacht, den Namen zu ändern.

Die Einfahrt endete vor einem monumentalen Haus – die Fotos auf der Website wurden ihm nicht gerecht. Es war im viktorianischen Stil gehalten und leuchtend grün, mit einer schönen Veranda auf der einen und einer alten Eiche auf der anderen Seite. Ein einziges anderes Auto parkte davor – ein alter, leicht verrosteter Fiat. Wie das Auto wirkte auch das Haus ein wenig heruntergekommen, aber auf eine Weise, die gut zu ihm passte. Cassie fragte sich unwillkürlich, wie es sich hier wohl früher gelebt hatte. Auf der rechten Seite der Einfahrt standen ein paar kleine Häuser, vermutlich für die Angestellten, die einst hier gewohnt hatten. Wahrscheinlich führte der Weg noch weiter zu einem separaten Personaleingang auf der Rückseite des Hauses.

Linda und sie stiegen aus dem Auto, und Cassie atmete in der frischen, sauberen Luft tief durch. Der Tag war herrlich – ein strahlend blauer Himmel spannte sich über die Felder –, ganz anders als das kalte, nasse Bild, das Tom gezeichnet hatte. Aber es gab Schafe – Cassie konnte sie auf den Feldern unten sehen, kleine Lämmer sprangen hinter ihren Müttern her. Sie musste lächeln und war überrascht, dass sie sich hier draußen auf dem Land augenblicklich wohlfühlte.

Linda lächelte Cassie an. »Vor dieser Kulisse siehst du aus wie ein Gemälde.« Sie deutete auf die sanften Hügel.

Cassie grinste. »Ich muss sagen, mir gefällt es hier irgendwie.« Sie hatte das Gefühl, dass sie durchatmen konnte, weit weg von London, von der Hektik und von Robert, der sie im Hotel auf Schritt und Tritt beobachtete.

»Du warst schon einmal in Wales, nicht? Ich erinnere mich, dass Claire mit euch hierhergefahren ist, als du noch klein warst.«

Cassie nickte geistesabwesend. Es war in den Sommerferien gewesen, Claire hatte eine Woche in Snowdonia gebucht. Cassie hatte sich darauf gefreut, zum ersten Mal seit Ewigkeiten wieder in den Urlaub zu fahren – und Zeit mit Tom zu verbringen, nur sie beide. Doch in letzter Minute war dann noch Sam mitgekommen. Eigentlich hatte er mit seinem Vater nach Griechenland fahren sollen oder so, aber der hatte kurzfristig abgesagt, und seine Mutter war in heller Aufregung gewesen. Also hatte Claire ihn eingeladen mitzukommen.

Cassie holte ihren kleinen Rucksack aus dem Kofferraum des Autos. »Hey, Linda. Wusstest du, dass Tom einen Studienplatz in Oxford bekommen hatte?«

Linda ließ sich nicht anmerken, ob der abrupte Themenwechsel sie überraschte. »Nein«, sagte sie, und ihre Stimme klang vorsichtig. »Du meinst, an der Uni?«

Cassie nickte nur. Seit sie den letzten Hinweis bekommen hatte, konnte sie nur daran denken, dass Tom ihr das verheimlicht hatte. So eine große Sache! Vielleicht wurde es dadurch etwas besser, dass sie nicht die Einzige war, die es nicht gewusst hatte. Wusste Sam Bescheid? Würde sie ihm jemals wieder begegnen und ihn fragen können? Eigentlich hatten sie nur über Tom Kontakt gehabt, und sie konnte sich nicht vorstellen, dass sie ihm einfach so über den Weg laufen würde. Außerdem hatte sie beschlossen, ihn aus ihrem Leben zu verbannen. Zum ersten Mal verspürte sie bei diesem Gedanken jedoch einen Hauch von Traurigkeit. Nicht wegen Sam, sondern wegen der Erinnerungen an Tom, die er in sich trug.

Linda und sie gingen zur Haustür. Es gab keine Türklingel, also klopfte Cassie mit dem großen Messingklopfer an.

»Es ist offen!«, rief jemand von drinnen. Cassie sah Linda an, die mit den Schultern zuckte und den Türknauf drehte. Sie betraten einen kleinen Vorraum, in dem rechts eine Reihe von Mänteln hingen und links mindestens vier Regenschirme an der Wand lehnten. Zögernd ging Cassie durch den Vorraum, stieß eine weitere Tür auf und kam in eine große Eingangshalle. Mit rotem Teppich bezogene Stufen führten zu einem majestätischen Kamin, in der Mitte des Raums hing ein mit Kerzen bestückter Kronleuchter von der Decke.

»Herein, herein!« Eine alte Frau mit weiß-grauem Haar, das in Locken gelegt war, eilte herbei und strahlte sie an. Sie trug ein samtblaues Kleid und knallroten Lippenstift, der eher zu einer Cocktailparty als zu einem B&B passte. »Kommen Sie, kommen Sie herein.« Sie winkte sie ganz ins Haus. »Sie sind Cassie Rivers und Linda Hill, nicht wahr?« Sie hatte einen weichen und melodischen Waliser Akzent. »Wunderbar. Wir haben die besten Zimmer im Haus für Sie vorbereitet. Aber da Sie heute die einzigen Gäste sind, haben Sie das vermutlich erwartet, oder?« Sie ließ ein klingendes Lachen ertönen.

»Also«, sagte sie und nahm Linda und Cassie mit erstaunlich kräftigen Armen die Taschen ab, »ich habe Ihnen eine Broschüre über die Aktivitäten in der Umgebung aufs Zimmer gelegt – wobei mir jetzt einfällt, Sie bleiben ja nur für eine Nacht, nicht?«

»Ja, leider«, erwiderte Cassie. Arbeitsbedingt konnte sie nicht länger wegbleiben. Sie wollte Robert nicht verärgern, indem sie um einen zusätzlichen freien Tag bat, und außerdem stand in ein paar Monaten ein Event-Austauschwochenende an, und sie wollte unbedingt, dass Robert sie hinschickte. Hotels, die an diesem Programm teilnahmen, schickten einen Mitarbeiter in ein anderes Hotel, um dort eine Veranstaltung zu organisieren. So erhielt man Anregungen für die Arbeit im eigenen Unternehmen, konnte aber auch mit seiner Erfahrung zur Verbesserung der Abläufe in dem anderen Unternehmen beitragen. Sie hatte noch nie daran teilgenommen, und dieses Jahr fand der Austausch mit einem wunderschönen Herrenhaus in Sussex statt.

»Das ist schade. Aber ich führe Sie erst einmal herum. Ach, ich bin übrigens Tiff, doch das wissen Sie ja wahrscheinlich schon.« Tiff erwähnte nicht, dass Tom zu Besuch gewesen war, als sie mit dem Rundgang durch das Haus begann, aber Cassie ahnte schon, von wem der nächste Hinweis kommen würde.

»Das ist ja unglaublich«, sagte Cassie am Ende des Rundgangs ehrlich beeindruckt zu Tiff. Sie hatte erfahren, dass es elf Schlafzimmer gab, ein wunderbares Billardzimmer im Obergeschoss, das momentan wegen eines Lecks in der dazugehörigen Toilette nicht in Betrieb war. Ein großes Esszimmer, ein Wohnzimmer, in dem man es sich vor dem Kamin gemütlich machen konnte, und die alte, viktorianische Küche im hinteren Teil des Hauses. Sie war noch intakt und lag neben einem separaten, schlichteren Treppenhaus, das ursprünglich vermutlich für die Angestellten gedacht gewesen war. Der heruntergekommene Zustand des Hauses war nicht zu übersehen: An manchen Stellen blätterte die Farbe von den Wänden, in einigen Zimmern hingen Spinnweben in den Ecken, und im hinteren Teil des Hauses lösten sich die Teppiche vom Boden. Doch trotz alledem liebte Cassie das Gemäuer. Abgesehen davon, dass es überaus großzügig war, schien das Haus eine Geschichte zu erzählen – sie spürte eine erwartungsvolle Atmosphäre, wenn sie die Türen zu den alten, vernachlässigten Räumen öffnete, um die es ihr ein wenig leidtat. Es wirkte, als warteten sie nur darauf, wieder in altem Glanz zu erstrahlen.

»Richten Sie hier irgendwelche Veranstaltungen aus?«, erkundigte sich Cassie, als Tiff sie zurück in die Eingangshalle führte, wo zwei Sessel um einen Couchtisch am Fenster in der Ecke standen. Man könnte hier fantastische Veranstaltungen ausrichten. Ein herrschaftliches, viktorianisches Haus auf dem Lande, nicht zu abgelegen, aber abgelegen genug, dass man das Gefühl hatte, der Realität entfliehen zu können. Es eignete sich wunderbar für Hochzeitsfeiern im kleinen Kreis, für Geburtstage, aber auch für mehrtägige Veranstaltungen – man könnte hier hervorragend Retreats anbieten. Es gab viel Platz zum Schreiben oder für Yoga oder was auch immer man machen wollte.

»O nein, dafür habe ich keine Energie mehr«, sagte Tiff. »Ich versuche gerade, das Haus zu verkaufen.«

»Zu verkaufen?«, fragte Cassie.

»Ja. Es ist schön, aber mir wird es allmählich zu viel – und ich habe in Portugal jemanden kennengelernt. Darum werde ich umziehen, sobald hier alles geregelt ist.« Sie warf Cassie einen Blick zu, den diese nicht recht deuten konnte. »Wie dem auch sei. Setzen Sie sich – kann ich Ihnen ein kleines Willkommensgetränk anbieten?«

»Das wäre schön«, sagte Linda, setzte sich in den roten Sessel und überließ Cassie den grünen. »Ich betreibe einen Pub und werde so gut wie nie bedient. Wie wäre es mit einem Glas Rotwein?«

Tiff schürzte die knallroten Lippen. »Ich fürchte, momentan habe ich keinen Roten da – ich baue meine Bestände ab, während ich auf einen Käufer warte. Wie wäre es mit einem Glas Portwein? Oder Sherry?«

»Gibt es viele Interessenten für das Haus?« Cassie konnte sich die Frage nicht verkneifen.

»Noch nicht«, antwortete Tiff unbefangen. »Es müsste viel gemacht werden, glaube ich. Vor einer Weile gab es einen Interessenten, aber er sagte, er warte auf etwas. Wir werden sehen.« Es *war* viel zu machen, dachte Cassie, aber was für ein Ort. »Ich bringe Ihnen beiden einen Sherry, in Ordnung?« Und dann verschwand Tiff, ohne ihre Antwort abzuwarten.

Als sie weg war, grinsten Linda und Cassie sich an. »Tja«, sagte Linda. »Sie ist schon … speziell.«

»Ich mag sie«, erklärte Cassie entschieden. Sie war sich sicher, dass Tom sie auch gemocht hätte, und fragte sich, ob er ihr begegnet war – ob er sie deshalb hergeschickt hatte.

»Jetzt, wo wir hier sind«, sagte Linda, »ist es wohl in Ordnung, dir das hier zu geben.« Sie holte einen Umschlag aus ihrer Handtasche. »Ich weiß, dass du es schon geahnt hast«, fügte sie leise hinzu.

Cassie erschrak, wie bei jedem Umschlag, als sie Toms Handschrift darauf sah. Nummer vier. Wenn Tom sich an das Muster der vergangenen Jahre gehalten hatte, war noch einer übrig – was bedeutete, dass sie schon mehr als die Hälfte der Schatzsuche hinter sich hatte. Was würde sie am Ende erwarten?

»Deine Eltern waren in den Ferien immer in Wales, weißt du«, sagte Linda.

Cassie sah zu ihr hoch. »Wirklich?«

Linda nickte. »Einmal haben sie dich und Tom mitgenommen. Ich glaube, du warst noch zu klein, um dich daran zu erinnern, aber deine Mutter hat mir nach ihrer Rückkehr alles erzählt. Sie haben versucht, den Snowden zu besteigen – die Idee deiner Mutter –, aber mit dir und Tom war es anscheinend ein Desaster.«

Cassie lächelte. Natürlich hatte ihre Mutter versucht, mit zwei Kleinkindern einen Berg zu besteigen. Immer auf der Suche nach dem nächsten Abenteuer, wie Tom.

»Aber deine Mutter ist sehr gern hier gewesen. Sie hat immer davon gesprochen, dass sie und dein Vater eines Tages nach Wales ziehen wollten – das war jedenfalls der Plan. Aber zunächst mussten sie noch etwas länger im Einzugsgebiet von London bleiben, Wales war einfach zu weit weg.« Und dann waren sie nicht mehr dazu gekommen. Genau wie Tom jetzt nicht mehr all die Dinge tun konnte, die er sich vorgenommen hatte.

Tiff kehrte mit zwei Sherrys in zwei unterschiedlichen Gläsern zurück und stellte sie auf dem Couchtisch zwischen ihnen ab. »Na, ich glaube, ich habe noch etwas Teegebäck, das dazu passt. Einen Moment.«

Als sie zum zweiten Mal verschwand, öffnete Cassie den Umschlag.

Bei Wales muss ich immer an den Urlaub denken, den wir hier gemacht haben, Streifenhörnchen. Wie du mit dem Fuß aufgestampft und dich geweigert hast, aus dem Regen ins Haus zu kommen, weil ich dich wegen irgendetwas verärgert hatte. Sam musste schließlich rausgehen und dich wieder ins Haus locken. Erinnerst du dich daran?

Ja, jetzt schon. Es war in dem Urlaub gewesen, an den sie vorhin gedacht hatte. Claire hatte ein winziges Ferienhaus gemietet, und Tom und Sam hatten sich ein Zimmer geteilt und abwechselnd auf dem Boden geschlafen, weil sie nur für drei Personen gebucht hatten. Cassie war wütend gewesen, denn es war das erste Mal, dass sie in den Ferien nicht mit Tom in einem Zimmer geschlafen hatte. Sie war aus dem Haus gestürmt – und da es für sie so wichtig war, hatte sie angenommen, es müsse offensichtlich sein, worüber sie sich aufregte. Doch anscheinend hatte sie sich nicht gut ausgedrückt, denn Tom verstand es nicht und hielt sie für albern. Sie hatten sich gestritten, was nur selten vorkam, und am Ende hatte er zu ihr gesagt: *»Verschwinde, Cassie, du bist eine echte Nervensäge.«*

»Gut, mach ich«, gab sie dramatisch zurück und wollte weit weggehen, damit sich alle Sorgen um sie machten – das würde ihrem dummen Bruder eine Lehre sein. Also war sie weggegangen, hatte sich aber aus Angst, sich zu verlaufen, nicht getraut, den Garten zu ver-

lassen. Daher hatte sie mit verschränkten Armen draußen im Regen gestanden und sich geweigert, ins Haus zu kommen, ehe Tom sich entschuldigt hatte.

Claire hatte aus dem Haus gerufen. *»Cassie! Sei nicht albern, du wirst dich erkälten. Komm jetzt rein, ja?«*

»Nein.«

»Gut. Dann bleibst du eben draußen.« Claire wusste vielleicht, dass sie nicht mehr lange durchhalten würde.

Dann war Sam herausgekommen, das hatte sie tatsächlich vergessen.

»Komm schon, Cass. Tom hat es nicht so gemeint.«

»Doch. Er hat es so gemeint. Er will, dass ich verschwinde, damit ihr zwei allein sein könnt.« Denn sie war eifersüchtig, und das war das Schlimmste – sie wollte ihren Bruder in den Ferien nicht teilen. Es war in Ordnung, wenn sie zu Hause mit Hazel und Sam spielten oder was auch immer, aber hier wollte sie ihn für sich allein haben.

»Das würde er nicht wollen.« Sam zog die Schultern hoch, um sich gegen den Regen zu schützen, und scharrte mit dem Zeh auf dem Boden. »Es tut mir leid, dass ich dir die Ferien vermiese.«

Und dann hatte sie ein schlechtes Gewissen bekommen, weil es nicht Sams Schuld war. *»Es tut mir leid, dass dein Vater ein Mistkerl ist.« Sam hatte seinen Vater so genannt, also fühlte es sich richtig an.*

Er lachte. »Komm. Wir können alle zusammen in einem Zimmer schlafen – wie bei einer Übernachtungsparty.«

Sie zögerte – vielleicht wollte Tom das nicht.

»Oder ich bleibe einfach mit dir draußen im Regen, bis du dich entschließt hereinzukommen.« Er rieb sich demonstrativ die Schultern. »Es ist aber ziemlich kalt. Ich könnte krank werden.«

Cassie lachte, lenkte ein und ging mit ihm zurück zum Haus. Tom stand mit mürrischem Gesicht in der Tür.

»Ich habe es nicht so gemeint«, grummelte er. »Du musst nicht so dramatisch sein.«

Claires Stimme ertönte aus der Küche. »Wenn Cassie wieder da ist, könnt ihr euch alle etwas im Fernsehen ansehen, während ich das Abendessen vorbereite.«

Tom sah Cassie an. »Kommst du?«

Cassie nickte.

»Du solltest dich aber besser erst umziehen. Du bist völlig durchnässt.«

Cassie verzog das Gesicht. »Dann suchst du eine Sendung aus, die ich nicht mag.«

Tom verdrehte die Augen. »Wir wollten dich aussuchen lassen.«

Sie kniff misstrauisch die Augen zusammen. »Selbst wenn ich Spirit *sage?«*

Tom seufzte. »Selbst dann.« Und so ging Cassie grinsend weg, um sich umzuziehen.

Sie lächelte bei der Erinnerung, doch wie immer, wenn sie an Tom dachte, spürte sie auch ein schmerzhaftes Ziehen in ihrem Herzen. Sie konnte nicht umhin, auch an Sam zu denken. An den kleinen, von seinem Vater im Stich gelassenen Jungen, der mit ihr im Regen gestanden hatte. Meistens versuchte sie, die Kindheitserinnerungen an ihn zu verdrängen, weil sie nichts daran änderten, dass er sich zu einem Arsch entwickelt hatte. Doch sie fragte sich unwillkürlich, ob ein Teil dieses Jungen noch irgendwo in ihm steckte. Ob er immer noch in den Regen hinauskommen würde, um sie zu trösten.

Sie widmete sich wieder dem Brief, während Linda einen Schluck Sherry trank und anerkennend murmelte.

Wie auch immer, ich wollte nur, dass du dieses Haus siehst – ist es nicht cool? Und ich weiß, dass du immer behauptest, du wärst nicht in der Lage, deinen eigenen Laden aufzuziehen, wie du es früher immer wolltest, aber sieh nur, hier hat es jemand getan.

Aber bei Tiff lief der Laden nicht, oder? Doch in ihrem Hinterkopf meldete sich eine Stimme, die sagte, dass sie es vielleicht schaffen könnte. Und sie war sich sicher, dass Tom genau das gewollt hatte. Lindas Pub hatten sie doch schließlich auch gerettet, oder? Was sich ein bisschen so angefühlt hatte, als wollte das Schicksal – oder sogar Tom – ihr etwas beweisen. Dass das Unmögliche möglich war.

Und jetzt der Hinweis …

Ein Ort, weit weg von Rummel und Hetzen,
fast lautlos die Wellen deine Füße benetzen,
Aufs Surfbrett musst du diesmal nicht, keine Angst.
Aber entzünde eine Fackel für die Boote, wenn du kannst.
PS: Mein Freund heißt Greg.

Nachdenklich las Cassie den Hinweis ein zweites Mal und blickte dann zu Linda hoch, die versucht hatte, über Kopf mitzulesen. Cassie reichte ihr den Zettel, und Linda las ihn mit geschürzten Lippen.

»Weißt du, was das bedeutet?«

Cassie schüttelte ratlos den Kopf. Surfen – ein Strand vielleicht? Nicht, dass das die Auswahl eingrenzen würde – bei den vielen Stränden, die es in Großbritannien gab. »Weißt du es? Weißt du, was mich am anderen Ende erwartet?«

Linda hielt inne, dann nickte sie. »Willst du, dass ich es dir sage?«, fragte sie leise. Sie würde es tun. Wenn ihr das Wissen half weiterzukommen, dann würde Linda es ihr verraten. Cassie dachte nur kurz darüber nach. Denn genauso wie Hazel und Linda gewusst hatten, dass sie die Hinweise selbst entschlüsseln musste, bevor sie ihr den nächsten gaben, wusste sie, dass sie nicht glücklich werden würde, wenn sie dieses letzte Mal schummelte.

»Nein«, sagte sie mit Nachdruck. »Ich glaube, ich möchte es mir lieber von ihm zeigen lassen.«

ZWEI MONATE SPÄTER

KAPITEL DREIUNDZWANZIG

Sein schrillendes Telefon riss Sam aus dem Tiefschlaf – er hatte es auf laut gestellt, seit seine Mutter kürzlich in Panik geraten war, als sie ihn nicht erreicht hatte. Sam stöhnte und tastete nach dem Telefon: Sheila, aus dem Jugendzentrum. Warum zum Teufel rief sie ihn mitten in der Nacht an? Er checkte die Uhrzeit, bevor er abnahm. Fünf Uhr morgens. Er musste erst in einer Stunde aufstehen, und selbst das war noch früh.

»Hallo?« Seine Stimme war noch belegt vom Schlaf und kaum zu verstehen – zu laut surrte die Klimaanlage, die im New Yorker Sommer unverzichtbar war, wie er inzwischen wusste.

»Tut mir leid, dass ich so früh anrufe«, sagte Sheila mit ihrer forschen Arbeitsstimme, die Journalisten, Eltern oder möglichen Investoren vorbehalten war. Das hatte er in den zwei Monaten, seit er für sie arbeitete, gelernt. »Aber ich habe gestern Abend schlechte Nachrichten erhalten. Uns wurde ein Teil der Finanzierung gestrichen.«

Sam knipste die Nachttischlampe an – eine schicke Designerlampe. Seit April wohnte er in Tobys Wohnung in Brooklyn, obwohl er, sehr zu Tobys Verdruss, darauf bestanden hatte, wenigstens Miete zu zahlen. »Das ist … Das ist nicht gut.« Es war noch zu früh für etwas Geistreicheres. »Es tut mir so leid, Sheila.« Er wusste nicht, warum sie ihn deshalb geweckt hatte, statt ihn später bei der Arbeit zu informieren, aber er meinte es ernst.

»Ja, also, es ist so …« Sie stieß die Luft aus. »Es ist so, Sam, ich kann mir dich nicht mehr leisten.«

»Oh.« Sie wollte ihn also am Telefon feuern? Obwohl er noch nicht lange dort war und obwohl er immer gewusst hatte, dass es wegen der Visumsituation nicht von Dauer sein konnte, war er unwillkürlich etwas verletzt.

»Ich will dich nicht gehen lassen. Wirklich nicht. Aber …«

»Schon okay. Ich verstehe. Soll ich trotzdem heute noch mitkommen?«

Es folgte eine zu lange Pause. »Also, deshalb rufe ich an …«

Sie musste es nicht erst aussprechen. »Du darfst den Ausflug nicht absagen!«, rief er. »Die Kids freuen sich schon ewig darauf.« Und er hatte ewig alles vorbereitet – aber darum ging es jetzt nicht. Seit er dort war, waren noch mehr Jugendliche zum Bouldern gekommen, und so hatte er gefragt, ob er einen Kletterausflug in die Gunks – die Shawangunk-Berge vor den Toren New Yorks – organisieren dürfe. Die Kids redeten nun schon seit Wochen davon.

»Ich weiß einfach nicht, wie wir uns das leisten können«, sagte sie seufzend. »Es tut mir leid. Ich wünschte wirklich …«

»Du musst mich nicht dafür bezahlen«, sagte Sam schnell.

»Das ist nicht …«

»Und du kannst das, was du mir für den Mai noch nicht ausgezahlt hast, dafür nehmen.«

Wieder eine lange Pause. »Bist du sicher, Sammy?«

Sam ließ sich lächelnd in die Kissen zurücksinken. Das »Sammy« war ein sicheres Zeichen, dass er zu ihr durchgedrungen war. »Definitiv.«

»Okay, in Ordnung.« Das war das Gute an Sheila – bei einer wohltätigen Aktion war sie immer dabei. Das brachte ihr Job wohl so mit sich. »Dann bis nachher.«

»Gut so, Liam«, sagte Sam ruhig und beobachtete, wie die magere Gestalt sich an der Klippe abseilte. »Du bist fast wieder unten.« Sam sah, wie Liam einen Blick hinter sich warf, um zu prüfen, wie nah der Boden war, und bemerkte, dass seine Beine ganz leicht zitterten. Obwohl Liam eine große Klappe hatte und sich weigerte, um Hilfe oder Rat zu bitten, wusste Sam, dass der Junge nervös und voller Adrenalin war, da er das erste Mal im Freien kletterte. Er blieb bei ihm und instruierte ihn, bis er wieder am Boden war, denn manchmal waren die Leute versucht, zu schnell abzusteigen, obwohl es sicherer war, alles schön langsam zu machen. Die anderen sieben Kids, die sie mitgenommen hatten, standen hinter ihm und sahen zu.

Liams Grinsen, als er den Boden berührte, war unbezahlbar, und Sam spürte, dass er genauso breit grinste. Liam blickte an dem nackten Felsen hinauf, den er gerade hinauf- und hinuntergeklettert war. Harter, grauer in die Höhe ragender Stein, überschattet von grünen Laubbäumen. Auch wenn es eine für Anfänger geeignete Kletterroute war, war sie doch wunderschön. Liam drehte sich zu Sam um, hakte das Seil aus, wie Sam es ihm beigebracht hatte, und nahm den Helm ab, unter dem sein schweißnasses Haar zum Vorschein kam. Kein Wunder – es war ungeheuer heiß, und Sam schwitzte schon beim Sichern. Er hob die Hand, um sich mit Liam abzuklatschen, und der machte mit und verdrehte dabei nicht einmal die Augen.

»Gut gemacht, mein Freund.« Lachend schloss sich Liam wieder der Gruppe an, und gemeinsam kehrten sie zum Parkplatz zurück.

Als sie zu dem Minibus kamen, verteilte Sheila die Lunchpakete, und sie machten es sich auf den Picknickbänken bequem und tranken dankbar von dem mitgebrachten Wasser. Die Jugendlichen setzten sich von ihnen weg auf die andere Seite, und Sam hörte, wie Sheila sagte: »Dreißig Minuten, verstanden?«

Selbst hier an der Picknickstelle beim Parkplatz war es wunderschön: Hohe Laubbäume spendeten dringend benötigten Schatten und gingen in einen Wald über, der etwas von einer Filmkulisse hatte. Und obwohl Sam die Berge nicht sehen konnte, war es, als könnte er sie spüren, als wären sie zu mächtig, um sie zu ignorieren. Sie waren nur drei Stunden von New York entfernt, aber es kam ihm wie eine andere Welt vor. Wenn ihm vor drei Monaten jemand gesagt hätte, er würde einer Gruppe von Teenagern, die er kaum kannte, in den Gunks das Klettern beibringen, hätte er ihm gesagt, er solle sich verpissen. Nicht zuletzt wegen der Erinnerung an Tom. Und doch war er hier.

Stöhnend ließ sich Sheila neben ihn auf die Bank fallen, und Sam warf ihr eine Flasche Wasser zu. »Du bist genial, Sheila.«

Sheilas Lächeln war so natürlich, wie er es noch nie bei jemandem gesehen hatte – und es war so ansteckend wie ihr Lachen. »Das ist ganz allein dein Werk, Sammy«, sagte sie mit ihrem unverkennbaren New Yorker Akzent. »Und sieh nur«, fuhr sie fort und deutete auf die lachenden und essenden Kinder. Ihre Gesichter wirkten vielleicht nicht ganz so unbeschwert wie die mancher Gleichaltriger, aber zumindest, so glaubte Sam, etwas unbeschwerter als sonst. »Es war ein Erfolg, oder? Es hat ihnen gutgetan. Und dir auch, würde ich sagen.« Sie warf ihm einen Blick zu, dann biss sie in ihr Sandwich. »Hat ein paar Dämonen vertrieben, das sehe ich.«

Sam verkniff sich eine Grimasse. Vermutlich hatte sie recht. Sich auf andere Menschen zu konzentrieren, hatte ihm geholfen, aus seinem dunklen Loch herauszukommen. Dennoch war sein Magen leicht angespannt. Hatte er das für die Kinder getan? Oder um sich selbst etwas zu beweisen?

Sheila sah ihn wieder forschend an – das konnte sie gut. Ihre dunklen Augen waren groß und ausdrucksvoll, und sie konnte ihre Augenbrauen so fein heben und senken, wie er es noch nie bei jemand anderem gesehen hatte. »Nur weil es dir auch gutgetan hat, heißt das nicht, dass es keine gute Aktion war«, sagte sie ruhig. »Etwas Gutes zu tun, muss nicht völlig selbstlos sein.« Sie war nicht nur eine gute Beobachterin, sie konnte sogar Gedanken lesen. Manchmal war sie ihm richtig unheimlich.

Sie blickte zu den Jugendlichen hinüber. »Liam, wirf das nicht dahin.« Sie stand auf und ging ein paar Meter in Richtung der Kids.

Sam trank einen Schluck Wasser und blickte über die Landschaft. Dann hob er sein Wasser zum Himmel zu einem Toast. »Ich wünschte, du wärst hier, Alter.«

»Ich begreife einfach nicht, warum sie nicht …« Sheila sah ihn stirnrunzelnd an. »Alles okay?«

Er räusperte sich und trank noch einen Schluck Wasser. »Ja.« Das stimmte zwar nicht ganz, aber die Tatsache, dass er hier sein und an Tom denken konnte, ohne zusammenzubrechen, war wohl ein Fortschritt. Und Tom hätte es gefallen. Er wäre mitgekommen und hätte alle Kinder zum Lachen gebracht. Sam konnte es sich gut vorstellen.

Sheila sah ihn immer noch so an, als könnte sie seine Gedanken lesen, darum griff Sam zur Ablenkung nach seinem Handy. Er hatte eine E-Mail von Cassie auf dem Account erhalten, den er vor zwei Monaten extra eingerichtet hatte, um ihr zu schreiben, ohne seine Identität preiszugeben. Er hatte deshalb immer noch ein schlechtes Gewissen, aber die Alternative wäre gewesen, ihr nicht zu helfen, und das hatte er nicht über sich gebracht.

Jetzt ist es offiziell! Wir dürfen den Pub behalten. Oder wohl eher Linda. Egal, ich dachte, das würde Sie interessieren.

Er lächelte und schrieb zurück. *Das ist toll!* Er schickte ein Icon mit einer Reihe Sektflaschen und spürte eine leichte Wehmut in sich. Am liebsten wäre er dort gewesen, um mit ihr und Linda auf den Pub anzustoßen, in dem sie alle aufgewachsen waren. Um das Leuchten in Cassies warmen, braunen Augen zu sehen, weil sie es geschafft hatte. Und obwohl die Sache jetzt abgeschlossen und sein Part erledigt war, konnte er nicht anders, als ihr eine Frage zu stellen, um die Verbindung zu ihr aufrechtzuerhalten.

Werden Sie es feiern?

In gewisser Weise. Ich fahre dieses Wochenende zu einem Veranstaltungstausch.

Ein Veranstaltungstausch? Klingt ominös …

Ich durfte eine Veranstaltung in einem anderen Hotel organisieren. Ein wunderschönes Herrenhaus in Sussex – es heißt Gravetye. Es ist zwar beruflich, aber das wollte ich schon seit Ewigkeiten, also ist es eine Art Feier!

Sam schnaubte leise, was ihm einen neugierigen Blick von Sheila einbrachte. Zu arbeiten war für sie feiern? Für ihn hörte sich das nicht gerade nach Spaß an. Andererseits hatte Cassie immer genau gewusst, was ihr Spaß machte. Darum beneidete er sie. Er glaubte nicht, dass sie ihren jetzigen Job liebte – und er wusste, dass Tom das auch vermutet hatte –, aber sie hatte nie Zweifel daran gehabt, was sie beruflich anstrebte. Wenn sie sich diesen »Veranstaltungstausch« gewünscht hatte – so lächerlich das für ihn auch klingen mochte –, dann war es für sie wohl tatsächlich so etwas wie ein Fest. Obwohl er sich definitiv nicht vorstellen konnte, jemals zum Spaß zu arbeiten.

Nach einem Moment wurde ihm jedoch klar, dass er genau das gerade hier tat. Schließlich wurde er nicht dafür bezahlt, hier zu sein, oder? Nicht mehr.

»Also, Sammy«, sagte Sheila. »Was wirst du jetzt tun, so ohne Job?«

Sam legte sein Handy weg und schüttelte den Kopf. »Scheiße.« Er machte ein entschuldigendes Gesicht. »Tut mir leid«, sagte er schnell, aber Sheila schnaubte nur leise.

»Sammy, wenn man mit Teenagern arbeitet, ist man Flüche gewöhnt.«

»Klar.« Er wusste nicht, was das mit Sheila war – sie war deutlich zu jung, um seine Mutter zu sein, dennoch weckte sie in ihm so etwas wie einen Beschützerinstinkt. »Gut, äh …« Er fuhr sich durch die Haare und warf ihr einen ratlosen Blick zu. »Ich habe keine Ahnung.« Und das stimmte. Der Job im Jugendzentrum hatte ihn in den letzten acht Wochen auf Trab gehalten, seinem Leben einen gewissen Sinn gegeben und ihm aus dem Loch herausgeholfen. Und jetzt, wo er ihn los war, hatte er absolut keine Ahnung, wie es für ihn weitergehen sollte.

KAPITEL VIERUNDZWANZIG

Cassie stand vor dem Wohnblock, starrte auf die Nummer 4a und sammelte Mut, um anzuklopfen. Drinnen wartete Amy auf sie – sie hatte Cassie gebeten, heute vorbeizukommen. Aber Cassie brauchte einen Moment. Wenn sie zum ersten Mal seit Toms Tod seine alte Wohnung betrat, würde sie unvermeidlich von einer Flut von Erinnerungen und der Trauer übermannt werden.

Als sie an die Holztür klopfte, fühlte sie sich schwer an. »Es ist offen!«, rief Amy, und Cassie drehte den Türgriff und trat ein. »Ich bin in der Küche!«

Cassie folgte dem Klang von Amys Stimme und ging durch das Wohnzimmer in die kleine Küche. Unwillkürlich sah sie sich um, versuchte zu erkennen, was sich verändert hatte, seit Tom nicht mehr hier wohnte. Vieles war geblieben – der Fernseher, der Couchtisch im Wohnzimmer, das blaue Sofa. Aber es gab auch Unterschiede, und das Fehlen von Toms Sachen war wie ein Schlag in die Magengrube. Das Bücherregal war kaum zur Hälfte gefüllt, und einige Küchengeräte waren verschwunden. An den Wänden fehlten ein paar Bilder, doch die Fotos von Tom und Amy gab es noch. Wie Amy das jeden Tag aushielt, war Cassie ein Rätsel.

Ein Teil von ihr suchte jedoch mehr als nur Erinnerungen. Sie war auf Hinweise aus.

Entzünde eine Fackel für die Boote, wenn du kannst …

Sie hatte es noch nicht gelöst. Doch Tom schickte sie für den nächsten Hinweis an einen Strand, da war sie sich sicher. Und im Gegensatz zum letzten Mal gab es keinen Hinweis auf eine Frist, sodass sie keine Angst haben musste, ein bestimmtes Datum zu verpassen. Aber viel weiter war sie nicht gekommen. Sie hatte sich eine Karte des Vereinigten Königreichs angeschaut und versucht herauszufinden, ob Tom mit einem der Strände etwas Besonderes verband. Viele davon hatten sie gemeinsam besucht. In Cornwall. Bournemouth. Brighton. Ein Strand in Wales. Woher sollte sie wissen, welcher?

In Amys Bücherregal fand sich nichts, was ihr geholfen hätte. Kein Foto von ihnen allen an einem bestimmten Strand, zum Beispiel. Sie würde später nachsehen. Vielleicht fiel Amy etwas dazu ein.

Als Cassie in die Küche kam, stand Amy mit dem Rücken zu ihr und kramte in einem der oberen Schränke. »Was möchtest du trinken?«, fragte sie, ohne sich zu ihr umzudrehen. »Ich habe keinen normalen Tee mehr«, fuhr sie fort, und Cassie fand, dass ihre Stimme etwas zu hoch klang. »Ich habe aber Kräutertee. Pfefferminz? Zitrone und Ingwer?«

»Gern«, sagte Cassie. »Was du hast.« Amy nahm eine Packung aus dem Schrank, drehte sich aber nicht gleich um. »Amy? Ist alles …?« Doch dann verstummte sie. Denn endlich hatte Amy sich zu ihr umgewandt. Und obwohl sie ein weites Oberteil trug, war der Bauch nicht zu übersehen.

Cassie starrte auf Amys Bauch, dann sah sie ihr in die Augen. »Du bist schwanger«, flüsterte sie. Amy verzog ganz leicht das Gesicht, dann nickte sie. Sie durchquerte die Küche, schaltete den Wasserkocher an und legte sich die Hände auf den Bauch, als wollte sie ihn schützen.

Cassie schüttelte den Kopf, in dem sich ein dumpfer Schmerz

bemerkbar machte. »Was …?« Sie befeuchtete ihre Lippen und versuchte es erneut. »Wann …?«

Das Wasser sprudelte, und der Kocher stellte sich aus, doch keine von ihnen kümmerte sich darum.

»Es tut mir leid, dass ich es dir nicht gesagt habe. Ich wusste nicht, wie.«

»Ist es …?«

»Ja. Es ist von Tom.« Sie holte tief Luft, und ihre Schultern hoben sich bei der Anstrengung. »Es tut mir leid. Ich habe es ein paar Wochen vor Toms Tod erfahren, und dann wusste ich nicht … Ich wusste nicht, was ich tun sollte, ob ich …«

»Ob du es behalten willst?«, führte Cassie den Satz zu Ende, ohne irgendeinen Vorwurf in der Stimme. Sie schüttelte den Kopf, sie wollte Amy nicht verurteilen, sie wollte es nur begreifen. Natürlich war sich Amy nicht sicher gewesen, ob sie das Baby wollte. Cassie konnte nur erahnen, wie das sein musste – ein Kind zu gebären, dessen Vater bereits tot war. Cassie atmete schmerzerfüllt langsam und tief ein. »Ich glaube, wir sollten uns hinsetzen«, sagte sie zu Amy, die sie mit großen Augen beinahe ängstlich ansah. Als ob sie sich Sorgen machte, was Cassie denken würde. Cassie versuchte, beruhigend zu lächeln. »Ich mach das mal«, sagte sie und deutete auf den Kessel.

Cassie bereitete zwei Pfefferminztees zu, während Amy sich im Wohnzimmer auf das blaue Sofa setzte. Die alltägliche Handlung beruhigte sie etwas. Sie brachte die Becher herein, stellte einen neben Amy und setzte sich in den Sessel gegenüber. »Also«, sagte sie. »Ähm … wow.«

Amy lachte kurz auf. »Ja, das kann man so sagen.«

»Wie fühlst du dich?«

Amy schüttelte den Kopf, ihre Locken, die heute von einem blauen Stirnband gehalten wurden, hüpften. »Ich will ehrlich sein. Ich war ziemlich durch den Wind.« Sie nahm den Tee und legte die Hände um den Becher.

»Ja, das kann ich mir vorstellen.« Cassie stockte. Sie hatte absolut keine Ahnung, was sie sagen sollte. Sie hätte es früher merken müssen. Hätte merken müssen, dass etwas nicht stimmte, hätte Amy mehr Aufmerksamkeit schenken müssen, als sie sich vor ein paar Monaten im Hotel getroffen hatten. Wie hatte Amy es vor ihr verbergen können? Cassie versuchte, sich an ihr Treffen zu erinnern. Es hatte Hinweise gegeben. Die lockere Kleidung, der koffeinfreie Kaffee. Aber offenbar war sie zu sehr mit ihrem eigenen Leben beschäftigt gewesen, um zu sehen, was direkt vor ihren Augen war. »Amy, es tut mir so leid, dass ich …«

Amy hob eine Hand. »Lass. Wenn sich jemand entschuldigen sollte, dann ich. Ich habe nur …«

»Ich weiß«, flüsterte Cassie. Weil sie es verstanden hatte. Sie glaubte wirklich, dass sie es verstanden hatte. Erneut sah sie sich im Wohnzimmer um – in Toms Wohnzimmer –, und Amy folgte ihrem Blick.

»Linda hat mir geholfen, seine Sachen einzupacken«, sagte Amy leise, »aber ab und zu finde ich noch etwas von ihm, weißt du? Ich wollte umziehen, und gleichzeitig konnte ich mich nicht von dem Ort trennen, der mit so vielen Erinnerungen verknüpft ist, also hing ich … in der Luft.« Cassie nickte. Sie glaubte zu verstehen, was Amy meinte – so ging es ihr selbst. Seit sie mit der Schatzsuche begonnen hatte, war es nicht mehr so stark, aber ab und zu flammte es noch auf. Als würde sie versuchen, den Erinnerungen und dem Schmerz zu entkommen, und sich gleichzeitig an allem festklammern.

Cassie zögerte. Aber sie musste die Frage stellen, musste es wissen. »Wusste Tom davon?«, fragte sie leise.

Amy erwiderte ihren Blick und sah ihr fest in die Augen. »Ja.«

»Aber er hat gesagt … Er hat gesagt, ihr hättet euch getrennt.«

Tränen stiegen Amy in die Augen. »Ja. Ich habe es ihm gesagt, und er …« Sie holte tief Luft, offenbar konnte sie den Satz nicht zu Ende bringen. Auch Cassie konnte nicht sofort etwas sagen. Sie starrte Amy an und verstand nicht – oder wollte es nicht verstehen. Sie versuchte, den Satz auf verschiedene Arten in ihrem Kopf zu beenden. Amy unterdrückte ein Schluchzen. »Er hat gesagt, er könne nicht damit umgehen, er brauche etwas Zeit für sich. Und ich bin wütend geworden – schließlich ging uns das beide etwas an, weißt du? Er war nicht der Einzige, der damit fertigwerden musste, und ich wollte, dass er sich zu dem Baby bekennt – und zu mir. Dass er sagt, wir ziehen es gemeinsam auf … denn ich wollte es bekommen.« Sie sprach immer schneller, ihre Worte überschlugen sich. »Es war ein Unfall, aber ich wollte es – und ich wollte es mit ihm. Ich wollte, dass wir eine Familie sind. Aber er ist einfach gegangen.« Jetzt weinte sie, ihre Schultern bebten, und Cassie, die versuchte, ihre eigenen Tränen zu unterdrücken, stand auf, setzte sich neben sie aufs Sofa und legte einen Arm um sie.

»Ich …« Cassie schluckte. »Ich weiß nicht, was ich sagen soll.« Und das stimmte. Es ergab keinen Sinn für sie. Tom hatte Amy abserviert, als er erfahren hatte, dass sie schwanger war? Das konnte doch nicht sein. Das sah ihm so gar nicht ähnlich.

Sie hatte sich so darüber aufgeregt, dass Sam Jessica an ihrem Hochzeitstag sitzen gelassen hatte. War es besser, seine langjährige Freundin zu verlassen, wenn sie schwanger wurde? Ja, dachte Cassie entschlossen. Was Sam getan hatte, war schlimmer – die Hochzeit war lange geplant gewesen, und es hatte viele Gelegenheiten gegeben, sie abzusagen. Das hier hatte Tom aus heiterem Himmel erwischt – Amy hatte ihn überrascht. Irgendwo in ihrem Hinterkopf wusste Cassie, dass sie nach Ausflüchten für ihn suchte. Sie wollte, dass er eine weiße Weste behielt, dass er der perfekte große Bruder blieb.

»Wirst du es behalten?«, fragte sie leise. Die Schwangerschaft war inzwischen so weit fortgeschritten, dass kein Zweifel daran bestehen konnte, aber da war immer noch die Möglichkeit, dass sie beabsichtigte, das Baby zur Adoption freizugeben.

»Ja.« Ihre Stimme klang etwas fester. »Ja, ich behalte es. Es tut mir leid, aber ich wollte mir erst ganz sicher sein, bevor ich es dir sage, weil ich dich nicht traurig machen wollte. Und dann hatte ich das Gefühl, ich hätte es zu lange aufgeschoben. Ich wusste nicht, wie ich es dir sagen sollte. Ich habe so oft angefangen, dir eine Nachricht zu schreiben – aber nichts hat sich richtig angehört.«

»Einigen wir uns doch darauf, dass sich keine von uns entschuldigt, okay?« Amy presste die Lippen zusammen, nickte jedoch. »Außerdem bin ich froh, dass ich es jetzt weiß, das ist das Wichtigste.« Sie streckte den Arm aus und nahm Amys Hand. »Und wenn du Hilfe brauchst, Amy, bei irgendwas – ich bin da, okay? Ich komme jetzt öfter, versprochen, und ich kann babysitten, wenn es so weit ist.« Wieder blickte sie auf Amys Bauch. Da drin war Toms Baby. Sie wusste nicht genau, was sie empfand. Toms Baby – ein Teil von ihm. Den er aber selbst nie zu sehen bekommen würde. Vor dem er offenbar davongelaufen war.

Amy lächelte, wenngleich leicht verheult. »Du wirst Tante.«

»Ja. Sieht so aus.« Und dann weinten sie beide, aber die heißen, salzigen Tränen, die über Cassies Gesicht liefen, fühlten sich reinigend an, und als sie aufhörte zu schluchzen, ging es ihr etwas besser.

»Also«, sagte Amy, wischte ihre eigenen Tränen weg und strich eine verirrte Locke beiseite, »wie läuft die Arbeit?«

Angesichts der gewaltigen Neuigkeiten kam es Cassie so lächerlich vor, über die Arbeit zu sprechen, dass sie lachen musste. »Alles okay.« Sie erzählte Amy von dem bevorstehenden Eventwochenende – dass Robert sie tatsächlich teilnehmen ließ. In Wahrheit war ihr in den letzten zwei Monaten aber auch etwas anderes durch den Kopf gegangen. Sie konnte das Haus in Wales nicht vergessen, dachte immer wieder daran, dass es zum Verkauf stand, und an das Potenzial, das darin steckte. Der Gedanke, etwas Heruntergekommenes liebevoll wiederherzurichten, es erneut zum Strahlen zu bringen, ließ sie nicht los.

Als Amy ihnen in der Küche einen weiteren Becher Tee machte – Cassie spürte, dass sie einen Moment für sich brauchte –, holte Cassie ihr Handy hervor, öffnete ihr E-Mail-Programm und starrte auf das Display.

Es verpflichtete sie schließlich zu nichts, wenn sie nur eine Frage stellte, oder? Tom würde sie darin bestärken, wenn er hier wäre, das wusste sie. Es konnte nicht schaden, jemanden zu fragen, der sich in der Branche auskannte – jemanden, der gespendet hatte, um einen Pub auf dem Land am Leben zu erhalten, der gesagt hatte, dass er einige Erfahrung auf dem Gebiet hatte. Vielleicht wusste er auch, welche Arten von Geschäften erfolgreich waren und welche nicht?

Hallo. Sie sagten, Sie hätten beruflich mit Pubs zu tun gehabt, und ich frage mich, ob Sie mich wohl in einer Sache beraten könnten.

Sie atmete tief durch und schickte die Nachricht ab. Eigentlich wollte sie nur mit jemandem reden, der keine emotionale Bindung zu ihr hatte – Linda, Hazel oder Josh würden nicht so kritisch sein, wie es ihrer Meinung nach angeraten war. So konnte sie die Frage stellen, sie diskutieren und erkennen, wie lächerlich die Idee war, und sie ad acta legen.

Das musste der Grund gewesen sein, warum Tom sie überhaupt zu diesem Haus geschickt hatte – er hatte ihr die Idee in den Kopf setzen wollen.

Aber vielleicht kannte sie ihn auch nicht so gut, wie sie dachte. Schließlich war er eindeutig vor Amy und dem Baby davongelaufen, weil er Angst gehabt hatte, sich zu binden, weil er vor der Verantwortung zurückgeschreckt war. Vielleicht war ihr furchtloser älterer Bruder doch nicht ganz so furchtlos gewesen.

Und wenn sie ihn nicht so gut kannte, wie sie geglaubt hatte, wenn sie nicht in der Lage war, seine Gedanken zu ergründen, wie zum Teufel sollte sie dann den nächsten Hinweis entschlüsseln?

KAPITEL FÜNFUNDZWANZIG

»Und, was hast du jetzt vor?«, fragte Sophia Sam und sah ihn über den Rand ihres Weinglases hinweg an. Er saß mit ihr, Toby und Zoe in einer Bar in Brooklyn – einer trendigen, neu eröffneten Bar – und hatte ihnen gerade erzählt, dass er den Job im Jugendzentrum verloren hatte.

»Keine Ahnung«, sagte Sam wahrheitsgemäß. Er zuckte mit den Schultern, als wäre es keine große Sache, und ließ sich nicht anmerken, wie … hilflos er sich nach dem Verlust des Jobs wieder fühlte.

»In zwei Wochen fahren wir wieder in die Hamptons«, sagte Toby. »Du solltest mitkommen.« Sophia nickte energisch, ihr dunkles Haar glänzte in dem gedämpften Licht. »Wir machen noch einen Törn mit der Jacht – im Sommer ist es unglaublich. Uns fällt schon was ein, keine Sorge.«

»Ja, vielleicht.« Das Problem war jedoch, dass seine Zeit in den USA ablief – er war mit einer elektronischen Einreiseerlaubnis eingereist, die schneller und einfacher als ein Visum zu bekommen gewesen war, aber beinhaltete, dass er nur neunzig Tage bleiben durfte, und diese neunzig Tage waren bald um. Jetzt musste er sich entscheiden, was er als Nächstes tun wollte – nach Hause fliegen oder irgendwo anders hin? Er hatte sich nach anderen Zielen umgesehen, weil er die Vorstellung verlockend fand, irgendwo anders hin zu reisen – die Probleme, die er zu Hause zurückgelassen hatte, zu ignorieren und die Frage, wie es mit ihm weitergehen sollte, aufzuschieben. In London hatte er keinen Job und keine Wohnung mehr. Er hatte auch keine Ahnung, was er beruflich machen sollte, ob er noch als Anwalt arbeiten konnte, ob sein Ruf jetzt ruiniert war.

Er erwähnte die Nachricht, die Jessica ihm heute geschickt hatte. *Ich habe heute deine Kletterfotos auf Instagram gesehen. Ich bin stolz auf dich. Tom wäre es auch. Lass uns reden, wenn du zurück bist.*

Vor zwei Monaten hatten sie kurz miteinander telefoniert – es war unangenehm und schmerzhaft gewesen, und sie hatte aufgelegt, bevor sie wirklich etwas gesagt hatten. Die Nachricht heute kam sozusagen also aus heiterem Himmel. Und ihr Tonfall … Nun, er war unsicher, wie er ihn deuten sollte.

»Noch eine Runde?«, fragte Toby. Alle nickten, und Toby stand auf. »Hilfst du mir tragen, Zoe?« Zoe seufzte leicht, ihr Gesicht zeigte wie immer keine Regung, aber sie stand auf und folgte Toby zur Bar.

»Für mich nur ein Wasser mit Kohlensäure, bitte«, sagte Sam geistesabwesend. Er hatte das Trinken zwar nicht ganz aufgegeben, aber er versuchte, es einzuschränken und nicht mehr als Stütze zu benutzen wie nach Toms Tod. Er öffnete seine E-Mails und entdeckte eine neue Mail von Cassie. Sein Herz pochte in freudiger Erwartung, so wie immer bei Nachrichten von ihr.

Hallo. Sie sagten, Sie hätten beruflich mit Pubs zu tun gehabt, und ich frage mich, ob Sie mich wohl in einer Sache beraten könnten.

Er starrte auf die Nachricht und spürte, wie sein Herz schneller schlug. Er wusste nicht, worüber sie mit ihm reden wollte – vielleicht hatte sie sich absichtlich vage ausgedrückt. Es könnte etwas mit Lindas Pub zu tun haben oder vielleicht mit ihrem Job. Doch was immer es war, sie ging davon aus, dass er über ein Wissen verfügte, das er nicht hatte. Er hatte nicht die geringste

Ahnung vom Gaststättengewerbe. Das hätte er nicht sagen dürfen.

Er spürte, wie Sophia sich neben ihm bewegte und ihren Stuhl näher an seinen heranrückte. Sie drückte ihr Bein gegen seins, und der Duft ihres Moschusparfums umwehte ihn. Seit dem einen Mal in den Hamptons hatten sie nicht mehr miteinander geschlafen, doch heute schien sie eindeutige Absichten zu haben. Und vielleicht wäre es einfach, sich auf diese Weise von der Tatsache abzulenken, dass er wieder einmal kein Ziel hatte.

»Du wohnst also weiter bei Toby?«

Sam räusperte sich. »Ja. Es ist wirklich ganz toll von ihm, dass ich bei ihm unterkommen kann.« Und das stimmte. Sam wusste nicht, was er ohne diesen Rettungsanker getan hätte.

»Es ist doch nicht weit von hier, oder?« Sie strich über seinen Arm, und ihre leuchtend roten Nägel kratzten leicht über seine Haut.

Es mochte einfach sein, aber es war nicht das, was er brauchte. Tief in seinem Inneren wusste er, dass es ihm nicht guttun würde – auf lange Sicht. Es war also nicht fair – weder ihr noch sich selbst gegenüber.

Er wich zurück. »Es tut mir leid, Sophia, ich kann das nicht.«

Sie zog einen Schmollmund, aber Sam musste nicht weiter darauf eingehen, weil Toby und Zoe mit den Getränken zurückkamen.

Sam blickte erneut auf sein Handy, auf die E-Mail. So konnte er nicht weitermachen. Er durfte sie nicht länger anlügen. Er atmete tief durch.

Wie wäre es, wenn wir das persönlich besprechen?

Als er auf »Senden« drückte, spürte er eine neue Entschlossenheit.

Anscheinend war es an der Zeit, nach London zurückzukehren. Zeit, Cassie zu sehen, ihr die Wahrheit zu sagen und zu hoffen, dass sie ihm diesmal nicht die Tür vor der Nase zuschlug.

Sam blickte aus dem Autofenster auf das Herrenhaus und lauschte dem Knirschen der Taxireifen auf dem Kies. Es war ein atemberaubendes Gebäude im elisabethanischen Stil, aus grauem Backstein mit einem Hauch von Pfirsich hier und dort, hoch und imposant; die Schornsteine erinnerten ein wenig an Türmchen. Die Koppelfenster schienen ihn zu beobachten, als würde das Haus den Neuankömmling begutachten. Ihn und seine Absichten. Wie auch immer sie aussahen.

»Da sind wir«, sagte der Taxifahrer. Er stellte den Motor ab und stieg aus, um Sam die Tür zu öffnen. »Schönes Haus, nicht wahr?«, sagte er im Plauderton, hakte die leicht geschwollenen Finger in die Gürtelschlaufen und drehte sich im Kreis, um das ganze Haus zu betrachten.

Sam brummte zustimmend und stieg aus dem Auto. Es war warm – nicht so heiß wie in New York, aber sonnig und heiter, der englische Sommer zeigte sich von seiner besten Seite. Auf beiden Seiten der Steintreppe, die zum Eingang des Anwesens hinaufführte, wuchs Efeu, und weiter rechts standen Büsche und Bäume. Sie waren wirklich auf dem Land. Sam war überrascht gewesen, dass er so kurzfristig noch ein Zimmer bekommen hatte, vor allem, weil morgen früh Cassies Veranstaltung – offenbar ein Verlobungsbrunch – stattfinden sollte.

Verhielt er sich wie ein Stalker, weil er das wusste und ihr hierhergefolgt war? Diese Frage, beschloss er, wohlweislich besser unbeantwortet zu lassen.

Er war direkt vom Flughafen aus hierhergekommen – die Fahrt von Heathrow hatte etwa eineinhalb Stunden gedauert.

Es war seltsam – er war nicht direkt in London gewesen, sondern nur auf der M25 daran vorbeigefahren, dennoch hatte sich die Großstadt übermächtig und beinahe erdrückend angefühlt. Als wollte ihn die Stadt daran erinnern, was er dort zurückgelassen hatte, dass es noch offene Rechnungen gab. Er fuhr sich mit der Hand durchs Haar und nahm den Koffer, den der Fahrer ihm reichte.

»Dann wünsche ich Ihnen einen schönen Aufenthalt«, sagte der Fahrer und zog seine Hose zurecht, bevor er wieder ins Auto stieg und davonfuhr. Sam hob die Hand zum Dank und ging die Treppe hinauf. Es hatte keinen Sinn, die Entscheidung jetzt infrage zu stellen – sie war gefallen.

Er hatte erst zwei Stufen erklommen und ein wenig mit dem schweren Koffer zu kämpfen, als eine Frau mit kurzen Haaren und breiten Schultern in einem marineblauen Blazer und einem passenden Kleid aus dem Eingang am Ende der Treppe trat. »Lassen Sie den stehen!«, rief sie, woraufhin Sam erschrak und den Koffer losließ. Auf ihren zierlichen Absätzen lief sie mit überraschender Anmut die Treppe hinunter. Aus der Nähe konnte Sam sehen, dass sie eine Perlenkette trug. »Den nehme ich – unsere Gäste tragen keine Koffer.«

»O nein«, sagte Sam hastig. Die Vorstellung, dass die Frau sich verheben könnte, wenn sie versuchte, sein Monster von einem Koffer zu tragen, beunruhigte ihn. Aber sie hatte Sam bereits zur Seite geschoben, den Koffer genommen, als wäre das nichts, und marschierte vor ihm die Treppe hinauf. Sam starrte ihr hinterher und fühlte sich leicht entmannt. Dann setzte er sich ruckartig in Bewegung und folgte ihr schnell in den Empfangsbereich.

Sie stellte den Koffer ab und rief: »Brian!« Sam sah einen schlanken Mann mit schütterem Haar herbeieilen, der ein weißes Hemd und eine lila Krawatte trug. »Würden Sie den bitte auf Mr Malones Zimmer bringen?« Sam hatte keine Ahnung, woher sie wusste, wer er war, oder woher Brian wissen konnte, in welchem Zimmer er untergebracht war. Doch Brian nickte, lächelte auf eine Weise, die ihn Sam sofort sympathisch machte, und rollte Sams Koffer davon.

»Ich bin Emma«, stellte sich die Frau vor und ging durch die Halle zu einem schicken Holztisch. »Ich bin die Empfangsmanagerin. Sie können mich jederzeit ansprechen, falls Sie ein Problem haben, okay?« Sam nickte, und sie holte einen Schlüssel hervor und führte ihn aus dem Empfangsbereich und durch das Herrenhaus.

»Hier ist es«, sagte Emma, nachdem sie zwei Treppen hinaufgestiegen waren. »Das ist Ihr Zimmer.« Sie öffnete die Tür und ließ ihn zuerst eintreten. Der Raum war hell und geräumig: cremefarbene Tapeten mit grünen Bäumen und ein bequem aussehendes Bett mit einem grauen Kopfteil. Das Zimmer war riesig – viel größer als ein gewöhnliches Hotelzimmer – mit einer Sitzecke mit Sofa, einem Holztisch und zwei Stühlen.

Emma erklärte ihm ein paar Details und wies dann auf die Fenster. »Sie haben Blick auf unseren Park, der sich über vierzehn Hektar erstreckt.« *Vierzehn?!,* dachte Sam bei sich. *Meine Güte.* »Er ist 1885 von dem visionären Gärtner William Robinson angelegt worden, und unser Chefgärtner pflegt ihn auch heute noch mit großer Sorgfalt. Sollten Sie ihn mit seinem Collie sehen, können Sie ihm gern Fragen zu dem Gelände stellen.« *Visionär*, Sam lächelte ein wenig. Das war ein gutes Wort. »Haben Sie noch Fragen?« Emma zog mit beiden Händen ihren Blazer um sich.

Sam bemerkte, dass sein Koffer bereits am Fußende des Betts stand, und wäre am liebsten gleich selbst auf das Bett gesunken.

»Gibt es eine Möglichkeit, etwas zu essen …?« Er hatte Hunger, was zum Teil an der Müdigkeit lag, aber er hatte im Flugzeug auch nichts gegessen.

»Wir haben für Sie einen Platz in unserem Sternerestaurant im Erdgeschoss reserviert, wenn Sie möchten, aber Sie können auch rund um die Uhr den Zimmerservice in Anspruch nehmen.«

Sam nickte zum Dank und dachte, dass er an diesem Wochenende aufpassen musste, wie viel er ausgab – schon der Übernachtungspreis für die zwei Nächte riss ein ordentliches Loch in seine Kasse, und während er früher in Nobelrestaurants gern eine gute Flasche Wein und das teuerste Hauptgericht bestellt hatte, konnte er sich das jetzt kaum noch leisten.

Emma lächelte ihn an, wiederholte, dass er sich melden solle, wenn er etwas brauche, und ließ ihn allein. Sam sah sich in dem Zimmer um, er konnte noch gar nicht richtig fassen, dass er tatsächlich hier war. Das Bett mit den vielen Kissen und der weichen Bettdecke rief nach ihm, lockte ihn, sich voll bekleidet hineinfallen zu lassen und sich nicht mehr zu rühren. Er zwang sich jedoch, das Zimmer zu verlassen. Zunächst wollte er schnell etwas essen, dann konnte er sich hinlegen und darüber nachdenken, wie zum Teufel er Cassie das morgen alles erklären sollte.

Er ging zum Speisesaal und wartete am Eingang, dass ihm jemand einen Platz zuwies. Genau wie sein Zimmer war auch dieser Raum hell und luftig – die umlaufenden Glaswände gaben den Blick auf den Park frei, und in der Mitte der Decke hing eine Lampe mit vielen Leuchtköpfen, die ein wenig wie eine raffinierte Spinne aussah.

Es dauerte nur wenige Sekunden, bis jemand mit einer Speisekarte in der Hand zu ihm kam. Auf die Frage, ob er etwas essen wolle, nickte Sam. Dann hörte er ein Lachen, und sein Herzschlag beschleunigte sich. Er kannte dieses Lachen.

Sein Blick wanderte in die Richtung, aus der es gekommen war, und da sah er sie. Cassie. Sie saß auf der anderen Seite des Raums, ihr gegenüber Hazel. Es dämmerte bereits, und das Abendlicht brachte Cassies blondes Haar zum Leuchten. Sie lächelte von innen heraus, so wie sie ihn nie anlächelte – nicht mehr.

Sie war immer noch etwas dünn, fand er, die Wangen leicht eingefallen. Aber sie sah besser aus. Gesünder. Fröhlicher. Er konnte den Blick nicht von ihr lösen, wollte sie beobachten, ihren Anblick in sich aufsaugen. Er spürte, wie seine Handflächen feucht wurden und der Puls an seinem Hals schneller schlug. Was hatte das zu bedeuten?

»Sir?«, drängte der Kellner und blickte über seine Schulter zu Sam, der sich nicht von der Stelle gerührt hatte. Ihm wurde klar, dass er das nicht konnte. Er konnte nicht einfach mit einem frechen Grinsen zu ihr gehen, er wusste absolut nicht, was er zu ihr sagen sollte. Also räusperte er sich und kam sich wie ein totaler Idiot vor. »Ich, äh, werde mir doch etwas aufs Zimmer bestellen.«

Mit diesen Worten verschwand er, ließ einen leicht verblüfften Kellner zurück und flüchtete in die Sicherheit seines Zimmers.

Als er die Tür hinter sich geschlossen hatte, atmete er langsam aus. *Reiß dich verdammt noch mal zusammen, Sam.*

Er machte sich lächerlich, hatte überreagiert. Es musste an dem Schock liegen, sie zu sehen. Er sagte seinem Herzen, es solle sich beruhigen, und schlug sich zur Bekräftigung mit der Faust auf die Brust. Es war nur Cassie, um Himmels willen.

Die wunderschöne, starke, kluge Cassie.

Nein, Schluss damit. Es lag nur daran, dass er ihr zum ersten Mal wieder begegnete und wusste, dass er mit ihr sprechen würde. Er hatte sie schon immer scharf gefunden, also sollte es ihn nicht überraschen, dass er bei ihrem Anblick so emotional reagierte. Er hatte einfach einen Jetlag und war verwirrt. Morgen würde er darüber hinweg sein.

O Gott, morgen. Wieder dachte er an ihren hasserfüllten Gesichtsausdruck, als sie sich das letzte Mal gesehen hatten. Er wusste nicht, ob er es ertragen könnte, falls sie wieder so reagierte.

Schüttle es ab, sagte er sich und schüttelte im buchstäblichen Sinne des Wortes die Schultern, während er zum Bett hinüberging und sich hineinsinken ließ. Es war genauso weich und einladend, wie er es sich vorgestellt hatte, die Matratze schmiegte sich um ihn. Er war so weit gekommen, jetzt musste er es auch durchziehen.

Also holte er sein Handy heraus und überprüfte seinen Tarn-E-Mail-Account.

Das wäre großartig!, hatte sie auf den Vorschlag, sich persönlich zu treffen, geantwortet. *Ich schulde Ihnen auf jeden Fall einen Drink. Leben Sie in London?*

Darauf hatte er noch nicht geantwortet. Er hatte erst herkommen und sich beweisen wollen, dass er es tatsächlich durchziehen würde – dass er nicht der Feigling war, für den sie ihn einmal gehalten hatte.

Wie der Zufall es will, bin ich morgen in der Nähe von Gravetye. Ich weiß, Sie haben am Vormittag eine Veranstaltung, aber wäre es in Ordnung, wenn ich danach vorbeikomme? Wir könnten im Hotel einen Drink nehmen.

Während er auf eine Antwort wartete, tippte er nervös mit den Fingerspitzen auf seinem Handy herum, sein Herz schlug zu schnell. Er kam sich wie ein junges Mädchen vor, das neben dem Telefon saß und auf einen Anruf wartete. Er stand auf, blickte auf die Speisekarte vom Zimmerservice, konnte sich aber nicht darauf konzentrieren und setzte sich wieder hin. Nach einer gefühlten Ewigkeit leuchtete das Telefon auf.

Sie sind morgen hier?

Er zögerte, seine Finger schwebten über der Tastatur. Fast hätte er es ihr auf der Stelle gestanden. Per E-Mail ginge es schneller und schmerzloser, falls sie es falsch auffassen sollte.

Nein, er musste es persönlich tun und den Dingen ihren Lauf lassen. Also begnügte er sich mit: *Ja, bis dann.*

Woher weiß ich, wo ich Sie treffe?

Ich finde Sie.

Ich finde Sie. Die Worte hallten in seinem Kopf nach, als würden sie noch etwas anderes bedeuten. Als hätte er sie vielleicht schon immer finden sollen.

KAPITEL SECHSUNDZWANZIG

Cassie lief telefonierend im Schlafzimmer auf und ab, während sie Robert Bericht erstattete, wie der Brunch gelaufen war. Dabei blickte sie augenrollend zu Hazel hinüber, die auf einem der beiden Einzelbetten saß. Der cremefarbene Teppich fühlte sich weich unter Cassies Füßen an – es war die Art von Teppich, auf der man am liebsten barfuß laufen würde.

»Sie schienen sehr zufrieden zu sein«, schloss sie. Sie hätte gern etwas Aufregenderes als einen Brunch veranstaltet, aber am Ende hatte es großen Spaß gemacht – das Paar, das seine Verlobung feierte, war in den Sechzigern und hatte Freunde und Familie zusammenbringen wollen, aber nicht mit einer eleganten Abendeinladung. Es war eine stilvolle Veranstaltung gewesen, bei der man bei der Vorbereitung des Raums auf vieles hatte achten müssen, und das Paar war voll des Lobes gewesen. Außerdem konnte sie so für den Rest des Tages das Herrenhaus genießen – man hatte ihr eine zweite Übernachtung geschenkt und ihr gestattet, für das Wochenende jemanden mitzubringen. Sie hatte ganz spontan Hazel gefragt, ob sie Lust habe, sie zu begleiten, und Hazel hatte sofort zugegriffen.

»In Ordnung. Gut, ich werde nachher noch mit dem Geschäftsführer sprechen«, sagte Robert ein wenig unwirsch. Sie wusste, dass er es bereute, nicht selbst gekommen zu sein. Es klang fast, als *suche* er ein Problem, etwas, das den Anschein erweckte, sie könnte das nicht allein.

»Okay«, sagte sie. »Wir sehen uns dann am Dienstag. Nochmals vielen Dank für die Gelegenheit, es war großartig.«

Sie warf ihr Handy auf das Bett neben Hazel, die sie angrinste und die Arme hob. »Du hast frei! Jetzt müssen wir nur noch die Zeit totschlagen, bis dein geheimnisvoller Mann dich findet.« Hazel hob und senkte die Augenbrauen, und Cassie musste lachen.

»Wir wissen nicht, ob es ein Mann ist.«

»Er schreibt wie ein Mann«, sagte Hazel, woraufhin Cassie schnaubte. Ehrlich gesagt, war das Ganze lächerlich. Sie hatte nicht die geringste Ahnung, nach wem sie suchte – und sie sollte warten, bis er auf sie zukam, damit sie … was tun konnte? Ihm danken? Ihn fragen, ob es aus finanzieller Sicht zu waghalsig war, in der gegenwärtigen Situation ein Unternehmen zu gründen?

Sie blieb zwischen den Betten stehen und betrachtete das Bild, das über dem Kopfende hing. Das Gemälde zeigte das Meer bei leicht stürmischer See, am unteren Bildrand war eine felsige Küste zu sehen, in der Mitte des Bildes stand ein einsamer Leuchtturm. Selbst auf Fotos hatte das Meer eine entrückende, beruhigende Wirkung. Aber im Moment regte sich ein weniger beruhigender Gedanke in ihrem Hinterkopf: eine Art Wiedererkennen.

Sie starrte auf den weißen Fleck in der Mitte des Meeres. Den Leuchtturm. Toms Hinweis.

Entzünde eine Fackel für die Boote, wenn du kannst. Das *musste* ein Leuchtturm sein – Wieso war sie nicht früher daraufgekommen?

»Hazel!«, rief sie so laut, dass Hazel vor Schreck hochfuhr. »Ein Leuchtturm!«

»Was?« Sie starrte Cassie mit aufgerissenen Augen an, als wäre sie verrückt geworden. Cassie deutete auf das Gemälde, und Hazel drehte sich um und betrachtete es, bevor sie sich wieder zu Cassie umwandte. »Ja …«, sagte sie langsam, »ich sehe es.«

»Toms Hinweis!«, rief Cassie schrill, sie konnte ihre Aufregung kaum beherrschen. Sie trat ans Fußende von Hazels Bett, um sich das Gemälde genauer anzusehen. Gestern Abend hatte sie den Leuchtturm gar nicht bemerkt, sie war zu sehr von der Schönheit des restlichen Hotels eingenommen gewesen. »Die Fackel für die Boote«, erklärte sie. »Das ist ein Leuchtturm.« Ungeduldig schob sie sich die Haare aus dem Gesicht.

Langsam breitete sich ein Grinsen auf Hazels Gesicht aus. »Ja!« Sie sprang auf, trat neben Cassie, stemmte die Hände in die Hüften und betrachtete das Gemälde. »Du hast völlig recht, das muss es sein. Mein Gott, komme ich mir gerade dämlich vor.«

»Ich auch.«

»Also, welcher ist es?«

Cassie sah sie an. »Hä?«

»Welcher Leuchtturm?«

Cassie spürte, wie ihre Aufregung einem anderen Gefühl wich. »Ich habe absolut keine Ahnung.« Es dürfte Hunderte von Leuchttürmen in ganz Großbritannien geben, oder? Wie konnte Tom erwarten, dass sie wusste, welcher es war? Und warum um alles in der Welt schickte er sie überhaupt zu einem verdammten Leuchtturm?

»Aber du bist trotzdem einen Schritt weiter, oder?«, sagte Hazel in dem eindeutigen Bemühen, aufmunternd zu klingen. »Bleib optimistisch.« Sie drückte Cassies Arm, und Cassie nickte und warf noch einen Blick auf den Leuchtturm, bevor sie ins Bad ging, um sich für ihr geheimnisvolles Treffen umzuziehen.

Cassie folgte Hazel durch den kleinen, holzgetäfelten Empfangsbereich und nahm sich einen Moment Zeit, um die Details zu bewundern. An der gegenüberliegenden Wand hingen zwei identische Lampen, und auf dem Empfangstresen lagen ein paar in Leder gebundene Notizbücher. Ein verschnörkelter Stuhl stand neben einem alten Holzschreibtisch, auf dem ein gelber Blumenstrauß prangte. Eigentlich war das alles gar nicht »altmodisch«, doch man spürte die Geschichte des Ortes, als hätte man den ursprünglichen Charakter des Herrenhauses samt seiner Schönheit erhalten und darauf aufgebaut. So etwas würde sie auch gerne tun, einen Ort mit Geschichte wieder zum Leben erwecken.

Obwohl sie die Umgebung sehr schätzte, kam Cassie sich völlig lächerlich und overdressed vor, als sie in den Park auf der Rückseite des Anwesens traten. Hazel hatte darauf bestanden, dass sie sich schminkte, aber der braune Eyeliner und der pfirsichfarbene Lippenstift fühlten sich übertrieben an. Beides wirkte etwas zu bemüht, genau wie die Locken, zu denen Hazel ihr Haar aufgedreht hatte. Sie trug ein luftiges Kleid und bedauerte aufrichtig, dass der Grundton weiß war, obwohl die blauen und violetten Blumen das ein wenig kompensierten.

»Hör auf zu zappeln«, zischte Hazel.

Cassie widerstand dem Drang, Hazel einen bösen Blick zuzuwerfen, die einen grünen Jumpsuit trug, der zu ihren Augen passte und auf lässige Art umwerfend aussah. Sie gingen über einen schmalen, gepflasterten Weg, rechts und links reckten rosa Rosen ihre Köpfe über das Grün, und Bienen summten um kleine, blaue Blumen. Die Sonne schien warm auf Cassies nackte Schultern, die noch blass waren, weil sie die ganze Zeit drinnen verbracht hatte. Sie atmete langsam aus, nahm den Efeu, der an den Steinmauern des Hotels emporwuchs, und den Wald weiter vor ihnen in sich auf.

Dann blickte sie zum Himmel hinauf – blau mit kleinen, zarten Wölkchen. Eigentlich dumm, nach oben zu schauen. Tom war nicht im Himmel. Langsam fing sie sich wieder, gewöhnte sich an das Leben ohne ihn und fand einen Weg weiterzuleben. Trotzdem spürte sie den Verlust noch schmerzhaft. Es war, als ob ein wichtiger Teil von ihr fehlte. Dann gab es kurze Momente wie gerade eben, in denen sie sich glücklich fühlte oder zufrieden war, in denen sie lachte oder sich amüsierte. Und wenn diese Momente vorbei waren, hatte sie jedes Mal ein schlechtes Gewissen – denn wie konnte sie so empfinden? Wie konnte sie vergessen, und sei es auch nur für den Bruchteil einer Sekunde?

Sie gingen weiter und bogen ein paarmal ab, bis der Weg nicht mehr gepflastert, sondern gekiest war und die Farben der Blumen in Lila und Dunkelgrün übergingen. Natürlich wohnten noch andere Leute im Hotel, aber in diesem Teil des Parks war es so ruhig, als wären sie allein hier.

Deshalb hörte Cassie auch die Schritte hinter ihnen, die leise auf dem Kies knirschten. Sie und Hazel drehten sich fast gleichzeitig um, und Cassie wich schlagartig zurück, als wäre sie gegen eine Wand gelaufen.

Sam.

Sam kam auf sie zu. Nicht in seinem üblichen Anwaltsanzug, sondern in schwarzen Jeans und einem dunkelblauen Hemd, dessen Ärmel hochgekrempelt waren, sodass man seine gebräunten Unterarme sah. *Ihm muss heiß sein*, war ihr erster, bizarrer Gedanke. Es war der einzige Gedanke, der es durch den Tumult in ihrem Kopf schaffte, während sie zu begreifen versuchte, was zum Teufel er hier tat. Er sah jedoch nicht so aus, als wäre ihm heiß – er wirkte souverän, ruhig und beherrscht, der Ausdruck in seinen blauen Augen war ausgeglichen, als er zielstrebig auf sie zukam. Er wirkte kein bisschen überrascht, sie hier zu treffen.

Hazel und sie wechselten einen Blick, und Cassie sah, dass auch Hazel nicht wusste, was sie davon halten sollte. Als Letztes hatte Cassie gehört, dass Sam in New York sei. Auf der anderen Seite des Atlantiks war sie sicher vor ihm gewesen – sie sollte ihm nicht einfach so über den Weg laufen. Ihr Herz begann, schneller zu schlagen, und als sie überlegte, was sie sagen sollte, schien ihr Kopf zu streiken.

»Hi, Cassie«, sagte Sam, und ein schiefes Lächeln erschien auf seinen Lippen. Er nickte Hazel zu. »Hey, Hazel.« Ungefähr einen Meter vor ihnen blieb er stehen und richtete seine Aufmerksamkeit allein auf Cassie.

»Sam.« Cassies Stimme klang ruhig, aber es fühlte sich merkwürdig an, seinen Namen auszusprechen, fremd. Alles, woran sie denken konnte, war ihre letzte Begegnung – als sie ihn vor dem Hotel angeschrien hatte, nachdem er Jessica hatte sitzen lassen. »Was machst du hier?« Das Paar vom Brunch konnte er doch wohl nicht kennen, oder? Dann hätte sie ihn heute früh sehen müssen.

Er schaute ihr fest in die Augen, und sie konnte den Blick nicht abwenden – da war etwas, eine Intensität, die sie schon lange nicht mehr an ihm gesehen hatte und die sie gefangen hielt. »Ich habe doch gesagt, ich würde dich finden.«

»Du hast gesagt, du würdest …« Die Rädchen in ihrem Kopf drehten sich, und schlagartig begriff sie. Es war, als öffnete sich ein Abgrund vor ihr, und sie stolperte einen Schritt zurück. Er sagte nichts, wartete ab und betrachtete aufmerksam ihr Gesicht. »Du warst das«, flüsterte sie und schüttelte den Kopf, als ob es dadurch weniger wahr würde.

»Wovon redest du? Was war er?« Hazel sah verwirrt zwischen den beiden hin und her. »Moment, meinst du …?« Sie sah Sam mit hochgezogenen Augenbrauen an. »*Du* warst das? Du bist der geheimnisvolle Mann?« Hazel drehte sich um und starrte Cassie fragend an. Aber Cassie hatte auch keine Erklärung. Sie konnte es nicht fassen – sie konnte sich doch nicht die ganze Zeit mit Sam geschrieben haben, das ergab keinen Sinn. Sam hätte ihr doch nie so viel Geld gegeben, ohne Linda zu sagen, dass es von ihm kam. Ohne die Lorbeeren zu ernten. Doch da stand er und sah supergelassen aus. Sie kochte vor Wut. Wie konnte er einfach so dastehen, wo er sie doch die ganze Zeit belogen hatte?

Hazel räusperte sich. »Äh … Ich glaube, ich drehe mal eine Runde über das Gelände, schnappe ein bisschen Luft …« Sie warf Cassie einen Blick zu und schenkte Sam ein sparsames Lächeln. »Schön, dich zu sehen, Malone.«

Er nickte. »Gleichfalls, Niagara.« *Niagara*. Toms und Sams Spitzname für Hazel. Aus irgendeinem Grund katapultierte er Cassie zurück in die Realität. Sie streckte die Hand nach Hazel aus, doch diese wich ihr geschickt aus.

»Was soll das?«, zischte Cassie, ohne sich darum zu scheren, dass Sam sie hören konnte.

»Du musst mit ihm reden«, zischte sie zurück und entfernte sich einen Schritt.

»Hazel«, sagte Cassie warnend, »bleib hier. Hazel, lass mich jetzt nicht allein, hörst du, ich bin …« Doch die entfernte sich bereits, und mit ihren verdammt langen Beinen war sie ziemlich schnell.

Da es sich nicht vermeiden ließ, sah Cassie wieder zu Sam. Er schob die Hände in die Hosentaschen, blickte einen Moment Hazel hinterher und konzentrierte sich dann auf Cassie. Cassie spürte, wie ihr im Nacken heiß wurde. Warum sagte er nichts?

»Warst du das bei dem Crowdfunding?«, fragte sie schließlich. Es war eine überflüssige Frage, aber sie musste etwas sagen.

Er nickte. »Ja.«

Sie wich zurück und schlang die Arme um sich. Irgendwie fühlte sie sich bloßgestellt, als wäre sie ausgetrickst worden und würde sich nun zum Affen machen. Ihre Brust war wie zugeschnürt, und merkwürdigerweise war ihr zum Weinen zumute. *Sam*. Der Mann, den sie so lange gehasst, den sie für Toms Tod verantwortlich gemacht hatte … war der Mann, der ihr geholfen hatte.

»Du hast mich angelogen?«

Der Ausdruck in seinem Gesicht war ihr fremd. »Nein, Cassie, ich wollte nur … Ich wollte dir helfen, und ich wusste, dass du das Geld von mir nicht annehmen würdest, also habe ich …«

»Trotzdem hast du gelogen«, sagte sie ausdruckslos. »Und wir haben uns die ganze Zeit gemailt und du …« Sie holte scharf Luft. Das war nicht fair. Es war nicht fair, dass die Person, die den Pub gerettet hatte, der ihr so viel bedeutete, die eine schicksalhafte Spende gemacht und sie davon überzeugt hatte, dass es vielleicht noch Hoffnung für ihre eigene Geschäftsidee gab, ausgerechnet Sam war.

Er machte einen Schritt auf sie zu, und sie wich kopfschüttelnd zurück. »Ich kann das jetzt nicht. Ich kann jetzt nicht mit dir reden …« Sie raufte sich mit beiden Händen die Haare. »Ich gehe etwas trinken.« Und damit wandte sie ihm den Rücken zu, stapfte wieder zum Herrenhaus und ließ ihn allein zurück.

KAPITEL SIEBENUNDZWANZIG

Er folgte ihr nicht. Sie sah sich zwar nicht um, aber sie hörte ihn nicht hinter sich, und als sie an der Bar ankam, war er nirgends zu sehen. Sie atmete lange und langsam aus. Auch von Hazel, die sie nicht einfach so hätte stehen lassen dürfen, war keine Spur zu sehen. Als der Barkeeper, der in einem eleganten Anzug hinter der Bar stand, zu ihr hinüberlächelte, bemühte sie sich um ein freundlicheres Gesicht. »Einen Gin Tonic, bitte«, sagte sie. Den hatte sie sich verdient.

Während sie wartete, setzte sie sich auf einen der cremefarbenen Barhocker und betrachtete die Gemälde, die an den weißen Wänden über der Holzvertäfelung hingen. Sie nahm sie jedoch nicht wirklich wahr, sondern dachte an das Bild in ihrem Zimmer, an den Leuchtturm, den Hinweis. An Tom. An Toms besten Freund, der jetzt hier war. Toms besten Freund, der ihren geliebten Pub gerettet hatte.

Als sie Schritte hörte, blickte sie zum Eingang. Es war jemand, den Cassie flüchtig von dem Brunch heute Morgen kannte, nicht Sam. Dass er ihr nicht gefolgt war, nicht versucht hatte, sie aufzuhalten, verschlimmerte den inneren Aufruhr, der in ihr tobte, eher noch, als dass es sie beruhigte.

Der Barkeeper reichte ihr den Gin Tonic – schick, mit Blüten darin –, und sie nahm einen großen Schluck. O Gott, sein Gesichtsausdruck, kurz bevor sie gegangen war. Der war echt gewesen, verletzt. Klar, er hatte versucht, es zu verbergen, aber sie hatte es an den zusammengepressten Lippen und dem Blitzen in seinen Augen gesehen. Er hatte diese Reaktion von ihr erwartet, oder? Vermutlich hatte er deshalb nicht versucht, sie aufzuhalten. Er hatte ihr die ganze Zeit nur helfen wollen, und sie hatte ihm die kalte Schulter gezeigt. Ja, sie war verwirrt, und es war ihr peinlich, und vielleicht war sie auch etwas erschrocken gewesen, aber … sie hatte sich gemein benommen, und das hätte sie nicht tun dürfen.

Ein Feigling. Sie erinnerte sich, dass sie ihm dieses Wort im März an den Kopf geschleudert hatte. Aber wer war jetzt der Feigling? Statt sich mit ihm auseinanderzusetzen, lief sie davon.

Also atmete sie tief durch, bestellte noch einen Gin Tonic und ging zurück in den Garten.

Er stand noch dort, wo sie ihn stehen gelassen hatte, und blickte auf den Wald jenseits des Parks. Als er sie kommen hörte, drehte er sich zu ihr um. Einen Moment lang zögerte sie und blieb unsicher stehen. Was hatte er vorgehabt? Warum war er ihr nicht gefolgt, hatte ihre Hand ergriffen und sie zu sich herumgedreht? Das hätte sie von ihm erwartet – eine leicht spöttische, etwas überhebliche Reaktion. *Ach, komm schon, Cass, du musst doch gewusst haben, dass ich das war, wer könnte sonst so charmant sein*. Oder so etwas in der Art. Aber er tat nichts dergleichen, beobachtete sie nur etwas verunsichert.

Er machte einen Schritt auf sie zu, und diesmal wich sie nicht zurück. »Cassie, hör zu, es tut mir leid, ich …«

»Nein.« Sie schüttelte den Kopf. »Mir tut es leid.« Sie hielt ihm den zweiten Gin hin und drückte ihm das Glas in die Hand. Er nahm es mit diesem kleinen, schiefen Lächeln, das sie so an ihn als Teenager erinnerte. Ein Lächeln, das pure Kameradschaft ausdrückte. »Ich hätte nicht so reagieren dürfen, ich war einfach nur …«

»Überrascht?«

Sie stieß ein kurzes Lachen aus. »Ja, das kann man wohl sagen.«

Ohne ein bestimmtes Ziel gingen sie los, vorbei an einem kleinen Schuppen inmitten eines wilden, überwucherten Gartens, über knirschenden Kies in Richtung See. Auf dem Gelände gab es tatsächlich einen See.

Cassie konnte sich nicht entspannen. Ihre Schultern waren angespannt, ihre Finger umklammerten das Glas.

»Und«, fragte Sam, »wie war der Brunch?« Sie erschrak etwas, als ihr klar wurde, dass er von dem Brunch wusste, weil sie ihm in der E-Mail davon berichtet hatte – als sie noch glaubte, er sei jemand anderer.

»Ganz gut, denke ich.«

»Musst du heute noch etwas anderes tun, oder hast du frei?«

Sie blickte auf ihre Uhr. »Um vier muss ich mit dem Manager sprechen.«

»Magst du dich bis dahin mit mir setzen?« Sie zögerte, und an seinem Blick erkannte sie, dass er es spürte. Aber er drängte sie nicht, fragte nicht noch einmal. Vielleicht nickte sie deshalb und folgte ihm zu einer Holzbank mit Blick auf den See, die von immergrünen Bäumen umgeben war.

Als sie sich in gebührendem Abstand voneinander hinsetzten, sah sie ihn an. »Warum?« Es klang harscher als beabsichtigt, und er sah sie fragend an. »Warum hast du so viel Geld gespendet?«

Er schnitt eine Grimasse – offenbar hatte er gehofft, dass das Warum etwas später zur Sprache kommen würde. »Bist du sauer?«

Das war keine Antwort, und fast hätte sie automatisch Ja geblafft und ihn verbal abgestraft. Ihr wurde bewusst, dass sie gar nicht mehr wusste, wie sie anders mit ihm reden sollte – sie hatte es schon so lange nicht mehr versucht. »Ich bin nicht *sauer*«, sagte sie schließlich. Es war schwer, genau in Worte zu fassen, was sie empfand. Sie setzte sich etwas aufrechter hin und blickte aufs Wasser hinaus, das an einigen Stellen im Sonnenlicht glitzerte, während andere im Schatten lagen. »Ich habe nur … ich war wohl zu sehr darauf fixiert, dass es ein Fremder war.«

Wieder dieser verletzte Ausdruck in seinem Gesicht, den er vergeblich zu überspielen versuchte, sodass sie hastig fortfuhr.

»Das hat nichts mit dir persönlich zu tun« – *oder zumindest nicht nur*, dachte sie im Stillen – »aber dass es jemand ist, den ich kenne … ich weiß nicht.« Sie konnte ihm das einfach nicht erklären, dass sie dadurch geglaubt hatte, vielleicht selbst etwas auf die Beine stellen zu können. Weil es noch Menschen gab, die kleine, unabhängige Unternehmen zu schätzen wussten. Es hatte sich wie ein Wink des Schicksals angefühlt, und jetzt, wo sie wusste, dass es Sam gewesen war, tat es das nicht mehr. Doch das alles sprach sie nicht laut aus. Sie wollte nicht, dass er sie ungläubig ansah oder sie auslachte.

»Ich habe es getan, weil ich dachte, dass Tom es so gewollt hätte«, sagte Sam leise. »Ich habe nach etwas gesucht … ich weiß auch nicht … ihn zu ehren.«

Sie nickte. Das ergab zumindest einen Sinn. Denn was auch immer sie von Sam dachte, sie wusste zumindest, dass er ihren Bruder geliebt hatte.

»Ich wollte es auch für dich tun«, fügte er leise hinzu. »Weil ich wusste, wie viel dir dieser Pub bedeutet.«

Sie sah ihn an, und er erwiderte ihren Blick. Sie hielt ihn eine Sekunde lang, spürte ihren Puls an ihrem Handgelenk. Dann sah sie zu Boden. »Ich wünschte, Tom wäre jetzt hier.« Irgendwie fiel es ihr leicht, es Sam gegenüber zuzugeben.

Vielleicht weil sie wusste, dass er von allen am ehesten genauso empfand.

Sam lächelte traurig. »Es hätte ihm gefallen. Er hätte uns hier alle hinausgescheucht, um den Park zu erkunden, und dich überall für Fotos posieren lassen, damit du dich an den Tag erinnerst.«

Cassie lachte leise. »Und er hätte uns zu Gruppenfotos gezwungen, trotz unseres Protests.«

»Und er hätte sich über die kleinsten Dinge gefreut und dafür gesorgt, dass wir sie zu schätzen wissen. Wie zum Beispiel das kostenlose Shampoo.«

»Und wir hätten ein Glas Champagner in der Hand.«

»Oh, auf jeden Fall.«

Cassie lächelte, sie konnte ihn sich jetzt hier vorstellen. Wäre Sam dann auch hier gewesen? Sie bezweifelte es. Tom wäre gekommen, um sie zu unterstützen und ihr zum besten Tag aller Zeiten zu verhelfen. Aber Sam hätte keinen Grund gehabt zu kommen.

Dann dachte sie an Amy. Hätte sie Tom begleitet? Sie war im fünften Monat schwanger. Hätte er sie das Kind wirklich allein großziehen lassen? Oder wäre er irgendwann zur Vernunft gekommen? Wie gern würde sie Letzteres glauben – dass er den Mut aufgebracht hätte, das Richtige zu tun. Aber wie konnte sie sich da sicher sein? Sie warf einen Blick auf Sam. Sie könnte ihn fragen. Er war vielleicht der Einzige, der ihr Toms Haltung zu Amy und der Schwangerschaft erklären konnte. Womöglich hatte Tom mit ihm darüber gesprochen, wenn er schon nicht mit ihr gesprochen hatte – so schwer es ihr auch fiel, das zuzugeben. Aber sie konnte sich nicht dazu durchringen. Denn vielleicht würde er ihr nicht die Antwort geben, die sie sich erhoffte, und dann wollte sie es lieber nicht so genau wissen.

»Ich vermisse ihn auch, weißt du«, flüsterte Sam und blickte auf den See hinaus.

Cassie nickte und hatte einen Kloß im Hals. »Ich weiß.« Denn wenn sie auch sonst nichts wusste, das wusste sie.

»Es gab Zeiten – und es gibt sie immer noch –, in denen mir schon das Atmen schwerfällt. Es tut weh.« Wieder nickte sie, Tränen brannten ihr in den Augen. Aber es war auch seltsam tröstlich zu wissen, dass sie mit ihrem Kummer nicht allein war. Sams Miene offenbarte, wie verunsichert er war. »Cassie, ich muss mich entschuldigen. Es war keine Absicht …«

Sie wusste, was er sagen wollte, und merkte, dass sie es nicht hören wollte. Nicht mehr. Deshalb schüttelte sie den Kopf. »Es war nicht deine Schuld.« Das hatte sie schon vor einiger Zeit akzeptiert, auch wenn sie es anfangs nicht gekonnt hatte. Sie hatte einen Sündenbock gebraucht, dem sie die Schuld geben, den sie hassen, auf den sie ihre ganze Wut richten konnte, um nicht daran kaputtzugehen. Doch in den letzten Monaten, während sie Toms Hinweisen gefolgt war, hatte die Wut allmählich nachgelassen.

»Ich hätte da sein müssen«, murmelte Sam. »Wenn ich da gewesen wäre, hätte ich es verhindern können.«

Cassie spürte, wie sich eine Faust schmerzhaft um ihr Herz schloss. Daran hatte sie voller Überzeugung geglaubt, und noch immer rang sie manchmal mit dem *Was wäre wenn*. Aber es war nicht Sams Schuld, und tief in ihrem Inneren wusste sie das.

Sie atmete langsam aus. »Ich weiß nicht so viel darüber wie du, aber mit dem wenigen, das ich weiß, habe ich mir ein Bild gemacht. Auch wenn du dort gewesen wärst, wärst du zu weit weg gewesen, um ihm zu helfen, richtig?« Er machte ein skeptisches Gesicht, und Cassie zwang sich, es auszusprechen – sie musste es zugeben, um endlich loszulassen, und er musste es genauso dringend hören. »Die Ausrüstung hat versagt. Es war ein Unfall, Sam«, sagte sie leise. Und weil er so verzweifelt aussah und ihr anscheinend nicht in die Augen sehen konnte, streckte sie die Hand aus und legte sie auf seine. Seltsam, dass es sie tröstete, jemand anderen zu trösten.

»Aber vielleicht«, flüsterte Sam, »wäre alles anders gelaufen, wenn ich da gewesen wäre. Vielleicht wären wir nicht auf diesen Berg gegangen, oder an einem anderen Tag, und die Seile hätten gehalten.«

»Ja, vielleicht.« Und mit dem »Vielleicht« würden sie beide leben müssen. »Aber vielleicht auch nicht.« Sie schüttelte den Kopf. »Das heißt aber nicht, dass es deine Schuld war.«

Er drehte seine Hand um und verschränkte seine Finger mit ihren. Dann sah er sie an und schenkte ihr ein schwaches Lächeln, das ihr so schmerzlich vertraut war, dass ihr Herz etwas schneller schlug. Und sie dachte, dass sie in der Nähe von Sam Malone immer noch wachsam sein musste, um ihr Herz zu schützen.

KAPITEL ACHTUNDZWANZIG

Cassie ließ sich in den weichen rot-weißen Sessel zurücksinken und trank den Rest ihres Gin Tonic. Okay, es war weniger ein Sessel als ein Eichenthron aus dem sechzehnten Jahrhundert. Sie hatte sich gerade von Hazel verabschiedet, die früher zurückfuhr, weil sie arbeiten musste, aber Sam schien ein Zimmer im Hotel zu haben. Nun saßen sie zusammen in einem Salon um einen hölzernen Couchtisch, neben einem riesigen, alten Kamin, in den Tudorrosen und ein Wappen eingraviert waren. Keiner von ihnen sagte etwas. Als Hazel noch bei ihnen gewesen war, hatte sich die Stille friedlich angefühlt und auf Cassie fast einschläfernd gewirkt. Doch jetzt belastete sie das Schweigen, und sie wünschte, Hazel würde es sich noch einmal anders überlegen und zurückkommen, um als Puffer zwischen Sam und ihr zu fungieren.

»Also«, sagte Sam. Er saß entspannt in seinem Sessel, lässig wie immer, das blaue Hemd leicht aufgeknöpft, das dunkle Haar zottelig, weniger perfekt gestylt als früher. Es gefiel ihr besser so. »Möchtest du noch einen Drink?«

Cassie zögerte – würde er es persönlich nehmen, wenn sie ablehnte? Sie war unsicher und wusste nicht, wie sie sich diesem Sam gegenüber verhalten sollte, er war nicht so großspurig wie der, an den sie sich gewöhnt hatte. Aber wenn sie noch mehr trank, würde sie womöglich wirklich in diesem Sessel einschlafen. »Nein, besser nicht. Ich glaube … Wenn es in Ordnung ist, gehe ich ins Bett. Ich bin todmüde.« Sie rechnete damit, dass er protestieren und ihr sagen würde, sie sei langweilig, ein weiterer Drink könne nicht schaden – was er früher eben gesagt hätte. Doch stattdessen stand er auf.

»Ich bringe dich zu deinem Zimmer.« Etwas irritiert folgte sie ihm aus dem Salon. Er tat immer das Gegenteil von dem, was sie erwartete, und das war verwirrend. Hatte er sich seit Toms Tod verändert – durch Toms Tod –, oder war diese Seite an ihm schon immer da und nur irgendwo vergraben gewesen? Sie hatte nicht darauf geachtet. Oder war das vielleicht alles nur aufgesetzt, ein seltsames Spiel, das er spielte? Sie glaubte es zwar nicht, war aber vernünftig genug, es zumindest in Betracht zu ziehen.

Als sie die Treppe hinaufgingen, blickte Cassie zu ihm hoch, und er lächelte sie an. Sie spürte, wie sie errötete, und blickte auf die Holzstufen hinunter, die mit einem Teppichläufer ausgelegt waren. »Ich habe mich schon gewundert«, sagte sie.

»Allgemein oder über etwas Bestimmtes?« Als seine Mundwinkel zuckten, boxte sie ihn leicht gegen den Arm.

»Du hast absolut keine Ahnung vom Gastgewerbe, oder?«

Er zog leicht die Mundwinkel nach unten und schüttelte den Kopf.

»Und für Dorfpubs interessierst du dich eigentlich auch nicht?«

»Äh … nein.« Obwohl sie das gewusst hatte, war es doch enttäuschend, so als würde die leise Hoffnung, die beim Anblick des Hauses in Wales in ihr zu keimen begonnen hatte, plötzlich erstickt. Was albern war. Keine Bedeutung haben sollte. Und doch war es so. Er sah sie an. »Ich wollte nur … Ich dachte, ich sollte es dir nicht gleich sagen, weil ich Angst hatte, dass du dann das Geld nicht annimmst.«

»Ich hätte das Geld genommen«, sagte sie überzeugt. Und das

stimmte. Oder? Wäre sie wirklich so kleinlich gewesen, das Geld abzulehnen, wenn sie gewusst hätte, dass es von ihm kam? Sie bezweifelte es. Nicht, wenn so viel auf dem Spiel stand. Aber dass sie sich überhaupt die Frage stellte, half ihr zu verstehen, warum er seine Identität geheim gehalten hatte.

Als sie ihr Zimmer erreichten, blieb Cassie stehen und deutete mit dem Kopf auf die Tür, um ihm zu signalisieren, dass sie da waren. Sie standen sich gegenüber, sie mit dem Rücken zur Tür, und sie konnte nicht umhin zu bemerken, wie nahe sie einander waren. Es wäre so einfach, die Hand auszustrecken und ihm durchs Haar zu fahren. Ein dummer Gedanke. Das musste an dem Gin liegen.

Sam schob die Hände in die Hosentaschen. »Und was machst du morgen?« Die Frage überraschte sie. Warum wollte er das wissen? Wollte er etwa den Tag mit ihr verbringen? Sie hatte ein mulmiges Gefühl und verschränkte die Arme. Es war normal, dass er sie fragte – schließlich kannten sie sich schon fast ihr ganzes Leben und waren … Freunde? Es war lange her, dass sie ihn so bezeichnet hatte, aber entwickelte es sich dahin?

»Ich weiß nicht«, sagte sie schließlich. »Ich werde wohl frühstücken und dann abreisen.« Morgen war Montag, und am Dienstag musste sie arbeiten, also sollte sie morgen nach Hause fahren und sich darauf einstimmen.

Er nickte, wandte den Blick ab und sah etwas abwesend den Korridor hinunter. »Tom und ich hatten diese Woche zusammen wegfahren wollen«, sagte er leise. »Donnerstag und Freitag. Wir hatten uns schon vor Ewigkeiten Karten für dieses Festival gekauft.«

»Oh«, sagte Cassie unsicher, sie wusste nicht, wie sie darauf reagieren sollte. Daran erinnert zu werden, dass Tom nicht mehr auf Festivals reisen würde, bedrückte sie.

»Ja, ich hatte es völlig vergessen, aber ich habe heute eine Erinnerungsmail bekommen. Ich habe die Karten noch.« Er lächelte traurig.

»Willst du trotzdem noch hinfahren?«

Er schüttelte den Kopf. »Ohne ihn würde es sich nicht richtig anfühlen. Vielleicht irgendwann wieder, aber … noch nicht.«

Cassie nickte. Sie verstand das. Da war so einiges, das sie noch nicht über sich brachte – und ohne ihren Bruder vielleicht nie wieder tun würde. Und vielleicht, weil Sam ihr dieses Geständnis gemacht hatte, schöpfte sie genug Vertrauen, um ihm ihrerseits etwas zu gestehen. »Ich habe mit der Schatzsuche angefangen«, sagte sie. »Die er für mich vorbereitet hat, bevor er gestorben ist. Du weißt schon, um mein Weihnachtsgeschenk zu finden.«

Sam starrte sie an, und sie spürte, wie sich ihr Gesicht unter seinem durchdringenden Blick erwärmte. »Du hast die Hinweise bekommen?«

»Ja. Linda hat den ersten gefunden und ihn mir gegeben.« Sie sagte ihm nicht, wann sie den ersten Hinweis erhielt – gleich nachdem sie ihm die Tür vor der Nase zugeschlagen hatte.

Sam fuhr sich mit der Hand durch die Haare und ließ sie dann sinken. »Ich verstehe einfach nicht, dass ich daran nicht gedacht habe. Ich dachte wohl …« Aber er beendete den Satz nicht. Sie wusste jedoch, was er dachte – dass die Hinweise mit Tom verloren waren.

»Die ersten habe ich schon entschlüsselt. Es ist seltsam, sie sind aufwendiger als sonst, fast … fast, als hätte er gewusst, dass das das letzte Mal ist.« Das war natürlich unmöglich, sein Tod war ein Unfall. Ihr war klar, dass ihr Gehirn sich die Dinge so zurechtlegte, aber trotzdem.

Er lächelte. »Ich weiß noch, wie er darüber gesprochen hat. Er wollte, dass die Schatzsuche dieses Jahr aufwendiger und noch besser wird.« Beinahe hätte sie ihn gefragt, ob er wisse, welches Geschenk sie am Ende erwartete, überlegte es sich aber sofort anders. Sie blieb bei ihrem Entschluss: Tom wollte, dass sie die Hinweise entschlüsselte, also würde sie es tun. Aber sich helfen zu lassen, war nicht geschummelt, denn wäre Tom hier gewesen, hätte er ihr Tipps gegeben – zudem hatte sie bisher das meiste allein herausgefunden.

»Mit dem letzten komme ich aber nicht weiter, ich hänge fest.«

»Wie lautet denn der Hinweis?« Sie sagte es ihm, und er machte ein nachdenkliches Gesicht. »Das kommt mir irgendwie bekannt vor.«

»Ich weiß, dass es um einen Strand und einen Leuchtturm geht, aber weiter bin ich noch nicht gekommen.« Dass sie den Teil mit dem Leuchtturm erst heute Morgen herausgefunden hatte, behielt sie für sich.

Er nickte nachdenklich. »Wenn mir noch etwas einfällt, sage ich dir Bescheid.« Er sah sie einen Moment lang an, dann fuhr er sich mit einer Hand über den Nacken. »Sehen wir uns beim Frühstück?«

»Ja, klar«, sagte sie und zwang sich zu einem Lächeln. Es sollte ihr nicht so schwerfallen. Sie sollte nicht enttäuscht sein, dass er nicht vorschlug, morgen noch etwas zu unternehmen. Das war schließlich *Sam* – sie sollte keine Lust haben, Zeit mit ihm zu verbringen. Aber er war wie ein neuer Mensch, und das schien die Spielregeln zu ändern. Sie zickten sich nicht an, sondern behandelten sich mit großer Vorsicht. Sein Blick ruhte unverwandt auf ihr, und sie räusperte sich und deutete auf die Tür hinter ihr. »Gut, ich geh dann mal ins Bett.«

Er zögerte, dann beugte er sich vor und drückte seine Lippen sanft auf ihre Wange. Das Kribbeln breitete sich von dort bis in ihren Nacken aus, und sie hielt unwillkürlich die Luft an.

»Nacht, Cass«, flüsterte er, und sein Atem strich so sanft über ihr Ohr, dass sie es noch spürte, nachdem er den Korridor hinuntergegangen war.

Als jemand lautstark an die Tür klopfte, schreckte sie aus dem Tiefschlaf hoch und war im Nu hellwach. Warum versuchte jemand, ihre Tür einzuschlagen? Sie setzte sich im Bett auf, schaltete die Nachttischlampe an und starrte mit rasendem Herzen auf die Tür. Wollte da ein Mörder eindringen? Bei diesem Gedanken kletterte sie aus dem Bett und blickte sich hektisch im Zimmer um. Aber nein, es war eher unwahrscheinlich, dass ein Mörder zuerst anklopfte. Ein Feuer vielleicht? Aber dafür gab es doch sicher Feuermelder?

Das Klopfen hörte auf, und sie wartete neben ihrem Bett. Als es wieder losging, durchquerte sie vorsichtig das Zimmer. »Hallo?«, rief sie durch die sicher verschlossene Tür.

»Cassie?« Seine Stimme klang gedämpft. »Ich bin's.«

Sie atmete lautstark aus und öffnete die Tür. »Sam! Was zum Teufel ist los?« Sie schob sich das Haar aus dem Gesicht. »Wie spät ist es?« Hatte sie verschlafen und das Frühstück verpasst oder so? Die Vorhänge im Zimmer waren einfach zu gut – sie ließen kein Tageslicht herein.

»Sechs Uhr morgens«, antwortete er ungeduldig, als ob das völlig unwichtig wäre.

Sie starrte ihn ungläubig an. »Sechs Uhr morgens?! Aber … heute ist mein freier Tag.« Okay, sie musste noch ziemlich verschlafen sein, wenn ihr nichts Besseres einfiel. Langsam wurde ihr bewusst, dass sie in ihrem alten Pyjamaoberteil vor ihm stand, ungeschminkt, das Haar garantiert völlig zerzaust. Sie verschränkte die Arme vor der Brust.

Sam hingegen schien vor Energie nur so zu sprühen, er sah sie mit leuchtenden Augen an und wirkte auf sie, als wollte er gleich auf der Stelle hüpfen. Er trug wieder Jeans und Hemd, allerdings falsch geknöpft, als hätte er sich die Sachen eilig übergeworfen. »Ich habe ihn geknackt!«

»Was?«

»Ich habe ihn geknackt«, wiederholte er. »Den Hinweis!« Mit seinem strahlenden Gesicht sah er so jung aus – und verdammt süß. Nein, korrigierte sie sich sofort. Nicht süß. Nervig. Es war nervig, um sechs Uhr morgens geweckt zu werden; daran war nichts süß.

Sie schüttelte den Kopf und versuchte, mit ihm mitzukommen. Dann dämmerte es ihr, und sie ließ die Arme sinken und vergaß für den Moment, sich wegen ihres Aussehens unwohl zu fühlen. »Du weißt, wo es ist.«

»Du auch«, sagte er lächelnd. »Surfen. Diesmal musst du nicht surfen. Erinnerst du dich?«

Cassie sah ihn nur mit gerunzelter Stirn an.

»Wir waren in den Ferien da«, fuhr Sam fort. »Du, ich, Tom, Claire, Mum.«

Und dann erinnerte sie sich – sie waren alle zusammen nach Cornwall gefahren, und Tom und Sam waren gesurft und hatten sie gezwungen, ebenfalls mitzumachen. Es war furchtbar gewesen, sie hatte Wasser geschluckt, und das Surfbrett war ihr auf den Kopf geknallt.

»Cornwall«, flüsterte sie, und er nickte, und nun hüpfte er tatsächlich. Aber Cassie schüttelte den Kopf und strich sich durchs Haar. Sie hatte sich nicht geirrt – es war hinten verfilzt. »Er will, dass ich zu einem verdammten Leuchtturm in Cornwall fahre?« Die Vorstellung verschlug ihr fast den Atem – Cornwall war ewig weit weg –, aber Sam war ganz aus dem Häuschen.

»Ja! Und ich habe nachgesehen, ich glaube, es muss der Leuchtturm von Pendeen sein. Wir waren in Penzance, und der ist am nächsten. Und ich habe im Bahnfahrplan nachgesehen. In einer Stunde fährt ein Zug.« Er klatschte in die Hände.

Cassie wich einen Schritt zurück, am liebsten hätte sie sich ganz zurückgezogen – und zwar schnell. »Moment, Moment. Du willst, dass wir heute hinfahren? Jetzt?«

»Sicher, warum nicht? Du versuchst schon seit Ewigkeiten, es herauszufinden, richtig? Warum also nicht jetzt?«

»Weil …« Weil es ungeplant und spontan war und so vieles schiefgehen konnte und sie nicht für Cornwall gepackt hatte. Weil Cornwall verdammt weit weg war und es bestimmt Stunden dauerte, dorthin zu gelangen. Aber Sam lächelte sie so strahlend an, und bei seinem Anblick regte sich etwas in ihrem Herzen. Sie dachte an Tom und wie er sie jetzt angrinsen würde, um sie zu überreden, es einfach zu tun. Nicht mehr zu grübeln und sich einfach hineinzustürzen. Sie atmete langsam ein und aus und versuchte, ihr mulmiges Gefühl zu beruhigen. »Okay. Ich fahre heute.« Unterwegs würde sie ihre Rückfahrt organisieren – sicher würde sie etwas finden, um morgen rechtzeitig zur Arbeit zu kommen. Vorausgesetzt, sie fand den Hinweis schnell. Sie zögerte. »Heißt das, du kommst mit?«

»Klar, wenn du mich dabeihaben willst.« Er ließ es beiläufig klingen, fast ein bisschen vorsichtig, dachte Cassie. Der Ball lag jetzt ganz klar bei ihr.

Diesmal zögerte sie nicht, sondern straffte die Schultern. Wenn sie sich schon darauf einließ, dann konnte sie auch gleich aufs Ganze gehen. »Ja. Ich möchte, dass du mitkommst.« Sie bemühte sich sehr, seinen lockeren, ungezwungenen Tonfall zu treffen. Es war doch ganz natürlich, dass sie Gesellschaft haben wollte, oder? »Gib mir zwanzig Minuten zum Packen, wir treffen uns unten.«

KAPITEL NEUNUNDZWANZIG

Als das Taxi in der Nachmittagssonne vor dem Leuchtturm hielt, starrte Cassie ihn ungläubig an. Sie konnte nicht fassen, dass sie tatsächlich hier waren. Neben dem hohen, weißen Leuchtturm standen ein paar kleine, weiße Gebäude, die alle unten einen türkisfarbenen Streifen hatten. Als Cassie bemerkte, dass Sam bereits ausgestiegen war und den Fahrer bezahlte, zwang sie sich, die Tür zu öffnen und ihm zu folgen. Sie wandte sich von dem Leuchtturm ab und dem Meer zu, und ihr Herz setzte einen Schlag aus.

Es war atemberaubend schön, die Art Ort, die man unmöglich mit der Kamera einfangen konnte. Grünes Gras wich gewaltigen Klippen, unter denen sich die Wellen brachen und schäumende, weiße Hände bildeten, die an den Felsen kratzten. Dahinter erstreckte sich der weite Ozean bis zum Horizont. Ein weißes Boot dümpelte in der Ferne auf dem Wasser, ansonsten war nichts als Blau zu sehen. Cassie holte tief Luft und genoss es, nach so langer Zeit im Zug wieder im Freien zu sein. Es war warm, aber es lag auch ein Hauch von Feuchtigkeit in der Luft, als ob sich ein Sturm zusammenbraute.

»Machen Sie Urlaub?«, fragte der Taxifahrer. Cassie drehte sich um und merkte, dass er sie angesprochen hatte, als er ihr den kleinen Koffer reichte, den sie für das Wochenende auf dem Anwesen mitgenommen hatte. Sam hatte bereits seinen großen Koffer, mit dem er direkt aus New York gekommen war.

»Ich, ähm …« Cassie warf einen Blick auf den Leuchtturm, der sich jedoch nicht für sie interessierte, sondern seine Aufmerksamkeit auf das Meer gerichtet hatte. »So ähnlich«, sagte sie schließlich, weil es sonst zu kompliziert geworden wäre. Die Zeit drängte, und sie musste sich beherrschen, um nicht nervös von einem Fuß auf den anderen zu treten. Um siebzehn Uhr ging ein Zug von Penzance nach London, der kurz nach Mitternacht ankam. Gerade noch rechtzeitig, um am nächsten Tag wieder bei der Arbeit zu sein. Doch das bedeutete auch, dass sie den Zug nicht verpassen durften und den Hinweis so schnell wie möglich finden mussten. »Wissen Sie, ob wir in den Leuchtturm hineinkommen?«, fragte sie.

Der Fahrer kniff die Augenbrauen zusammen. »Da dürfen Sie nicht rein«, sagte er langsam, als ob sie das eigentlich wissen müssten. »Der ist noch in Betrieb.« Er beäugte sie misstrauisch, als ob hier etwas nicht ganz Rechtmäßiges vor sich ginge. »Dann wohnen Sie also gar nicht in einem der Cottages?« Cassie spürte, wie Sam neben sie trat, und zuckte leicht zusammen, als er ihr einen Arm um die Schultern legte. Sie fühlte sich klein neben ihm, aber das Gewicht seines Arms beruhigte sie auch. »Es ist ein Überraschungsurlaub«, sagte Sam und zwinkerte dem Taxifahrer zu, dessen misstrauischer Blick sofort einem Grinsen wich.

Er lächelte Cassie an. »Na, Sie sind vielleicht ein Glückspilz.« Und nachdem er ihnen seine Karte gegeben hatte, falls sie ihn für eine weitere Fahrt benötigten, winkte er ihnen zum Abschied zu. Cassie sah dem Taxi hinterher, das die gewundene Küstenstraße hinunterfuhr, und fühlte sich zusehends beklommen. Sie löste sich von Sam.

»Warum hast du ihn weggeschickt?«, quiekste sie. »Wir sind hier mitten in der Pampa und müssen wieder zurück!«

Sams Lippen zuckten, als wollte er lächeln, stattdessen strich er ihr mit der Hand beruhigend über den Arm. »Wir können ein anderes Taxi rufen, keine Sorge.«

Sie verstummten und jetzt, wo sie so dicht nebeneinander standen, dass sie sich berühren konnten, und er zu ihr hinunterlächelte, fühlte sich das plötzlich sehr vertraut an. Vertrauter als auf der Zugfahrt – die ewig gedauert hatte, weil sie in London umsteigen mussten –, wo sie von anderen Menschen und anderen Gesprächen umgeben gewesen waren.

Cassie drehte sich um und blickte zum Leuchtturm hoch. »Meinst du, da ist irgendwo ein Hinweis versteckt?« Als sie noch jünger gewesen waren, hatte Tom oft Hinweise an Gegenstände oder Türen gesteckt. Später war er ehrgeiziger geworden. Diesmal anscheinend ganz besonders.

Sam sah ebenfalls zu ihm hinüber. »Mehr stand nicht in dem Hinweis?«

»Greg«, sagte Cassie. »Er schrieb, sein Freund heiße Greg.«

Sam rieb die Hände aneinander. »Okay, gut. Dann sollten wir Greg suchen.« Sie sahen sich um, als ob Greg sofort auftauchen würde, aber in einiger Entfernung ging nur jemand mit seinem Hund spazieren. »Okay«, wiederholte Sam, »wir fragen nach ihm.« Und dann marschierte er los und steuerte auf eines der kleineren Gebäude neben dem Leuchtturm zu. Cassie folgte ihm und kam sich wie auf dem Präsentierteller vor, als würde sie jemand von oben aus dem Leuchtturm beobachten.

Als an der ersten Tür niemand aufmachte, ging Sam sofort zur nächsten weiter, wo ihnen umgehend geöffnet wurde. Im Eingang stand ein Mann mit struppigen grauen Haaren und grauen Bartstoppeln, die schon fast als Bart durchgingen. Und er war ziemlich klein, was Cassie nur auffiel, weil er nicht viel größer war als sie – und sie war schließlich nur eins fünfzig.

Der Mann runzelte die Stirn. »Sind Sie die Gardinenleute? Sie sind einen Tag zu früh dran.«

»Wir sind, äh …«

Sam blickte Cassie an, die den Kopf schüttelte und sich fragte, was genau »Gardinenleute« waren. Leute, die Gardinen anfertigen, vermutlich? Oder sie anbrachten? Obwohl das nicht das richtige Wort war, oder? Gardinen aufhängen? War das ein Beruf?

Sam wechselte die Taktik. »Sind Sie Greg?«

»Jaaaa«, sagte der Mann und zog das Wort in die Länge. Er zog die Augenbrauen hoch – die ebenfalls grau waren –, sagte jedoch nichts weiter.

Cassie trat einen Schritt vor. »Ich bin Cassie. Tom Rivers' Schwester. Er hat gesagt, ich soll nach Ihnen fragen, wenn ich hier bin – könnte es sein, dass Sie einen Umschlag für mich haben?«

Greg starrte sie an, dann runzelte er die Stirn. »Er hat mich nicht gewarnt. Er sollte mich vorwarnen, wenn Sie kommen, damit ich mich vorbereiten kann.«

»Er wollte Sie warnen?« Das ergab vermutlich Sinn – er hätte ihre Fortschritte verfolgt und gewusst, wie weit sie war.

»Richtig.«

»Er …« Cassie schluckte. »Das konnte er nicht.«

Er musterte sie skeptisch. »Warum nicht? Ist etwas passiert?«

Sam sah Cassie an, und sie wusste, dass er überlegte, ob er eingreifen sollte. Sie nickte, da sie nicht diejenige sein wollte, die es laut aussprach.

»Tom ist tot«, sagte Sam leise. Wie immer trafen sie die Worte mitten ins Herz, aber Sams Schmerz, der in seiner Stimme mitschwang, berührte sie ebenso. Würden sie sich jemals daran gewöhnen? Es musste doch irgendwann leichter werden, oder?

Doch jedes Mal, wenn sie meinte, es würde leichter, kam etwas und erinnerte sie daran, dass der Schmerz noch da war.

Greg wurde blass und sah zwischen ihnen hin und her. »Das … das wusste ich nicht. Ich bin …« Er schüttelte den Kopf. »Das ist ja furchtbar.« Er trat zur Seite und bat sie in ein charmantes, kleines Cottage, hell und luftig. Es war allerdings ziemlich unordentlich, große Farbeimer standen herum, und als er sie ins Wohnzimmer führte, sah Cassie, dass die Fußleisten abgeklebt waren. Eine Wand war zur Hälfte noch weiß und zur anderen schon hellblau gestrichen.

»Ich renoviere gerade«, erklärte Greg unnötigerweise.

Cassie ging zum Fenster, das neben einem weißen Bücherregal war. Es war fast leer, nur auf dem unteren Brett standen Bücher, die seltsamerweise alle einen blauen Einband hatten. Sie blickte aufs Meer hinaus.

»Normalerweise kümmere ich mich nur um die Buchungen, aber, na ja, jetzt habe ich mich auch hierfür einspannen lassen.« Cassie drehte sich um und bemerkte, dass Greg sie sehr aufmerksam ansah. »Ihr Bruder …«

Warum sah er sie so an? Was hatte er ihr mitzuteilen? Cassie schlang die Arme um sich, und Sam stellte sich neben sie, ohne sie zu berühren, versicherte sie nur stumm seiner Unterstützung.

»Ihr Bruder hat mir das Leben gerettet.«

Cassie ließ die Arme hängen. »Was?«

Greg wies auf ein hellblaues Sofa, das von der Renovierung offenbar unberührt geblieben war, und Cassie setzte sich. Sam folgte ihr. Die beiden sahen zu Greg hoch, der sich mit einer Hand durch das graue Haar fuhr und bedrückt den Kopf schüttelte. »Ich habe ihn in einer Bar in Penzance kennengelernt – dort wohne ich normalerweise, wissen Sie. Wir waren beide allein, beide ziemlich fertig.«

»Fertig?«, fragte Cassie und beugte sich dabei zu Greg vor. »Was meinen Sie mit ›fertig‹?«

Greg zuckte die Achseln. »Also, ich weiß nichts Genaues, ich hab nur gemerkt, dass er aufgewühlt war, wissen Sie? Er wirkte wie jemand, der sich allein betrinkt, weil ihn etwas bedrückt.« Cassie biss sich auf die Lippe. Das klang nicht nach Tom. Auf sie hatte er meistens glücklich und zufrieden gewirkt, als hätte er alles im Griff. Er war seit Langem mit seiner Freundin zusammen, die er liebte, hatte einen Job, der ihn begeisterte, machte Abenteuerurlaube. Sie blickte zu Sam, aber der zog auch nur die Stirn in Falten, als wäre das für ihn etwas Neues. Anscheinend gab es Dinge, über die Tom mit keinem von ihnen gesprochen hatte.

»Jedenfalls«, fuhr Greg fort, »waren wir beide angetrunken und ein bisschen traurig – meine Frau hatte mich verlassen, wobei sich herausgestellt hat, dass es nur vorübergehend war. Jetzt ist sie wieder bei mir, wir waren insgesamt nur zwei Tage getrennt.« Er lächelte Cassie verhalten an, und Cassie tat ihr Bestes, sein Lächeln zu erwidern, obwohl sie nur wollte, dass er weitererzählte. »Also, Tom und ich haben uns unterhalten und ein paar Drinks zusammen gekippt. Er hat mir von Ihren Eltern erzählt«, fügte er hinzu und warf Cassie einen kurzen Blick zu.

Cassies Herz schlug schmerzhaft. Von ihren Eltern? Tom hatte von ihren Eltern erzählt? War er deshalb niedergeschlagen gewesen? Aber er hatte ihr gegenüber doch immer sehr liebevoll von ihnen gesprochen und sie an die guten Dinge erinnert – die ihm im Gedächtnis geblieben waren, weil er ein paar Jahre älter war als sie.

»Als der Laden zugemacht hat, sind wir zusammen gegangen. Und dann, draußen auf der Straße … Nun ja, wie ich schon sagte, wir hatten getrunken. Um es kurz zu machen, ich wäre fast vor ein Auto gelaufen, und Tom hat mich zurückgerissen.« Cassie wartete, aber er sagte nichts mehr.

»Das ist alles?« Sie hatte etwas Größeres erwartet – dass Tom auf ein Gebäude geklettert war, um ihn zu retten, oder so. Aber nichts, das durch den alkoholbedingten Nebel rückblickend vielleicht etwas dramatischer aussah, als es gewesen war.

»Ich sage Ihnen, wenn Ihr Bruder nicht gewesen wäre, hätte mich das Auto überfahren.«

Warum hatte Tom ihr nichts davon erzählt? Vielleicht hatte er sich nichts dabei gedacht, einen Fremden von der Straße zu ziehen. Aber Greg hatte es offensichtlich nicht vergessen. Und es war ein schrecklicher, falscher Gedanke, aber einen kurzen Moment – einen winzigen, flüchtigen Moment – war Cassie verbittert, dass Tom Gregs Leben gerettet hatte, während sein eigenes nicht gerettet worden war. Dass Greg Glück gehabt haben sollte, Tom aber nicht.

»Wie auch immer, ich arbeite an dem Haus, aber Sie können gern hierbleiben.« Cassie brauchte einen Moment, um dem Themenwechsel zu folgen. Und deshalb sprach Greg bereits weiter, bevor sie sein Angebot ablehnen konnte. »Ich übernachte zu Hause in der Stadt. Eins der Schlafzimmer ist im Moment allerdings nicht benutzbar«, fügte er stirnrunzelnd hinzu und blickte zwischen Cassie und Sam hin und her, als wollte er herausfinden, ob das ein Problem sein würde.

»Ich schlafe auf dem Sofa«, warf Sam rasch ein. Angesichts der im Raum stehenden Anspielung konnte Cassie Sam nicht ansehen. Sie öffnete den Mund, um zu sagen, das sei nicht nötig, weil sie nicht bleiben würden, doch wieder kam Greg ihr zuvor.

»In Ordnung, gut, im Kühlschrank ist etwas zu essen, nehmen Sie sich, was Sie wollen. Da ist auch ein guter Wein, okay? Nicht das billige Zeug.«

»Aber wir können Sie nicht aus Ihrem Haus vertreiben«, sagte Cassie lauter als vielleicht nötig. »Ich meine, Entschuldigung, das ist so unglaublich nett von Ihnen, aber eigentlich brauchen wir nur den Hinweis – den Umschlag, meine ich – dann sind Sie uns wieder los.« Sie hätte gern einen Blick auf ihr Handy geworfen, um zu checken, ob sie es noch nach London schaffen konnte, aber das wäre unhöflich gewesen. »Er hat Ihnen doch einen Umschlag gegeben, oder?«

»Ja, aber, na ja …« Er stand auf und verließ den Raum.

Cassie sah Sam an. »Ist er das?«, flüsterte sie.

»Ich glaube, er …«

Greg kehrte zurück, und Sam verstummte. »Hier«, sagte Greg und drückte ihr einen Umschlag in die Hand. In der Ecke des Umschlags stand keine Nummer, und Cassie erstarrte fast vor Schreck. Hatte sie sich irgendwo geirrt? »Er sagte, ich soll Ihnen zuerst den hier geben.«

Als Cassie ihn öffnete, spürte sie, wie Sam und Greg sie beobachteten.

Hurra! Du hast es bis hierher geschafft!

In die Mitte des Blattes war ein Leuchtturm gezeichnet, aus dessen Spitze eine Sprechblase mit den Worten *Willkommen, Streifenhörnchen* ragte.

Ich habe mich gefragt, ob du es schaffen würdest … War nur ein Scherz (sozusagen). Jetzt, wo du hier bist, stelle ich dir noch eine Aufgabe … Oh, diese Macht. Hier ist sie: Bleib über Nacht. Ja, genau, ich kann dich schon maulen hören. Aber sei eine brave, kleine Schwester – bleib über Nacht, dann bekommst du morgen früh den nächsten Hinweis. Ich weiß, dass du das nicht wollen wirst. Es macht dir Angst, ungeplant irgendwo weit weg von zu Hause zu übernachten, allein – aber wenn du es tust, beweist das, dass du spontan sein kannst, ohne dass die Welt um dich herum zusammenbricht. Viel Glück! (Versuch, dich zu amüsieren, ja?)

Cassies Griff um den Zettel wurde fester. Sie konnte geradezu hören, wie er sie aufzog. Jedes Mal, wenn sie wieder einen Hinweis öffnete, hatte sie die gleichen widersprüchlichen Gefühle. Bei dem Gedanken an ihren Bruder und daran, dass sie ihn verloren hatte, fühlte sie einen Druck auf ihrer Brust, in ihrem Herzen. Und zugleich spürte sie beim Lesen der Worte, die sie mit ihm verbanden, wie etwas in ihr lebendig wurde. Die Worte gaben ihr das Gefühl, dass er irgendwo da war.

Sie las den Zettel noch einmal, dann sah sie zu Greg hoch und blinzelte. »Er wollte, dass ich über Nacht bleibe?«

»Ja, das hat er mir gesagt.«

»Aber das kann ich nicht«, sagte sie unumwunden. »Ich muss morgen arbeiten.« Als sie das sagte, wurde ihr klar, wie dumm das alles war, wie unvernünftig. Sie hätte nicht einfach mit Sam losfahren dürfen – die siebenstündige Fahrt hierher war anstrengend gewesen, und jetzt musste sie den ganzen Weg wieder zurückfahren, ohne dass Greg ihr den Hinweis geben wollte. Sie hätte das besser planen müssen, dann wäre sie vorbereitet gewesen. Sie holte tief Luft und versuchte, ruhig zu bleiben. »Außerdem haben Sie eindeutig keinen Platz für uns.« Sie deutete auf den Raum, aber er zuckte nur mit den Schultern.

»Wie gesagt, ich habe eine Wohnung in der Stadt. Das ist kein Problem. Außerdem – wenn Tom es so wollte, werde ich es möglich machen.«

»Aber …« Cassie starrte ihn hilflos an. »Ich muss arbeiten«, wiederholte sie. »Ich kann nicht irgendwo in der Pampa bleiben, ohne das vorher zu planen, ohne jemandem Bescheid zu sagen, ohne ...« Sie sah Sam an, der neben ihr saß. »Warum grinst du so?«, fragte sie.

Sein Grinsen wurde nur noch breiter. »Weil du süß bist, wenn du dich aufregst.« Sie sah ihn aus schmalen Augen an, und er hob die Hände. Aber er drängte sie nicht. Ihr wurde klar, dass er sie nicht dazu überreden würde. Die Entscheidung lag bei ihr. Wenn sie es wollte, würde er sie ohne den Hinweis zurückfahren lassen. Sie blickte zum Fenster, wo das Meer wartete. *Wenn Tom es so wollte.*

Wahrscheinlich hatte er genau diese Reaktion von ihr erwartet – dass sie ausrastete, sich sperrte. Aber er musste gedacht haben, dass sie es durchziehen würde, weil sie sonst ihr Geschenk vergessen konnte.

Sam nahm ihre Hand und drückte sie, und sie sah auf ihre verschränkten Finger hinunter. »Ich glaube, er will dir etwas zeigen«, sagte er leise. »Warum lässt du ihn nicht?«

»Aber mein Job, Sam. Mein Chef hasst mich sowieso schon.«

»Wo ist dann das Problem? In dem Fall kannst du es nicht noch schlimmer machen. Melde dich einfach krank.«

Sie stutzte. »Ich habe in meinem ganzen Leben noch nie krankgefeiert.« Normalerweise fiel es ihr sogar schwer, zu Hause zu bleiben, wenn sie tatsächlich krank war. Einerseits wollte sie niemanden anstecken, andererseits hatte sie Angst, man würde ihr nicht glauben und denken, sie täusche die Krankheit nur vor.

»Soll ich für dich anrufen?«

Sie schnaubte. »Wie alt bin ich – neun?«

»Nein«, sagte er leise. »Du bist eindeutig nicht neun.« Ihre Blicke trafen sich, und sie sahen sich tief in die Augen. Dann musste sie sich schnell abwenden, weil es sich zu intensiv anfühlte und Greg noch da war und sie verwundert beobachtete. Tom hatte erwartet, sie würde allein kommen, was noch beängstigender gewesen wäre. Aber die Aussicht, irgendwo mit Sam zu übernachten, machte sie auch noch auf eine andere Art nervös.

Trotzdem hatte Greg recht. Daran bestand kein Zweifel. Sie würde nicht an dieser Hürde scheitern, nicht, wenn sie so verzweifelt den nächsten Hinweis haben wollte. Wenn Tom es so gewollt hatte, dann musste sie es tun. Also straffte sie die Schultern. »Okay. Ich bleibe.«

KAPITEL DREISSIG

Greg versprach, morgen mit dem Hinweis wiederzukommen, und wünschte ihnen eine gute Nacht, dann ließ er Sam und Cassie in der Küche des Cottages allein. Sam lächelte Cassie an. »Also, ich weiß ja nicht, wie es dir geht, aber ich könnte ein kurzes Nickerchen vertragen, bevor wir etwas anderes machen.« *Etwas anderes machen* – was sollte das heißen? *Nichts*, sagte sie sich fest. *Hör auf, in alles etwas hineinzuinterpretieren.*

Sam bestand darauf, dass sie zum Schlafen das Bett nahm, das wesentlich bequemer war, als es aussah, und auf dem ungefähr vier überflüssige Kissen lagen. Sie schlief leichter ein als gedacht, und obwohl es unentwegt in ihrem Magen rumorte, war es schon sechs Uhr abends, als sie aufwachte.

Sie holte ihren Kulturbeutel aus dem Koffer, fand ein Handtuch in der Schublade unter dem Bett und tappte durch den Flur zum Bad. Dort stieß sie fast mit Sam zusammen, der gerade mit einem Handtuch um die Taille herauskam, die muskulöse Brust unbedeckt. Du meine Güte! Sie spürte, wie ihr die Röte ins Gesicht schoss und ihr Mund leicht trocken wurde. Sie zwang sich, ihm in die Augen zu sehen, und hätte schwören können, dass er versuchte, ein Lächeln zu unterdrücken. Warum sollte er auch nicht lächeln? Er musste wissen, wie gut er nackt aussah. Nackt. Er war nackt unter dem Handtuch.

Hör auf, Cassie!

Sie räusperte sich. »Ich, ähm, dusche eben, wenn das okay ist?« Gott, was redete sie denn da? Warum bat sie ihn um Erlaubnis?

Im Badezimmer sagte sie sich, dass sie sich verdammt noch mal zusammenreißen musste, auch wenn ihre Gefühle verrücktspielten. Sie warf sich im Spiegel einen strengen Blick zu. »Du schaffst das«, sagte sie fest. Sie konnte hier übernachten, neben einem Leuchtturm auf einer Klippe. Sie konnte hier übernachten, mit Sam, weit entfernt von ihrer Wohnung in London. Es war alles okay. Es gab keinen Grund, dass ihr Magen so rumorte – wahrscheinlich hatte sie nur Hunger.

Sie zog wieder die Jeans und das weite, schwarze Oberteil an wie auf dem Weg zum Herrenhaus und überlegte, ob sie sich schminken sollte. Sie waren nur zu zweit, also wäre offensichtlich, dass sie es für ihn getan hätte. Am Ende trug sie doch noch etwas Make-up auf, allerdings dezent, weil sie zu unsicher war, es nicht zu tun.

Als sie in die Küche zurückkam, war Sam vollständig angezogen, und sie konnte sich nicht entscheiden, ob sie das erleichterte oder enttäuschte. Er hielt eine geflochtene Tragetasche hoch. »Ich habe etwas zu essen eingepackt. Ich dachte, wir könnten rausgehen und irgendwo an den Klippen ein Picknick machen.«

»Ein Picknick?« Aus irgendeinem Grund fand sie die Vorstellung recht reizvoll.

»Sicher, warum nicht? Wir können doch auch das Beste daraus machen, oder nicht?«

»Klar«, stimmte sie zu. Gott, warum konnte sie nicht so lässig klingen wie er?

Sie ließen den Leuchtturm hinter sich und gingen an den Klippen entlang. Cassie war dankbar für die rauschende Brandung unter ihnen, denn so brauchte sie nicht viel zu sagen und konnte sich etwas entspannen. Als sie die Meeresluft einatmete und der Wind mit seinen Fingern durch ihr ohnehin schon zerzaustes Haar fuhr, spürte sie, wie sich ihre Schultern lockerten.

Sam wählte scheinbar wahllos einen Platz aus, und sie setzten sich. Sie hatten keine Picknickdecke, aber nach einem Tag mit viel Sonne war das Gras trocken und warm. Cassie streckte die Beine aus und neigte ihr Gesicht der Abendsonne zu, während Sam in der Tasche herumkramte. Er holte eine Flasche Weißwein heraus – Tesco Finest, wie Greg versprochen hatte – und zwei weiße Becher mit einem türkisfarbenen Streifen am unteren Rand, genau wie an dem Leuchtturm. Als er den Wein in die Becher füllte und ihr einen davon reichte, schmunzelte sie, und er lächelte entschuldigend. »Ich konnte keine Weingläser finden.« Sie lächelte ihn weiter an und nahm einen Schluck. Der kühle, frische Geschmack schien perfekt zu einem Sommerabend zu passen. Sie nahm sich vor, Greg eine Flasche als Ersatz zu schicken, sobald sie zu Hause war – ganz gleich, was er gesagt hatte; sie fühlte sich nicht wohl dabei, sich einfach zu bedienen.

Sam packte den Rest der Tasche aus und reichte ihr ein Erdnussbuttersandwich mit Weißbrot, was sie erneut zum Lachen brachte, eine ganze Karotte, die er zwar abgespült, aber nicht geschält hatte, weil offenbar kein Sparschäler zu finden war, und zwei Reiswaffeln.

Als Sam ihr provisorisches Picknick betrachtete, verzog er leicht das Gesicht. »Tut mir leid. Mehr war aus den Vorräten nicht rauszuholen.«

»Das ist wunderbar. Erdnussbutter liebe ich sowieso über alles. Ich kaufe sie zu Hause nur nie, weil ich sonst innerhalb von zwei Tagen das ganze Glas verputze, und das kann nicht gut sein.«

Sam lächelte sein schiefes Lächeln. »Ich weiß, ich erinnere mich, dass Tom und ich dich bei Claire öfters dabei erwischt haben, wie du sie aus dem Glas gelöffelt hast.«

»Genau«, sagte Cassie, obwohl sie das in Wahrheit vergessen hatte und es sie überraschte, dass er sich daran erinnerte.

Allmählich ging die Sonne unter, nahm ein tiefes Gelb an und färbte den Himmel bunt – Orange wich Rosa, Lila und Blau, und das Licht spiegelte sich am Horizont auf dem ruhigen Ozean. Es war so unglaublich schön, dass es ihr fast etwas surreal vorkam, tatsächlich hier zu sein und an diesem kleinen Flecken der Welt den Sonnenuntergang zu beobachten.

Als Sam mit Essen fertig war, lehnte er sich zurück und saß jetzt genau wie sie. Ihre Hände berührten sich fast, und Cassie hatte das Gefühl, den Puls in seinen Fingerspitzen an ihren Fingern zu spüren. Die Haut auf ihren Unterarmen kribbelte.

»Wusstest du, dass Tom hier war?«, fragte sie in die Stille hinein, die sich ausnahmsweise nicht unangenehm anfühlte. Er zögerte, dann schüttelte er den Kopf. »Ich auch nicht«, gab Cassie zu. »Was meinst du – warum war er hier?«

Sam betrachtete weiter den Sonnenuntergang. »Ich weiß es nicht. Wir hatten mal angedacht, zum Surfen nach Cornwall zu fahren, haben es aber nie gemacht. Vielleicht ist er allein gefahren – wenn er es mir gesagt hätte, wäre ich bestimmt gern mitgekommen, und wenn er allein sein wollte …« Er verstummte, und sie schwiegen wieder.

»Es macht mich traurig«, murmelte Cassie schließlich, »dass er bedrückt war und es mir nicht sagen konnte. Ich wusste nicht, dass er noch um unsere Eltern getrauert hat.« Für einen Moment dachte sie an die Geschichte, die Linda ihr bei Toms Beerdigung erzählt hatte – von dem Whisky und dass Tom offenbar versucht hatte, ihrem Vater ein bisschen ähnlich zu sein.

Dabei hatten sie ihren Vater kaum gekannt. »Das klingt albern. Natürlich war er traurig, das war bei uns beiden immer da, aber ich dachte …«

»Ich weiß, was du meinst«, sagte er leise. »Aber ich glaube, er wollte stark für dich sein. Du warst ihm so wichtig, Cassie.« Er drehte sich um und richtete den Blick jetzt auf sie. »Du bist …« Aber er brach ab, schüttelte den Kopf und wandte sich wieder von ihr ab. Sie atmete langsam aus.

Als klar war, dass Sam nichts mehr sagen würde, ergriff Cassie erneut das Wort. »Glaubst du, dass er, du weißt schon, da draußen ist?«

Sam antwortete nicht sofort. »Ich weiß es nicht«, sagte er langsam. »An so etwas glaube ich eigentlich nicht, aber ich will es auch nicht ausschließen.« Sie nickte – das ging ihr genauso. Und wenn Tom da draußen war, dann würde ihm das bestimmt gefallen: sie und Sam in geselligem Schweigen nebeneinander.

Die Sonne versank im Meer, doch die Spiegelung ließ sie fast wieder rund erscheinen. Eine kühle Brise strich über ihre Wange, und Cassie fröstelte ein wenig. Sie hätte eine Jacke mitnehmen sollen – sie wusste doch, dass man in England nicht so leichtsinnig sein durfte, ohne aufzubrechen. Sam hatte es offensichtlich bemerkt, denn er legte wortlos einen Arm um sie und zog sie sanft an seine Seite. Seine Wärme umfing sie, vertrieb die leichte Kälte, und wo seine nackte Haut die ihre berührte, kribbelte es. Nach einem Moment ließ sie den Kopf an seine Schulter sinken. Es fühlte sich leicht an, natürlich, so wie früher als Teenager, bevor sie ihr Herz vor ihm verschlossen hatte. Nur dass diesmal mehr zwischen ihnen war und ihr Körper sich angespannt und erwartungsvoll anfühlte.

»Es ist so atemberaubend«, flüsterte Cassie, als die letzten Sonnenstrahlen verschwanden und ihre Wärme in der Luft zurückließen, bevor die Nacht heraufzog und die Farben raubte.

Sam küsste sie auf den Scheitel. »Ja.«

Sie legte den Kopf in den Nacken und lächelte ihn an. Er erwiderte ihr Lächeln. Ihr Herzschlag beschleunigte sich, als sie seinem Blick begegnete und in seine blauen Augen sah, die hier draußen, am Meer, noch blauer wirkten. Sie fühlte sich wie gebannt, unfähig, den Blickkontakt zu unterbrechen. Der Ausdruck in seinen Augen veränderte sich, wurde emotionaler, konzentrierter, und er zog leicht die Augenbrauen zusammen. Nicht wütend oder verwirrt, eher fragend. Dann beugte er sich langsam zu ihr hin, schloss den Abstand zwischen ihnen und küsste sie. Zuerst ganz sanft, kaum ein Flüstern, doch dann legte sie ihm die Hand in den Nacken und erwiderte seinen Kuss.

Sie ließ die andere Hand zu seiner Schulter wandern und zog ihn näher zu sich heran. Gott, es war, als würde sie fallen, ertrinken, ihre Gedanken verstummten, und er wurde das einzig Reale in der Welt. So viele Jahre waren vergangen, und doch blieb Sam der Einzige, der ihren Körper derart in Flammen setzen konnte.

Sie wusste nicht, wie viel Zeit vergangen war, bis er sich von ihr löste, und erleichtert stellte sie fest, dass sie nicht die Einzige war, die schwer atmete. Er strich mit den Händen über ihre Arme und rückte leicht von ihr ab. Sie erschauerte erneut, von der Berührung oder weil sie plötzlich seine Wärme vermisste.

»Komm«, sagte Sam ein wenig heiser. »Dir ist kalt, und es wird dunkel – wir gehen besser zurück.«

»Ja«, sagte sie und versuchte, mit fester Stimme zu sprechen. »Ich habe keine Lust, mich hier draußen zu verlaufen.«

Er stand auf, streckte ihr seine Hand hin und zog sie hoch, ließ sie dann jedoch sofort wieder los, fast so, als wollte er sie nicht berühren. Auf dem Rückweg am Klippenrand entlang verschränkte sie die Arme, damit sie nicht auf die dumme Idee kam, wieder nach seiner Hand zu greifen.

Empfand nur sie das, oder knisterte die Luft zwischen ihnen? Vielleicht ging es nur ihr so. Andererseits hatte er sie geküsst, oder nicht? Er hatte eindeutig den ersten Schritt gemacht. Sie versuchte, nicht an das letzte Mal vor all den Jahren zu denken, als er es anschließend ganz offensichtlich bereut hatte. Bemühte sich, nicht ständig zu ihm hochzublicken und sich zu fragen, was in seinem Kopf vorging und ob er es auch diesmal bereute. Ihre Haut kribbelte vor Energie, als er die Tür entriegelte und sie für sie aufhielt.

Sie gingen in die Küche, und Sam stellte die Becher in die Spüle, während Cassie die Finger um die Lehne des Holzstuhls vor ihr legte. Nach der Dämmerung draußen kam es ihr hier drinnen zu hell vor. Um sich zu beschäftigen, ging sie zum Schrank. »Tee?«, fragte sie mit etwas zu hoher Stimme und durchsuchte die Schränke. Um Himmels willen, warum fragte sie ihn, ob er Tee wollte?

Sie blickte sich um und sah, dass er den Kopf schüttelte. »Wenn ich spätabends noch Tee trinke, kann ich nicht einschlafen.«

»Wirklich?« Aus irgendeinem Grund kam ihr das komisch vor – wie eine seltsame Verletzlichkeit, die sie bei ihm nicht erwartet hätte.

»Ja. Schon seit einer Weile.«

»Okay.« Sie schloss die Schranktür. Als sie jetzt darüber nachdachte, wollte sie eigentlich auch keinen Tee. Sie sahen sich an. Und da war es wieder, dieses verdammte Knistern zwischen ihnen, obwohl sie auf gegenüberliegenden Seiten der Küche standen.

»Ich, ähm, hol dann mal das Bettzeug für das Sofa.« Er schob die Hände in die Hosentaschen, als er an ihr vorbei in den Flur und die Treppe hochging. Sie hörte seine Schritte über sich knarren, knetete ihre Finger und wartete auf seine Rückkehr. Nur, um etwas zu tun zu haben, holte sie sich schließlich ein Glas Wasser.

Denn was hätte sie sonst tun sollen? Da war etwas zwischen ihnen. Schon immer, wenn sie ehrlich war. Aber das bedeutete nicht, dass sie es ausleben mussten. Schließlich hatte sie auf die harte Tour gelernt, dass man Sam nicht trauen durfte, oder? Sie ging zum Fenster über dem Spülbecken und blickte hinaus. Heute Nacht war Vollmond, sein Licht schimmerte in der Dunkelheit.

Als Sam in den Raum zurückkam, erschrak sie und drehte sich zu ihm um. Er hielt ein Laken hoch. »Alles, was ich finden konnte«, sagte er mit einem kleinen Lächeln. »Vielleicht wird auch das Ersatzbettzeug renoviert.«

»Oh«, sagte Cassie. Warum fiel ihr nichts anderes ein? Herrgott, warum konnte sie nicht aufhören, ihn anzustarren? Warum konnte sie nicht aufhören, an den Anblick seiner Brust zu denken, als er aus dem Bad gekommen war?

»Ist schon okay. Heute Abend ist es warm genug, ich kann ein Sofakissen als Kopfkissen nehmen.« Er stand im Eingang zur Küche und schien auf etwas zu warten. Schließlich deutete er in Richtung Wohnzimmer. »Also, äh, ich geh dann mal und richte mich ein. Gute Nacht?«

Cassie prustete los. Sie konnte nicht anders. Die Spannung, die sich in ihr aufgestaut hatte und zwischen ihnen tanzte, entlud sich, sodass sie nicht mehr aufhören konnte zu lachen.

Sam sah sie verwirrt an. »Was ist?«

Sie presste die Lippen zusammen, um das Lachen zu unterdrücken – aber es war einfach zu albern. »Sam. Es ist erst ungefähr neun.«

Seine Lippen zuckten, und er grinste schief. »Für mich also längst Schlafenszeit.«

Sie lachte wieder und schüttelte den Kopf.

Immer noch mit dem Laken in der Hand machte er einen Schritt in die Küche und auf sie zu. »Willst du noch ein Glas Wein oder so?«

Ihre Blicke trafen sich, und sie spürte ihr Herz pochen. Sie lauschte und wartete ab. Dann holte sie tief Luft und ging auf ihn zu, bis sie sich in der Mitte des Raums trafen. Sie wusste, was sie tat, wusste, dass das hier nur bis zu einem gewissen Punkt gehen durfte. Und dass ihr das bewusst war, bedeutete doch, dass sie diesmal nicht verletzt werden konnte, oder? »Nein«, sagte sie in ruhigem, sicherem Ton. »Ich will keinen Wein mehr.« Sie verringerte den Abstand zwischen ihnen, zog ihm das Laken aus den Händen und legte den Kopf in den Nacken, um ihm in die Augen zu sehen.

Er streckte die Hand aus und strich ihr das Haar aus dem Gesicht, wobei er eine kribbelnde, warme Spur hinterließ. Sie brauchte nichts zu sagen, musste ihm nichts erklären. Im Guten wie im Schlechten hatten sie immer gegenseitig ihre Gedanken lesen können. »Bist du sicher?« Sein Blick war so verdammt intensiv, und sie hatte das Gefühl zu explodieren, wenn sie nicht bald den Raum zwischen ihnen überwand.

Sie nickte. »Ja.«

Und dann küsste er sie wieder, und sie ließ das Laken auf den Boden fallen, damit sie ihn berühren konnte. Sie ließ ihre Hände unter sein Hemd gleiten und spürte die wunderbar straffen

Muskeln darunter. Spürte, wie seine Hände ebenfalls unter ihr Oberteil glitten und ihre Haut in Flammen setzten. Und Gott, so hatte sie noch bei keinem anderen Mann empfunden.

Sein Mund glitt zu ihrem Hals, und sie stöhnte leise auf, als er mit den Zähnen zärtlich über ihre Haut strich. Dann legte er seine Lippen wieder auf ihre, ließ seine Hände ihren Rücken hinaufwandern, und wo immer er sie berührte, pulsierte ihre Haut. Ihr ganzer Körper prickelte, fühlte sich lebendig an, und sie brauchte mehr davon.

Als hätte er es gespürt, als hätte er sie irgendwie gehört, vertiefte er den Kuss, zog sie noch enger an sich, und die Lust sammelte sich in ihrer Mitte. Leise raunte er ihren Namen, fast wie einen Schwur, dann drängte er seine Hüfte an ihre und hob sie hoch. Sie stieß ein atemloses Lachen aus, schloss die Beine um seine Taille und nutzte den neuen Winkel, um sich näher an ihn zu drängen. Für einen Moment blieben sie so stehen und sahen sich an, die Gesichter dicht voreinander. Der Ausdruck in seinen Augen brachte sie vollends um den Verstand.

Dann grinste er und beugte sich vor, um ihre Unterlippe zwischen seine Zähne zu nehmen. Und als sie leise stöhnte, trug er sie ins Schlafzimmer.

KAPITEL EINUNDDREIßIG

Cassie erwachte an Sam gekuschelt, er hatte einen braun gebrannten, muskulösen Arm um sie gelegt und atmete tief und gleichmäßig. Sie rührte sich nicht und biss sich auf die Lippe. Was sollte sie tun? Das war Sam neben ihr im Bett. Und sie waren nackt. Gestern Abend hatte es sich großartig angefühlt, aber jetzt …

Wie sollte sie jetzt damit umgehen? Locker und unbeschwert – erwartete er das? War das für ihn nur ein One-Night-Stand? Hatte er nach Jessica in New York mit vielen anderen Frauen geschlafen? Jessica. Der Gedanke an sie versetzte ihr einen Stich. Noch vor vier Monaten hatte er sie heiraten wollen, und jetzt war sie hier und schlief mit ihm. Und vor Jessica hatte er nur zu gern Frauen abgeschleppt – sie hatte es gesehen, hatte gesehen, wie sie ihn angehimmelt hatten. Sie versuchte, den Gedanken zu verdrängen. Es war nicht fair, ihn jetzt dafür zu verurteilen – schließlich hatte sie mit ihm schlafen wollen, oder? Es war ihre Entscheidung gewesen. Und es war … nun ja, toll. Intensiv, leidenschaftlich, atemberaubend, all das. Die Art von Sex, von der man träumte. Sie jedenfalls. Vielleicht hatte Sam diese Art von Sex ja ständig. *Nein*, sagte sie sich. *Hör auf damit*.

Aber sie war unsicher, ob sie locker und unbeschwert sein konnte und lügen und behaupten, sie müsse zur Arbeit, nur um von hier wegzukommen und herauszufinden, was zu tun war, konnte sie auch nicht. Das war das verdammte Ende der Welt, sie konnte nirgendwohin.

Sie rückte von ihm ab, um ins Bad zu gehen, wollte sich wenigstens hübsch machen und versuchen, einen Kaffee aufzutreiben. Doch da zog er sie fester an sich. »Wo willst du hin?«, brummte er, die Stimme heiser und schlaftrunken sexy. »Bleib hier.«

Sie lachte, und das vertrieb etwas von ihrer Verlegenheit. Er zog sie zu sich, küsste sanft ihren Hals, und sie spürte das gleiche Kribbeln wie in der letzten Nacht, das ihren Körper bis zu den Zehen überlief. Er küsste sie erneut, drückte ihren Arm und murmelte: »Bin gleich zurück.« Er stand auf, und sie versuchte, nicht zuzusehen, wie er sich etwas überzog. Es war fast eine Schande, ihn angezogen zu sehen – sein nackter Körper war eine Augenweide.

Als er das Zimmer verlassen hatte, zog sie sich ein Pyjamaoberteil an und ging ins Bad, putzte sich schnell die Zähne und betrachtete sich im Spiegel. Als sie wieder ins Bett stieg, holte sie ihr Telefon vom Nachttisch, um sich abzulenken, während sie wartete, dass er zurückkam.

Sie entsperrte es und las eine WhatsApp von Hazel. *Wo bist du? Bist du noch eine Nacht geblieben? Allein?*

Cassie schmunzelte und schrieb zurück. *Du wirst es nicht glauben, darum muss ich es dir persönlich erzählen. Ich komme erst heute irgendwann zurück. Glaube ich.*

Neeeeein. Die Spannung bringt mich um!

Cassie grinste, doch als sie die Uhrzeit sah, war sie sofort ernüchtert, und der Schreck fuhr ihr in die Glieder. Sie musste Robert anrufen – in einer Stunde müsste sie bei der Arbeit sein.

Sam erschien mit zerzaustem Haar und einem Tablett mit Kaffee, Toast und Rührei in der Tür. Cassie betrachtete das

Tablett, blinzelte und sah lächelnd Sam an. »Ich glaube, mir hat noch nie jemand Frühstück ans Bett gebracht«, gab sie zu. Und er sah so süß aus, ganz zerknittert und bemüht, häuslich zu wirken. Etwas zog sich in ihrer Brust zusammen, und sie verspürte eine leichte Panik in sich aufsteigen. Sie sollte nicht – durfte nicht – wieder denselben Fehler machen, durfte nicht zulassen, dass sie solche Gefühle für ihn entwickelte, nicht noch einmal.

»Gut, das heißt, du hast keine Vergleichsmöglichkeiten – wenn doch, würde ich nicht besonders gut abschneiden.« Er brachte das Tablett, stellte es zwischen ihnen auf dem Bett ab und warf einen Blick auf das Telefon in ihrer Hand. »Tu es einfach«, riet er ihr. »Wenn du es erledigt hast, geht es dir besser.« Tja, natürlich wusste er, was sie dachte.

Da sie das Frühstück nicht genießen konnte, solange sich ihr Magen vor Angst verkrampfte, wählte Cassie Roberts Durchwahl. »Robert?«, sagte sie, als er abnahm. »Ich bin's, Cassie. Es tut mir schrecklich leid, aber ich kann heute nicht kommen. Mir geht es nicht gut.«

»Ihnen geht es nicht gut?«, fragte er ungläubig, als hätte er noch nie so etwas gehört.

»Ja«, sagte Cassie. Es war ihr äußerst unangenehm, dass ihre Stimme nicht fest klang. »Ich habe …« Sam deutete auf seinen Bauch und schnitt eine Grimasse. »Einen Magen-Darm-Infekt?« Sie merkte, dass sie es wie eine Frage formuliert hatte, und fuhr eilig fort: »Glaube ich jedenfalls. Mir ist total übel, und ich denke nicht, dass es gut wäre, ins Büro zu kommen. Hoffentlich ist es morgen schon wieder vorbei.«

»Aber … aber …«, stotterte Robert. »Sie dürfen nicht krank sein, ich habe keine Vertretung für Sie.«

»Können Sie keine Aushilfe bekommen?«, fragte Cassie, obwohl sie wusste, dass im Hotel heute nichts Wichtiges anlag und

Josh das alles allein schaffte. »Ich will mich nur nicht vor den Gästen übergeben«, sagte sie so bestimmt, wie sie konnte. Sam hob aufmunternd den Daumen. »Ehrlich gesagt«, fuhr sie von Sam bestärkt fort und schnitt Robert das Wort ab, »muss ich auflegen. Ich glaube, ich muss mich … Ich melde mich morgen wieder.«

Sie legte auf und starrte auf ihr Telefon. »Ich kann es nicht glauben, dass ich das gerade getan habe.«

»Du warst großartig! Sehr überzeugend.«

Cassie kniff die Augen zusammen. »Lügner. Aber er kann es nicht widerlegen, stimmt's?«

»Genau. Das ist die richtige Einstellung.«

Sie aß eine Gabel Rührei. »Das ist gut!«, sagte sie und meinte es ernst. Sie hatte genug Erfahrung mit Hazels Rührei-Versuchen, um zu wissen, dass es extrem gummiartig werden konnte, wenn man es falsch machte.

Als sie mit dem Frühstück fertig waren, stellte Sam die Teller auf den Nachttisch. »Ich dusche und mach mich fertig«, sagte er.

»Fertig für was?«

Er zuckte mit den Schultern. »Etwas Nettes?« Gedankenverloren küsste er sie auf den Kopf, dann ging er ins Bad. Und dieser beiläufige Kuss, der so natürlich und selbstverständlich wirkte, bereitete ihr erneut ein mulmiges Gefühl.

Als er ging, meldete ihr Telefon den Eingang einer Nachricht, und sie erschrak, weil sie fürchtete, sie könnte von Robert sein. Doch sie war von Josh.

Hab gehört, du bist krank, das ist übel, gefolgt von einem traurigen Smiley. Dann folgte unmittelbar eine weitere Nachricht: *Bist du wirklich krank, oder ist der mysteriöse Sponsor aufgetaucht und hat sich als Wahnsinns-Adonis entpuppt, und jetzt brennt ihr zusammen durch?*

Cassie grinste. Sie warf einen Blick auf die offene Tür, um sich zu vergewissern, dass Sam nicht auf dem Rückweg war, dann antwortete sie.

Eher die zweite Variante.

WAS!!!! Willst du mich auf den Arm nehmen?

Ich erzähle es dir morgen bei der Arbeit!

Aber ich brauche Details!!!

Es klopfte an der Tür, und Cassie stieg aus dem Bett und rief Sam zu, dass sie aufmachen würde. Als sie öffnete, stand sie vor Greg, der heute auch noch ein graues Hemd trug. »Sie haben es also getan?«, fragte er.

Cassie grinste – sie konnte nicht anders. »Sieht so aus.«

Greg reichte ihr einen Umschlag, und diesmal sah Cassie die Nummer in der Ecke. »Wie versprochen.« Cassie nahm ihn mit einem dankbaren Lächeln entgegen. »Und jetzt wünsche ich Ihnen einen schönen Tag hier, okay? Wenn Sie schon einmal hier sind, sollten Sie es auch genießen. Und Sie können gern noch eine Nacht bleiben – bis morgen gehört das Haus Ihnen.«

»Danke«, sagte Cassie und versuchte, all ihre Dankbarkeit in das eine Wort zu legen. »Sie sind sehr großzügig.«

Greg winkte ab. »Das ist das Mindeste, was ich tun kann. Sie sind jederzeit wieder willkommen. Ich habe Ihnen meine Nummer aufgeschrieben.« Er zeigte auf die Oberseite des Umschlags. Cassie zuckte zusammen, als sie etwas anderes als Toms Nummer auf dem Umschlag sah, fing sich jedoch sofort wieder. Tom hatte eine Verbindung zu diesem Mann gehabt, aus welchem Grund auch immer, und es war nicht schlecht, auch etwas von ihm auf dem Umschlag zu haben.

Sie verabschiedete sich von Greg, nahm den Umschlag mit in die Küche und starrte ihn an. Das war er also. Der letzte Hinweis, der sie zum Ziel führen, der ihr verraten würde, was für ein Geschenk Tom für sie hatte – der Allerletzte, den sie von ihm erhalten würde. Bei Toms Schatzsuchen gab es immer die gleiche Anzahl von Hinweisen. Dieser hier würde sie also zum letzten Versteck führen, dann war es vollbracht, ihre Verbindung zu Tom wäre zu Ende. Sie würde keine Hinweise mehr in seiner Handschrift bekommen, nicht mehr seine Stimme hören, wenn sie die Mitteilungen las.

Sie hörte Sam die Treppe herunterkommen und schob den Hinweis schnell halb unter die Obstschale auf dem Tisch. Als er in die Küche kam, lächelte sie und hoffte, dass die leichte Röte auf ihren Wangen nicht zu offensichtlich war. »Greg sagt, wir könnten das Cottage für eine weitere Nacht haben, wenn wir wollen.« Sie sagte es so beiläufig wie möglich, um ihm zu signalisieren, dass sie nichts von ihm erwartete.

Seine Augen funkelten. »Ausgezeichnet. Dann zieh dich an und lass uns auf Entdeckungstour gehen.« Er war natürlich schon angezogen – Jeans und ein blaues T-Shirt –, lässig, viel besser als diese schicken Anwaltsanzüge. Nicht, dass sie generell etwas gegen Anzüge hatte, aber wenn Sam nicht so auf dicke Hose machte, wie er es sich in London angewöhnt hatte, wirkte er mehr wie er selbst.

»Okay.« Denn warum zum Teufel nicht? Schließlich war sie schon so weit gekommen. Und solange sie hier war, wollte sie sich darauf einlassen – nur dieses eine Mal.

Ohne konkretes Ziel spazierten sie an der Küste entlang und genossen den warmen Tag. Das Meer schimmerte in Blau- und Türkistönen, und Cassie beobachtete, wie verschiedene Vögel ins Wasser tauchten, um ihr Mittagessen zu fangen. Sam drückte ihre Hand, und trotz ihrer unterschiedlichen Größe fanden ihre Schritte irgendwie einen gemeinsamen Rhythmus.

An der Straße oberhalb des Strandes entdeckten sie ein kleines Café und setzten sich vor dem alten, mit Wimpeln geschmückten Steingebäude auf eine blaue Picknickbank. Eine Frau, die Cassie auf Mitte fünfzig schätzte, kam mit strahlendem Gesicht heraus. Sie hatte sehr weiße Zähne, die auf seltsame Weise zu ihrem weißen Oberteil passten, das sie unter einer blauen Schürze trug. »Was kann ich euch bringen, meine Lieben?«

»Äh …«, begann Cassie und sah zu Sam hin, der ihr gegenübersaß.

»Wenn ihr etwas Leckeres haben wollt, Scones mit Erdbeermarmelade sind unsere Spezialität. An so einem schönen Tag kann ich auch einen Eistee und ein paar Sandwiches zu den Scones machen.«

»Klingt großartig«, sagte Sam.

Die Frau brachte zuerst die Gläser mit Eistee, an denen bereits das Kondenswasser herunterlief. Cassie trank einen Schluck, sie war durstig. Der märchenhafte Tag hatte sie so in seinen Bann gezogen, dass sie es gar nicht bemerkt hatte. Als die Frau die Scones und die Sandwiches brachte und alles auf weißen Tellern mit Blumenrand zwischen ihnen abstellte, bedankten sie sich bei ihr. Die Frau entfernte sich, und Cassie ließ den Blick über das Essen gleiten, nach dem Spaziergang knurrte ihr der Magen. Dann lachte sie laut auf.

»Was ist?« Sam sah sie mit diesem kleinen schiefen Lächeln an und versuchte zu ergründen, was so lustig war.

Sie schüttelte den Kopf. »Ich kann es einfach nicht fassen, dass ich hier mit dir in Cornwall zum Nachmittagstee sitze.«

Sein Lächeln wurde breiter. »Ich auch nicht. Vor einer Woche war ich noch in New York und hatte keine Ahnung, wo ich als Nächstes sein würde.«

Cassie biss sich auf die Lippe. Bis jetzt hatten sie nicht über die letzten Monate gesprochen und es sorgfältig vermieden, ihr letztes Treffen zu erwähnen. »Wie war es?«, fragte sie nach einer Weile. »New York?«

»Es war …« Er nahm sich ein Käse-Gurken-Sandwich, aß es aber nicht gleich. »In vielerlei Hinsicht war es toll. Zum Schluss habe ich in einer Art Jugendzentrum gearbeitet und Kids das Klettern beigebracht.« Er zuckte leicht mit den Schultern, als wäre es ihm peinlich, das zuzugeben.

Cassie legte den Kopf schief. »Das kann ich mir vorstellen.«

»Ja?«

Sie nickte. Sie konnte sich das vorstellen, dass Sam, der, den sie mochte, so etwas machte und gut darin war. Sie erinnerte sich noch sehr genau, wie geduldig er versucht hatte, ihr das Skifahren beizubringen. »Das kann ich«, sagte sie fest. »Ich wette, du hast es gut gemacht.«

Er blickte auf sein Sandwich, und eine leichte Röte kroch seinen Hals hinauf, er wirkte nervös und verlegen.

Sie unterdrückte ein Lächeln und beschloss, nicht weiter in ihn zu dringen. »Ich wette, deine Mutter hat dich vermisst«, sagte sie stattdessen.

»Ja. Als Entschädigung habe ich ihr einen Tag in einem Spa geschenkt. Ich glaube, sie geht mit Linda hin.«

»Wirklich? Das hat Linda mir gar nicht erzählt.« Sie musste sie unbedingt anrufen und fragen, wie es mit dem Pub lief. Linda hatte einen von Cassies Vorschlägen aufgegriffen und richtete im Obergeschoss richtige Zimmer ein. »Und … dein Vater?«

Sam blickte auf den Ozean hinaus. »Ich habe nicht mit ihm gesprochen.« Er wirkte angespannt, als wollte er das Thema damit beenden. Doch dann schien er es sich anders zu überlegen, seufzte und sah sie wieder an. »Er war im … im Hotel, damals im März.« Eine vorsichtige Formulierung – ohne das Wort »Hochzeit« zu erwähnen, dennoch zog sich Cassies Magen unangenehm zusammen.

»Wirklich?«

»Ja. Er wollte … Ich weiß nicht. Sich entschuldigen. Da sein. Was auch immer. Aber ich, na ja, ich bin gegangen.«

»Ich erinnere mich«, bemerkte Cassie leicht ironisch. Ihr Tonfall brachte Sam zum Grinsen, und etwas von der Anspannung wich aus ihrem Körper. »Hast du seitdem versucht, mit ihm zu reden?«

Er schüttelte den Kopf. »Ich weiß nicht, ob ich nach all der Zeit noch weiß, wie das geht.«

Cassie musterte ihn. »Ich weiß, es ist nicht dasselbe«, sagte sie langsam, »aber ich würde alles dafür geben, noch einmal mit meinen Eltern sprechen zu können. Es gibt so vieles, was ich sie gern fragen würde, was ich gern über sie wüsste, aber nie mehr erfahren werde.« Er griff nach ihrer Hand, aber sie schüttelte den Kopf. »Ist schon okay. Ich bin nicht … Es geht mir gut«, sagte sie. »Ich meinte nur … dass du es vielleicht bereuen wirst, es nicht wenigstens versucht zu haben, solange du die Chance dazu hattest. Vielleicht wirst du das nicht – ich kenne deinen Vater nicht, vielleicht hat er wirklich keine zweite oder dritte Chance verdient. Aber wenn du tief im Inneren weißt, dass ein Teil von dir es eines Tages bereuen wird, dann …« Sie lächelte sanft. »Na ja, dann solltest du es vielleicht versuchen.«

Einen Moment lang sagte Sam nichts, sah sie nur nachdenklich an. Dann seufzte er. »Mein ganzes Leben lang hatte ich solche Angst, so zu enden wie er. Dass ich auch ein Kind bekomme und es im Stich lasse. Ich reise, klar, aber bis vor Kurzem habe ich das nur im Urlaub gemacht, ansonsten bin ich an einem Ort geblieben und hatte einen Job.« Er verzog leicht das Gesicht. »Ich habe so sehr versucht, nicht so zu werden wie er, aber was, wenn ich doch so bin?« Erneut stand Jessicas Name im Raum, aber es schien, als wollte keiner von ihnen sie direkt erwähnen.

»Nun«, sagte Cassie so ruhig wie möglich, »vielleicht bedeutet die Tatsache, dass du dir dessen bewusst bist, seiner Fehler bewusst bist, dass du nicht dieselben machen wirst.« Beide blickten einen Moment lang aufs Meer hinaus, dann nahm Cassie sich ein Sandwich und drehte es in ihren Händen. »Amy ist schwanger«, sagte sie leise. Sams Blick sprang zu ihrem Gesicht. »Von Tom.« Sam nickte langsam, und Cassie starrte ihn an. »Du hast es gewusst«, sagte sie.

Er nickte erneut. »Ja. Ja, ich hab es gewusst.« Jetzt erinnerte sie sich, wie er ihr damals in der Bar, an ihrem letzten Abend mit Tom, gesagt hatte, sie solle das Thema Amy fallen lassen.

Tränen brannten ihr in den Augen, doch sie blinzelte sie weg. »Dann wusstest du also …« Sie holte tief Luft. »Du wusstest, dass er sie verlassen wollte. Dass er sie verlassen hat. Er hat sie verlassen, weil er nicht …« Aber es fühlte sich zu schrecklich an, um es laut auszusprechen.

Sam sah sie eine ganze Weile mit gerunzelter Stirn an. »Ich glaube, am Ende hätte er es sich anders überlegt«, sagte er schließlich.

Sie blickte wieder auf ihr Sandwich hinunter. »Aber das weißt du nicht, oder?«

»Nein, aber … Weißt du, er hat mir nicht genau gesagt, was er gedacht hat. Ich wusste, dass Amy schwanger war und dass Tom durchgedreht ist. Ich glaube, er hat *die Vorstellung* von eurem Vater vergöttert, als er aufgewachsen ist, aber er, ich meine, ihr hattet nie wirklich einen Vater, nicht?«

Cassie blickte stirnrunzelnd auf ihren Teller. »Das ist nicht …«

»Damit will ich sein Verhalten nicht entschuldigen oder so«, sagte Sam schnell. »Ich bin nur … Okay, ich kann es irgendwie verstehen.« Er schenkte ihr ein schiefes Lächeln. »Ihr hattet Linda und Claire und …«

»Claire war nicht gerade ein Vorbild«, sagte Cassie seufzend und hatte sofort ein schlechtes Gewissen. Claire hatte doch eigentlich nichts falsch gemacht, oder? Man hatte sich um sie gekümmert, sie hatten ein Zuhause und Geborgenheit. Sie hatten zusammenbleiben können – denn wer wusste schon, was passiert wäre, wenn Claire sie nicht aufgenommen hätte.

»Okay, dann Linda. Aber es gab keine, ich weiß nicht, keine Vaterfigur, verstehst du? Und als Tom mit mir darüber gesprochen hat, hat er gesagt, er wisse nicht, wie er ein Vater sein könne. Und ich glaube, ich ahne, warum.«

Cassie sagte nichts, obwohl es ihr im Herzen wehtat, dass Tom das alles Sam erzählt hatte und nicht ihr. Vielleicht lag es daran, dass sie zwar immer versucht hatte, für ihn da zu sein, aber er sich normalerweise um sie gekümmert hatte. Es war eine andere Beziehung als die zwischen Tom und Sam. Und vielleicht sollte sie, statt eifersüchtig zu sein, dankbar sein, dass Tom so jemanden in seinem Leben gehabt hatte.

»Ich glaube wirklich, er wäre zu Amy zurückgegangen, Cassie«, sagte Sam leise. »Er hat sie geliebt. Und er war nicht so ein Versager, der sie mit einem Baby allein gelassen hätte.« Er schenkte ihr das schiefe Lächeln, das sie so gut kannte. »Nicht so einer wie ich.«

Sie seufzte. »Du bist kein Versager, Sam.« Er zog die Augenbrauen hoch, und sie lachte. »Nun ja, zumindest nicht dauernd.«

»Ich habe so viel kaputt gemacht, Cassie«, sagte er leise. »Obwohl ich es nicht wollte.«

Sie sagte nichts, weil ihr nichts einfiel. Schließlich wusste sie es. Sie hatte es ja selbst erlebt.

Er nahm auf dem Tisch ihre Hand, und automatisch verschränkte sie ihre Finger mit seinen. »Aber das hier will ich nicht kaputt machen.«

Ihre Gefühle fuhren Achterbahn. Sie spürte, wie ihr ein heißer Schauer den Rücken hinunterschoss, der nichts mit der Sonne zu tun hatte, und setzte sich aufrechter hin, ein wenig steifer. »Sam …« Aber sie wusste nicht genau, was sie sagen sollte. War sie auf dieses Gespräch wirklich vorbereitet? »Lass uns einfach den Rest des Tages genießen, okay?«

Er drückte ihre Hand, nickte und ließ ihre Finger los. Und obwohl es warm war, spürte sie sofort die Kälte, die der Verlust seiner Nähe dort hinterließ.

KAPITEL ZWEIUNDDREISSIG

Der Himmel färbte sich langsam grau über ihnen, während sie im Gras vor dem Leuchtturm saßen, nahe genug an den Klippen, um das Meer zu sehen, aber weit genug entfernt, um nicht versehentlich hinunterzustürzen. Sam hatte sich eigentlich etwas näher an den Rand setzen wollen, aber sie hatte sich geweigert – der Blick auf die Felsen unter ihnen war zwar schön, aber sie musste sie nicht so nah sehen. Der graue Himmel tat der Schönheit des Ortes keinen Abbruch. Und als der Wind auffrischte, sich die Luft abkühlte und Regen drohte, wandelte sich nur sein Charakter. Das zuvor friedliche Meer war jetzt aufgewühlt – noch nicht tosend, aber die Brandung nahm zu.

Cassie aß ein drittes Stück von der Pizza, die sie in Gregs Gefrierschrank gefunden hatten, und seufzte. »Ich bin ein bisschen traurig, dass das alles bald vorbei ist und ich zurück in die Realität muss.« Morgen früh würde sie den ersten Zug zurück nach London nehmen. Sie ließ den Kopf auf Sams Schulter sinken, und er legte freundschaftlich den Arm um sie.

»Ich auch«, murmelte er, und sie fragte sich, ob er auch das Gefühl hatte, dass hier zwischen ihnen einfach alles in Ordnung war – so, als läge ein Zauber auf dem Cottage, dem Leuchtturm und der Küste, der sie beschützte, solange sie hier waren.

»Was hast du jetzt vor? Willst du wieder als Anwalt arbeiten? Nach London gehen?« Bis jetzt hatte sie sich mit solchen Fragen zurückgehalten, weil sie nicht sicher war, welche Antwort sie sich erhoffte. Sie wollte nicht, dass er verschwand, aber sie wollte auch nicht leiden, und sie hatten beide noch so viel zu klären. Sie für ihren Teil wusste, dass sie sich schützen musste. Ob er sich nun geändert hatte oder nicht – ganz vertraute sie ihm noch immer nicht, so gern sie es in diesem Moment auch getan hätte. Wäre es also besser oder schlechter, wenn er in der Nähe wäre? Könnten sie nach der letzten Nacht daran arbeiten, Freunde zu werden? Oder würden sie auseinanderdriften, und es bliebe nur die Erinnerung an zwei romantische Tage in Cornwall, wie etwas aus einem Film?

»Ich weiß es noch nicht«, sagte Sam langsam. »Ich habe meinen Job gekündigt, schon vergessen?«

Sie nickte, obwohl das nicht ganz stimmte. Er hatte die Tochter seines Chefs vor dem Altar stehen lassen, nicht seinen Job gekündigt, das war ein Unterschied.

»Aber willst du denn wieder als Anwalt arbeiten? Hat dir das Spaß gemacht?« Sie rückte leicht von ihm ab, damit sie seinen Gesichtsausdruck sehen konnte. Ihr wurde bewusst, dass sie ihn das noch nie gefragt hatte. Er hatte allerdings den Eindruck vermittelt, als hätte es ihm gefallen – das Geld, der Status, der gesellschaftliche Aufstieg.

»Streckenweise schon«, gab Sam zu. »Aber jetzt bin ich unsicher … Irgendetwas daran fühlt sich nicht mehr richtig an. Aber ich weiß nicht, was richtig ist. Ich bin nicht wie du – ich brenne nicht für etwas und befürchte, dass ich mich ohne einen Job, ohne ein Ziel einfach … treiben lasse.«

Sie konnte sich nicht wirklich vorstellen, dass Sam sich treiben ließ. Er hatte immer so selbstsicher gewirkt, so überzeugt von seinem Platz in der Welt, von dem, was er wollte und wie er es erreichen konnte, auch wenn es ihr nicht gefallen hatte oder sie nicht einig mit ihm gewesen war. Es war komisch, dass er sie für leidenschaftlich, tatkräftig und zielstrebig hielt. Stimmte das? Ein Stück weit – vermutlich. Es machte ihr große Freude, Veranstaltungen zu organisieren, sie mochte den Nervenkitzel. Und bevor sie in das Londoner Hamsterrad geraten war, hatte sie einmal genau gewusst, was sie irgendwann tun wollte. Aber eigentlich war es nicht die Arbeit gewesen, die ihr Stabilität gegeben hatte, sondern Tom. Darum verstand sie, was er meinte, sie kannte diese Sorge, sich einfach treiben zu lassen, auch wenn sie es nicht laut aussprach.

»Noch ein Bier?«, fragte Sam und hielt seine leere Flasche hoch.

»Gern.«

Während er ins Haus zurückging, zog sie die Knie an die Brust und schlang die Arme darum. Am liebsten würde sie hier bleiben, um ewig dem Meer zu lauschen. In ihrer Londoner Wohnung hörte sie nur Türenschlagen, entfernte Streitereien, Sirenen und Verkehrslärm.

Sam kam mit zwei Bieren zurück – und mit dem Umschlag. »Den habe ich gerade gefunden«, sagte er und hielt ihn hoch.

»Ja.« Cassie räusperte sich. »Greg hat ihn vorhin vorbeigebracht.« Es war dumm gewesen zu glauben, er würde den Umschlag nicht bemerken oder ihn vergessen. Schließlich waren sie deshalb überhaupt hier.

Sam reichte ihn ihr zusammen mit dem Bier und setzte sich neben sie. »Willst du ihn nicht öffnen?«

Sie starrte auf den Umschlag, auf die Nummer in der Ecke. Dann sah sie Sam an. »Ich habe zu viel Angst«, flüsterte sie. Als er die Stirn runzelte, fuhr sie fort: »Wenn ich ihn öffne, dann war's das, fertig. Bisher war es … na ja, es war nicht so, als hätte ich ihn wieder, aber etwas von ihm, an dem ich mich festhalten konnte, weißt du? Und wenn ich jetzt die Suche abschließe, dann ist das vorbei.« Und wenn sie das nicht aushalten konnte? Wenn sie daran zerbrechen würde?

»Ich verstehe das«, sagte Sam langsam. »Ehrlich. Aber, Cass, du darfst dich nicht ewig von deiner Angst bestimmen lassen. Das hat Tom dir doch zeigen wollen, oder? Dass du mutiger bist, als du denkst.«

Sie legte den Brief neben sich, weg von ihnen beiden. »Ich kann nicht, Sam.«

»Kannst du nicht, oder willst du nicht?« Obwohl er mit ruhiger Stimme sprach, lag eine gewisse Schärfe darin.

Sie runzelte die Stirn. »Warum drängst du so?« Das war nicht richtig – er musste sie doch verstehen. Schließlich behauptete er immer wieder, Tom ebenso zu vermissen – dann sollte er nicht versuchen, sie zu drängen, wenn sie noch nicht bereit war.

»Weil du nicht ständig vor allem Angst haben darfst, Cassie!« Er schwang einen Arm durch die Luft, und sie zuckte zurück. Das hatte sie nicht erwartet, sie fühlte sich verletzt.

Und ehe sie sich beherrschen konnte, schoss sie zurück. »Ich? Ich bin nicht die Einzige, die Angst hat, Sam.«

»Was soll das heißen?«

Sie warf ihm einen vernichtenden Blick zu und fiel in die alten Muster zurück, auch wenn ein Teil von ihr sie dafür hasste. »Du willst nicht, dass ich mich von der Angst beherrschen lasse, aber sieh dich doch mal selbst an: Du hast Angst, so zu enden wie dein Vater. Gleichzeitig hast du aber auch Angst, eine richtige Bindung einzugehen, genau wie er. Du hast Jessica vor dem Altar stehen lassen, weil du zu viel Angst hattest, zu deiner Entscheidung zu stehen, stimmt's?« Sie stieß die Worte hervor und weil das noch nicht genug war, stand sie auf und entfernte sich ein paar Schritte von ihm.

»Es war nicht richtig, Cassie. Jessica und ich, das war nicht richtig.« Seine Stimme klang jetzt seltsam ruhig, und sie drehte sich zu ihm um und verschränkte die Arme.

»Hast du seitdem überhaupt mit ihr gesprochen?«

Pause. »Tja, nicht so richtig.«

»Okay.« Warum fühlte Cassie sich deswegen schlechter? Es war einfach so, dass sie nicht sosehr das Gefühl hätte, etwas Verbotenes getan zu haben, wenn er mit Jessica geredet und alles geklärt hätte, und eher daran glauben könnte, dass diese zwei Tage tatsächlich etwas bedeuteten. »Dann erzähl mir nichts von Mut, Sam, denn das ist scheinheilig.«

Nun stand Sam ebenfalls auf, sie sah, wie angespannt er war. Der Himmel hatte sich noch mehr verdunkelt, und Cassie spürte die ersten Regentropfen auf ihrem Gesicht. Sam machte einen Schritt auf sie zu, sodass sie den Kopf in den Nacken legen musste, um ihn ansehen zu können. »Okay«, stieß er hervor, »vielleicht hast du recht. Aber wenigstens bin ich mutig genug, mir einzugestehen, was hier vor sich geht, während du das zu ignorieren vorziehst.«

Seine Worte trafen Cassie wie ein Faustschlag in den Magen, und sie taumelte kopfschüttelnd einen Schritt zurück.

»Ja, Cassie. Wenigstens bin ich mutig genug, dir zu sagen, dass ich dich liebe …«

»Nein, nicht.« Ihre Stimme war so hoch, dass sie sie kaum wiedererkannte. Sie wich noch einen Schritt zurück und schlang die Arme um sich. »Das ist nicht fair, das ist nicht …« Obwohl sie sich zu beruhigen versuchte, beschleunigte sich ihr Atem. Aber das war einfach zu viel. Sie wollte das nicht hören. Sie wollte sich nicht hierauf einlassen, denn sie könnte es nicht ertragen, wenn nichts daraus würde. Sie wollte das weder hören noch aussprechen, weil dann ihr Innerstes offenliegen und sie verletzlich machen würde, wo die alten Wunden doch noch nicht verheilt waren. Sie hatte sich geschworen, Sam nie wieder ihr Herz zu schenken, oder? Und daran würde sie sich verdammt noch mal halten.

»Nicht«, wiederholte sie. »Ich …« Sie schüttelte verzweifelt den Kopf. »Ich kann das nicht. Nicht noch mal.« Sie durfte ihm nicht ihr Herz schenken, durfte sich ihm nicht öffnen, denn das gab ihm die Macht, sie zu brechen. Und das würde sie nicht ertragen, nicht nach Toms Tod.

»Was meinst du mit ›nicht noch mal‹?«

Sie gab ein Geräusch von sich, das halb Schluchzen, halb ungläubiges Lachen war. »Das hatten wir doch schon mal, Sam! Ich habe dir vor fünf Jahren gesagt, was ich empfinde, und du …« Aber sie konnte den Satz nicht zu Ende bringen und drehte sich stattdessen auf dem Absatz um.

Doch er packte ihren Arm und hielt sie fest, obwohl sie ihn wegstieß. »Das war etwas anderes«, sagte er entschieden.

»Ach, wirklich?«, fuhr sie ihn an. »Warum?«

Er stockte einen Moment. »Weil wir damals noch …«

Sie hob verächtlich die Augenbrauen. »Was? Kinder waren? Ich wusste, was ich für dich empfand, Sam. Und du wusstest es auch. Du wusstest es und hast mir auf die gemeinste Art deutlich gemacht, dass ich es vergessen konnte.« Unwillkürlich schossen ihr Tränen in die Augen, und selbst nach all den Jahren war der Schmerz von damals sofort wieder da.

Er starrte sie an. Bildete sie sich das nur ein, oder war er etwas blasser geworden? »Ich wollte dir nicht wehtun«, sagte er heiser.

»Das hast du aber.«

»Nein, ich …« Er holte tief Luft, seine Schultern hoben und senkten sich. »Ich meine, ich wusste, dass ich dich am Ende verletzen würde, wenn ich mich darauf einlasse. Ich wusste, dass ich es vermasseln würde. Und ich konnte die Vorstellung nicht ertragen … dich zu verlieren, wenn das passierte.«

»Tom zu verlieren«, sagte sie, und es kam halb als ein Schluchzen heraus.

Er nickte und machte einen Schritt auf sie zu. Diesmal wich sie nicht zurück. »Ja, Tom zu verlieren. Aber auch dich, Cass. Ich habe so viel für dich empfunden, schon damals. Zu viel, und ich wusste nicht, wie ich damit umgehen sollte. Ich dachte, ich tue das Richtige – dachte, es wäre für uns beide besser, es zu beenden, bevor ich alles noch schlimmer mache.«

»Und du dachtest, es sei in Ordnung, das einfach allein zu entscheiden? Du hättest mit mir darüber reden können, Sam! Doch stattdessen hast du …« Sie schloss die Augen und schüttelte den Kopf. »Darum geht es nicht.« Sie ließ sich von der Erinnerung ablenken. Damit hatte sie abgeschlossen, und so sollte es bleiben.

Sie spürte seine Hand auf ihrer Wange, öffnete die Augen und sah ihn ganz nah vor sich stehen. »Ich habe dich damals geliebt, Cassie. Ich glaube, ich habe dich immer geliebt.«

Ihre Kehle schnürte sich zu, und ihr Herz – ihr verdammtes, verräterisches Herz – fühlte sich an, als würde es in ihrer Brust schwellen, heftiger schlagen und ihren Körper schwerelos machen. Aber genau deshalb durfte sie sich nicht darauf einlassen. Denn wenn sie das tat und es nicht funktionierte – wenn er sie wieder verletzte –, wie sollte ihr Herz das überleben?

»Und weil du jetzt bereit bist, ist es in Ordnung?« Es war kaum mehr als ein Flüstern.

Er öffnete den Mund, um etwas zu sagen, schloss ihn aber wieder und schüttelte den Kopf. »Das ist echt, Cassie, das ist …«

»Nein«, unterbrach sie ihn energisch. Sie holte tief Luft und entzog sich seiner Berührung. »Nein«, wiederholte sie. »Ich habe dir damals eine Chance gegeben, Sam, und ich …« Sie wandte sich von ihm ab, hob den Umschlag vom Boden auf und eilte ohne ein weiteres Wort zurück zum Cottage. Ihre Augen brannten, und sie fürchtete, schluchzend zusammenzubrechen. Also versuchte sie, langsam zu atmen und sich zu beruhigen, während sie ins Haus lief und sich ihren Koffer schnappte. Natürlich hatte sie schon gepackt, um vorbereitet zu sein.

Dann suchte sie die Visitenkarte des Taxifahrers heraus und rief die Nummer an. Sam dachte wahrscheinlich, sie würde sich wieder beruhigen, sich nur ein Glas Wasser holen. Und das war gut so, das war sogar besser, denn sie wollte ihm nicht mehr begegnen. Sie konnte das nicht. Sie konnte es einfach nicht.

Erst, als sie ein Auto kommen hörte, ging sie wieder hinaus. Sam stand draußen und blickte nachdenklich von dem Taxi zu ihr. Es regnete jetzt stärker, sein Haar war von der Feuchtigkeit dunkel, und als sie zum Auto ging und ihr Gepäck in den Kofferraum legte, klebten die Tropfen auf ihrer Haut.

»Cassie«, sagte Sam langsam. »Was zum Teufel soll das?«

Sie richtete sich auf und zwang sich, ihm in die Augen zu sehen. »Ich kann das nicht, Sam.« Als ihre Lippen bebten, presste sie sie zusammen. »Das überfordert mich. Und wir sind beide … Wir sind nicht …« Sie öffnete die Tür des Wagens. »Es überfordert mich einfach, okay?«

Sie ließ ihm keine Zeit zu reagieren, stieg so schnell wie möglich in das Taxi und sagte dem Fahrer, er solle losfahren. Sam versuchte nicht, sie aufzuhalten. Er rannte ihr nicht hinterher, rief nicht ihren Namen. Als sie sich ein letztes Mal zu ihm umdrehte, stand er im Regen und sah ihr nach. Und erst da, als sie ohne ihn im Auto saß, ließ sie ihren Tränen freien Lauf.

DREI MONATE SPÄTER

KAPITEL DREIUNDDREISSIG

Cassie saß auf einer Kopfsteinpflasterstraße vor einem kleinen Restaurant, nippte an einem Glas des besten Rotweins, den sie je getrunken hatte, und überlegte, noch ein Stück von der Käseplatte zu nehmen, die Claire bestellt hatte. Auch Mitte September war die Abendsonne noch warm, und Cassie trug ein schulterfreies, geblümtes Kleid, das sie sich spontan gekauft hatte, bevor sie mit Hazel und Linda nach Bordeaux gereist war. Um sie herum leuchteten schöne, sandfarbene Häuser im rosa Abendlicht. Gegenüber dem Restaurant war ein hohes Gebäude mit Wohnungen, jede mit einem eigenen Balkon. Auf einem stand eine Frau mit einem gebräunten Gesicht in einem leuchtend rot-grünen Kleid und telefonierte laut lachend, scheinbar unbeeindruckt von den Touristen, die sich unter ihr tummelten.

»Nimm schon«, sagte Claire und schob ihr die Käseplatte zu. »Ich habe gesehen, wie du den Brie angestarrt hast.« Cassie biss hinein – wenn man sich im Urlaub keinen extra Brie gönnen konnte, wann dann?

Claire sah so entspannt aus, wie Cassie sie noch nie erlebt hatte. Seit sie nach Bordeaux gezogen war, war ihre Haut gebräunt, und sie hatte aufgehört, sich die Haare zu färben, sodass der natürliche Braunton unter dem Rot zum Vorschein kam. Sie schien sich nicht einmal an den grauen Fäden zu stören, von denen ihr Haar durchzogen war – und das brauchte sie auch nicht, denn es stand ihr, wirkte irgendwie modisch. Sie hatte etwas zugenommen – wahrscheinlich von all dem Wein, dem Käse und dem Gebäck, wenn Cassie an ihre Woche hier dachte – und auch das stand ihr. Sie wirkte gesünder.

Linda, die Cassie gegenübersaß, rückte mit ihrem Stuhl vom Tisch ab und verschränkte die Arme über dem Bauch. Ihre Ringe glitzerten in der Abendsonne. »Weißt du, Claire, ich denke, vielleicht ziehe ich auch hierher.« Sie nahm ihr Weinglas und trank einen Schluck. »Ich könnte hier ein Restaurant aufmachen.«

Cassie wechselte einen Blick mit Hazel, die neben ihr saß. Sie konnte sich nicht so recht vorstellen, dass Linda hier etwas aufmachte, und an Hazels Miene erkannte sie, dass sie das genauso sah. Ganz gleich, was Linda sagte, sie würde den Pub niemals aufgeben. Doch dass sie ihn für ein paar Tage verlassen hatte, um in den Urlaub zu fahren, und mit Katie, der Geschäftsführerin, gut zurechtkam, war definitiv etwas Positives.

»Okay, du bist hier jederzeit willkommen«, sagte Claire. »Es ist so schön, dich zu sehen. Euch alle zu treffen. Wie ein kleines Stück Zuhause.« Cassie warf ihrer Tante einen Blick zu. Sie hätte nicht gedacht, dass das Claire etwas bedeutete. Claire schenkte ihr ein kleines Lächeln, als wüsste sie genau, was ihr durch den Kopf ging, und Cassie nahm noch einen Schluck Wein. Er war wirklich gut, auch wenn sie keine Ahnung hatte, was sie da trank, nur dass er aus der Region kam.

Sie fühlte sich so zufrieden wie schon lange nicht mehr, alle Anspannung war von ihr abgefallen, und erst jetzt wurde ihr bewusst, wie viel Stress sie in letzter Zeit gehabt hatte. Robert ließ auf der Arbeit *alles* stressig erscheinen, sodass sie sich schon gefragt hatte, ob auf der Führungsebene etwas vor sich ging, von dem Josh und sie nichts wussten. Und okay … vielleicht rührte ein Teil der Anspannung daher, dass sie immerzu an die Nacht in Cornwall denken musste, gestand sie sich ein. Immer wieder sah sie Sam vor sich, wie er im Regen stand, als sie davongefahren war. Obwohl seither Wochen vergangen waren, hatte sie das Bild nicht mehr aus dem Kopf bekommen.

Er hatte nicht angerufen. Sie auch nicht. Natürlich hatte es auch keine E-Mails mehr gegeben. Und die Idee mit dem Haus in Wales hatte sie gänzlich verworfen.

Hinzu kam, dass sie immer noch nicht den Mut aufgebracht hatte, Toms letzten Hinweis zu öffnen, und der kleine Umschlag mit der Nummer fünf in der Ecke lag ihr seit dem Sommer auf der Seele.

»Das mach ich auch«, verkündete Hazel und hob ihr Glas. Ihre grünen Augen funkelten über dem Rand. »Hierherziehen, meine ich. Die brauchen hier doch Werbeleute, oder?«

»Klar«, sagte Claire. »Vermutlich welche, die Französisch sprechen.«

Hazel schwenkte ihr Glas, wobei der restliche Wein gefährlich nah an den Rand schwappte. »Das lerne ich.«

In diesem Moment kam der Kellner, um die Teller abzuräumen – ein attraktiver Mann in den Zwanzigern, schätzte Cassie, groß, dunkel und gut aussehend, die Wangenknochen wie gemeißelt.

»Merci«, sagte Cassie, als er ihr den Teller abnahm.

Er deutete auf ihr fast leeres Weinglas. *»Un autre vin?«*

»*Non, merci. Un café au lait, peut-être?*« Er schenkte ihr ein warmes Lächeln, das sie erwiderte. Erst in den letzten zwei Tagen hatte sie sich getraut, ihr Schulfranzösisch anzuwenden. Ehrlich gesagt, wusste sie nicht genau, was ein Café au lait war, aber es war eines der wenigen Getränke, an das sie sich aus der Schulzeit erinnerte. Jedenfalls war es irgendein Kaffee. Vielleicht könnte sie wiederkommen und etwas mehr Französisch lernen. Die Aussicht war seltsam verlockend, und in Gedanken ging sie ihren Terminkalender durch und überlegte, wann sie wieder zu Besuch kommen könnte.

Der Kellner hatte sich jetzt Hazel zugewandt, und seine braunen Augen wurden etwas aufmerksamer – was Hazel nicht zu bemerken schien. *»Et pour vous?«*

»*Vin!*«, verkündete sie. *»S'il vous plaît. Nous sommes en vacances!«*, sagte sie mit starkem englischem Akzent, was sowohl Cassie als auch den Kellner zum Grinsen brachte. Aber Hazel sah Cassie an. »Siehst du? Ich werde in kürzester Zeit fließend Französisch sprechen.«

Der Kellner räumte die restlichen Teller ab, blieb aber auf Hazels Seite des Tisches stehen. *»Pour combien de temps?«* Hazel sah ihn verständnislos an, und er wechselte zu Englisch, offenbar hatte er bisher ihr Französisch höflich ertragen. Cassie fand es nett, dass er ihnen die Chance gegeben hatte, es zu versuchen, ohne dass sie sich dabei dumm vorkamen. »Wie lange bist du hier?«

»Oh, bis Freitag.«

»Hast du bis dahin schon Pläne?«

»Hmmm …« Hazel blickte in die Runde. »Ich weiß nicht. Haben wir?« Sie konzentrierte sich auf Cassie, die mit den Schultern zuckte und zu Claire hinübersah, um die Frage weiterzugeben.

Linda sprang ein. »Also, mein Lieber«, sagte sie zu dem Kellner, »warum gibst du ihr nicht deine Nummer?« Sie holte einen Stift heraus und reichte ihn dem Kellner zusammen mit einer Serviette.

Als er ging, brach Cassie in Gelächter aus. »In Frankreich angemacht zu werden! Das ist wie aus einem Liebesroman.«

Hazel winkte ab.

»Du wolltest doch herziehen, oder? Vielleicht kannst du dir einen französischen Ehemann suchen, wenn du schon dabei bist.«

Hazel verdrehte übertrieben die Augen. »Sei nicht albern. Aber wenn ihr morgen alle zu langweilig seid, nehme ich ihn vielleicht beim Wort und gönne mir einen wildromantischen Tag.«

Cassie warf ihr einen strengen Blick zu.

Hazel sah fragend zurück. »Was ist?«

»Du gibst ihm nicht einmal eine Chance?«

»Cassie, er lebt in Frankreich.«

Okay, der Einwand war berechtigt, aber Hazel gab nie jemandem eine Chance – wie üblich hatte sie sich dieses Jahr mit einer ganzen Reihe von Typen getroffen, aber für ein zweites Date hatte es bei keinem gereicht.

»Nun«, sagte Claire, »wenn jemand meine Empfehlung hören will: Ein französischer Freund ist genau das Richtige.«

»Hört, hört«, sagte Linda, hob ihr Glas und leerte es. Heute Abend war Claires neuer Freund nicht dabei, weil Claire auf ein paar reinen Mädelsabenden bestanden hatte, aber sie hatten ihn bereits kennengelernt. Ihr Freund – das klang seltsam, wenn es um ihre Tante ging. Und der Begriff schien auf Blaise auch nicht ganz zu passen. Er war ein überaus attraktiver, älterer Franzose, der Claire Dinge ins Ohr flüsterte und sie zum Erröten brachte. Das war schön zu sehen – so lange Cassie denken konnte, war Claire Single gewesen. Vermutlich war sie mit niemandem zusammen gewesen, als Cassies Eltern starben, und dann plötzlich Mutter von zwei kleinen Kindern geworden, was ihrem Liebesleben vermutlich nicht gerade zuträglich gewesen war. Falls sie vorher jemals einen Freund gehabt hatte,

hatte sie es ihnen verschwiegen, und Cassie hatte sie nie danach gefragt. Ihr wurde klar, dass sich nicht nur Claire zu wenig Mühe gegeben hatte, ihr näher zu sein. Auch sie hätte sich mehr bemühen können.

»Oh, seht«, sagte Linda und deutete auf die andere Seite der Kopfsteinpflasterstraße. »Der Laden mit den hübschen Schals macht gerade zu. Da wollte ich vor unserer Abreise auf jeden Fall noch rein. Können wir morgen noch mal wiederkommen?«

Claire zögerte. »Ich dachte, wir könnten uns morgen die Weinberge ansehen, wenn ihr Lust habt.«

»Aha!«, sagte Hazel. »Wir haben also doch Pläne!« Niemand ging darauf ein.

»Ach, dann lauf ich jetzt mal schnell rüber. Ich kann sie bestimmt überreden, mich noch kurz reinzulassen.«

»Ich komme mit«, sagte Hazel, und die beiden standen auf und liefen hinüber. Dabei winkte Linda der hübschen Französin, die den Laden gerade schloss, in einer Weise zu, die keinen Zweifel daran ließ, dass sie eine Touristin war.

Und obwohl es seltsam anmutete – denn schließlich hatten sie die ganze Woche zusammen verbracht –, wurde Cassie immer etwas unsicher, wenn sie mit Claire allein war. Irgendwie hatten sie über die Beziehung Erziehungsberechtigte-Kind hinaus noch kein erwachsenes Verhältnis entwickelt.

Der Kellner brachte ihre Getränkebestellung, und während Claire sich bedankte, summte Cassies Handy in ihrer Handtasche. Sie bückte sich, um es herauszuholen, und sah, dass es eine WhatsApp von Amy war. Ein Foto von dem Baby – ihrem Neffen. Amy hatte vor etwa einem Monat entbunden. Cassie hatte sie schon bald nach der Geburt besucht, als Amy noch etwas erschöpft gewesen war, aber seither nicht mehr – Amys Eltern waren da, um ihr zu helfen, und sie hatte nicht stören wollen. Lächelnd betrachtete sie das Foto, und ein kleiner Kloß bildete sich in ihrem Hals. Konnte sie Tom in ihm sehen? Sie war sich nicht sicher.

»Was hast du da?«, fragte Claire, und Cassie drehte das Telefon so, dass sie es sehen konnte.

»Toms Sohn«, sagte Cassie leise.

Claire blickte mit undurchdringlicher Miene auf das Foto. Dann lächelte sie. »Mein Großneffe. Ist doch richtig, oder? Ich komme immer durcheinander.«

Cassie legte das Telefon weg – sie würde Amy später antworten –, und Claire seufzte. »Deiner Mum hätte es hier gefallen.«

Cassie wollte ihren Kaffee nehmen und stutzte. Es war ein winziger Kaffee – sollte er so klein sein? Sie beobachtete ihre Tante. Claire gab nie freiwillig Informationen über ihre Eltern preis.

»Deinem Dad natürlich auch«, fügte sie hinzu, »aber deine Mutter … Ich kann mir lebhaft vorstellen, wie sie hier draußen gesessen, getrunken, alle zum Lachen gebracht und sich mit dem ganzen Personal angefreundet hätte.«

»Genau wie Tom«, murmelte Cassie, und Claire nickte mit leuchtenden Augen.

»Ja.« Sie drehte den Stiel ihres Weinglases zwischen den Fingern. »Cassie, ich wollte dir das schon seit einiger Zeit sagen, aber ich konnte mich nicht dazu durchringen. Durch den Umzug hierher habe ich etwas Abstand bekommen und über einiges nachgedacht. Also ich wollte nur sagen, dass es mir leidtut.«

Cassie runzelte die Stirn. »Was tut dir leid?«

Claire hörte auf, ihr Weinglas zu drehen, und legte die Hände im Schoß zusammen. »Als ihr aufgewachsen seid, war ich nicht so für euch da, wie ich es hätte sein sollen.«

»Sei nicht albern«, sagte Cassie sofort. »Wir waren doch gut versorgt.«

»Ja, ja, ich meine nicht materiell. Ich meine emotional. Ich weiß, dass ich keinen von euch so nahe an mich herangelassen habe, wie ich es hätte tun sollen. Es war einfach … so schwer.« Sie atmete tief durch. »Als Abi starb, war ich ein Jahr jünger als du jetzt.«

Cassie erschrak. So jung. Oder zumindest fühlte sie sich noch so jung. Jung und ein bisschen durcheinander, sicherlich noch nicht bereit, Kinder großzuziehen.

»Und dann musste ich mich um zwei Kinder kümmern, die mich an meine Schwester erinnert haben, und ich … nun, ich war wohl irgendwie am Ende. Ich konnte nicht darüber reden, hatte nicht das Gefühl, dass ich mir die dunklen Gedanken, die mich beschäftigten, eingestehen durfte, also habe ich dichtgemacht. Das weiß ich. Ich konnte nicht anders, aber es war mir bewusst.«

Cassie wusste nicht, was sie sagen sollte. Sie betrachtete Claires Gesicht, das nun von Falten durchzogen war, und versuchte, sich an die jüngere Version von ihr zu erinnern. Sie wusste nicht mehr, wie Claire ausgesehen hatte, als sie zu ihr gezogen waren. Sie war erst fünf Jahre alt gewesen und erinnerte sich nur daran, dass sie geweint und geschrien und sich vor Claire versteckt hatte, wenn sie nach ihr gerufen hatte. Sie hatte ihre Mutter gewollt und nicht ihre Tante. Und Tom. In ihren Erinnerungen war es stets Tom, der da gewesen war und sie getröstet hatte.

»Abi …«, fuhr Claire fort. »Du wirst dich nicht mehr daran erinnern, weil es so lange her ist, aber wir standen uns sehr nahe.«

Nein, dachte Cassie, daran konnte sie sich nicht erinnern. Sie erinnerte sich kaum an irgendetwas vor dem Tod ihrer Eltern, und das betrübte sie zutiefst. Die Tatsache, dass sie sie nicht kannte, sie sich nicht als echte Menschen vorstellen konnte.

»Wir haben uns oft gestritten. Aber wir standen uns sehr nahe. Und als sie starb …« Claire presste die Handflächen in ihren Schoß. »Okay. Deshalb war ich nicht so für dich da, wie ich es hätte sein sollen, und als ich dann meine eigenen Gefühle sortiert hatte, war es zu spät. Ich wusste nicht, wie ich eine Verbindung zu dir aufbauen sollte. Zu keinem von euch.« Sie blickte über die Straße zu dem Laden, in dem Linda und Hazel verschwunden waren. »Gott sei Dank gab es Linda. Sie hat die Lücke gefüllt.«

Cassie überlegte, was sie sagen sollte. »Weißt du, das ist nicht allein deine Schuld. Wir … ich habe auch nicht versucht, eine Verbindung zu dir aufzubauen. Ich wollte das nicht«, fügte sie leise hinzu, sie hasste es, das zuzugeben. »Du warst nicht Mum, und auch wenn du nie versucht hast, sie zu ersetzen, wollte ich sie, nicht dich.« So war es zwischen Claire und ihr immer gewesen – die traurige, traumatische Geschichte, die sie teilten, hatte sie auseinandergetrieben, anstatt sie zusammenzubringen.

»Ich habe nicht versucht, sie zu ersetzen, aber ich habe auch nicht die Erinnerung an sie für dich wachgehalten«, sagte Claire, wobei sich ein Hauch Bitterkeit, vielleicht sogar Selbsthass, in ihre Stimme schlich.

»Ich wünschte, ich hätte sie kennenlernen können«, sagte Cassie seufzend.

In Claires Augen schimmerten Tränen. »Das wünschte ich mir auch für dich.« Sie lächelte traurig. »Ich hatte mich so darauf gefreut, Tante zu werden. Den Namen Cassie habe ich mit ausgesucht, weißt du. Tom, gut, das war die Wahl deines Vaters, deshalb durfte deine Mutter deinen Namen aussuchen. Zuerst wollte sie dich Christina nennen.«

»Christina?«, fragte Cassie ungläubig.

Claire lachte. »Ich weiß.«

»Dann verdanke ich dir also meinen Namen?«

»So sieht's aus.« Claire hielt inne, dann nahm sie ihren Wein und trank einen Schluck. »Dein Vater war der netteste Mensch, den ich kannte. Mein Freund hatte mit mir Schluss gemacht – das war noch bevor du geboren wurdest –, und Abi und ich sind ausgegangen, um uns zu betrinken. Aber Abi ist schon früh eingeschlafen, also ist David stattdessen mit mir aufgeblieben. Er war so müde. Daran kann ich mich noch erinnern. Er hat damals für seinen Master gelernt, glaube ich – beide haben das getan. Aber er ist mit mir wach geblieben und hat die ganze Nacht mit mir geredet, bis ich eingeschlafen bin.«

»Wirklich?« Diese Geschichte hatte sie noch nie gehört. Von Linda wusste sie, dass ihre Eltern sich an der Uni kennengelernt und zusammen ihren Master in Naturschutz gemacht hatten, aber ihr war nie in den Sinn gekommen, dass Claire auch dabei gewesen war. Ziemlich unmöglich, wenn sie jetzt darüber nachdachte.

»Ja. Und deine Mutter … sie war meine beste Freundin.« Ihr Gesichtsausdruck veränderte sich, und Cassie sah den Schmerz, der nach all der Zeit noch immer da war. »Vieles von ihr habe ich in dir und Tom gesehen. Es war falsch von mir, aber auch deshalb war es so schwer für mich, mehr für euch da zu sein. Denn ihr habt mich an Abi und mich als Kinder erinnert.«

Cassie ließ die Gefühle zu, die in ihr aufstiegen, und versuchte nicht, sie zu verdrängen. Sie hatte selbst erlebt, dass die Trauer nie ganz verschwand, sondern immer wiederkehrte. Aber jedes Mal konnte sie besser damit umgehen.

»Abi …«, fuhr Claire fort, nachdem sie einmal im Fluss war, »… war so voller Leben, so mutig. Immer wollte sie etwas Neues ausprobieren.«

»Wie Tom«, sagte Cassie sofort, denn diesen Teil kannte sie – Tom hatte den Mut und die Lebensfreude ihrer Mutter geerbt. Das hatte sie schon oft gehört; von verschiedenen Leuten. Tom hatte das auch selbst gesagt.

Claire sah Cassie nachdenklich an. »Wie Tom, ja, aber … sie war auch wie du. Oder du bist wie sie, sollte ich wohl besser sagen. Weißt du, dass sie Angst hatte, deinen Vater zu heiraten?«

Cassie spürte einen kleinen Stich. »Was?«

Claire nickte. »Sie hatte solche Angst, sich zu verlieben. Du hast doch zu Hazel gesagt, dass sie Männern nie eine Chance gibt? Abi war genauso. Beinahe hätte sie gekniffen.«

»Wirklich?« Cassie wusste nicht, was sie davon halten sollte – sowohl davon, dass ihre Mutter Angst gehabt hatte, als auch davon, dass sie ihren Vater beinahe nicht geheiratet hätte.

Claire lächelte sanft. »Ja. Aber sie hat deinen Vater sehr geliebt. Sie hatte nur Angst, dass es zu sehr sein könnte.«

Claire trank einen Schluck Wein, und Cassie ließ die Worte sacken. Sie hatte Angst, zu sehr zu lieben. Wieder tauchte Sams Gesicht vor ihrem inneren Auge auf, auch wenn sie versuchte, das Bild zu verdrängen.

»Und als Kind hatte sie Angst vorm Schwimmen.«

Cassie erinnerte sich jetzt, wie ihre Mutter geklatscht hatte, als Cassie mit Schwimmflügeln in einem Pool geschwommen war. Das Bild war unscharf, aber es existierte. Vielleicht war also doch nicht alles weg – vielleicht trug sie noch andere Erinnerungen an ihre Eltern in sich.

»Sie hat es natürlich überwunden, aber sie hat daran arbeiten müssen. Und Tom, ja, er war wie deine Mutter, aber er hatte auch etwas von deinem Vater. Beide waren jederzeit bereit, anderen eine Chance zu geben.«

Wie Sam, dachte Cassie. Tom hatte Sam eine Chance gegeben, aber sie nicht.

Claire nahm über den Tisch hinweg Cassies Hand. »Deine Mum hat die Angst vor der Ehe mit deinem Dad überwunden. Offensichtlich, sonst wärst du nicht hier. Sie war stark – so viel stärker als ich. Mich hat der Kummer über den Verlust eines geliebten Menschen dazu gebracht, keinen anderen Menschen mehr an mich heranzulassen – dich und Tom eingeschlossen.« Sie schüttelte den Kopf. »Werde nicht wie ich. Lass dich von dem, was dir passiert ist, nicht davon abhalten, etwas zu riskieren.«

Cassie starrte Claire an – wann war sie nur so einsichtig geworden?

Claire drückte Cassies Hand, und Cassie nickte und erwiderte den Druck.

Als der Stuhl neben ihr über den Boden scharrte, blickte Cassie erschrocken auf und sah Hazel. Cassie hatte nicht bemerkt, dass sie und Linda zurückgekommen waren. »Wie findet ihr unsere neuen Schals?«, fragte Hazel und warf einen lila Schal mit blau-silbernem Muster dramatisch über ihre Schulter. »Ich habe auch einen für dich.« Sie hielt einen dunkelroten Schal hoch und legte ihn Cassie um die Schultern. »Er passt zu deinem Haar.«

Cassie lächelte und strich mit ihren Fingern über den weichen Stoff, und Claire gab bewundernde Laute von sich, als Linda und Hazel ihre Einkäufe präsentierten.

Lass dich nicht davon abhalten, etwas zu riskieren. Claire hatte recht. Cassie dachte an Sam und wie er ihr seine Liebe hatte gestehen wollen. Wie sie weggelaufen war – so wie ihre Mutter das anscheinend auch fast getan hätte. Dann dachte sie an Tom, der ihr zu sagen versuchte, dass sie mutig war. Und sie holte tief Luft.

Eins nach dem anderen.

Es war an der Zeit, Toms letzten Hinweis zu öffnen.

KAPITEL VIERUNDDREISSIG

»Es ist einfach nicht dasselbe, oder?«, fragte Hazel und lehnte sich in ihrem verblichenen, roten Sessel zurück. Sie saßen gerade bei Costas, und um sie herum wurden Bohnen gemahlen, Milch wurde aufgeschäumt, und ein besonders unglückliches Kleinkind erfüllte den Laden mit seinem Geschrei. Leicht widerwillig trank Cassie einen Schluck von ihrem Hafermilch-Latte – auf den Josh sie gebracht hatte.

»Nicht ganz.« Sie hatten sich vor der Arbeit auf einen Frühstückskaffee getroffen, um die Atmosphäre von Bordeaux wiederaufleben zu lassen. Aber ein überfüllter Coffeeshop mitten in London hatte nicht denselben Zen-Effekt, wie in einem französischen Café draußen in der Sonne zu sitzen. Cassie warf einen Blick auf ihre Handtasche, in die sie Toms letzten Hinweis gesteckt hatte. Heute Morgen wollte sie ihn öffnen.

»Und, hast du mit Sam gesprochen?«

Cassie hob ruckartig den Kopf und sah Hazel an. »Was? Das kommt jetzt etwas unvermittelt.«

»Nein, das stimmt nicht«, beharrte Hazel. »Eigentlich hatte ich dich schon in Frankreich fragen wollen, aber ich wollte dich im Urlaub nicht verärgern.«

»Und jetzt?«

»Jetzt ist es, glaube ich, an der Zeit«, sagte sie schlicht.

Cassie sah Hazel mit zusammengekniffenen Augen an, doch als Hazel einfach nur geduldig abwartete, seufzte sie schließlich. »Nein, hab ich nicht.« Hazel wusste das meiste – aber nicht alles –, was in Cornwall geschehen war. Sie wusste, dass Cassie und Sam miteinander geschlafen hatten, doch die Einzelheiten des Streits hatte Cassie ebenso für sich behalten, wie sie ihre Gefühle unter Verschluss hielt. Hazel kannte sie jedoch und hatte ihre eigenen Schlüsse gezogen – wie schon als Teenager.

»Hat er sich gemeldet?«

Cassie wand sich. »Nein.« Und das würde er auch nicht tun, nachdem sie ihn mitten in der Pampa stehen gelassen hatte. An seiner Stelle hätte sie sich auch nicht gemeldet.

Hazel sah Cassie in die Augen und beugte sich auf ihrem Stuhl vor. »Meinst du nicht, du solltest ihm noch eine Chance geben?«

Cassie machte ein finsteres Gesicht. Wie lange hatte Hazel geplant, sie dazu zu drängen? »Wir reden hier von Sam.«

Hazel nickte und schwang ihr schwarzes Haar. »Ja, von Sam. Sam, der seine Ersparnisse geopfert hat, um den Pub für dich zu retten, und der deinetwegen aus New York zurückgekommen und mit dir nach Cornwall gefahren ist.«

Cassie presste die Lippen zusammen und schwieg.

»Glaubst du nicht, dass er noch eine Chance verdient hat?«, fragte Hazel leise.

Noch eine Chance – ihr erneut das Herz zu brechen?

Das sprach sie jedoch nicht laut aus, weil sie fürchtete, es könnte etwas melodramatisch klingen. Stattdessen schnaubte sie. »Das musst du gerade sagen – du schottest dich doch immer ab und gibst keinem eine Chance. Wo ist da der Unterschied?«

Der Vorwurf schien Hazel nicht im Geringsten aus der Ruhe zu bringen. »Ich glaube, wenn der Richtige kommt, bin ich bereit, aber in der Zwischenzeit bin ich wirklich sehr gern Single. Es passt zu mir, und ich glaube nicht, dass man einen Mann braucht, um glücklich zu sein.«

»Warum willst du dann …?«

Hazel hob einen Finger. »Man braucht keinen Mann, um glücklich zu sein«, wiederholte sie, »und ich bin mir sicher, dass du auch allein glücklich wirst. Du bist klug und mutig, freundlich und lustig, ob mit oder ohne Mann. Du hast das schlimmste Jahr hinter dir, das man sich nur vorstellen kann, und ich weiß, dass du immer noch dabei bist, dich davon zu erholen. Aber wenn du das erst mal überstanden hast, besteht kein Zweifel, dass du dir auch ohne Mann ein Leben aufbauen kannst. Und ich verbringe gern Zeit mit dir und gehe mit dir auf dem Land spazieren oder was auch immer, nur wir beide. Bis wir zu alt zum Laufen sind, dann besorgen wir uns diese kleinen Scooter.«

»Also gut«, sagte Cassie etwas ratlos. Das Gespräch hatte eine unerwartete Richtung genommen.

»Aber«, sagte Hazel mit Nachdruck, »du hast schon den Richtigen. Der mit dir zusammen sein will, der definitiv nicht perfekt ist, aber dem du offensichtlich am Herzen liegst. Einen Mann, in den du, seien wir ehrlich, schon fast dein ganzes Leben lang verliebt bist.«

»Ich bin nicht …«

Wieder hob Hazel einen Finger, und Cassie biss sich auf die Lippe. Zugegeben, vielleicht war da etwas Wahres dran.

»Wenn du nicht mit ihm zusammen sein willst, weil du ihn nicht liebst oder nicht glaubst, dass du ihn auf diese Weise lieben kannst, dann ist das völlig in Ordnung. Aber ich bin mir nicht sicher, ob das der Grund ist. Und als deine Freundin muss ich dir das sagen.« Sie trank ihren Kaffee aus und stand auf. Dann lächelte sie und gab Cassie einen flüchtigen Kuss auf die Wange, was ziemlich untypisch für Hazel war. »Ich muss gehen. Eine Motorradwerbung ruft nach mir. Es sei denn … du möchtest, dass ich dabei bin, wenn du den Hinweis öffnest?«

Cassie zögerte, dann schüttelte sie den Kopf. Dieses letzte Mal musste sie das, wie auch beim ersten Mal, alleine tun. Sie sah Hazel hinterher und dachte über ihre Worte nach. Wie lange hatte Hazel ihr das schon sagen wollen? Dann straffte sie die Schultern und griff in ihre Tasche, um den Umschlag herauszuholen. Eins nach dem anderen. Heute ging es um Tom, nicht um Sam.

Und so öffnete sie den letzten Umschlag. Diesmal war kein Begleitschreiben dabei, nur der Hinweis.

Vielleicht bist du überrascht,
wo du am Ende stehst,
was du draus machst,
kommt drauf an, wie du es drehst.
Geh an den Ort, vor dem dir graut,
der Schlüssel ist dem Rotschopf anvertraut.
PS: Ich glaube an dich.

Sie las den Hinweis mehrere Male und runzelte nachdenklich die Stirn.

Ich glaube an dich.

Die Worte berührten sie. Sie empfand Schmerz, ja, aber auch leichtere und hellere Gefühle, die ihr in diesen Tagen immer öfter begegneten, wenn sie an Tom dachte. Das machte es jedoch nicht leichter, den Hinweis zu knacken, und sie biss sich auf die Lippe, als sie ihn ein letztes Mal las. Das war in Ordnung, sagte sie sich. Sie musste sich einfach Zeit lassen. Denn sie stellte fest, dass sie wie Tom daran glaubte, dass sie es herausfinden würde.

Cassie lächelte mechanisch den Leuten zu, die an der Hotelrezeption warteten und sichtlich beeindruckt von der Art-déco-Einrichtung waren, dann fuhr sie mit dem Aufzug in ihr kleines Büro im Untergeschoss. Als sie eintrat, grinste Josh sie an. »Willkommen zurück. Wie war … Was ist? Warum starrst du mich so an?«

Wortlos starrte Cassie ihn weiter an.

Sein rotes Haar.

Rotschopf. Der Ort, vor dem dir graut.

Josh griff nach seinem Handy, um sich selbst auf dem Display zu betrachten.

»Nein«, sagte Cassie. »Nein, es hat nichts mit dir zu tun, sondern mit …« Sie holte scharf Luft. »Tom.«

Josh runzelte die Stirn. »Was?«

»Tom, er …«

Doch in dem Moment kam Robert herein und unterbrach sie. Er warf Cassie einen Blick zu. »Schönen Urlaub gehabt?«

»Ja«, sagte Cassie, und ihre Stimme klang leicht angespannt. Die Arbeit. Tom hatte sie wieder zur Arbeit geschickt. »Ja, es war …«

»Es war bestimmt großartig. Aber jetzt müssen Sie sich wieder auf die Arbeit konzentrieren, okay? Wir müssen heute Vorschläge für die Geburtstagsfeier eines Einjährigen machen, und ich brauche Ideen.« Er beließ es dabei und verließ das Büro so dramatisch, dass ihm Cassie sein Getue nicht mehr abkaufte.

Kaum fiel die Bürotür ins Schloss, ging Cassie zu Joshs Schreibtisch. »Hat Tom dir etwas für mich gegeben?«, fragte sie.

Joshs Miene veränderte sich. »Bist du ans Ende der Schatzsuche gelangt?«

Sie nickte.

Er streckte die Hand aus und nahm ihre Hände. »Du hast es herausgefunden.«

Sie drückte seine Hände und spürte, wie ihr Tränen in die Augen stiegen. »Er hat dich eingespannt?«

Josh sah aus, als würde er auch gleich weinen. »Ich wusste nicht recht, ob du es machst.«

»Du hast es die ganze Zeit gehabt? Das Geschenk?«

Er nickte. »Aber ich konnte es dir nicht geben. Ich wusste, dass du bis zum Ende kommen musstest.« Das Telefon klingelte, und Josh nahm den Hörer ab. »Bitte dranbleiben«, sagte er in sehr unprofessionellem Ton. Er legte den Hörer auf den Schreibtisch, kramte in seiner Schreibtischschublade und holte einen Brief heraus, den er Cassie überreichte. Dann nahm er den Hörer wieder in die Hand. »Ich bitte vielmals um Verzeihung, ein neuer Assistent … hat keine Ahnung. Was kann ich für Sie tun?«

Und während Josh sich um die Anfrage kümmerte, las Cassie und hörte im Geiste Toms Stimme.

Meine Lieblingsschwester,
herzlichen Glückwunsch – du hast es geschafft!

Aber – die Sache hat einen Haken. Um dein fantastisches Weihnachtsgeschenk zu bekommen, musst du noch etwas tun.

Ich habe Josh mit ins Boot geholt – ich mag ihn, habe ich dir das schon mal gesagt? –, und er hat die ausdrückliche Anweisung, es dir nicht zu geben, bevor du diese letzte Aufgabe erledigt hast, egal, wie lange das dauert. Ich weiß, ich weiß! Ich bin gemein und ein schrecklicher großer Bruder usw. usw. Aber ich schätze mal, du wirst mir dafür dankbar sein.

Deine letzte Aufgabe lautet wie folgt: Kündige deinen Job. Ja, du hast richtig gelesen! Kündige deinen Job. Er bremst dich aus, und dein Chef hat dich nicht verdient.

Ob du es tust oder nicht, ich hab dich lieb. Aber ich hoffe, dass du es tust.

Weil ich glaube, dass du für etwas anderes bestimmt bist.

PS: Das mit Amy wirst du inzwischen sicher wissen. Das Baby – ist das zu fassen, ein echtes Baby? – ist wahrscheinlich fast da, wenn ich mit meiner Schätzung, wie lange du brauchst, richtigliege. Zuerst habe ich falsch reagiert – auch das wirst du wissen. Ich hatte Angst, Vater zu werden, Angst, es nicht zu schaffen. Um ehrlich zu sein, habe ich immer noch ein bisschen Angst, die beiden zu enttäuschen. Ich habe es nicht darauf angelegt, aber ich glaube, ich weiß jetzt, dass die besten Geschenke im Leben manchmal die sind, die man nicht erwartet. Ich werde also zu Amy zurückgehen und für sie da sein – und für mein Kind. Ich werde die Zeit in Argentinien nutzen, um einen klaren Kopf zu bekommen und mit der richtigen Einstellung zurückzukehren, denn ich darf sie nicht noch einmal so enttäuschen. Ich will nicht, dass mich mein Kind, wenn es aufwächst, so sieht wie Sam seinen Vater.

Aber der Punkt ist, dass ich mich nicht von der Angst aufhalten lasse – oder zumindest versuche ich das. Wenn ich zurückkomme, werde ich Amy sagen, wie sehr ich sie liebe und wie sehr ich mich darauf freue, unser Baby kennenzulernen. Und wie leid es mir tut, dass ich ihr das nicht sofort gesagt habe. Ich liebe sie so sehr, und es war ein Fehler, einfach so wegzulaufen. Was ich ausdrücken will – (mehr schlecht als recht, ich weiß, normalerweise bin ich sprachgewandter) –, ist Folgendes: Lass dich von der Angst nicht ausbremsen.

PPS: Falls es ein Junge wird, was hältst du von dem Namen Elton? (War nur ein Scherz, aber ich mag den Namen Noah.)

Cassie starrte bewegt auf den Brief, hielt das Papier fest zwischen den Fingern. Zuerst konzentrierte sie sich auf den letzten Teil. Er hatte bei Amy einen Fehler gemacht. Das erleichterte sie sehr. Er hatte zu ihr zurückkehren wollen und war vor seinem Tod nicht mehr dazugekommen, es ihr zu sagen. Er hatte das Baby gewollt und wäre mit ihr zusammengeblieben. Er hätte sie nicht im Stich gelassen. Sam hatte recht gehabt.

Dann wandte sie sich dem Rest zu. Er wollte, dass sie ihren Job kündigte? Das war völlig verrückt. Sie blickte zu Josh hoch. »Er sagt, ich soll kündigen«, erklärte sie mit leicht heiserer Stimme.

Er schenkte ihr ein kleines Lächeln. »Ja.«

»Aber ... das kann ich nicht. Ich kann nicht einfach kündigen!«

»Warum nicht?«

Was war das für eine dumme Frage? Es gab jede Menge Gründe. Geld. Karriere. Sicherheit.

Josh schien das alles in ihrem Gesicht zu lesen. »Wenn du wolltest, könntest du woanders leicht einen Job wie diesen finden«, sagte er vernünftig. »Aber du hängst hier fest. Tom wusste das. Ich weiß es auch. Du bist brillant in deinem Job, aber es gefällt dir hier nicht.«

Cassie starrte ihn an. »Du gibst mir also das Geschenk nicht? Selbst nach ... alledem?« Sie alle hatten nichts gesagt – er, Linda, Hazel. Sie alle waren beteiligt. Und obwohl Tom nicht gewusst haben konnte, dass dies die letzte Schatzsuche sein würde, fühlte es sich irgendwie richtig an, dass ihre Freunde beteiligt waren. Dass sie die Hinweise für sich behalten und ihr damit noch ein ganz anderes Geschenk gemacht hatten, indem sie es ihr ermöglichten, selbst alles herauszufinden, ungeachtet aller Höhen und Tiefen.

»Ich glaube, Tom hätte es so gewollt«, sagte Josh sanft.

Cassie stand da, den Brief noch in der Hand, und ihre Gedanken überschlugen sich. Wieder stürmte Robert herein und sah sie mit finsterer Miene an. »Warum stehen Sie da noch herum? Haben Sie sich überhaupt schon eingeloggt?«

Sie betrachtete sein hässliches, verkniffenes Gesicht, den zurückweichenden Haaransatz. Und begriff, dass sie recht hatten. *Tom* hatte recht. Sie wollte nicht hier sein. Sie wollte ihr eigenes Ding machen. Sie hatte Angst. Aber das machte sie nicht zu einem Feigling – sie konnte ängstlich und mutig zugleich sein. Also straffte sie die Schultern und sagte, ehe sie es sich anders überlegen konnte: »Nein.«

Robert starrte sie an. »Wie bitte?«

»Nein. Ich habe mich nicht eingeloggt, weil …« Sie sah zu Josh, der aufmunternd nickte. »Weil ich kündige.« Dann wurde ihr klar, dass sie keine Ahnung hatte, wie man offiziell kündigte. »Ich kündige« klang zwar theoretisch gut, aber was kam dann? Man musste doch sicher offiziell kündigen? Ein Kündigungsschreiben aufsetzen? Und, Gott, sie dachte zu viel darüber nach – ihr Gehirn tat definitiv sein Bestes, um sie von dem Moment abzulenken.

»Ich kündige«, sagte sie erneut. »Und ich werde …« Was? Was sagte sie jetzt? »Tja, ich arbeite hier nicht länger.«

Roberts Gesicht wurde erst weiß, dann lief es vor Wut rot an, er spannte die Kiefermuskeln an, und seine Augen funkelten. Gleich würde er platzen, gleich würde er sie auffordern, sich davonzuscheren. Sie wusste, dass das alles ruinieren würde, denn es würde sie in Panik versetzen, deshalb schnappte sie sich ihre Tasche und rannte praktisch aus der Bürotür und die Treppe hinauf zum Empfangsbereich.

Sie hörte, dass Josh ihr folgte, und drehte sich zu ihm um. Er grinste. »Hier«, sagte er und drückte ihr einen Umschlag in die Hand. »Den hast du vergessen.« Er zwinkerte ihr zu, dann flitzte er zurück ins Büro, um sich Roberts Wut zu stellen.

Er sah aus wie die anderen Umschläge: klein und weiß. Ohne Nummer, aber mit einem kleinen Mann auf der Vorderseite, der einen Siegestanz aufführte. Aus dem Mund des kleinen Mannes kam eine Sprechblase.

Du hast es getan.

Sie atmete tief durch und trat aus dem Hotel auf den Bürgersteig. Ja. Sie hatte es getan. Sie hatte das Ende erreicht.

Sie öffnete den Umschlag, und als sie sah, was ihr Geschenk war, worauf Tom sie die ganze Zeit vorbereitet hatte, wäre sie fast in Ohnmacht gefallen.

Das Haus. In Wales. Tiffs Haus.

Tom wollte, dass sie es kaufte. Und er hatte ihr die Mittel dazu gegeben.

KAPITEL FÜNFUNDDREISSIG

Cassie stand neben Amy in dem kleinen Gästezimmer der Wohnung, das sie als Kinderzimmer eingerichtet hatte. Amys kleiner Junge schlief, die winzigen, pummeligen Hände zu Fäusten geballt. Hin und wieder zappelten die kleinen, speckigen Beinchen. Er hatte Toms Nase, stellte sie fest. Vielleicht würde er ihm als erwachsener Mann noch ähnlicher sehen, doch im Moment war das alles, was sie entdecken konnte. Dieser kleine Teil bewies ihr, dass etwas von Tom noch da war, direkt vor ihren Augen.

Während sie ihm beim Schlafen zusah, wischte sie sich eine Träne aus den Augen, und Amy legte einen Arm um sie. »Tut mir leid«, flüsterte Cassie, und Amy schüttelte den Kopf. Sie blieben noch einen Moment stehen, dann schlichen sie hinüber ins Wohnzimmer.

Cassie forderte Amy auf, sich zu setzen, und bereitete zwei Kräutertees zu, brachte sie zum Sofa und setzte sich neben sie. Momentan waren Amys Eltern nicht zu Hause, und sie waren allein, aber Amys Mutter wollte noch zwei Monate bleiben, um sie zu unterstützen. Trotz der Hilfe sah Amy müde aus: dunkle Schatten unter den Augen, das lockige Haar locker – ohne Stirnband – zu einem Dutt hochgesteckt, das Gesicht blass. Doch als sie Cassie anlächelte, wirkte es echt.

»Es tut mir leid, dass ich nicht öfter vorbeigekommen bin«, sagte Cassie.

Amy pustete in ihren Tee. »Sei nicht albern. Vorher war sowieso nicht viel mit mir anzufangen. Obwohl ich mich immer noch nicht normal fühle. Mum sagt immer, dass ich mich an ein neues Normal gewöhnen muss.«

»Ich wusste, dass deine Eltern hier waren«, erklärte Cassie, die weiterhin das Bedürfnis verspürte, sich zu rechtfertigen. »Und ich wollte nicht im Weg stehen oder stören oder was auch immer.«

»Sei nicht albern. Du bist seine Tante, du kannst gar nicht stören.«

Cassie spürte, wie ihre Augen ein wenig brannten, und trank einen Schluck Tee, um es zu überspielen. »Und – hast du dich jetzt endgültig für Albert entschieden? Ich glaube, das war dein Favorit, als wir letztes Mal gesprochen haben?«

Amy rümpfte die Nase. »Ach ja. Die Albert-Phase. Ich weiß nicht, was ich mir dabei gedacht habe. Das müssen die Hormone gewesen sein oder der Schlafmangel oder so.«

Cassies Lippen zuckten. »Also doch nicht Albert?« Sie musste sich eingestehen, dass sie darüber ein wenig erleichtert war.

»Nein. Ich liebäugele mit Leo, aber ich bin nicht ganz sicher. Es ist lächerlich, dass ich mich nicht entscheiden kann, ich weiß. Bald muss ich mich einmal festlegen, aber irgendwie scheint mir einfach kein Name richtig zu sein.«

»Wenn das so ist«, sagte Cassie langsam, »könnte man einen anderen Namen in Betracht ziehen.« Sie holte Toms Brief aus ihrer Handtasche und sah, wie Amy ihn stirnrunzelnd betrachtete. »Diesen Brief hat Tom mir geschrieben. Den habe ich bekommen, nachdem der letzte Hinweis gelöst war.« Sie hielt ihn ihr vorsichtig hin. »Ich finde, du solltest ihn lesen.« Sie wartete, während Amy las, und beobachtete, wie sich ihre Stirn zunehmend glättete und wie sie blinzelte, als sie die Worte in sich aufnahm. Beobachtete, wie sie bei der letzten Passage schluchzend Luft holte.

»Er wollte zurückkommen.«

Cassie nickte. »Das wollte er. Er hat dich geliebt, Amy.«

Amy begegnete Cassies Blick. »Danke, dass du ihn mir gezeigt hast.« Sie hielt ihr den Brief wieder hin, und Cassie wollte ihn nehmen, aber Amy hielt ihn fest. »Entschuldige«, sagte sie. »Ich weiß, es ist deiner, ich wollte nur …« Cassie löste vorsichtig Amys Finger und sah dann auf den Brief hinunter. Sie machte mit den Fingernägeln eine Falte, dann riss sie den PS-Teil ab und gab ihn Amy.

Amy senkte den Kopf und nahm ihn mit einem weiteren Schluchzen entgegen. »Danke«, flüsterte sie und holte zitternd Luft. »Noah also?«

»Bloß kein Druck«, sagte Cassie schnell. »Ich dachte nur … Ich dachte, du würdest es wissen wollen.«

»Ich glaube, der Name gefällt mir.«

Cassie lächelte. »Mir auch.«

Amy legte den Zettel in ihren Schoß, als könnte sie sich nicht überwinden, ihn wegzulegen. »So, Wales also?«

Cassie lachte etwas ungläubig. »Sieht so aus.«

Anscheinend hatte Tom im Dezember letzten Jahres mit Tiff gesprochen. Er hatte bereits über den Preis verhandelt und versprochen, sich im Laufe des nächsten Jahres wieder zu melden. Und dann, so Tiff, habe sie nichts mehr gehört. Natürlich nicht. Tiff hatte nicht gewusst, dass Cassie Toms Schwester war, und keine Verbindung zu dem Anrufer vom letzten Jahr hergestellt. Aber ja, es stand immer noch zum Verkauf, und ja, sie würde gern mit Cassie persönlich die Details besprechen.

Tom hatte seine Hälfte des Erbes auf ein Konto eingezahlt, das auf ihren Namen lief, sodass sie es nutzen konnte. Es sei eine

Investition, hatte er in seiner Nachricht erklärt. Er würde Teilhaber sein.

»Willst du das wirklich durchziehen? Einfach das Haus kaufen und London verlassen?«

»Ja.« Linda hatte sie überzeugt, hatte ihr erklärt, dass es ja nicht für immer sein müsse – nichts müsse für immer sein. Aber wenn sie es nicht versuchte, wie sollte sie es jemals erfahren? Es gab noch eine Menge Arbeit, es würde noch einige Zeit dauern, bis alles fertig war. Aber sie hatte Pläne – und jetzt hatte sie das Geld, um sich selbstständig zu machen, zusätzlich zu ihrem eigenen Geld aus der Erbschaft. Sie würde es versuchen. Falls sie scheiterte, war das in Ordnung. Aber sie würde es wagen. Sie wollte mutig sein.

Und deshalb musste sie noch eine andere Sache erledigen.

Sie stand vor der Wohnungstür, starrte auf die leicht abblätternde grüne Farbe und versuchte, den Mut aufzubringen zu klopfen. *Komm schon, Cassie.* Wenn sie ihren Job kündigen, ihr Leben in London ausgerechnet für Wales aufgeben und ein Unternehmen gründen konnte, dann konnte sie auch das hier. Denn Hazel hatte recht. Es war dumm, so zu tun, als hätte Sam keinen Platz in ihrem Herzen. Sie hatte versucht, ihn von dort zu verbannen. Und war gescheitert.

Von seiner Mutter hatte sie erfahren, wo er wohnte. Offenbar war er seit drei Monaten in London. Seit Cornwall. Sie waren den ganzen Sommer über in derselben Stadt gewesen und hatten sich nicht gesehen. Was angesichts der Größe Londons logisch schien, aber trotzdem kribbelte ihre Haut bei dem Gedanken, dass er die ganze Zeit hier gewesen war.

Sie hob die Hand und hielt inne. *Reiß dich verdammt noch mal zusammen, Cassie.* Sie klopfte.

Es dauerte fünf quälende Sekunden, bis die Tür geöffnet wurde. Und dann blieb Cassie vor Schreck das Herz stehen.

Vor ihr stand Jessica, eine Hand auf den Türrahmen gestützt. Sie schob sich das glänzende, kastanienbraune Haar aus dem Gesicht, und in diesem Moment kam Cassie sich neben ihrer großen, eleganten Gestalt klein und altbacken vor.

»Cassie!«, rief sie vielleicht etwas zu enthusiastisch und lächelte unsicher. »Wie geht es dir?«, fragte sie mit diesem melodischen irischen Akzent.

»Ich bin …« Aber sie wusste nicht, was sie sagen sollte. Sie waren wieder zusammen. Sie *wohnten* zusammen.

»Jess?«, rief Sam aus dem Inneren der Wohnung. Der Klang seiner Stimme hallte in Cassie wider. »Wer ist da?«

»Es ist …«

»Nein«, schnitt Cassie ihr schnell das Wort ab. Ihr wurde klar, wie dumm es gewesen war herzukommen. Wie dumm es gewesen war zu glauben, dass Sam nur auf sie warten würde.

Jessica runzelte die Stirn. »Willst du Sam nicht sehen?«

»Nein«, sagte Cassie erneut, und ihr war klar, wie lächerlich es wirken musste, dass sie hier vor Sams Tür stand und ihn dann nicht sehen wollte. »Nein, ist schon gut. Sorry, ich … ich muss gehen.« Sie wich einen Schritt zurück. Gott sei Dank. Gott sei Dank, dass Sam nicht an die Tür gekommen war, dass sie ihm keine dumme Liebeserklärung gemacht oder ihn gebeten hatte, nach Wales zu kommen oder etwas ähnlich Lächerliches.

»Okay.« Jessica schien verwirrt. »Soll ich ihm etwas ausrichten?«

»Nein, schon okay«, sagte Cassie und wandte sich bereits zum Gehen, sie wollte nur schnell hier weg. Wusste Jessica Bescheid? Hatte Sam ihr erzählt, was in Cornwall passiert war?

»Cassie?«, rief Jessica hinter ihr, und Cassie drehte sich um. Jessica lächelte, und in diesem Moment war es unmöglich, sie zu hassen, so gern Cassie das gewollt hätte, denn in diesem Lächeln lag jede Menge echter Herzlichkeit. »Du siehst richtig gut aus.« Sie zögerte, als wollte sie noch etwas sagen, schickte dann aber nur ein zweites Lächeln hinterher und schloss die Tür.

Cassie entfernte sich erhobenen Hauptes und drehte sich nicht um – nur für den Fall, dass jemand sie beobachtete. Natürlich. Natürlich war Sam zu Jessica zurückgekehrt – Herrgott, er hätte sie im März heiraten sollen. Und sie war wunderschön und klug und nett. Würden sie heiraten?, fragte sie sich kurz. Nach Toms Tod war Sam eindeutig etwas aus der Spur gewesen – genau wie sie –, aber stand das jetzt noch zur Debatte, wo er sich langsam wieder fing?

Hör auf damit, sagte sie sich. Es hatte keinen Sinn, weiter darüber nachzudenken, auch wenn ihr Magen krampfte, in ihrem Kopf alles durcheinanderwirbelte und in ihrer Kehle ein bitterer Geschmack aufstieg. Es war ihre Schuld, oder nicht? Sie hatte ihm vorgeworfen, er habe zu viel Angst, zu Jessica zurückzukehren – und jetzt hatte er genau das getan. Sie hatte ihn zu seiner Ex-Verlobten zurückgetrieben, weil sie nicht hatte zugeben wollen, dass auch sie ihn liebte.

Und jetzt war es zu spät.

Sie holte tief Luft und verdrängte das Gefühl. Sie hatte die Chance gehabt, es ihm ebenfalls zu gestehen und zu sehen, ob sich vielleicht doch etwas zwischen ihnen entwickelte. Sie hatte sie nicht ergriffen, und jetzt würde sie damit leben müssen.

Also würde sie nach Wales gehen und einen Weg finden, dieses schöne Haus mit Leben zu füllen. Tom zu ehren. Und sie würde Sam Malone und ihre Gefühle für ihn endgültig hinter sich lassen.

KAPITEL SECHSUNDDREISSIG

Auf dem Weg aus dem Bad blieb Sam auf der Treppe stehen und las auf seinem Handy die Antwort auf eine Nachricht, die er vor ein paar Tagen abgeschickt hatte.

Das wäre toll, ich würde dich gern sehen. Wie wäre es mit nächstem Donnerstag?

Er starrte auf die Nachricht seines Vaters. Diesmal hatte er den ersten Schritt gemacht und Kontakt zu ihm aufgenommen. Er erinnerte sich daran, was Cassie damals in Cornwall zu ihm gesagt hatte. Dass sie sich wünschte, sie hätte mehr Zeit mit ihren Eltern verbracht. Das war einer der Gründe, warum er sich bei ihm gemeldet hatte.

Toll, tippte er zurück. *Bis dann.*

Vielleicht würden sein Vater und er nie beste Freunde werden oder eine perfekte Vater-Sohn-Beziehung haben, abermöglicherweise könnten sie zumindest eine Beziehung aufbauen. Und vielleicht konnte er die Wut loswerden, die er mit sich herumtrug, so lange er denken konnte. Er konnte es zumindest versuchen.

Er steckte das Handy zurück in die Hosentasche und ging in die Küche der kleinen Einzimmerwohnung, die er in Peckham gemietet hatte. Jessica stand neben dem Wasserkocher und wartete darauf, dass das Wasser kochte. Wer auch immer an der Tür gewesen war, war offensichtlich wieder gegangen. Falsche Wohnung wahrscheinlich.

Jessica scrollte durch ihr Telefon, das kastanienbraune Haar fiel in Wellen um ihre Schultern, und in ihrem schicken Kleid sah sie selbst nach einem Bürotag immer noch makellos aus. Wie machte sie das nur? Er war sich sicher, dass er wie ein Wrack aussah nach einem Tag am Schreibtisch und dem anschließenden Kampf um einen Platz in der Jubilee Line, bevor er in die Hochbahn umstieg, die nicht ganz so überfüllt war. Jessica sah zu, wie er zwei Becher aus dem Schrank holte und automatisch in jeden einen Teebeutel gab, erst dann bemerkte er ihre hochgezogene Augenbraue.

»Ach so«, murmelte er und bückte sich, um eine eingestaubte Teekanne aus dem unteren Schrank zu holen, die schon ewig nicht mehr benutzt worden war. Jess mochte richtig zubereiteten Tee.

»Und?«, fragte sie, vielleicht ein bisschen zu fröhlich. »Wie war dein Tag?« Sie goss heißes Wasser in die Teekanne und trug sie zu dem kleinen Küchentisch, an den sie sich setzten und darauf warteten, dass der Tee zog.

Sam stöhnte und zuckte unbestimmt die Schultern. Er arbeitete wieder als Anwalt. Am Ende hatte er kapituliert, hauptsächlich, weil er nicht wusste, was er sonst tun sollte. Er arbeitete nicht mehr in Jessicas Kanzlei, aber ihr Vater hatte seinen Ruf offenbar nicht völlig ruinieren wollen, und so hatte er einen Job in einer anderen Kanzlei im Zentrum von London gefunden. Er war erst seit zwei Monaten dort, und der Alltag machte ihm schon jetzt zu schaffen.

»Und bei dir?«, fragte er, um das kurze, aber unangenehme Schweigen zu überbrücken. Sie waren befangen – doch was hatte er erwartet? Eigentlich hatte er es sich wesentlich schlimmer vorgestellt. Er hatte damit gerechnet, dass sie ihn anschreien würde, schließlich war es ihr erstes Treffen, seit er sie verlassen hatte. Deshalb hatte er sie zu sich nach Hause eingeladen, statt sich mit ihr in der Öffentlichkeit zu treffen – damit sie ihn anschreien konnte, wenn sie das wollte, ohne sich Gedanken darüber machen zu müssen, was die Leute dachten. Und auch, damit er sich keine Gedanken machen musste, dass andere erfuhren, wie mies er sich verhalten hatte. Aber sie war höflich, ruhig. Jess war stets beherrscht gewesen – wahrscheinlich war sie deshalb so gut in ihrem Job –, aber jetzt schien sie auf eine Art gefestigt zu sein, die ihm nie zuvor an ihr aufgefallen war.

»Ach, nicht anders.« Sie machte eine wegwerfende Handbewegung.

Aber sie liebte ihre Arbeit, das wusste Sam. Sie hatte sie immer geliebt, und er zweifelte nicht daran, dass sie eines Tages die Nachfolge ihres Vaters am Kopf der Kanzlei antreten würde.

»Also«, sagte Jessica, und das Wort klang bedeutungsvoll.

»Also.«

Sie lachte. »O Gott. Ich hatte nicht erwartet, dass es so peinlich wird.«

Sam lächelte schief, sagte aber nichts. Denn *er* hatte es durchaus erwartet – aber schließlich hatte er sie verlassen, nicht umgekehrt. Sams Handy vibrierte, und dankbar für die Ablenkung holte er es aus der Hosentasche, während Jessica ihm Tee einschenkte. Sofort schlug sein Herz schneller, so wie in letzter Zeit immer, wenn er Nachrichten erhielt.

Es war dumm zu glauben, dass die Nachricht von Cassie sein könnte. Warum sollte sie ihm plötzlich eine Nachricht schicken? Das hatte sie noch nie getan. Aber irgendwie schien er immer noch darauf zu hoffen, dass sie sich meldete. Andererseits war es vielleicht besser, dass sie es nicht tat. Vielleicht war es besser, nicht mehr daran zu rühren, was zwischen ihnen war.

Er öffnete eine Nachricht von Sheila und stutzte, denn seit er New York verlassen hatte, hatten sie kaum noch Kontakt gehabt.

Hallo Sammy. Jemand hat mir das geschickt, ich leite es weiter, falls es dich interessiert. X

In der Nachricht befand sich ein Link, und als Sam ihn anklickte, öffnete sich eine Stellenanzeige für einen Job als Klettertrainer. Es war eine befristete Sache, zwei Monate im Herbst. Unterrichten, Workshops leiten, so etwas in der Art. Die Bezahlung war unterirdisch. Und es war in Wales, mitten in der Pampa. Das konnte er nicht machen. Es wäre unverantwortlich, schließlich kam er gerade erst wieder auf die Beine.

Jessica blickte auf sein Handy. »Was ist das?«

»Es ist …« Er sah zu ihr hoch und legte das Telefon beiseite. »Es geht um einen Kletterjob. Jemand aus New York hat mir was geschickt, falls ich Interesse habe. Hab ich aber nicht«, fügte er schnell hinzu, weil er das unbestimmte Gefühl hatte, es ihr erklären zu müssen.

Sie sah ihm auf ihre direkte Art in die Augen. »Warum nicht?«

Er rieb sich mit der Hand über den Nacken. »Ich weiß nicht. Weil es albern ist. Ein Job für einen Zwanzigjährigen, nicht für jemanden, der schon ein paar Stufen der Karriereleiter erklommen haben sollte.«

»Aber du bist die Karriereleiter schon zur Hälfte hinaufgestiegen. Und findest es schrecklich.«

Er setzte eine abwehrende Miene auf. »Dann wäre ich wie mein Vater«, sagte er leise. »Er springt von einem kurzfristigen Job zum nächsten. Das ist flatterhaft.«

»Das muss es nicht sein, nicht, wenn es etwas ist, das dir etwas bedeutet, das dir am Herzen liegt. Hat es dir Spaß gemacht?«

»Ja. Ich glaube schon.« Es war auf jeden Fall besser, als in einem Büro zu sitzen.

»Na, dann.« Sie schenkte ihm ein kleines Lächeln, und er wusste, dass damit der Small Talk zu Ende war.

»Es tut mir so leid, Jessica.«

»Das hast du schon gesagt«, erwiderte sie ironisch. Und das hatte er, schriftlich, aber immerhin …

»Ich meine es ernst«, sagte er. »Ich hätte dich nicht so verletzen dürfen. Wenn ich könnte, würde ich es rückgängig machen.«

Sie nickte langsam. »Würdest du es durchziehen, wenn du es noch einmal könntest? Die Hochzeit«, stellte sie klar, als er sie anstarrte.

»Ich …« Er schluckte. »Ich würde es anders machen.« Das war nicht die ganze Wahrheit. Er wusste jetzt, was er schon damals gewusst hatte: Es wäre nicht richtig gewesen, Jessica zu heiraten. Doch das laut auszusprechen, kam ihm herzlos vor, und er wollte sie nicht noch mehr verletzen, als er es bereits getan hatte.

Sie nickte erneut, während sie seine Worte sacken ließ. Dann nahm sie ihren Becher in die Hand und trank einen Schluck Tee. »Ich war so wütend«, sagte sie. Und für einen Moment verschwand der ruhige Ausdruck aus ihrem Gesicht, und ihre Augen funkelten. »Gott, wenn du das gesehen hättest. Ich habe auf die Hochzeitstorte eingeschlagen.« Sie lachte leise, obwohl es nicht lustig war.

»Es tut mir leid«, sagte er noch einmal und wünschte, ihm würde etwas Besseres einfallen. Aber nichts konnte wiedergutmachen, was er ihr angetan hatte.

Sie setzte ihren Tee ab. »Das weiß ich.« Sie strich sich mit der Hand durch die Locken, dann schüttelte sie ihr glänzendes, kastanienbraunes Haar. »Und ich weiß auch, dass ich dich zu sehr gedrängt habe. Nach Toms Tod, als du zusammengebrochen bist, wusste ich mir nicht anders zu helfen, als weiterzumachen und so zu tun, als wäre alles in Ordnung.« *Als du zusammengebrochen bist*. So musste man es wohl nennen. Sie zog die Schultern hoch. »Also, auch mir tut einiges leid. Ich sage nicht, dass es meine Schuld ist«, sagte sie. »Ganz und gar nicht. Aber es war nicht richtig, an dem Hochzeitstermin festzuhalten, und das hätte ich mir früher eingestehen müssen. Ich hätte für dich da sein müssen, statt nur daran zu denken, was ich wollte.«

Gott, sie war wirklich etwas Besonderes. Wie viele Menschen konnten so ruhig und vernünftig bleiben, nachdem sie am Altar stehen gelassen worden waren?

»Eine Zeit lang habe ich gedacht, dass wir wieder zusammenkommen sollten«, fuhr sie fort und starrte in ihren Tee. Ihm wurde mulmig, aber er sagte nichts und ließ sie weiterreden. *Um es abzuschließen*, hatte sie gesagt, als sie ihn um ein Treffen gebeten hatte. Sie wollte es abschließen. Das Mindeste, was er tun konnte, war, ihr zuzuhören. »Nachdem ich nicht mehr wütend war, meine ich.« Sie schnitt eine Grimasse. »Na ja, zumindest nicht mehr ganz so wütend.« Sie blickte von ihrem Tee auf. »Aber inzwischen hatte ich etwas Zeit zum Nachdenken, und ich …« Sie atmete tief ein und aus. »Ich glaube, wir haben eigentlich nicht zusammengepasst. Ich war nicht die Richtige für dich.« Genau das hatte er zu Cassie gesagt – oder zumindest so etwas Ähnliches, als sie ihm vorgeworfen hatte, die Sache mit Jessica nicht geklärt zu haben.

Jessica legte den Kopf schief und sah ihn aus ihrem wunderschön geschnittenen Gesicht mit den hohen Wangenknochen an. »Ich glaube … ich glaube, ich habe versucht, dich zu dem zu machen, den ich haben wollte.«

»Und ich war nicht der, den du wolltest?«

Sie lachte, und es klang echt. »Das Problem ist meiner Meinung nach, dass du genauso versucht hast, diesem Bild zu entsprechen. Selbst jetzt noch …« Sie sah ihm in die Augen. »Ich liebe meine Arbeit, und ich möchte in London bleiben, in der Kanzlei meines Vaters. Und du?«

»Ich will nicht …« Er konnte den Satz nicht zu Ende führen. Er konnte nicht aussprechen, dass die Zukunftsvision, die sie gerade in seinem Kopf heraufbeschworen hatte, ihn dermaßen erdrückte, dass er kaum noch Luft bekam. Sie nickte, und er wusste, dass er es nicht aussprechen musste. Sie verstand es auch so.

»Ich hatte gehofft, dass ich dir auf Dauer genügen würde, dass ich dich halten könnte, aber mit der Zeit – und vielleicht, okay, ein bisschen Therapie …«, sie schenkte ihm ein Grinsen, das er nach Kräften erwiderte, »… habe ich begriffen, dass das keinem von uns gerecht würde. Du hast mich nicht geliebt – nicht so, wie ich es brauche.«

»Du hast etwas Besseres verdient«, sagte er leise. »Ich war nicht gut genug für dich.«

Sie streckte die Hand über den Tisch und legte sie auf seine. »Es lag nicht nur an dir. Ich glaube, ich habe dich auch nicht so geliebt, wie du es verdienst. Denn dann hätte ich dich nicht so unter Druck gesetzt. Ich hätte gesehen, was du brauchst. Ich dachte … Ich dachte, ich hätte das mit Tom verstanden, aber in Wirklichkeit wollte ich es nur so machen, wie ich es für richtig hielt, so wie ich es haben wollte, und ich …« Sie schüttelte den Kopf und ließ den Satz unvollendet. »Du bist ein guter Mensch, ob du das glaubst oder nicht, und du verdienst es, glücklich zu sein. Und ich … ich hätte dich nicht glücklich machen können.« Sie hielt inne, dann sagte sie: »Und dieses Leben wird dich auch nicht glücklich machen.«

Er schwieg und fragte sich kurz, was wohl passiert wäre, wenn Tom noch gelebt hätte. Hätte er sie dann geheiratet?

Hätte Tom ihn überzeugt, zum Altar zu gehen und auf dem einmal eingeschlagenen Weg zu bleiben? Oder hätte er ihm vor dem Hochzeitstermin klargemacht, dass es nicht richtig war? Tom hatte nie jemanden zu etwas gedrängt, also hätte er vielleicht nur dann etwas gesagt, wenn sich abgezeichnet hätte, dass Sam nicht glücklich war. Doch nun fiel ihm wieder ein, wie er Tom von seiner Verlobung mit Jessica erzählt hatte. Nachdenklich erinnerte er sich an Toms Gesicht.

Wenn du glücklich bist, bin ich es auch.

Mehr hatte er nicht gesagt, aber jetzt fragte sich Sam, ob Tom schon damals gewusst hatte, dass es nicht richtig war.

Er zog seine Hand unter Jessicas hervor und strich ihr mit einer liebevollen Geste das Haar hinters Ohr. »Es tut mir leid. Ich wünschte, es wäre anders. Ich wünschte, ich hätte dir geben können, was du brauchst. Ich wünschte ...« Er brach ab. *Ich wünschte, ich könnte dich lieben*, klang etwas hart, oder? Auch wenn er in gewisser Weise wusste, dass er Jessica nie genug geliebt hatte, nie so, dass es wehtat. Er hatte sie nie so geliebt, wie er Cassie liebte.

»Du weißt, was mein Vater sagt«, bemerkte sie ironisch. »Von Wünschen wird man nicht reich.«

Er schnaubte und lachte. »Stimmt. Obwohl das, ehrlich gesagt, keine tolle Redensart ist.« Er seufzte. »Ich weiß nicht, wie du es überhaupt schaffst, mir zu verzeihen.«

Sie runzelte die Stirn. »Wer sagt, dass ich dir ganz verziehen habe?« Sie lachte, als er das Gesicht verzog. »Ich schätze, zu fünfzig Prozent, mehr kannst du nicht erwarten.«

»Die nehme ich«, sagte Sam sofort, und Jessica grinste.

Dann wurde ihre Miene ernst. »Wie schon gesagt ...«, fuhr sie fort, »... ich hatte meine eigene Vorstellung von diesem Tag, und ich habe keine Rücksicht darauf genommen, dass du gerade deinen besten Freund verloren hattest, dass du getrauert und mit deinen eigenen Dämonen gekämpft hast. Wir waren wohl beide egoistisch.« Sie zog die Nase kraus. »Aber ich rate dir, so was nicht noch einmal jemandem anzutun – am Altar stehen gelassen zu werden, ist beschissen.« Sie gab ihm einen Klaps auf den Arm, und er lachte, doch es klang müde.

»Verstanden.« Er stand auf, weil es ihm plötzlich merkwürdig vorkam, weiter so mit ihr zusammenzusitzen. »Kommst du klar?«

»Ja, ich denke schon.« Sie stand ebenfalls auf, und sie gingen zur Wohnungstür. »Und du?«

»Ja«, sagte er. Irgendwie würde er das, er würde es schon irgendwie hinkriegen.

»Denk darüber nach, was ich gesagt habe, okay?«

Er sah sie fragend an.

»Wegen des Kletterjobs. Weil, na ja, einem Traum zu folgen, einer Leidenschaft … etwas zu tun, das einem Spaß macht, das ist nicht flatterhaft, Sam. Auf etwas zuzulaufen, ist etwas anderes, als vor etwas wegzulaufen, stimmt's?«

»Seit wann bist du so klug?«

Sie verdrehte die Augen. »Ich war schon immer klug.« Sie öffnete die Wohnungstür, trat nach draußen und drehte sich noch mal zu ihm um. »Sam?«

»Ja?«

»Das war Cassie, vorhin an der Tür.« Sein Herz setzte aus. Blieb buchstäblich stehen – und allein der Klang ihres Namens ging wie ein Ruck durch seinen Körper. Jessicas Lippen verzogen sich zu einem sanften, verständnisvollen Lächeln. Als ob sie es irgendwie ahnte, obwohl er nie etwas zu ihr gesagt hatte. »Ich dachte nur, das solltest du wissen.«

KAPITEL SIEBENUNDDREISSIG

Sam schickte seinem Vater eine kurze Nachricht, dass er sich vielleicht etwas verspäten würde und er sich unter Umständen auf maximal dreißig Minuten Wartezeit einstellen müsste. Er steckte das Handy in die Tasche, ließ die Schultern kreisen, um die Anspannung zu lösen, und blickte zum Wohnzimmerfenster von Cassie und Hazel hoch.

Er streckte den Arm aus, drückte die Klingel und wurde eingelassen. Während er die Treppe hinaufstieg, versuchte er, nicht darüber nachzudenken, was er sagen sollte. Das würde ihn nur wieder verwirren. Nachdem er von Jessica erfahren hatte, dass Cassie bei ihm an der Tür gewesen war, hatte es noch ganze fünf Tage gedauert, bis er den Mut aufbrachte, hierherzukommen. Und jetzt wollte er keinen Rückzieher machen.

Hazel öffnete die Tür und runzelte die Stirn. »Du bist nicht der Lieferservice.«

»Äh, nein.«

Sie sah ihn einen Moment lang mit ihren klaren, grünen Augen an, dann trat sie zur Seite. »Na, immer hereinspaziert, Malone.« Sie schloss die Tür hinter ihm und umarmte ihn. Hazel war so unkompliziert, so locker.

»Also«, sagte sie. »Kommst du zu einem Mädelsabend? Ich habe für Notfälle ein paar Gesichtsmasken auf Lager, falls dir danach ist.«

»Äh …« Er sah sich in der Wohnung um und ließ den Blick

zu Cassies Tür wandern. Er war noch nie in ihrem Zimmer gewesen, aber er hatte sie herauskommen sehen, wenn Tom und er auf sie gewartet hatten.

Hazel ging in die kleine Wohnküche, und er folgte ihr. »Cassie ist nicht da.« Sie nahm eine Flasche Rotwein vom Tresen, schenkte zwei Gläser ein und reichte ihm eins, ohne zu fragen. »Der ist aus Bordeaux«, fügte sie hinzu.

Reflexartig nahm er das Glas entgegen. »Wann kommt sie zurück?« Und wäre es seltsam, auf unbestimmte Zeit auf sie zu warten? Warum hatte er daran nicht vorher gedacht?

»Sie ist in Wales«, erwiderte Hazel ohne Umschweife. »Sie ist gestern abgereist.«

»Sie ist in …« Es traf ihn wie ein Schlag. »Das Haus.« Er erinnerte sich, dass Tom Ende letzten Jahres etwas davon erzählt hatte. Er kannte nicht alle Einzelheiten, aber er erinnerte sich, dass die Schatzsuche dorthin geführt hatte. Zu einem Haus in Wales, mit dem Cassie sich selbstständig machen konnte.

Das bedeutete … »Sie hat die Schatzsuche also beendet?«

Hazel lächelte und nickte. »Das hat sie.«

War Cassie zu ihm gekommen, um ihm das zu erzählen, nachdem er ihr vorgeworfen hatte, sie habe zu viel Angst, sie zu beenden? Es war nicht fair von ihm gewesen, ihr das ins Gesicht zu sagen. Und eigentlich hatte er es auch nicht wirklich gedacht. Er hatte nur gewollt, dass sie sich ihre Gefühle für ihn eingestand, denn er wusste, dass diese Cassie im Gegensatz zu dem zwanzigjährigen Mädchen, das sich seiner Gefühle für ihn so sicher gewesen war, zu viel Angst davor hatte.

»Und sie ist weg? Schon?« Hazel nickte. Himmel, so viel zum Thema Mut.

»Sie hat also ihren Job gekündigt und alles?« Einen Moment lang wünschte er, Hazel würde sagen, dass sie nur nach Wales gefahren sei, um die Gegend zu erkunden. Dann hatte er sofort ein schlechtes Gewissen. Er wünschte es Cassie. Auch wenn sie dann nicht hier in seiner Nähe wäre.

»Genau.«

»Wow.«

»Ich weiß. Unser Mädchen hat Mumm.« *Unser Mädchen*. Wollte sie damit irgendetwas andeuten? Wie auch immer, es versetzte ihm einen weiteren Stich.

»Ja«, murmelte er. »Ja, das hat sie.« Sie war also tatsächlich weggegangen. Dann war sie vielleicht nur zu ihm gekommen, um sich zu verabschieden.

»Wie lange bleibt sie dort?«

»Das weiß ich nicht. Wenn alles glatt läuft, wohl für immer.« *Für immer*. Sie war weg, für immer.

Er trank noch einen Schluck Wein, plötzlich hatte er das Gefühl, ihn zu brauchen. »Wie geht es ihr?«, fragte er, und Hazel lächelte.

»Gut, denke ich. Ich werde sie – und das Haus – nächste Woche besuchen.« Sie zögerte. »Du könntest mitkommen, weißt du.«

Könnte er das? Einfach so auftauchen, mit Hazel, einfach so? »Ich …« Er räusperte sich. »Danke. Ich denke darüber nach«, log er. Jetzt kam es ihm lächerlich vor, dass er überhaupt hergekommen war. Schließlich hatte *sie ihn* verlassen. Sie hatte ihm deutlich zu verstehen gegeben, dass sie nicht dasselbe empfand – oder nicht dasselbe empfinden wollte. Sie hatte ihn in Cornwall stehen lassen – und dann noch einmal, als sie zu seiner Wohnung gekommen war. Es war dumm von ihm, sich an die Hoffnung zu klammern. Sie tat, was richtig für sie war, und das machte ihn stolz auf sie. Vielleicht musste er jetzt auch das tun, was für ihn richtig war.

»Danke, Hazel.« Er stellte das Glas mit dem restlichen Wein auf die Arbeitsplatte. »Ich, ähm, gehe jetzt besser.«

»In Ordnung.« Sie umarmte ihn kurz und fest und trat einen Schritt zurück. »Ich drücke dir nach wie vor die Daumen, mach dir keine Sorgen.«

»Häh?«

Sie lächelte. »Du weißt, was ich meine.« Er spürte dieses Kribbeln im Bauch. Weil sie damit vielleicht andeuten wollte, dass sie alles wusste – außerdem hatte ihr Cassie wahrscheinlich alles erzählt. »Weißt du, manchmal kannst du ein ganz schöner Idiot sein, aber ich habe dich immer gemocht.«

Sam schnaubte leise über das halbe Kompliment, dann seufzte er.

»Im Gegensatz zu ihr«, sagte er, ohne darüber nachzudenken.

Doch Hazel grinste nur. »Na, hör mal, du weißt doch, dass das nicht stimmt.«

Aber das wusste er nicht, oder? Das war ja das Problem. Er konnte nicht trennen, was sie ihm vermittelt und was sie gesagt hatte.

Er ging die zwei Stockwerke hinunter und trat wieder in die Herbstkälte hinaus. Ein voll besetzter Bus fuhr an ihm vorbei. Dann zückte er sein Handy, öffnete die Nachricht von Sheila und starrte darauf. Und mit einem undefinierbaren Bauchgefühl klickte er auf den Link.

DREI MONATE SPÄTER

KAPITEL ACHTUNDDREISSIG

Sams Atem bildete in der kalten Luft Wölkchen und verband sich mit dem Grau um ihn herum, als er über den Friedhof neben der Kirche ging. Der Himmel war bedeckt und sah bedrohlich nach Regen aus – oder nach Schnee, wenn man den Optimisten im Radio glauben konnte. Er ging an den alten, verwitterten Grabsteinen vorbei, den Toten, die längst in Vergessenheit geraten waren, und schlug den Weg zum neueren Teil des Friedhofs ein, wobei das feuchte Gras seine Schuhe durchnässte.

Da es die Weihnachtswoche war, stand vor der Kirche ein mit weißen Lichterketten bescheiden geschmückter Weihnachtsbaum, und auf einigen Grabsteinen lagen Kränze von liebenden Menschen. Als er nur noch ein paar Schritte von Toms Grab entfernt war, sah er, dass dort kein Kranz lag. Hätte er einen mitbringen sollen? Nein, dachte er, Tom hätte sich nicht darum geschert. Er bezweifelte auch, dass ihm die Blumen etwas bedeutet hätten, aber er hatte nicht mit leeren Händen kommen wollen.

An dem Grab legte er den Strauß ab, den er aus dem örtlichen Blumenladen mitgebracht hatte. Auf Empfehlung der Floristin hatte er etwas Helles, aber nicht zu Auffälliges genommen. Es gab ein Metallgefäß, doch in dem standen bereits Blumen, offenbar hatte kürzlich jemand das Grab besucht. Also legte er seine daneben auf den Stein. Sein Blick wanderte zu Toms

Namen, Gold auf orange-schwarzem Granit. Ihm wurde klar, dass Cassie ihn ausgesucht haben musste – sie war die nächste Angehörige. Und es passte zu Tom. Er war hell und fiel auf, so wie Tom es im Leben getan hatte.

Sein Tod lag jetzt ein Jahr zurück. Genau ein Jahr. Einerseits fühlte es sich an, als wäre so gut wie keine Zeit vergangen, als wäre es vielleicht gar nicht passiert, und andererseits, als wäre unfassbar viel Zeit vergangen, Zeit, in der er unter der Abwesenheit seines besten Freundes gelitten hatte.

Seit der Beerdigung war er nicht mehr am Grab gewesen. Er hatte stets Ausreden gehabt – die Hochzeitsvorbereitungen, die Aufenthalte in New York und London und dann der Kletterjob in Wales. Aber in Wirklichkeit hatte er es einfach nicht geschafft.

»Es tut mir leid«, sagte er leise und stützte eine Hand auf den kalten Granit. »Es war schwer, ohne dich zurechtzukommen. Und ich vermisse dich.« Er atmete aus und beobachtete, wie sein Atem in der Luft schwebte, bevor er sich auflöste. »Gott, ich vermisse dich. Wales würde dir gefallen. Ich weiß, es klingt langweilig, oder? Aber eigentlich ist es cool und irgendwie schön. Und es macht Spaß, die Kids zu unterrichten. Sie für mich zu gewinnen, obwohl manche mich eigentlich hassen wollen, weil ihre Eltern sie dorthin geschickt haben oder weil sie cool sein wollen. Du hättest das super gekonnt.«

Er würde jetzt zurück nach Wales fahren: Er hatte beschlossen, dorthin zu ziehen und zu sehen, wie es lief. Er war nur gekommen, um etwas Zeit mit seiner Mutter zu verbringen, aber fürs Erste wollte er in Wales bleiben. Und obwohl er als Klettertrainer improvisieren musste, war der Manager des Camps von ihm beeindruckt gewesen und hatte ihn gebeten zu bleiben. Sam konnte sich vorstellen, eines Tages selbst so etwas auf die

Beine zu stellen. Vielleicht eine Wohltätigkeitsorganisation zu gründen, mit benachteiligten Kindern zu arbeiten und ihnen eine Chance zu geben, rauszukommen und sich zu bewegen. In diesem Bereich musste er noch viel lernen, aber er glaubte, dass er es schaffen konnte.

Er hatte ein kleines Cottage in Snowdonia gefunden, das nah am Strand, aber auch nicht weit von den Bergen lag. Das Landleben gefiel ihm besser als gedacht, denn als Teenager hatte es ihn immer in die Stadt gezogen. Aber zum ersten Mal seit langer Zeit hatte er das Gefühl, richtig durchatmen zu können. Ein bisschen so wie damals, als er mit Cassie in Cornwall gewesen war.

»Cassie geht es auch gut«, flüsterte er Tom zu und hatte das Gefühl, seinen Freund beruhigen zu müssen. »Aber das weißt du wahrscheinlich. Sie war bestimmt schon hier, oder?« Vielleicht sogar heute, überlegte er. Würde sie ihn an seinem Todestag besuchen? »Falls nicht, sei nicht zu hart zu ihr. Ich glaube, dein Tod hat sie verdammt fertiggemacht. Sie hat dich so sehr geliebt. Aber sie ist zäher, als sie aussieht, und ich glaube, ich glaube wirklich, dass sie es schafft. Ich …« Seine Kehle schnürte sich zu. Es fühlte sich seltsam an, so über sie zu reden, fast, als würde er Tom irgendwie anlügen. Was hätte er wohl dazu gesagt, dass Sam so für sie empfand? Dass er diese Gefühle nicht abschalten konnte. »Ich kann nur versprechen, dass ich ihr nicht wehtun werde. Deshalb habe ich sie in Ruhe gelassen, okay? Ich werde das klären, aber es wird ihr gut gehen«, sagte er mit fester Stimme und klopfte dann auf den Grabstein, so wie er Tom auf den Rücken geklopft hätte.

Er drehte sich um und griff nach zwei weiteren Blumensträußen. Kleiner, aber auch schön. Die hatte er für Toms und Cassies Eltern mitgebracht, die direkt neben ihrem Sohn beigesetzt waren. Er erinnerte sich, dass er einmal mit den beiden an

Muttertag hier gewesen war. Cassie hatte in der Schule eine Karte für ihre Mutter gebastelt, und sie hatten sie in eine Plastikhülle gesteckt, um sie vor dem Regen zu schützen, und auf das Grab gelegt. Dann hatten Tom und Sam rechts und links neben Cassie gestanden, und jeder hatte sie an einer Hand gehalten. Eigentlich waren sie noch zu jung gewesen, um zu wissen, was sie tun oder sagen sollten, aber sie hatten in großer Verbundenheit geschwiegen und Cassies Zeichnung betrachtet.

Anschließend war Sam zu seiner Mutter nach Hause gegangen, hatte sie umarmt und war bei ihr geblieben, während sie kochte. Und sie hatte ihn in Ruhe gelassen und vor sich hin gesungen, während sie Spaghetti Bolognese kochte, als hätte sie gespürt, dass er nicht reden, sondern einfach nur bei ihr sein wollte.

Er hatte die beiden immer dafür bewundert, dass sie damit fertiggeworden waren, ohne ihre Eltern aufzuwachsen. Dann hatte Cassie auch noch Tom verloren. Und trotzdem hatte sie das Jahr überstanden, hatte sogar ihren Job gekündigt und war an einen völlig neuen Ort gezogen. Mein Gott, wie stark musste man sein, um das zu überstehen und trotzdem weiterzukämpfen? Bei diesem Gedanken vermisste er sie mehr als je zuvor. Es tat geradezu körperlich weh, wenn er sich vorstellte, dass sie da draußen war und ihr Leben fern von ihm lebte.

»Bis bald, Alter«, flüsterte er mit belegter Stimme und strich über Toms Grabstein. Der Kloß in seinem Hals schmerzte und wollte einfach nicht weggehen, egal, wie oft er schluckte. Und das war in Ordnung. Es war in Ordnung, dass ihm zum Heulen zumute war. Denn es war ein Beweis dafür, dass Tom ihm etwas bedeutet hatte. Dass er nicht vergessen wurde.

Er atmete tief ein, schüttelte sich und ging über den Friedhof zurück, vorbei an dem Weihnachtsbaum vor der Kirche und über den Kiesweg zum Parkplatz. Unterwegs nickte er jemandem zu, der ebenfalls mit Blumen in der Hand das Grab eines geliebten Menschen besuchte.

Als er den Parkplatz erreichte, hielt er den Schlüssel hoch, um sein Auto zu entriegeln, bevor er plötzlich abrupt stehen blieb.

Dort war sein Vater, er stieg aus dem Wagen und schlug die Tür hinter sich zu. Sie hatten sich einmal in London getroffen, was peinlich und unangenehm gewesen war. Aber sie hatten ein bisschen geredet – nur Small Talk, nichts Ernstes –, und vor allem hatten sie sich nicht angeschrien. Sein Vater hatte versprochen, sich öfter zu melden, aber Sam war skeptisch geblieben. Er war zu viele Jahre lang enttäuscht worden, ein einziger Drink konnte das nicht ausbügeln. Und doch war er jetzt hier.

»Was machst du hier?« Es klang ein bisschen schroffer als beabsichtigt.

Sein Vater räusperte sich. »Deine Mutter meinte, ich könnte dich hier finden. Sie sagte, du wärst auf dem Weg zurück nach Wales, würdest aber vorher hier haltmachen.«

Sam steckte die Hände in die Hosentaschen, weil er nicht wusste, was er sonst damit tun sollte. »Nun, ja«, sagte er. Denn es stimmte, das musste er zugeben.

»Du verbringst Weihnachten in Wales?« Eindeutig der Versuch, etwas Unverbindliches zu sagen.

»Ja.« Es hatte sich richtig angefühlt, weil das letzte Weihnachten hier so von Trauer überschattet gewesen war. Er lief nicht weg, sondern erinnerte sich an Jessicas Worte: Auf etwas zuzulaufen, war nicht dasselbe, wie vor etwas wegzulaufen. Und so schien es folgerichtig zu sein, Weihnachten und Silvester dieses Jahr dort zu verbringen, wo er etwas Neues anfing, einen neuen Weg einschlug, wie seine Mutter sagen würde. Sie hatte es verstanden. Außerdem wollten Linda und sie Silvester mit Claire in Bordeaux verbringen. Linda schien fest entschlossen, dort einen kleinen Freundeskreis aufzubauen. Warum gerade jetzt? Das wusste er nicht. Vielleicht hatte es mit Tom zu tun. Vielleicht hatte am Ende alles mit Tom zu tun. Von Cassie hatte seine Mutter nichts gesagt, also nahm er an, dass sie nicht mitfuhr, aber er hatte keine Ahnung, was sie über Weihnachten und Silvester vorhatte.

Sein Vater sah ihn unverwandt an und trat von einem Fuß auf den anderen. »Ich wollte dich nur fragen, ob du Lust auf einen Kaffee hast, bevor du fährst.«

Sam zögerte, dann zuckte er mit den Schultern. Wenn sich etwas ändern sollte, mussten sie schließlich beide aufeinander zugehen. »Ja. In Ordnung.«

Er ging zu seinem Auto und nahm an, dass sein Vater ihm in seinem eigenen Wagen folgen würde. »Sam, warte.« Er drehte sich um, sein Vater hatte sich nicht von der Stelle bewegt. »Ich hätte früher mehr für dich da sein sollen«, platzte es aus ihm heraus.

Sam zog die Augenbrauen hoch. »Ja«, stimmte er zu. »Das hättest du wohl.«

Sein Vater warf ihm einen leicht verlegenen Blick zu. »Deine Mutter hat gesagt, ich soll ehrlich sein.«

»Ach, ja?«

Sein Vater senkte den Blick. »Ich habe eigentlich nie gefunden, wonach ich gesucht habe. Oder wenn ich es gefunden hatte, habe ich nicht hart genug darum gekämpft, es zu behalten.« Er sah auf. »Ich habe deine Mutter wirklich geliebt. Aber dann bekamen wir dich, und ich …« Er schüttelte den Kopf. »Ich hatte Angst, dass ich es versaue. Ein Kind, die große Verantwortung, all das.«

Sam verzog das Gesicht. Eine große Verantwortung, ja. Er hätte sich ihr stellen sollen. Aber dann dachte er an Tom. Daran, wie Tom in Panik geraten war, nachdem er von Amys Schwangerschaft erfahren hatte. Dass er sich nicht sicher gewesen war, ob er schon bereit war, Vater zu werden. Sam glaubte, dass er sich irgendwann damit arrangiert hätte. Er war sich da nahezu sicher. Aber trotzdem hatte Tom, der beste Mensch, den er kannte, bei dem Gedanken daran Panik bekommen und die Flucht ergriffen. Es war einfacher, Verständnis zu haben, wenn es der beste Freund war und nicht der eigene Vater. Aber trotzdem.

»Es war besser«, fuhr sein Vater fort, »gar kein Vater zu sein, als ein schlechter. Und dann, nun ja, hatte ich Angst, zurückzukommen, weil du zu jemandem herangewachsen warst, den ich nicht kannte. Und ich hatte Angst, dich irgendwann im Stich zu lassen, wenn ich bleibe.«

Sam nickte langsam, er wusste nicht, was er zu all dem sagen sollte. Schließlich fehlte ihnen die Übung mit solchen Gesprächen.

Sein Vater holte tief Luft. »Es tut mir leid, in Ordnung? Das heißt nicht, dass ich mich nicht die ganze Zeit gefragt habe, wie es dir geht. Als ich hörte, dass du diesen schicken Anwaltsjob in London bekommen hast, fand ich das unglaublich. Das hat es nur noch schwerer gemacht – auf keinen Fall würdest du jemanden wie mich kennenlernen wollen, nachdem du etwas aus dir gemacht hattest.«

Sam fuhr sich mit einer Hand über den Nacken. »Tja, ich bin kein schicker Anwalt mehr, falls du dich dann besser fühlst.«

»Ich habe Anwälte nie gemocht«, sagte sein Vater schnell, und Sam lachte, und etwas in ihm entspannte sich.

»Gibt es einen Grund, warum wir dieses Gespräch in der Kälte führen? Oder können wir jetzt einen Kaffee trinken?«

Sein Vater folgte ihm in seinem eigenen Auto zum nächsten Café. Auf der Fahrt ging Sam immer wieder das Gespräch durch den Kopf. Ein Satz war ihm besonders haften geblieben. *Ich habe nicht hart genug darum gekämpft, es zu behalten*. Und Sam wusste, was Cassie betraf, galt das auch für ihn. Vielleicht empfand sie nicht genauso wie er. Vielleicht liebte sie ihn wirklich nicht und wollte ihn nicht wiedersehen. Aber wenn er es nicht einmal versuchte, wenn er nicht um sie kämpfte, wie sollte er es dann je erfahren?

KAPITEL NEUNUNDDREISSIG

»Bereit?« Hazel sah Cassie und Josh an, sie saßen zusammen um einen Tisch mit einer weißen Tischdecke. »Auf drei.« Sie zählte, und alle zogen gleichzeitig an ihren Knallbonbons. Cassie, die zwischen den beiden saß, hielt die silbernen und goldenen Knallbonbonenden der beiden in Händen. Hazel reichte Cassie ihr überzähliges Knallbonbon, und alle holten den Inhalt heraus.

Sie waren in einem thailändischen Restaurant im Zentrum Londons, das zu einer Kette gehörte – einer kleineren mit wirklich guter thailändischer Küche, aber es war trotzdem eine Kette. Nicht gerade ideal für ein weihnachtliches Mittagessen, aber Cassie und Josh waren beide pleite und konnten sich nur ein billiges Restaurant leisten: Cassie, weil sie das Haus herrichtete, um dort Veranstaltungen abhalten zu können, und deshalb von ihren Ersparnissen lebte und kein Geld verdiente. Josh, weil er ebenfalls im Hotel gekündigt hatte. Er behauptete, ohne Cassie sei es dort unerträglich gewesen, und konzentrierte sich stattdessen auf seinen Master. Hazel hatte angeboten, die Rechnung zu übernehmen und sie zu einem »anständigen« Weihnachtsessen einzuladen, aber sie hatten aus Prinzip abgelehnt. Also bestellten sie am dreiundzwanzigsten Dezember Reis, Nudeln und grünes Thai-Curry. Das Restaurant hatte sich Mühe gegeben – Knallbonbons auf den Tischen, Lametta im Fenster und ein kleiner Weihnachtsbaum an der Kasse. Es war eine etwas schräge, aber irgendwie wunderbare Kombination.

Joshs und Hazels Beispiel folgend, setzte Cassie ihre rote Papierweihnachtskrone auf und räusperte sich, als sie als Erste den kleinen Zettel aus dem Knallbonbon herauszog. »Woran leidet Santa Claus, wenn er im Kamin stecken bleibt?«

Hazel verdrehte die Augen. »An Klaustrophobie.«

Cassie legte den Zettel auf den Tisch. »Ja. Also, ich finde, so schlecht war das gar nicht.« Seltsamerweise meinte sie, den Witz verteidigen zu müssen, obwohl er nicht von ihr war.

»Hey, darauf wäre ich jetzt auch nicht gleich gekommen«, sagte Josh, »also mach dir keine Gedanken. Okay, jetzt meiner. Was hat man, wenn man Glühwein zu heiß trinkt?« Er ließ ihnen keine Pause, um zu raten. »Gebrannte Mandeln!«, antwortete er mit weinerlicher Stimme.

Hazel runzelte die Stirn. »Mein Lieblingswein ist sowieso Malbec.«

Cassie stupste sie in die Rippen. »Du bist dran.«

Doch Hazel deutete auf Cassie. »Nein, ich will keine Witze vorlesen, ich will jetzt endlich etwas über Wales hören. Ist es niederschmetternd trübe? Sieht das Haus jetzt prächtig aus? Bist du unglaublich zufrieden und bildest dir was drauf ein? Komm schon, mach uns neidisch.« Sie lehnte sich auf ihrem Stuhl zurück und faltete die Hände vor sich, als ob sie eine gute Geschichte erwarten würde.

»Aber nicht zu neidisch«, fügte Josh hinzu und rückte seine Papierkrone zurecht, sodass sie leicht schief auf seinem roten Haar saß. »Hab ein Herz für die unter uns, die in London festhängen und sich mit Zeitarbeitsjobs durchschlagen müssen.«

»Oder die unter uns, die an Agenturmeetings teilnehmen müssen, bei denen vierzig Minuten lang darüber diskutiert wird, welches blaue Farbschema das richtige ist.«

»Okay, also vielleicht könnte es zu achtzig Prozent wunderbar und zu zwanzig Prozent nicht wunderbar sein?«

Hazel sah Josh nachdenklich an. »Vielleicht siebzig zu dreißig?«

»Ja«, stimmte Josh zu und blickte zu Cassie. »Erzähl.«

Cassie lachte. »Es ist …« Sie hob beide Hände und ließ sie wieder in ihren Schoß fallen. »Ich weiß nicht. Es ist harte Arbeit, aber es ist wunderbar. Ich glaube, im März sind wir fertig – und ihr müsst beide kommen. Ich will eine Art Einweihungsparty veranstalten, die Presse einladen und so weiter.«

»Wir werden tausendprozentig dabei sein«, sagte Josh entschlossen, und Hazel nickte.

Tom war immer noch Investor, dachte Cassie, auch wenn er nicht mehr sehen konnte, was sie daraus machte. Sie plante, pro Jahr ein Retreat in seinem Namen zu veranstalten – ein Wellness-Retreat, bei dem der Schwerpunkt auf dem Leben im Einklang mit der Natur lag – etwas, worauf er stolz gewesen wäre.

»Dann heißt das wohl, dass du nicht mehr in die Wohnung zurückkommst«, stellte Hazel seufzend fest. »Bedeutet das, du gibst dein Zimmer offiziell auf?«

Cassie biss sich auf die Lippe. »Ich glaube, ja.« Sie hatten sich darauf geeinigt, es erst endgültig zu entscheiden, wenn Cassie ein paar Monate in Wales verbracht hatte – eine Art Sicherheitsgarantie für den Fall, dass es ihr nicht gefiel. Sie sah Hazel an, und ihre Augen wurden feucht. Die Vorstellung, nicht mehr mit ihrer besten Freundin zusammenzuwohnen, war schmerzhaft. Das tat sie zwar schon seit drei Monaten, aber jetzt würde es auf Dauer sein. Sie hatte mit Hazel zusammengewohnt, seit sie die Uni abgeschlossen hatte; sie waren zusammen aufgewachsen.

Hazel sah aus, als würde sie auch gleich weinen, aber sie straffte die Schultern und hob warnend den Finger. »Mach jetzt keinen Rückzieher. Oder willst du wirklich wieder einziehen und für Robert arbeiten?«

Cassie schnitt eine Grimasse. »Nein.«

»Also gut«, sagte Hazel und nickte entschlossen. Sie hatte ihr schwarzes Haar vor Kurzem zu einem schicken Bob schneiden lassen, und es wippte bei der Bewegung mit. »Wir werden uns weiterhin sehen. Ständig.«

»Ich nehme dich beim Wort«, erwiderte Cassie lächelnd.

»Heißt das, bei dir wird ein Zimmer frei?«, meldete sich Josh. »Denn die WG, in der ich wohne, löst sich gerade auf und, nun ja …«

Hazel sah ihn mit großen Augen an. »Wirklich?« Er nickte, und sie grinste. »O Gott, du bist herzlich willkommen. Das ist doch viel besser als jemand Fremdes.«

Hazels Handy piepte, sie nahm es in die Hand, lächelte schwach und tippte etwas. »Wer ist es?«, fragte Cassie.

Hazel zögerte. »Chris.«

»Chris?« Cassies Augenbrauen schossen in die Höhe. »Etwa der Chris, mit dem du schon zwei Dates hattest?«

»Ja, Cassie«, sagte Hazel übertrieben beschwichtigend. »Der Chris. Und du kannst jetzt aufhören, so zu grinsen.«

Zwei Kellner kamen gleichzeitig mit dem Essen und einer Flasche Prosecco aus der Küche. Cassie blickte von ihrem frisch eingeschenkten, sprudelnden Glas auf das grüne Thai-Curry vor ihr. »Nicht ganz die richtige Stimmung, was?«

Josh winkte ab. »Wir sorgen schon für die richtige Stimmung.« Er hob sein Glas. »Auf Cassie und ihr neues Abenteuer.« Die drei stießen an.

»Und frohe Weihnachten«, fügte Hazel hinzu.

Cassie stieß erneut mit den anderen an, obwohl etwas an ihr nagte. Sie wusste noch nicht, was sie an Weihnachten machen würde. Weihnachten ohne Tom. Sie hatte versucht, es zu verdrängen, ihr neues Projekt war eine willkommene Ablenkung. Claire hatte sie nach Frankreich eingeladen, und sie überlegte hinzufahren – vielleicht konnte sie morgen einen Last-Minute-Flug ergattern. Es wäre eine gute Möglichkeit, mit jemandem zusammen zu sein, der Tom gekannt hatte, aber nicht dort, wo sie gemeinsam aufgewachsen waren. Hazel hatte ihr angeboten, Weihnachten mit ihr ganz woanders zu verbringen, nur sie beide. Aber dann würde Hazel alles tun, damit es schön und lustig wurde, und Cassie würde sich unter Druck gesetzt fühlen, dem gerecht zu werden. Mit Claire konnte sie einfach nur sie selbst sein, wie ihr gerade erst langsam klar wurde. So oder so, sie musste einen Weg finden, es zu überstehen.

Sie hielt noch immer das Proseccoglas in der Hand. Hazel begegnete ihrem Blick und schenkte ihr ein kleines, verständnisvolles Lächeln. »Auf Tom«, murmelte sie und hielt ihr Glas ein drittes Mal hoch.

Als ihre Lippen zu zittern begannen, presste Cassie sie zusammen. »Auf Tom«, flüsterte sie. Sie trank einen Schluck, stellte das Glas ab und spürte, wie Josh auf der einen Seite ihre Hand nahm und Hazel auf der anderen, sodass sie alle miteinander verbunden waren. Sie atmete den Chili- und Kokosnussduft ein und ließ die Luft dann langsam entweichen.

Einer der Kellner kam an ihren Tisch, sein schwarzes Haar war zurückgekämmt, und er sah viel zu jung aus, um in einem Restaurant zu arbeiten. »Ähm … Miss?« Mit zusammengezogenen Augenbrauen blickte er von Cassie zu Hazel, offensichtlich wusste er nicht, wen er ansprechen sollte.

Hazel richtete sich sofort auf und zeigte vertrauensvoll auf

Cassie, die verwirrt die Stirn runzelte. Doch der Kellner zog erneut ihre Aufmerksamkeit auf sich, als er sagte: »Es wurde etwas für Sie abgegeben. Von einem Fahrradkurier«, fügte er in einem Ton hinzu, der vermuten ließ, dass das sehr verblüffend war. »Für Ihre Tischnummer.«

Er reichte ihr einen Umschlag. Der sah genauso aus wie die Umschläge, in die Tom seine Hinweise zu stecken pflegte. Ihr Herz machte einen Satz. Ein weiterer Hinweis? Aber das konnte nicht sein, sie war ja schon am Ende der Schatzsuche angelangt. Und Tom hatte unmöglich wissen können, dass sie jetzt hier waren. »Hm … danke«, sagte sie zu dem Kellner. Er nickte, blieb aber noch einen Moment stehen, vielleicht hoffte er, sie würde ihn vor ihm öffnen. Dann entschwand er.

Cassie drehte den Umschlag in ihren Händen und sah Hazel an. »Woher weißt du, dass er für mich ist?«

»Ich weiß es einfach. Mach ihn auf.« Ihre Stimme hatte diesen fordernden Ton, den Cassie nur zu gut kannte, also riss sie vorsichtig das weiße Siegel auf und zog ein Blatt Papier heraus. Ihre Fingerspitzen kribbelten, als sie die kurze Nachricht las.

Cassie,
ich habe lange darüber nachgedacht, wie ich es anstellen soll, und am Ende schien mir die Tradition richtig. Also, pass auf. Wenn du willst, habe ich noch eine Weihnachtsschatzsuche für dich. Aber im Gegensatz zu Toms Schatzsuche gibt es bei dieser nur einen einzigen Hinweis und kein Geheimnis, was dich am anderen Ende erwartet: nämlich ich. Du hast die Wahl. Falls du den Hinweis entschlüsselst und falls du kommst, warte ich auf dich. Und falls nicht … na, dann kenne ich deine Antwort.
Sam

Sam. Der Klang seines Namens hallte in ihr wider, während sie ein weiteres Mal die Nachricht las, und das Kribbeln in ihren Fingerspitzen breitete sich über ihre Arme bis hin zu ihrer Brust aus.

»Das ist …« Sie holte tief Luft und sah zu Josh und Hazel hoch. »Das ist von Sam. Er will, dass ich … einem Hinweis folge.« Sie starrte die beiden fassungslos an. »Wie … wie ist das überhaupt möglich? Woher wusste er, dass ich hier sein würde?« Momentan wahrscheinlich nicht gerade die wichtigste Frage, aber ihr war leicht schwindelig, und ihr Herz raste, was das Denken erschwerte.

Hazel und Josh wechselten einen Blick – der unmissverständlich ausdrückte, dass sie mehr wussten als sie.

»Okay«, sagte Hazel gedehnt, »vielleicht habe ich ihm einen kleinen Tipp gegeben.«

»Du hast es ihm gesagt?« Gott, warum klang ihre Stimme so piepsig?

»Ja. Aber die Schatzsuche war seine Idee«, sagte sie schnell. »Ich habe ihm nur ein bisschen geholfen.«

Cassie ließ das einen Moment sacken, dann sah sie Josh an. »Und du wusstest es auch?«

»Es könnte sein … dass wir mal darüber gesprochen haben. Und?« Er beugte sich vor. »Wie lautet der Hinweis?«

Cassie runzelte die Stirn. »Da ist keiner …« Doch dann entdeckte sie ein weiteres kleines Stück Papier in dem Umschlag und holte es heraus.

Wenn du mich sehen willst, brauchst du nur zu fragen.
PS: Reimen war Toms Ding.

Cassie rutschte der Magen in die Kniekehlen. Das war so typisch. Sie konnte seinen leicht frotzelnden Ton hören, sein schiefes Lächeln vor sich sehen. Aber das war nicht im Geringsten hilfreich. »Was?«, blaffte sie. »Das ist …« Sie drückte Hazel den Hinweis in die Hand, und Josh las ihn über ihre Schulter mit. »Was zum Teufel soll das bedeuten? Ich brauche nur zu fragen? Was soll ich tun, ihn anrufen?« Sie richtete die Frage an Hazel. Wenn sie in die ganze Sache eingeweiht war, kannte sie die Antwort.

Sie machte ein nachdenkliches Gesicht. »Ich weiß nicht, ob ich …«

»Hazel«, sagte Cassie warnend.

Hazel sah ihr fest in die Augen. »Frag, Cassie.«

»Aber ich …« Sie hielt inne, betrachtete Hazels Gesichtsausdruck, und ihr Herz begann erneut, heftig zu schlagen. »Du? Du weißt, wo er ist? Er hat dich voll eingespannt, stimmt's?« Sie fuhr sich mit der Hand durchs Haar und versuchte, ihren rebellischen Körper zu beruhigen, damit sie denken und die Information verarbeiten konnte.

»Er hat mich angerufen«, sagte Hazel ruhig. »Ich glaube, er war besorgt, dass du … na ja, dass du so reagieren könntest, wie du jetzt reagierst, wenn er sich direkt bei dir meldet.«

»Was soll das heißen? Ich bin nicht …«

»Er hat Angst, Cassie. Ich glaube, er hat Angst, dir gegenüberzutreten, falls du ihn dann wieder stehen lässt.«

Ihre Fingerspitzen kribbelten, und sie verschränkte die Finger auf ihrem Schoß, um sie ruhig zu halten. Sie schloss die Augen und blendete den Lärm des Restaurants aus. Sie dachte an Sams Gesicht, an die gefühlvolle Stimme, mit der er versucht hatte, ihr zu sagen, dass er sie liebte. An die Entdeckung, die sie im September gemacht hatte, als sie ihn besuchen wollte. An das schreckliche Gefühl, mit dem sie von ihm weggegangen war und ihn mit Jessica zurückgelassen hatte. Jessica.

Sie öffnete die Augen und sah Hazel an. »Aber er war doch mit …«

»Nein«, sagte Hazel, die sofort wusste, worauf Cassie anspielte. »War er nicht. Ist er nicht.«

Cassie ließ es auf sich wirken, dass sie offenbar voreilig falsche Schlüsse gezogen hatte. Hazel sah sie immer noch abwartend an. »Wo ist er?«, flüsterte Cassie, und Hazel grinste sofort.

»Ich wusste, du würdest die richtige Entscheidung treffen! Ich habe nie an dir gezweifelt.«

Josh hob eine Hand. »Ich schon.«

Hazel gab ihm einen Klaps auf den Arm. »Sei still.« Sie nahm ihre Handtasche vom Boden, kramte darin herum und holte einen Schlüssel heraus, den sie Cassie überreichte.

Cassie runzelte die Stirn, als sie ihn entgegennahm. »Soll das die Antwort sein? Der könnte für sonst wo sein!« Ein Hauch von Panik schlich sich in ihre Stimme, der von dem Gedanken herrührte, dass sie es vielleicht nicht herausfand. Dass sie es vielleicht nicht zu ihm schaffte, dass er wegging und es vorbei wäre, ein für alle Mal.

»Keine Sorge«, sagte Hazel beschwichtigend. »Er will es dir nicht schwer machen.« Sie drehte den Schlüssel um und zeigte Cassie einen kleinen Aufkleber mit einer Postleitzahl. »Wenn du es bis dorthin schaffst, kommst du mit dem Schlüssel ins Haus.«

»Ins Haus … Oh.« Ein Haus. Er wartete irgendwo in einem Haus auf sie. Ihre Nerven kribbelten so, dass es sie kaum auf dem Platz hielt, aber sie blieb noch einen Moment sitzen. Hazel und Josh sahen sie abwartend an. Noch einmal hörte sie im Geiste Sams Stimme.

Aber wenigstens bin ich mutig genug zuzugeben, was hier vor sich geht.

Da wurde ihr klar, dass sie nie eine Wahl gehabt hatte, was ihre Gefühle für ihn anging.

»Okay«, sagte sie, stieß lautstark die Luft aus und stand auf. »Ich tue es, ich fahre.«

»Juhu!«, sagte Hazel. »Viel Glück.«

»Was, kein Dessert?«, fragte Josh mit einem neckischen Grinsen, woraufhin Hazel erneut »Sei still« zischte. Cassie ließ die beiden zurück, den Schlüssel fest in der Hand, und rannte aus dem Restaurant zu dem Menschen, von dem sie in diesem Moment wusste, dass sie ohne ihn nicht leben konnte. Und auch wenn ihr das Angst machte, auch wenn sie glaubte, es nicht ertragen zu können, noch einmal jemanden zu verlieren, den sie so sehr liebte, spielte das jetzt keine Rolle. Er hatte sich bereits einen Platz in ihrer Seele erobert, und jetzt musste sie nur noch sehen, dass das so lange wie möglich so blieb.

KAPITEL VIERZIG

Das Taxi fuhr den unbefestigten Weg hinunter, zu dem die Postleitzahl sie geführt hatte, und holperte über den unebenen Boden. Das lange Gras in der Mitte der Straße – wobei »Straße« eine recht euphemistische Beschreibung war – streifte die Unterseite des Wagens, was den Fahrer nicht allzu sehr zu stören schien. Die Scheinwerfer und das Mondlicht, das durch die Wolken fiel, leuchteten ihnen in der Dunkelheit den Weg. Cassie beugte sich vor, um durch die Windschutzscheibe etwas zu sehen, und ihr Herz klopfte bei jedem Rumpeln des Wagens. Vor ihnen lag ein altes Steinhaus, das aussah, als würde es gleich zusammenbrechen, und das von einer kleinen Steinmauer umgeben war. Die Hügel dahinter schienen sich unendlich fortzusetzen. Einzelne Kreidefelsen schimmerten im Mondlicht, und der nächtliche Raureif, der sich bereits über die Landschaft gelegt hatte, funkelte.

Das Taxi hielt, und ohne das Motorengeräusch konnte Cassie den Wind hören, der über das Land strich. Ansonsten war es so ruhig, als wären sie meilenweit von allen anderen entfernt. Ob das stimmte, konnte sie nicht sagen, da sie auf der fünfstündigen Fahrt hierher völlig die Orientierung verloren hatte. »Sind Sie sicher, dass wir hier richtig sind?«, fragte der Fahrer in seinem wunderbar melodischen walisischen Dialekt.

Wales. Nachdem sie gerade erst drei Monate hier verbracht hatte, forderte Sam sie nun auf, von London wieder zurück nach Wales zu fahren. Zwar in eine ländlichere Gegend als die, in der sie jetzt lebte, aber dennoch nach Wales.

Cassie betrachtete das Cottage. Im Erdgeschoss brannte Licht, ansonsten wirkte es leer. Sie befeuchtete ihre trockenen Lippen. »Ich glaube schon«, sagte sie etwas unsicher.

»Soll ich warten?«

»Ja, bitte«, sagte sie mit leiser Stimme. Denn wenn sie falschlag und Sam gar nicht hier war? Oder wenn sie sich bei der Postleitzahl irrte, obwohl sie sie tausendmal überprüft hatte? Oder wenn er sich vertan hatte? Sie holte tief Luft, ihr Herz schlug schneller, und das Adrenalin schoss durch ihren Körper. Sie war müde von der Reise, aber zugleich unglaublich wach, und sie bereute, dass sie im Zug einen Kaffee getrunken hatte, denn das war bestimmt der Grund dafür, dass sie so hibbelig war. Und warum in aller Welt hatte sie nicht daran gedacht, sich umzuziehen, bevor sie in den verdammten Zug gestiegen war? Warum hatte sie sich nicht geschminkt, um in einem ansehnlicheren Zustand aufzutauchen?

Sie checkte ihr Telefon, der Akku war fast leer. Kurz vor zehn Uhr abends. Was, wenn er nicht mehr wach war? Um wie viel Uhr ging er normalerweise ins Bett? Sie hatte keine Ahnung. Sie ging manchmal um zehn ins Bett, es war also nicht ausgeschlossen.

»Wollen Sie nicht reingehen? Zu Hause wartet das Essen auf mich, wissen Sie.«

»Natürlich. Ja. Entschuldigung.« Sie stieg aus und sog hörbar die Luft ein. Himmel, war das kalt, die Luft frisch und rau in ihrem Mund, sie brannte geradezu in ihrem Hals. Das reichte aus, um sie schnell auf das weiße Tor zugehen zu lassen, das durch die Steinmauer auf einen Weg zur Haustür führte.

Ihr war zu kalt, um zu zögern, und vielleicht war es auch besser, nicht weiter darüber nachzudenken. Dennoch zitterten ihre Finger leicht, als sie den Schlüssel ins Schloss steckte und umdrehte. Es sprang auf. O Gott, die Tür ging tatsächlich auf. Es hatte geklappt: Sie war da.

Irgendwie schaffte sie es, sich zu dem Taxifahrer umzudrehen und den Daumen zu heben. Als sie eintrat und die Tür hinter sich schloss, hörte sie, wie der Motor wieder gestartet wurde. Irgendwo spielte Musik, aber im Flur war es dunkel. Nur am Ende brannte Licht, und sie blinzelte, während sich ihre Augen an die Dunkelheit gewöhnten. Warum war Sam nicht an die Tür gekommen, um nachzusehen, wer es war? Hatte er sie nicht gehört? War das eine Art Test? Ein Trick?

Hör auf, Cassie, wies sie sich zurecht. Jetzt war sie hier. Sie war von jetzt auf gleich fünf verdammte Stunden gefahren – und das hatte einen Grund.

Langsam folgte sie dem Licht zu einem Wohnzimmer. Sie hatte das Gefühl, auf Zehenspitzen gehen zu müssen. Je weiter sie kam, desto lauter wurde die Musik – beschwingte Geigen. Vielleicht erklärte das, warum er sie nicht gehört hatte. In der Tür blieb sie stehen. Im Kamin knisterte ein Feuer, die Flammen loderten am Holz, der Geruch von Rauch lag in der Luft. Die Erleichterung, in der Wärme zu sein, ließ sie erschauern. Oder vielleicht war es die Erleichterung, ihn zu sehen, zu wissen, dass es real war. Denn da war er. Nur sein Hinterkopf, aber immerhin. Er saß auf einem roten Sofa vor dem Kamin, mit einem Glas in der Hand, in dem Whisky zu sein schien.

Wer immer der Besitzer des Cottages war, hatte es weihnachtlich geschmückt – oder vielleicht auch Sam, was sie jedoch bezweifelte. Über dem Kamin hingen weiße Lichterketten, über den Fenstern war Lametta angebracht, in der Ecke brannte eine Kerze. Zumindest das musste er gewesen sein.

»Sam«, sagte sie leise und brachte seinen Namen kaum über die Lippen. Blitzschnell drehte er sich um, und sie hielt den Atem an. In einer einzigen fließenden Bewegung stand er auf und sah sie an, und sie rührte sich nicht, war wie gebannt.

»Du bist gekommen.« Seine Stimme klang ein wenig rau.

»Ja.« Sie atmete hörbar aus. »Ja, ich bin gekommen.«

Dann verzog sich sein Gesicht zu einem Grinsen, und mit zwei großen Schritten war er bei ihr und strich ihr über die Arme, die noch in ihrem Mantel steckten. Selbst durch den Stoff hindurch erwachte ihre Haut durch seine Berührung zum Leben. Er zog ihr im wortwörtlichen Sinne den Boden unter den Füßen weg, drehte sie im Kreis und küsste sie. Und es fühlte sich so richtig an, so unglaublich richtig, in seinen Armen zu liegen. Lachend schlang sie die Arme um seinen Hals und zog ihn näher an sich, worauf er sie erneut küsste, und, Gott, wie hatte sie nur denken können, dass sie diesen Geschmack jemals vergessen könnte?

Plötzlich rückte er von ihr ab, und sie sah ihn verwirrt an. »Warte.« Er entfernte sich, griff hastig nach etwas auf einem kleinen Couchtisch, kam zurück und stellte sich vor sie hin. Ein wenig unsicher sah er sie an und hielt ihr etwas hin.

Eine Halskette. *Ihre* Halskette – die, die er ihr vor all den Jahren geschenkt hatte. Sie baumelte an seinen Fingern, der Stein schwang leicht hin und her.

Verblüfft sah sie ihn an. »Du hast sie behalten.«

Sam fuhr sich mit der Hand über den Nacken, wie er es immer tat, wenn er nervös war oder sich vor etwas fürchtete. »Ja. Ich habe wohl immer gehofft, dass ich sie dir irgendwann zurückgeben kann.«

Sie streckte die Hand aus, strich mit den Fingern über die kleine Silberkette und erinnerte sich an den Moment, als er sie ihr vor Lindas Pub geschenkt hatte. Und wie sie sie ihm in jenem Skiurlaub zurückgegeben hatte.

Sie merkte, dass er sie beobachtete, um ihre Reaktion einzuschätzen. Ohne etwas zu sagen, streifte sie ihren Mantel ab und gab ihn ihm. Dann drehte sie sich um und hielt ihr Haar hoch, damit er ihr die Kette um den Hals legen konnte. Sie spürte, wie seine Finger auf ihrer Haut zitterten, als er sie schloss.

Sie drehte sich wieder um, neigte den Kopf zurück, um ihn anzusehen, und spürte, dass sich ihre Lippen zu einem sanften Lächeln verzogen. Sie sah, wie sich seine Brust entspannte, als er ausatmete – wie er den Mantel beiseitelegte, sie an sich zog und seine Arme um sie legte. Sie lehnte ihren Kopf an seine Brust und lauschte seinem Herzschlag.

»Es tut mir leid«, sagte sie leise. »Es tut mir leid, dass ich es dir letztes Mal nicht auch gesagt habe.«

Er rückte ein wenig von ihr ab und schenkte ihr das schiefe Lächeln, das sie so liebte. »Was genau?«

Sie lachte ein wenig. »Ich muss es wohl laut aussprechen, oder?«

Er zuckte mit den Schultern, aber sie konnte sie spüren – die leichte Verunsicherung. Die Sorge, die er zu verbergen suchte. »Es wäre schön.«

Sie legte die Hände auf seine Wangen. »Dass ich dich liebe. Ich liebe dich, Sam Malone.«

Sie spürte, wie er die Luft ausstieß, als er sie noch einmal an sich zog, und zum ersten Mal wurde ihr klar, was es ihn gekostet haben musste, auf sie zu warten, ohne zu wissen, ob sie kommen würde. »Oh, das ist gut. Denn ich liebe dich auch, Cassie.

Schon immer.« Sie nahm seine Worte in sich auf und atmete seinen Duft ein.

»Du bist hier«, sagte er wieder und fuhr mit einer Hand über ihren Rücken, als müsste er sie immer wieder berühren. »Du bist tatsächlich hier.«

»Ja«. Ihre Stimme war etwas zittrig. Sie sah zu ihm hoch und begegnete seinem Blick, das Licht des Feuers tanzte in seinen blauen Augen. »Vielleicht bin ich mutiger, als du dachtest.«

»Nein.« Er schüttelte den Kopf und küsste ihren Haarschopf. »Du bist mutiger, als *du* dachtest.«

Diesmal küsste sie ihn und zog ihn so nah an sich heran, wie nur möglich. Und diesmal hörten sie nicht mehr auf.

ZWÖLF MONATE SPÄTER

KAPITEL EINUNDVIERZIG

Cassie stand am Fuße der patagonischen Berge und starrte zu den gewaltigen schneebedeckten Gipfeln hinauf, die weiter unten in raues, grasbewachsenes Terrain übergingen. Sam hielt ihre Hand, und keiner von beiden sagte etwas. Sie standen nur da und ließen alles auf sich wirken.

Es war Heiligabend, was angesichts der Hitze, der sengenden Sonne und der Tatsache, dass um sie herum nichts auf Feierlichkeiten hindeutete, kaum zu glauben war. Es war jedoch nicht so unerträglich heiß, wie Cassie es im argentinischen Hochsommer erwartet hatte, und ein starker Wind zerrte an ihren Haaren und trocknete den Schweiß von der Wanderung.

»Meinst du, das ist ein guter Platz?«, fragte Sam leise. Cassie sah sich um. Sie befanden sich am Fuße der Berge, umgeben von grauen Felsen und niedrigem Gebüsch. Im Hintergrund glitzerte ein türkisfarbener See im Sonnenlicht. Ringsum waren Berge zu sehen, an den Gipfeln zogen Wolken vorbei, Land und Himmel wetteiferten miteinander.

»Ich glaube, ja.«

Sie setzten ihre kleinen Rucksäcke ab, und Cassie nahm ihre Wasserflasche heraus, während Sam den handgefertigten Holzstern hervorholte. Ein Stern, kein Kreuz, denn Tom war das Licht in ihrem Leben gewesen.

Cassie hatte nicht näher bestimmen können, wo Tom genau gestorben, wo er abgestürzt war. Sie hätte Toby fragen können – Sam stand immer noch in Kontakt mit ihm –, aber sie hatte festgestellt, dass sie es nicht wissen wollte. Bei dieser Reise ging es nicht darum, seine letzten Schritte nachzuvollziehen, sondern darum, sein Leben zu feiern und ihn an einem Ort zu ehren, an den er immer hatte reisen wollen. Er hatte sein Grab, aber das … das hier war für Sam und sie.

Sie sah zu, wie Sam ein kleines Loch grub, den Holzstab hineinsteckte und den Stern daraufsetzte. Er war unauffällig, so klein, dass er hoffentlich niemanden störte, aber ein bleibendes Zeichen dafür, dass er geliebt wurde. Und es gefiel ihr, dass der Stern unvollkommen war, die Kanten ein wenig schief. Denn sie waren doch alle unvollkommen, oder? Und das war in Ordnung. Es war in Ordnung, dass sie alle – auch Tom – Fehler gemacht hatten. Darum war Tom für sie nicht weniger perfekt, darum liebte sie ihn nicht weniger.

Sie sagte nichts laut, aber sie ertappte sich dabei, wie sie im Geiste mit ihm sprach. Sie erzählte ihm, dass sie es getan hatte – sie hatte es durchgezogen, das Haus in Wales gehörte nun ihr. Sie hatte es im Sommer als Bed & Breakfast und als Veranstaltungsort eröffnet, und im Frühjahr würde sie ihre erste Hochzeit ausrichten. Ihr erstes Wellness-Retreat – das nach Tom benannt war – würde in diesem Sommer stattfinden.

Sie warf einen Blick auf Sam, der neben ihr stand und den Stern ansah. Sie wusste, dass er auch in Gedanken mit ihm sprach, und sie fragte sich, was er ihm wohl erzählte. Durch Tom war er zum Klettern gekommen, und jetzt gründete er sein eigenes Zentrum, arbeitete mit benachteiligten Kindern und versuchte, ihnen Erfahrungen zu vermitteln, die ihnen sonst verwehrt bleiben würden. Er war so gut darin, und er liebte es. Tom hatte also wirklich ihre Leben gelenkt. Und in gewisser Weise hatte er sie einander geschenkt. Cassie wusste nicht, ob sie auf jeden Fall zueinandergefunden hätten, aber sie machte sich darüber keine Gedanken. Die Hauptsache war, dass sie jetzt zusammen waren.

Sie beugte sich wieder zu ihrem Rucksack hinunter und stellte das Wasser ab. Sie hatte so lange darüber nachgedacht, was sie mitnehmen, was sie Tom mitbringen sollte. Natürlich war sie an seinem Grab gewesen, hatte ihm Blumen gebracht und mit ihm gesprochen. Aber hier, an den Ort, an dem er gestorben war, an dem er getan hatte, was er liebte, wollte sie das Richtige mitbringen. Am Ende hatte sie sich für Fotos entschieden. Das erste zeigte Tom, Sam und sie als Teenager. Tom lachte, Sam grinste, und sie verzog das Gesicht und versuchte offensichtlich, nicht zu lächeln. Es war nichts Besonderes, aber eine Erinnerung an eine Zeit, in der er glücklich gewesen war, in der sie drei zusammen gewesen waren: zwei seiner liebsten Menschen auf der Welt, hatte er gesagt.

Sie legte das Foto neben den Stern auf den Boden. Und daneben klemmte sie ein Foto von Amy und Noah. Amy lächelte zu Noah hinunter, der auf ihrer Hüfte saß, sah zu der Kamera und versuchte, ihn zum Lächeln zu bringen. Toms Familie. Nächstes Jahr würden sie alle zusammen Weihnachten feiern. Amy hatte versprochen, Cassie und Sam in Wales zu besuchen.

Wortlos suchten sich Cassie und Sam einen Felsen in der Nähe und setzten sich, um einen Moment zu verweilen. Er legte seinen Arm um sie. Sie weinte, leise Tränen liefen über ihre Wangen, und das Salz sammelte sich in ihrem Mundwinkel. Sie ließ es zu, und er strich ihr sanft über das Haar und sagte nichts, verschränkte seine Finger mit ihren und küsste sie auf den Scheitel. Er fragte nicht, ob alles okay sei, denn er wusste, dass die Antwort darauf so viel komplizierter war als ein Ja oder Nein.

Als sie spürte, wie der Wind ihre Wangen streichelte und die Tränen trocknete, holte sie tief Luft. Sam stand auf und zog sie mit sich hoch. Und erst da fühlte sie sich bereit, das letzte Foto abzulegen, auf dem sie sich ihm am nächsten fühlte. Es zeigte das Haus in Wales – ihr Haus – und war kurz vor ihrer und Sams Abreise nach Argentinien aufgenommen worden, schneebedeckt und weihnachtlich geschmückt für die Feier, die sie für das Dorf ausgerichtet hatte. Lichterketten außen, zwei kleine Weihnachtsbäume auf beiden Seiten der grünen Eingangstür. Sam hatte gelächelt, als sie es ihm vor dem Ausdrucken auf ihrem Handy gezeigt hatte. Er hatte gesagt, es sehe aus, als würde das Haus leuchten, und obwohl sie gelacht hatte, stimmte sie ihm insgeheim zu. Man konnte die schummrigen Lichter im Inneren sehen, und es war, als ob es sich freute, wieder genutzt zu werden. Als wäre es dankbar, dass sie sich seiner angenommen und es wieder zum Leuchten gebracht hatte.

Sie legte das Foto für Tom ab. Damit er sehen konnte, dass sie es geschafft hatte. Dass sie das Ende der Schatzsuche erreicht hatte. Und dass sie ihr letztes Geschenk mehr liebte, als sie in Worte fassen konnte.

»Mach's gut, Tom«, sagte sie leise. Sie spürte, wie Sam ihre Hand ein wenig stärker drückte. »Ich hab dich lieb.«

Dann gingen sie den Weg zurück, den sie gekommen waren. Zurück zu der kleinen Hütte, in der sie wohnten, und zu der alten Frau, die ihnen ein Festmahl versprochen hatte. Zurück, um den Weihnachtstag zu begrüßen und zu feiern, dass sie beide noch hier waren und zusammen.

»Danke«, hauchte sie so leise, dass es kaum zu hören war. Aber der Wind trug ihre Worte fort, und für einen kurzen Moment war sie sicher, dass Tom sie hören konnte.

DANK

Das Schreiben eines Buchs ist eine Mammutaufgabe, die ohne ein ganzes Team von Menschen nicht zu bewältigen wäre. Mein Dank gilt als Erstes meiner brillanten Lektorin Sherise Hobbs für die ganze Leidenschaft, Kreativität und Geduld, die sie zu diesem Buch beigesteuert hat – ich weiß, dass sie darauf genauso stolz ist wie ich, und ohne ihre Unterstützung wäre es nicht geworden, was es jetzt ist.

Danke an die unglaublich kluge Bea Grabowska für ihre Liebe zum Detail, ihre aufschlussreichen und kreativen Vorschläge und überhaupt für ihre Unterstützung während des gesamten Prozesses. Danke an Katie Green für ein akribisches Lektorat (und dafür, dass sie mir klargemacht hat, dass Zeitpläne eindeutig nicht meine Stärke sind!). Danke an meine Agentin Sarah Hornsley für ihre Hilfe, Energie und Begeisterung.

Rebecca Folland und Flora McMichael gebührt großer Dank, dass sie sich international für dieses Buch eingesetzt haben, was diesmal genauso aufregend ist wie bei meinem Debüt. Danke an Emily Patience, die mir letztes Jahr geholfen hat, *Für immer im Dezember* unter die Leser zu bringen – und auch für *Jedes Jahr im Winter* möchte ich mich schon im Voraus bedanken!

Auf der US-Seite danke ich Hilary Teeman und Caroline Weishuhn für ihre Begeisterung für Cassie und Sam und, wie schon beim letzten Mal, für einige brillante redaktionelle Vorschläge, die das Buch zum Strahlen gebracht haben. Danke an

Morgan Hoit für ihren unendlichen Optimismus, ihre Leidenschaft und ihre Unterstützung, das Buch bei den US-Lesern bekannt zu machen, und an Melissa Folds für einige wunderbare Rezensionen zu *Für immer im Dezember* im letzten Jahr und dass sie genauso darüber begeistert war wie ich, als sie sie gelesen hat!

Es ist eine seltsame Sache, Danksagungen zu schreiben, bevor das Buch veröffentlicht ist, denn bis zum Ende des Jahres werden zweifellos noch viele Menschen hinzukommen, denen Dank gebührt! Deshalb möchte ich mich kurz bei den unglaublichen und großzügigen Autorinnen bedanken, die sich die Zeit genommen haben, *Für immer im Dezember* zu lesen und zu kommentieren: Jo Lovett, Emma Cooper, Holly Miller, Josie Silver, Claire Frost und Cathy Bramley sowie all den wunderbaren Blogger*innen und Bookstagrammer*innen, die mit ihren Gedanken, Rezensionen und schönen Fotos zum Erfolg von *Für immer im Dezember* beigetragen haben. Ich kann euch hier nicht alle aufzählen, weil das zu viel Platz einnehmen würde – und ich hätte Angst, jemanden zu übersehen –, aber es bedeutet mir wirklich viel, dass ihr euch die Zeit dafür nehmt.

Und ich danke wie immer allen Leser*innen. Ohne Sie könnten Autor*innen nicht schreiben, und es ist eine große Leidenschaft und ein Privileg, dies zu können. Also, danke, falls Sie bis hierher gelesen haben.

LESEPROBE

»Ein herzergreifendes, lebensbejahendes Buch, das sich wie eine Umarmung anfühlt.« *Josie Silver*

Kannst du die große Liebe vergessen, wenn sie dir einmal begegnet ist?

Jedes Jahr im Dezember sendet Josie einen Brief an ihre geliebten Eltern, die sie vor vielen Jahren in einer Weihnachtsnacht auf tragische Weise verloren hat. Jedes Jahr erinnert sie das Fest der Liebe an ihren Verlust – und die Menschen, die sie so schmerzlich vermisst. Nur dieses Jahr soll alles anders werden. Denn kurz vor Weihnachten begegnet Josie einem Mann. Einem Mann, mit dem sie fünf wunderschöne Tage in London verbringt: in der Stadt, die im Dezember schöner strahlt als alle anderen. Und es scheint fast unmöglich, sich nicht zu verlieben. Doch gerade als Josie glaubt, dass es das beste Weihnachtsfest aller Zeiten werden könnte, verlässt Max sie, ohne sich von ihr zu verabschieden …

Ein Roman, so anrührend und humorvoll wie *Notting Hill* und *Vier Hochzeiten und ein Todesfall.*

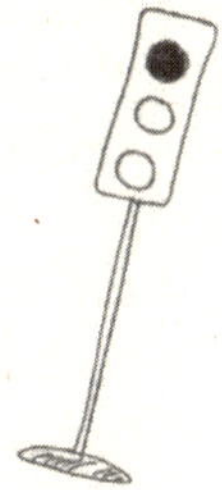

KAPITEL ZWEI

Die kalte, feuchte Luft peitschte Josie ins Gesicht, als sie mit dem Fahrrad den Streatham Common hinuntersauste, die behandschuhten Finger locker auf den Bremsen. Auf der anderen Seite quälten sich Läufer die Straße hinauf. Ihr Atem waberte als Nebel vor ihr, löste sich jedoch rasch in dem Meer aus Licht und Menschen um sie herum auf. Es war so anders als in dem kleinen Dorf, in dem sie aufgewachsen war, wo sie gelernt hatte, jedes Mal eine Taschenlampe mitzunehmen, wenn sie nachts nach draußen ging. Ihre Wangen waren bereits eiskalt, und es fühlte sich an, als würden kleine Wassertropfen an ihrer Haut haften, obwohl es nicht regnete. Im Büro und in den Nachrichten war in der letzten Zeit viel von Schnee die Rede gewesen. Wie jedes Jahr schien das ganze Land auf weiße Weihnachten zu hoffen. Josie wäre Regen viel lieber gewesen, aber sie wusste, dass sie mit dieser Meinung ziemlich alleine dastand und es besser war, sie für sich zu behalten. Doch für sie weckte der Schnee nur schmerzhafte Erinnerungen an den Weihnachtstag vor zwanzig Jahren, als sie durchs Fenster beobachtet hatte, wie weiche Schneeflocken auf die leere Auffahrt vor dem Haus ihrer Großeltern fielen. Neben ihr ein voller, noch ungeöffneter Strumpf und im Nebenzimmer das unterdrückte Schluchzen ihrer Großmutter, die für Josie eine heiße Schokolade zubereitete.

Josie verzog das Gesicht gegen das Kribbeln in der Nase und atmete gierig ein, wobei sie statt frischer Luft vielmehr Autoabgase inhalierte und husten musste. Am Fuß des Hügels bog sie rechts ab und trat schneller in die Pedale. Sie fuhr am Bahnhof vorbei und am ersten Briefkasten, den sie sah. Sie war noch nicht bereit, den Brief einzuwerfen und umzukehren, sie wollte unbedingt den schrecklichen Tag vergessen, den sie hinter sich hatte.

An der nächsten Ampel musste sie halten und keuchte stärker, als sie sollte, wenn man bedachte, dass sie erst kurz auf dem Rad saß. Sie wartete, während das Männchen von Rot auf Grün umsprang und ein Pulk von Menschen mit eingezogenen Köpfen im Takt des Pieptons die Straße überquerte, begierig darauf, nach Hause ins Warme zu kommen. Doch drei Personen hetzten nicht wie die anderen, sondern ließen sich Zeit und lächelten, ohne das Pendlerchaos um sie herum wahrzunehmen. Eine Familie – Mutter, Vater und ein kleiner Junge von etwa fünf oder sechs Jahren, schätzte Josie. Der Junge lachte. Er hatte einen Rentier-Haarreif auf dem rotblonden Haar, dessen Schaufeln wippten, wenn er den Kopf bewegte. Seine Eltern hielten ihn an den Händen, und er schwang vor und zurück und benutzte ihre Arme als Hebel.

Es erinnerte Josie so sehr an ihre Eltern und an Abende wie diesen, nur ruhiger war es gewesen – ohne das Verkehrsrauschen, das wütende Hupen der Autos und das Schimpfen der Leute, wenn ihnen jemand im Weg war. Es mochte einfacher und sicherer gewesen sein, die Straßen ihres Dorfes hinunterzugehen, aber auch sie hatte sich an den Händen ihrer Eltern festgehalten und verlangt, dass sie sie auf drei hochfliegen ließen, bis sie zu groß dafür wurde. So waren sie, seit sie denken konnte, jedes Jahr in der Woche vor Weihnachten zum Briefkasten gegangen. Hand in Hand, sie in der Mitte, den Brief an den Weihnachtsmann in die Jackentasche gesteckt, bereit, ihn an den Nordpol zu schicken.

Das Jahr, in dem sie neun Jahre alt gewesen war, stach aus ihren Erinnerungen heraus. In jenem Jahr hatte es geschneit, und sie war herumgelaufen, hatte frische Fußspuren hinterlassen, wie man es nur auf dem Land kann, und verlangt, dass sie im Laden eine Karotte für die Nase des Schneemanns besorgten. Keine der Karotten, die sie zu Hause hatten, passte – sie musste perfekt sein, darauf hatte sie bestanden. Also hatten sie ihren Brief auf dem Weg zum Laden aufgegeben, und sie hatte erst aufgehört, an den Armen ihrer Eltern zu schaukeln, als ihre Mutter auf dem vereisten Rand des Bürgersteigs fast das Gleichgewicht verlor. Aus irgendeinem Grund hatte sich dieser Moment in Josies Gedächtnis eingeprägt: wie der flauschige braune Stiefel ihrer Mutter abrutschte, wie sie nach Josies Hand griff, um sich aufzufangen, und sie dabei fast umgerissen hätte. Wie ihre Mutter über sich selbst lachte, weil sie so dumm gewesen war, und wie sie und Josies Vater sich über Josies Kopf hinweg angrinsten. Das Ganze kam ihr im Nachhinein wie ein Zeichen vor. Dafür, was eine Woche später passieren sollte.

Was hatte an diesem Tag in ihrem Brief an den Weihnachtsmann gestanden? Sie erinnerte sich daran, wie der Schnee unter ihren Füßen geknirscht hatte und dass sich ihre

Finger auf dem Weg zum Briefkasten trotz ihrer roten Handschuhe taub angefühlt hatten. Sie konnte noch die silbergraue Pudelmütze ihrer Mutter vor sich sehen, die sie über die langen hellbraunen Haare gezogen hatte. Und sie hörte noch die Stimme ihres Vaters, der alberne Dinge aufzählte, die sie auf die Liste hätte setzen können – eine linke Socke, eine Zwiebel, eine neue Spülmaschine. Aber sie hatte nicht die leiseste Ahnung, was sie sich in diesem Jahr wirklich zu Weihnachten gewünscht hatte, nach was ihr neunjähriges Herz sich verzehrt hatte.

Tief in ihrem Herzen hatte sie damals noch gehofft, dass es so etwas wie den Weihnachtsmann wirklich gab. Erst im Jahr darauf, als er ihr den einzigen Wunsch, den sie hatte, nicht erfüllen konnte, gab sie es endgültig auf.

Dennoch behielt sie die Tradition bei. Jedes Jahr schrieb sie weiterhin zu Weihnachten einen Brief und brachte ihn zum Briefkasten. Sie hatte nie damit aufhören können, nur dass der Brief heute ganz anders aussah.

Liebe Mama, lieber Papa, ich vermisse euch. Frohe Weihnachten und alles Liebe, Josie

Das laute Hupen eines Autos riss Josie aus ihren Erinnerungen. Offensichtlich stand sie im Weg – die Ampel war umgesprungen, und sie hielt den Verkehr hinter sich auf, weil sie in der Mitte der Straße wartete, statt links, wie es sich gehörte. Sie zog eine Grimasse, tastete mit ihren Sneakers nach den Pedalen, stieß sich ab und fuhr schnell an den Straßenrand, wobei sie sich absichtlich nicht nach dem Auto hinter sich umsah, aus Angst, dem wütenden Blick des Fahrers zu begegnen. Sie strich eine Träne fort, die sich unbemerkt in ihr

Auge gestohlen hatte, holte tief Luft, damit nicht noch weitere folgten, und trat wieder in die Pedale. Sie fuhr an einem weiteren Briefkasten vorbei, aber sie war noch nicht bereit, in die Wohnung zurückzukehren, war noch nicht bereit zu lächeln und zu trinken und darüber zu reden, was für eine wunderbare Zeit Bia haben würde. Sie musste erst einmal einen klaren Kopf bekommen. Denk an etwas anderes, sagte sie sich entschieden. Automatisch wanderten ihre Gedanken zu ihrem Job, was im Moment nicht sonderlich hilfreich war. Denn das beschwor nur das Bild ihrer Chefin herauf, die ihr glattes schwarzes Haar zurückstrich und sie zu einem »Gespräch« in eine der kleinen Glaskabinen gezogen hatte, die von allen Seiten einsehbar waren.

Josie, ich fürchte, wir müssen da über etwas sprechen.

Josie biss die Zähne zusammen, trat fester in die Pedale und überholte den Radfahrer vor ihr. Sie befand sich jetzt auf der Streatham High Road mit der Weihnachtsbeleuchtung, die zwar nicht annähernd so beeindruckend war wie die in der Oxford Street, aber immer noch die Lichterketten in den Schatten stellte, auf die ihr Dorf so stolz gewesen war. Ob sie heute noch dort hingen? Früher hatte es immer ein großes Spektakel gegeben, wenn die Beleuchtung angeschaltet wurde. Die Leute verteilten selbst gemachten Glühwein und Mince Pies und nutzten die Gelegenheit, um den neuesten Klatsch und Tratsch auszutauschen. Josie war jedes Jahr mit ihren Eltern dort gewesen und hatte sich sofort mit ihrer besten Freundin aus der Schule auf die Jagd nach Schokolade gemacht, die immer irgendwo unbeaufsichtigt herumstand. Ihre Großeltern waren in jenem ersten Jahr, nachdem es passiert war, noch einmal mit ihr dorthin gegangen, aber sie hatte die ganze Zeit nicht aufgehört zu weinen. Danach hatten sie es nicht mehr erwähnt. Josie fragte sich, ob die beiden wieder damit angefangen hatten, nachdem sie zur Universität gegangen und in den Weihnachtsferien nicht mehr nach Hause gekommen war, oder ob es für sie auch zu schmerzhaft war. Sie hatte sich nie dazu durchringen können, sie zu fragen.

Sie schimpfte vor sich hin, als sie einem Fußgänger ausweichen musste, der ohne hinzusehen auf die Straße trat. An die Vergangenheit wollte sie nicht denken und an die Arbeit auch nicht, das war eindeutig keine Ablenkung. Also gut, wenn nicht an die Arbeit, dann an etwas anderes. Aber natürlich war »etwas anderes« unweigerlich Oliver. Oliver, der ihr sagte, er habe etwas mit ihr zu besprechen, während sie neben ihm im Bett lag. Oliver, der sich am Abend zuvor über ihre Bemerkungen lustig machte, dass Cara ihn während des Weihnachtsessens ständig angestarrt habe, und ihr sagte, dass er nur noch für einen Drink bleiben würde. Und Cara selbst, die dieses umwerfende rote Kleid trug, ihre weichen Locken zurückwarf und Oliver nicht einen Moment aus ihren strahlend blauen und mit goldenem Eyeliner umrandeten Augen ließ.

Ein rotes Kleid hatte ihre Mutter auch zu der Party an Heiligabend getragen. Zu der Party, zu der ihre Eltern eigentlich nicht hatten gehen wollen, zu der Josies Großmutter sie aber im letzten Moment doch noch überredet hatte. Passend zu dem Kleid waren die Lippen ihrer Mutter mit rotem Lippenstift geschminkt gewesen, den sie Josie hatte auftragen lassen.

Sei brav, ja, Josie? Sie hörte die Stimme ihres Vaters nur undeutlich, denn sie konnte sich nicht genau an ihren Klang erinnern. Er packte sie, hob sie hoch und schwang sie herum, sie quiekte vor Freude, und ihre Mutter verzog das Gesicht, weil sie dafür eigentlich schon zu alt war. *Der Weihnachtsmann kann es sich immer noch anders überlegen, weißt du.*

Diesmal erwischte Josie die Grünphase und kam gerade noch rechtzeitig über die Kreuzung, bevor die Ampel auf Gelb umsprang. Ihr Atem ging immer schneller, aber sie fuhr weiter.

Ihre Großmutter hatte die Hand ihrer Mutter getätschelt. *Viel Spaß, Liebes, wir kommen hier schon zurecht, nicht wahr, Josie?* Und Josie hatte genickt. Ihr Haar hatte sie an diesem Abend zu Zöpfen geflochten, damit es am Weihnachtstag gelockt war. Denn so gefiel es ihr am besten, und am Weihnachtstag wollte sie schließlich ganz besonders hübsch aussehen. Ihr wäre es lieber gewesen, wenn ihre Eltern geblieben wären und mit ihr den Film angeschaut hätten, den sie so gerne sehen wollte. Doch sie hatten versprochen, dass sie am Morgen da sein würden und dass sie, sobald sie aufwachte, in ihr Schlafzimmer kommen durfte, um in ihren Strumpf zu schauen.

Josies Sicht war jetzt verschwommen, die Scheinwerfer der Autos wirkten wie lodernde Flammen, die über die Straße tanzten und alles in orangefarbenes Licht tauchten.

Die Polizei hatte auf der Türschwelle mit ihrem Großvater gesprochen, der noch seinen karierten Morgenmantel trug. Josie war die Treppe hinuntergeschlichen und hatte sich gefragt, wieso alle anderen vor ihr aufgestanden waren und ob es noch genug von den Pancakes gab, die ihre Mutter jedes Jahr zum Weihnachtsfrühstück machte. Das Gesicht ihrer Großmutter war blass gewesen, die Augen gerötet, als sie sich zu ihr umgedreht hatte.

Lass uns kurz nach oben gehen, ja, Josie, Liebes?

Die Tränen flossen jetzt ungehindert, es war unmöglich, sie aufzuhalten. Sie hinterließen heiße Spuren auf ihren kalten Wangen, und sie schmeckte das Salz, als sie sich in ihren Mundwinkeln sammelten.

Als sie versuchte, einen klaren Blick zu bekommen, blitzten erneut Scheinwerfer auf. Eine Hupe hallte in ihrem Kopf wider. Die Gesichter ihrer Eltern, angestrahlt vom Scheinwerferlicht. Sie war nicht dabei gewesen, aber das hielt sie nicht davon ab, es sich immer wieder vorzustellen.

Wieder ertönte die Hupe, diesmal lauter. Sie keuchte, schwenkte zurück auf den Radweg und blickte nach unten, um zu schalten, als ihre Handschuhe auf dem Metall abrutschten.

Sie sah hoch und bemerkte ein schwarzes Taxi, das mit eingeschaltetem Warnblinklicht direkt vor ihr auf dem Radweg hielt. Sie tastete nach ihrer Bremse, aber die Tür des Taxis öffnete sich bereits auf der Gehsteigseite. Fluchend wich sie aus und sah nur flüchtig das Gesicht eines Mannes, der aus dem Taxi stieg, die Tür hinter sich zuschlug und dann den Kopf wendete und sie geradewegs auf sich zukommen sah.

Ihre Bremsen quietschten durchdringend, und sie versuchte, das Rad nach links zu ziehen, an ihm vorbei. Doch es war zu spät. Ihr Herz schlug alarmierend in der Brust, und für eine lähmende Sekunde begegnete sie dem verwirrten Blick des Mannes.

Dann wurde er nach hinten gestoßen, ihr Fahrrad schlitterte über den Boden. Sie streckte die Hände aus und spürte, wie ein heftiger Schmerz durch ihre Handgelenke schoss, als sie mit einem dumpfen Aufprall auf dem Asphalt landete.

KAPITEL DREI

Josie blieb ausgestreckt auf dem Boden liegen, ihr Herz pochte, in ihren Ohren klingelte es. Ihre Knie schmerzten, und sie spürte, wie die Feuchtigkeit der Straße durch ihre Strumpfhose drang. Als sie sich ungelenk auf die Knie hochschob, merkte sie, dass ihre Hände zitterten.

Um sie herum hatten sich einige Personen versammelt. Jemand schrie, bemerkte sie jetzt, als der Ton endlich durch das Summen in ihren Ohren drang. Sie konzentrierte sich auf eine Gestalt, die von der anderen Seite des Taxis heranmarschierte. Eine kleine, etwas mollige Frau. Warum brüllte sie so? Dann begriff sie – es handelte sich um die Taxifahrerin.

»Haben Sie mich hier nicht gesehen?«, schrie sie. Für ihre Größe hatte sie eine unverhältnismäßig tiefe Stimme. »Was zum Teufel haben Sie sich dabei gedacht, mit dieser Geschwindigkeit auf uns zuzurasen? Haben Sie keine Augen im Kopf? Denken Sie nicht, es wäre vernünftig gewesen, langsamer zu fahren?«

Josie rappelte sich hoch und verzog ein wenig das Gesicht. Sie war nicht ernsthaft verletzt, aber sie hatte sich den Arm bei dem Versuch, den Sturz abzufangen, schmerzhaft verdreht, und von dem Aufprall würde sie sicher einen blauen Fleck an der Hüfte bekommen. Außerdem war ihre Strumpfhose kaputt. Na toll. Tja, das hatte man vermutlich davon, wenn man in völlig ungeeigneten Klamotten aufs Rad stieg.

Einer der Passanten, die stehen geblieben waren, um zu sehen, was passiert war, fragte sie, ob es ihr gut ging, und Josie nickte stumm. Währenddessen beschimpfte die Taxifahrerin sie weiter und ließ den Blick an Josie vorbei auf einen Punkt hinter ihr gleiten. Josie erschrak und erinnerte sich viel zu spät an den Mann, den sie angefahren hatte. Sie drehte sich um, und ihr Herz begann erneut zu rasen.

Als sie ihn sah, entspannte sie sich etwas. Ein anderer Mann mit Halbglatze half ihm bereits hoch. Mit wackeligen Beinen ging sie zu ihm, ihre Nerven kribbelten, und ihr Mund war trocken.

»Bist du okay?«, platzte sie heraus, aber er schien sie durch das interessierte Geplapper der kleinen Gruppe um sie herum nicht zu hören. Der Mann mit dem schütteren Haar hielt ihm jetzt eine Brieftasche und ein paar Papiere hin, die er wohl fallen gelassen hatte. Sie stolperte einen weiteren Schritt vorwärts und erntete einen bösen Blick der Taxifahrerin. Gott, was, wenn er sich verletzt hatte? Er war zwar aufgestanden, schien aber noch etwas unsicher auf den Beinen zu sein. Hoffentlich hatte er sich nichts gebrochen.

»Es tut …«, versuchte sie es erneut, hielt aber inne und sog scharf die Luft ein, als er sie endlich ansah. Sie konnte sein Gesicht nicht richtig erkennen, registrierte nur ein markantes Kinn und zerzaustes Haar. Sie machte einen weiteren schwankenden Schritt auf ihn zu und schlang ihre Arme um sich. »Es tut mir so leid«, flüsterte sie.

Er sagte nichts, wies sie nur mit einem Blick ab und wandte

sich stattdessen an den Mann mit dem schütteren Haar, der ihm half, seine letzten Habseligkeiten aufzusammeln.

Josie merkte auf einmal, wie feucht ihre Handflächen waren. »Ich weiß wirklich nicht, was ich sagen soll, ich kann mich gar nicht genug entschuldigen«, stammelte sie.

Sie wünschte, er würde ihr wenigstens in die Augen sehen, anstatt jetzt auf den Asphalt zu starren, als wäre sie es nicht wert, beachtet zu werden.

»Ich weiß nicht, wie das passieren konnte. Ich habe nicht aufgepasst, es ist ganz allein meine Schuld, und ich …«

Er hob eine Hand. Die Menge um sie herum begann bereits, das Interesse zu verlieren, nachdem klar war, dass nichts Schlimmeres passiert war. Er musterte sie von oben bis unten, als müsste er abwägen, wie aufrichtig ihre Worte waren. Er betrachtete ihre zerrissene Strumpfhose, das Kleid aus dem Büro – oder das, was unter dem blauen Wintermantel davon zu erkennen war – und die lila-weißen Turnschuhe, die definitiv nicht zum Rest ihrer Kleidung passten. Ihr Körper fühlte sich steif an, und als sein Blick zu ihrem Gesicht hinaufwanderte, spürte sie, wie ihre Wangen warm wurden. Sie sah zweifellos ziemlich schräg aus – wahrscheinlich dachte er, er sei von einer völlig Verrückten umgefahren worden.

»Schon in Ordnung«, sagte er schroff und so leise, dass es in dem Verkehrslärm kaum zu hören war.

Er wandte sich wieder von ihr ab, um sich bei dem Mann mit dem schütteren Haar zu bedanken. Dieser nickte, warf Josie einen neugierigen Blick zu und ging dann die Straße hinauf.

»Es ist absolut nicht in Ordnung«, murmelte die Taxifahrerin, hatte den beiden aber bereits den Rücken zugewandt.

Offenbar wollte sie sich lieber aus der Sache heraushalten, nachdem nun klar war, dass niemand ernsthaft verletzt war.

Josie stand unbeholfen da. Ihr Knie pochte jetzt, aber sie wollte sich nicht bücken, um es sich anzusehen, damit es nicht so wirkte, als sei sie mehr mit sich selbst beschäftigt als mit dem Fremden, den sie gerade umgefahren hatte. Jetzt, wo sie als Einzige noch übrig waren, sah er zu ihr herüber. Sein Blick flackerte kurz, als sei er überrascht, dass sie noch da war. Sie konnte die Farbe seiner Augen nicht genau erkennen und war sich nicht sicher, ob sie nur wegen seines Blicks dunkel wirkten. Er war ungefähr in ihrem Alter, stellte sie fest, und ein paar Zentimeter größer als sie.

»Es tut mir wirklich schrecklich leid«, sagte sie noch einmal. Ihr war klar, dass sie sich wie eine defekte Schallplatte anhörte, aber sie hatte keine Ahnung, was sie noch sagen konnte.

»Ich sagte doch, es ist in Ordnung«, erwiderte er mit einem müden Seufzer.

Nicht ganz so schroff wie zuvor, aber immer noch nicht so, wie sie es gerne hören wollte. Josie biss sich auf die Lippe, doch bevor sie noch etwas sagen konnte, ließ die Taxifahrerin das Fenster auf der Beifahrerseite herunter.

»Alles okay hier?«, fragte sie, wobei sie sich sichtlich bemühte, Josie nicht anzusehen. Anscheinend war sie der Meinung, sie zu ignorieren, sei eine bessere Form der Bestrafung.

Der Mann nickte. »Alles gut, danke.«

Na klar, der Taxifahrerin gegenüber war er freundlich. Andererseits hatte sie ihn vermutlich dorthin gebracht, wo er hinwollte, und ihn nicht angefahren, kaum dass er da war.

»Alles klar.« Und damit ließ sie das Fenster wieder hoch und fädelte sich hinter einem Bus in den Verkehr ein.

Als das Taxi wegfuhr, setzte der Mann erneut eine finstere Miene auf und richtete seine Aufmerksamkeit auf die Straße. So entschieden, wie er sie ignorierte, hätte sie ihn wahrscheinlich einfach stehen lassen können, aber es fühlte sich falsch an, ihn im Stich zu lassen. Sie blickte ebenfalls auf die Straße und entdeckte vor ihm, wonach er suchte. Sie hob sein Telefon auf, das etwa einen Meter von ihm entfernt gelegen hatte, und erkannte, dass das Display gesprungen war.

»Mist«, murmelte sie und hielt es ihm mit entschuldigender Miene hin. »Es tut mir so …«

»Ja?« Er hob die Augenbrauen, als er es ihr abnahm, und sie spürte, wie sie errötete.

Seine Augen waren grün, wie sie jetzt aus der Nähe feststellte, allerdings wurde die Iris von einem noch helleren Farbton umrandet. Wenn er ihr nicht diesen finsteren Blick zugeworfen hätte, hätte sie die zweite Farbe vermutlich als Gold bezeichnet.

»Das ersetze ich natürlich«, sagte sie sofort.

Er antwortete nicht, steckte das Telefon einfach ein, schnappte sich ihr Fahrrad, das noch immer auf dem Radweg lag, und schob es auf den Gehweg. Das hätte eigentlich sie tun sollen. Das Fahrrad lag im Weg, und sie hatte gar nicht daran gedacht, es wegzuschieben.

Sie trat neben ihn. »Im Ernst, ich bezahle das. Vielleicht gibt es hier in der Nähe einen Telefonladen, der noch geöffnet hat, und wir können …«

»Ist schon gut«, sagte er entschieden. »Ich habe doch gesagt, es ist in Ordnung. Außerdem haben wir auf dem Radweg geparkt. Ganz unschuldig sind wir also auch nicht daran.« Er wackelte ein wenig mit ihrem Fahrrad, als wollte er es loswerden, und sie nahm es ihm unbeholfen ab.

»Ich wollte bloß …«

Er seufzte, holte sein Telefon aus der Tasche, schaltete es ein und hielt es ihr hin. Es leuchtete auf und zeigte den Startbildschirm, der unter dem gesprungenen Glas noch zu erkennen war.

»Siehst du?« Es klang ein wenig entnervt. »Funktioniert noch. Und außerdem«, fuhr er fort und setzte sich über ihren Protest hinweg, »läuft mein Vertrag sowieso bald aus. Wenn es *mir* also nichts ausmacht, für ein paar Wochen mit einem kaputten Display herumzulaufen, sollte *dir* das auch egal sein. Okay?« Es war mehr eine Forderung als eine Frage.

»Nun«, sagte sie langsam, »wenn du meinst.«

Sie biss sich auf die Lippe und überlegte, was sie jetzt tun sollte.

»Also, vielen Dank für deine Fürsorge, aber ich brauche jetzt erst mal ein Bier. Deswegen gehe ich jetzt einfach …« Er unterbrach sich kurz und sah sich um, dann schnaufte er und blickte sie wieder an. »Weißt du zufällig, wo der nächste Pub ist?«

»Ich zeige es dir!«

Josie wusste, dass sie viel zu enthusiastisch klang, aber sie wollte unbedingt, dass er nicht mehr sauer auf sie war. Er runzelte die Stirn, und sie nickte energisch.

»Ich kenne einen hier um die Ecke.«

Also »kennen« war vielleicht etwas übertrieben, aber sie

war mit Bia schon ein paarmal freitagabends dort gewesen. Sie schob ihr Fahrrad, und er lief neben ihr her.

»Du musst mich nicht dorthin begleiten«, brummte er und schob die Hände in die Taschen seines Mantels, der an den von Benedict Cumberbatch in *Sherlock* erinnerte – lang, grau und sicher nicht billig. »Zeig mir doch einfach die Richtung.«

»Kein Problem«, sagte sie ein wenig zu piepsig, obwohl sie sich ziemlich sicher war, dass es ihm nicht darum ging, ihr keine Umstände zu machen, sondern dass er sie loswerden wollte. Nun, Pech. Sie würde ihm den Pub zeigen, ob er wollte oder nicht. Damit konnte sie wenigstens ihr schlechtes Karma ausgleichen.

Er machte absolut keine Anstalten, ein Gespräch zu beginnen, sondern schien sich vor allem auf den Bürgersteig vor ihnen zu konzentrieren. Sie versuchte, sich ihre Wut darüber nicht anmerken zu lassen. Klar, sie hatte ihn umgefahren, aber deswegen konnte er doch trotzdem etwas freundlicher zu ihr sein – wäre ihr das passiert, hätte sie demjenigen schnell verziehen, da war sie sich sicher. Es war ja schließlich keine Absicht gewesen.

Nachdem sie eine Minute geschwiegen hatten, bedauerte sie zutiefst, dass sie ihm nicht einfach den Weg erklärt hatte und auf ihr Fahrrad gestiegen war. Sie überlegte verzweifelt, was sie sagen konnte – aber über was redete man mit einem Fremden, den man gerade auf der Straße umgefahren hatte? Sie brauchte Bia. Wenn Bia das Gleiche passiert wäre, hätte sie diesen Mann sicher in zwei Minuten zum Lachen gebracht.

»Also, ähm, warst du auf dem Heimweg von der Arbeit?«, fragte sie.

»Nein«, sagte er langsam und warf ihr einen leicht ungläubigen Blick zu.

Sie schob ihr Fahrrad etwas schneller. Na ja, nein, okay – wenn er auf dem Heimweg von der Arbeit gewesen wäre, dann würde er wahrscheinlich die Gegend kennen und daher wissen, wo ein Pub war. Aber er könnte schließlich auch ein wichtiger Geschäftsmann oder Anwalt oder so etwas sein, der in einem großen Haus auf dem Land lebte und für Meetings nach London kam. Außerdem musste er nicht so unhöflich sein und könnte ihr stattdessen lieber mal ein wenig Wertschätzung dafür entgegenbringen, dass sie ihm den Weg zeigte. Sie warf ihm einen weiteren Blick zu, um ihn besser einschätzen zu können.

»Und du?«, fragte er nach einem Moment und wirkte eindeutig wie jemand, der sich zwang, das Gespräch fortzusetzen.

Sie zuckte vor Schreck zusammen, als er sie dabei ertappte, wie sie ihn heimlich beobachtete. »Was meinst du?«

»Warst du auf dem Rückweg von der Arbeit?«

»Ach so. Nein.« Gott, dieser Typ musste sie für eine totale Idiotin halten. Sie räusperte sich. »Nein, ich wollte nur etwas erledigen.«

Sie nahm den Lenker ihres Fahrrads in die eine Hand, tastete mit der anderen automatisch nach dem Brief und erschrak, als sie feststellte, dass er nicht da war. Sie hatte ihn irgendwo auf der Straße verloren, ohne es zu bemerken.

»Alles in Ordnung?«

»Ja. Sorry. Es ist nur … Ich wollte einen Brief einwerfen, aber anscheinend habe ich ihn verloren.« Das war okay, sagte sie sich. Sie würde morgen einen neuen schreiben und ihn dann abschicken.

»Einen Brief?« Diesmal klang er etwas weniger abweisend, stattdessen eher ungläubig. »Schreibt man so was heutzutage noch?«

Sie zuckte mit den Schultern. »Nun ja, ich schätze schon. Memo – also meine Großmutter – schreibt immer Briefe, obwohl sie eigentlich gut mit dem Computer zurechtkommt.« Sie brauchte ihm nicht zu sagen, dass ihre Großmutter nicht diejenige war, der sie heute Abend geschrieben hatte.

Er wich einem Jogger aus und schwieg einen Moment lang. »Als ich ein Kind war«, sagte er langsam, »habe ich immer versucht, meine Schulfreunde dazu zu bringen, mir in den Sommerferien Briefe zu schreiben, aber ohne Erfolg.«

Er hatte es ganz ernst gesagt, aber Josie lächelte. »Wirklich?«

»Hm. Mein damaliger bester Freund James Winterbourne hat den Brief, den ich ihm geschrieben habe, aufgehoben und ihn dann nach den Ferien allen in der Schule gezeigt.«

Sie lachte. »Wie gemein! Was hast du ihm denn geschrieben?«

»Gott, das weiß ich nicht mehr. Es ging mir mehr ums Prinzip. Ich habe ihm das nie ganz verziehen.«

»Ich verstehe. Deswegen wurde James Winterbourne wohl nicht zur Hochzeit eingeladen.«

Er sah ihr in die Augen, erwiderte ihr Lächeln jedoch nicht. »Allerdings.«

Verdammt, da war sie wohl in ein Fettnäpfchen getreten. Vielleicht war er verheiratet gewesen und hatte sich wieder scheiden lassen, oder er war am Altar sitzen gelassen worden, oder jemand anderes hatte ihm die Liebe seines Lebens vor der Nase weggeschnappt.

»Also, was machst du dann hier?«, fragte sie und klang bei dem Versuch, das Thema zu wechseln, peinlich fröhlich. »Wohnst du in London?«

»Nein.« Er klang etwas distanziert, und als er wieder sprach, tat er es mit etwas mehr Entschlossenheit. »Nein, ich komme aus Bristol. Na ja, wohl aus ein paar Orten, aber ich bin in Bristol aufgewachsen und lebe jetzt wieder dort.«

»Dann bist du also über Weihnachten hier?«

Er schnitt eine Grimasse. »Nein. Also, jedenfalls war das nicht der Plan.« Er fuhr sich mit der Hand durch sein zerzaustes Haar. »Ich sollte heute eigentlich nach New York fliegen, aber wegen eines Sturms wurde mein Flug gestrichen.«

Josie stutzte und sah zum Himmel hoch. Es war bewölkt, klar, und es nieselte noch immer leicht, aber es schien nicht gerade stürmisch zu sein. Sie schaute den Mann an und sah, wie er die Augenbrauen hochzog.

»Offensichtlich gibt es hier keinen Sturm«, sagte er, sodass sie erneut errötete. »Aber irgendwo über dem Atlantik. Ich stehe jetzt auf der Warteliste für einen neuen Flug, aber wie es aussieht, bin ich erst mal hier gestrandet.«

»Was für ein Mist«, sagte Josie und hoffte, dass sie ausreichend mitfühlend klang. »Fährst du dann jetzt zurück nach Bristol?«

»Nein, ich muss hierbleiben, falls es einen Flug gibt, also habe ich in ein Hotel eingecheckt.«

Sie blieben stehen, und sie nickte und deutete auf ein altes

Gebäude zu ihrer Rechten. »Von außen macht es nicht viel her, aber das Bier ist gut, glaube ich, und hinten haben sie einen schönen Garten.«

»Ah ja, sehr praktisch zu dieser herrlich warmen Jahreszeit, die wir gerade haben.«

Es klang wie ein Scherz, doch er lächelte dabei nicht. »Wenn es dir nicht gefällt, kann ich ...«

»Ich bin nicht wählerisch.« Er drehte sich zu ihr um. »Danke.« Er nahm eine Hand aus der Manteltasche und hielt sie ihr hin. Kein Ehering, also war die Theorie über die Liebe seines Lebens, die man ihm genommen hatte, vielleicht gar nicht so abwegig. »Ich bin übrigens Max.«

Sie nahm seine Hand. Sein Griff war fest und sicher, und obwohl sie nicht so klein war wie Bia, fühlte sich ihre Hand in seiner verloren an. »Josie.«

Er lächelte. Na endlich. Es war nur ein kurzes Zucken um seine Lippen, aber sein markantes Gesicht wirkte dadurch gleich etwas zugänglicher. »Also, es war nett, dich kennenzulernen, Josie, auch wenn die Umstände hätten besser sein können.«

Sie schnitt eine Grimasse, obwohl er gar nicht mehr so böse klang.

Er hatte ihre Hand schon losgelassen und sich von ihr abgewandt, als sie herausplatzte: »Ich könnte dich doch auf einen Drink einladen?«

Er schaute sie aus seinen gold-grünen Augen an und runzelte die Stirn. Sie rollte das Fahrrad auf dem Gehweg vor und zurück. Die Art und Weise, wie er sie musterte, trieb ein Kribbeln über ihre Haut.

»Ich meine, als Entschuldigung. Ein Drink im Austausch für ein Telefon.«

Und ja, das war einer der Gründe, aber da gab es noch einen weiteren. Er war hier gestrandet. An Weihnachten, allein. Und sie wollte nicht, dass er einsam war, zumindest nicht in diesem Moment, nicht, wenn sie genau wusste, wie sich das anfühlte.

Er legte den Kopf schief, als würde er über ihr Angebot nachdenken. »Ein Drink im Austausch gegen ein Telefon …« Er zuckte mit den Schultern. »Okay.«

Begeistert klang er nicht gerade. »Okay?«

»Okay«, wiederholte er mit ausdrucksloser Miene.

Josie schloss ihr Fahrrad ab und bereute ihren Vorschlag insgeheim schon. Was, wenn sie sich nach so kurzer Zeit schon nichts mehr zu sagen hatten? Sie führte ihn in den Pub und musste sofort ihren Mantel ausziehen, als ihr die Hitze des Kaminfeuers entgegenschlug. Sie ging direkt zur Bar, die mit Tannenzweigen und Lichterketten in Gläsern dekoriert war, und wünschte sich in diesem Moment, sie hätte mit ihm in einen Pub gehen können, wo der Wirt ihren Namen kannte und sie mit dem Personal hätte plaudern können. So, wie sie sich jetzt fühlte, lief sie Gefahr, steif und unbeholfen zu wirken. Das, was dem Streatham am nächsten kam, war eine kleine Pizzeria in der Nähe ihrer Wohnung, in die sie und Bia oft gingen. Dort begrüßten die Kellner sie höflich, allerdings auch mit einem Hauch Misstrauen, als ob sie sich fragten, ob die beiden sich ausschließlich von Pizza ernährten.

Eine Frau hinter der Bar, die Zöpfe trug, obwohl sie schon Mitte zwanzig sein musste, schlenderte zu ihnen herüber und ließ ihren Blick von Josie zu Max gleiten. Sie strahlte von einem Ohr zum anderen, allerdings schien das mehr Max als Josie zu gelten, und Josie sah Max zum ersten Mal richtig an, seit sie hereingekommen waren. Nun ja, er war schon ziemlich attraktiv. Seinen *Sherlock*-Mantel hatte er mittlerweile ausgezogen. Darunter trug er einen petrolblauen Pullover, der sich um seinen Körper schmiegte und erkennen ließ, dass er einige Zeit im Fitnessstudio verbrachte. Die unterschiedlichen Farben in seinen Augen waren jetzt im Licht noch deutlicher zu erkennen, das dunkle Grün ging sanft in Bernstein über. Sein Haar war leicht zerzaust, wobei sie sich nicht sicher war, ob das so gewollt war oder von ihrem kleinen Unfall herrührte.

»Was darf ich euch bringen?«, fragte die Frau hinter dem Tresen.

»Hm, für mich ein Glas Rotwein«, sagte Josie und schaute Max fragend an, der mit den Schultern zuckte.

»Okay, für mich auch.«

Mit den Getränken in der Hand, gelang es Josie, einen kleinen Ecktisch zu finden. Sie schlüpfte auf die Bank und überließ ihm den Stuhl auf der gegenüberliegenden Seite. Max verzog das Gesicht, als er sich setzte.

»Was ist los?«, fragte Josie schnell. Hoffentlich hatte er keine Schmerzen von dem Unfall.

Max hob die Augenbrauen in einer Weise, die andeutete, dass sie vielleicht etwas zu besorgt klang, und deutete mit dem Kopf in Richtung Decke. Als sie stirnrunzelnd nach oben sah, schüttelte er den Kopf. »Nein, die Musik.«

Sie lauschte. »Gott, schrecklich«, sagte sie. »Unmöglich,

dieser Weihnachtsdudelei zu entkommen. Man muss einfach die Zähne zusammenbeißen und sie ignorieren.«

Als er ihrem Blick begegnete, zuckten seine Lippen, doch er konnte sich offenbar nicht zu einem vollen Lächeln oder, Gott bewahre, der Andeutung eines Lachens durchringen.

»Darauf trinken wir«, sagte er nur, und sie stießen an.

Max lehnte sich entspannt zurück und taxierte sie auf eine Weise, die ihr unangenehm war.

»Also, Josie. Was machst du, wenn du nicht gerade Fremde auf der Straße umnietest?«

Sie nahm einen weiteren Schluck Wein. »Oh, das mache ich eigentlich hauptberuflich.«

»Aha. Darum hat es so professionell gewirkt. Verdient man damit gut?«

»Enorm gut.« Wieder zuckten seine Lippen. »Ich arbeite im Marketing«, gab sie zu.

»Im Marketing«, wiederholte er nachdenklich.

»Ja, ich arbeite für eine Agentur.« Sie hielt inne, dann fügte sie mit leicht aufgesetzter Stimme hinzu: »Peacock PR und Marketing.«

Er lachte kurz auf, was sie so sehr überraschte, dass sie ein wenig zusammenzuckte. »Peacock PR? Im Ernst?«

»Leider ja.«

»An was für Projekten arbeitest du?«

Sie machte eine unbestimmte Geste. »Alles Mögliche. Im Moment machen wir das Rebranding für eine Firma, die Luxus-Bademoden herstellt.« Bei dem Wort »Luxus« malte sie Anführungszeichen in die Luft, denn ihr war durchaus bewusst, dass sie sonst viel zu sehr wie Janice klang.

Er nickte verständnisvoll. »Dafür ist ja gerade die passende Saison.«

»Du wirst es nicht glauben, aber die wirklich reichen Leute machen um diese Zeit Strandurlaub, um ein bisschen Sonne zu tanken.«

»Oder es ist ein Weihnachtsgeschenk«, bemerkte er.

»Ganz genau.«

»Oder es ist für Leute, die statt einem Glitzerkleid an Weihnachten mal einen Bikini tragen wollen.«

»Vollkommen richtig«, sagte sie. »Vor ein paar Jahren haben wir etwas Marktforschung betrieben, und es hat sich herausgestellt, dass ein Großteil der britischen Bevölkerung tatsächlich die Weihnachtsgans im Bikini zu sich nimmt. Also dachte sich meine Firma: Da haben wir wohl eine Marktlücke entdeckt.«

Er nickte ernst und trank einen Schluck Wein. »Genial. Machen sie dann auch Weihnachtsbademode? Thematische Sachen mit dem Nikolaus oder Schneemännern oder so?«

Sie lachte. »Nein, aber ich werde dem Kunden die Idee gleich mal vorschlagen.«

Ihr Telefon surrte in ihrem Mantel auf der Bank, und sie zog es aus der Tasche. Gott sei Dank hatte ihr Telefondisplay, im Gegensatz zu Max', den Sturz überlebt. Sie hatte definitiv kein Geld, um sich jetzt ein neues zu kaufen.

Wo bist du? Hast du dich verfahren?

Bia. Josie tippte schnell eine Antwort.

Ich besorge nur ein paar Sachen, bin bald zurück.

Denn irgendwie schien ihr die Erklärung, dass sie fast einen Mann überfahren hatte und jetzt mit ihm ein Glas Wein trank, nicht für WhatsApp geeignet zu sein. Auch wenn Bia die Tatsache, dass er heiß war, wahrscheinlich als Erklärung ausgereicht hätte.

»Alles in Ordnung?«, fragte Max.

»Ja. Nur meine Mitbewohnerin.«

»Gibt es nur eine?«

»Ja, seit ein paar Jahren. Was ist mit dir – wohnst du mit jemandem zusammen?«

Er runzelte die Stirn, als wäre die Frage unnötig aufdringlich, obwohl er sie gerade genau das Gleiche gefragt hatte. »Nein«, sagte er langsam. »Im Moment wohne ich allein.«

Sie dachte wieder an ihre Theorie des sitzen gelassenen Liebhabers, doch bevor sie antworten konnte, vibrierte ihr Telefon erneut.

Was für Dinge?? Was auch immer es ist, lass das und komm nach Hause. Ich trinke den ganzen Wein allein, und das macht mich traurig.

Josie schnaubte.

Dann hör auf! Sonst hast du morgen auf dem Flug einen Kater.

Ganz genau. Du musst kommen und mich vor mir selbst retten.

Lächelnd steckte Josie das Telefon weg und sah auf, nur um festzustellen, dass Max sie auf eine Weise beobachtete, die ihr die Hitze in den Nacken trieb.

»Tut mir leid, ich muss gehen. Meine Mitbewohnerin fliegt morgen nach Argentinien, und ich möchte mich verabschieden …«

»Natürlich.« Er warf einen Blick zur Bar, die sich ziemlich stark gefüllt hatte, seit sie hier saßen. »Also, nur um alleine zu trinken, stelle ich mich nicht in die Schlange.«

Er stand auf und trank den letzten Schluck seines Weins, während sie ihren Mantel nahm. Gemeinsam arbeiteten sie sich zur Tür durch. Draußen atmete Josie die kalte Luft ein und genoss das Gefühl, dass die leichte Brise die Hitze aus ihrem Nacken vertrieb, auch wenn sie leicht zitterte.

Max drehte sich zu ihr um und schlüpfte in seinen Mantel. »Nun, danke für den Drink. Du hast es mehr als wiedergutgemacht, dass du mich überfahren hast.«

Sie zog die Nase kraus. »Es tut mir wirklich leid.«

»Wirklich? Das wusste ich noch gar nicht.«

Sie lachte ein wenig, dann ging sie über den Bürgersteig zu ihrem Fahrrad, das sie an einen Laternenpfahl angeschlossen hatte. »Warum wolltest du eigentlich nach New York fliegen?«

»Meine Eltern leben dort. Ich habe gesagt, dass ich dieses Jahr Weihnachten bei ihnen verbringe.«

»Sie leben dort? Ich dachte, du kommst aus Bristol?« Sie legte den Kopf schief. »Und du klingst auch gar nicht wie ein Amerikaner.«

Er lächelte. »Nein, meinen sexy britischen Akzent werde ich wohl nicht mehr los. Meine Mum ist Amerikanerin, aber sie ist hergezogen, als sie meinen Dad kennenlernte, und vor zwei Jahren hat sie ihn gezwungen, zum Ausgleich mit ihr nach New York zurückzugehen.«

Sie richtete ihre Aufmerksamkeit auf ihr Fahrrad. »Klingt irgendwie fair. Was wirst du also tun, solange du in London festsitzt?«

Sie konzentrierte sich darauf, ihr Fahrrad aufzuschließen. Dummerweise hatte sie vorher ihre Handschuhe angezogen, was die ganze Sache etwas verkomplizierte.

Er lehnte sich gegen den Laternenpfahl und sah zu, wie sie mit dem Schloss kämpfte. »Zimmerservice und Filme, so lautet mein aktueller Plan.«

»Warum machst du nicht irgendwas Weihnachtliches, solange du hier bist?«

»Wie Winter Wonderland und so?«

Sie lachte. »Du musst das nicht in einem so abfälligen Ton sagen. So schlimm ist es eigentlich gar nicht. Im Grunde hasse ich diesen ganzen Kram auch, aber meine Mitbewohnerin hat mich vor ein paar Jahren dazu gezwungen hinzugehen, und es hat tatsächlich Spaß gemacht …«

Sie unterbrach sich. Der einzige Grund, warum es Spaß gemacht hatte, war, dass Bia dafür gesorgt hatte. Sie war total begeistert von allem und hatte Josie von einer Attraktion zur nächsten geschleppt. Aber Max würde allein dorthin gehen müssen, nachdem er hier ohne Freunde und Familie festhing. Sie räusperte sich, sah hoch und stellte fest, dass er sie wieder mit diesem durchdringenden Blick beobachtete.

»Es gibt Essen und Getränke und Stände, man kann also in letzter Minute Weihnachtseinkäufe machen. Und Schlittschuh laufen. So was in der Art.«

Er nickte langsam. »In Ordnung. Ich glaube, dann solltest du mit mir hingehen«, sagte er ganz ruhig, dennoch zuckte sie zusammen.

»Was?«

»Ich finde, du solltest mit mir dahin gehen«, wiederholte er und steckte die Hände in die Taschen. »Als Wiedergutmachung dafür, dass du mich umgefahren hast.«

Sie legte den Kopf schief. »Hast du nicht gerade gesagt, der Drink hätte als Wiedergutmachung gereicht?«

Er zuckte mit den Schultern. »Ich hab's mir anders überlegt. Also, treffen wir uns da um zwei?«

»Um zwei?«

»Ja. So müssen wir nicht den ganzen Tag dort verbringen, wenn es uns nicht gefällt.«

Sie konnte ihn nur anstarren. Wie hatte sie es nur geschafft, sich in diese Lage zu bringen? Eigentlich hatte sie morgen fernsehen, Unmengen von Schokolade futtern und Oliver hinterherweinen wollen. Wahrscheinlich straffte sie deshalb die Schultern. »Okay.«

Wieder zuckten seine Lippen, ohne dass sie ein ganzes Lächeln zustande brachten. »Okay?«

Sie nickte. »Okay.«